WIEDERSEHEN IM CHALET AM SEE

ROMAN

CHALET AM SEE - REIHE
BUCH ZWEI

ANNA CAMILLA KUPKA

BUTTERFLY PUBLISHING

„Sophie, Aishley, könnt ihr mir helfen?" Lucy balanciert auf einer wackligen Leiter vor dem Chalet und versucht, mit Kreide Buchstaben an die Wand zu malen. Die ersten Frühlingsstrahlen lassen das schmucke Holzhaus mit dem See und den Bergen dahinter wie eine Postkarte erscheinen.

„Was machst du denn da?" Sophie guckt erstaunt zu ihrer Freundin hoch. „Hast du dich etwa umentschieden und willst das Hotel jetzt umbenennen? Dafür ist es ein wenig spät, meinst du nicht?"

„Nein, das *Chalet am See* wird es schon bleiben." Lucy schüttelt so wild den Kopf, dass die Leiter unter ihr bedrohlich zu wackeln beginnt. Rosie, ihre junge Golden Retriever-Hündin, die das Geschehen aus sicherer Entfernung beobachtet, gibt ein erschrockenes Japsen von sich. „Aber ihr wisst doch, wie Caspar, Melchior und Balthasar über vielen Eingängen prangen", fährt Lucy ihren Gedankengang unbeirrt fort. „Die drei Könige. Also, nicht die Könige selbst natürlich, sondern deren Anfangsbuchstaben. Das soll Schutz bringen. Und ich möchte stattdessen die Anfangsbuchstaben meiner Familienmitglieder hier stehen haben. Aber wenn ich gleich runterfalle, dann wird das leider nichts." Skeptisch schaut sie nach unten.

„Warte!" Aishley läuft schnell zur Leiter und hält diese fest. „Jetzt komm da endlich runter, sonst brichst du dir noch das Genick. Ich mache das gleich für dich. Ich bin größer als du Gartenzwerg."

Trotz des Affronts auf ihre Körpergröße ist Lucy erleichtert, als sie wieder festen Boden unter den Füßen hat und ihre Hand in Rosies weichem Fell vergraben kann. Wie immer hat der Hund eine erdende Wirkung auf sie. Aber anstatt wie versprochen hochzuklettern, verkündet Aishley enthusiastisch: „Wenn wir das schon machen, Leute, dann auch richtig. Wartet hier, ich hole Champagner, ohne den läuft gar nichts!"

Sophie verdreht die Augen, schaut Lucy grinsend an und zuckt mit den Schultern. „Du kennst Aishley. Wenn es Grund für Champagner gibt, wird die Gelegenheit nicht ungenutzt gelassen. Da fällt mir ein: Wenn ich mich richtig erinnere, stehen die Buchstaben über der Tür gar nicht für die drei Könige, sondern bedeuten so etwas wie ‚Jesus, segne dieses Haus'. Ist aber auch nicht schlecht, oder? Er war ja schließlich die Hauptperson in der ganzen Geschichte."

Bevor Lucy antworten kann, ist Aishley schon mit der Flasche zurück und hält sie triumphierend hoch. „Eiskalter Champagner! Lucy, ich liebe diese Idee mit den Weinkühlschränken auf jedem Zimmer. Das ist nicht nur sehr elegant, sondern vor allem äußerst praktisch!"

„Ich hätte es mir anders überlegt", erwidert Lucy lachend, „wenn ich gewusst hätte, dass ihr beiden Schnapsnasen, beziehungsweise Champagnernasen, herübergeflogen kommt. Ich komme mit dem Nachfüllen kaum noch hinterher. Aber du hast schon recht, die Segnung des Hauses erfordert eine gewisse Feierlichkeit."

„Ich schüttle ja eigentlich keine Champagnerflaschen, aber jetzt darf man schon ein wenig sprühen, oder?" Aishley schaut die anderen hoffnungsvoll an.

„Dass du überhaupt fragst, ist so außergewöhnlich, dass man sicherlich nicht Nein sagen kann." Sophie zwinkert ihrer Freundin liebevoll zu. „Das könntest du dir ruhig mal angewöhnen – nach Dingen zu fragen und nicht immer nur zu bestimmen."

„Ich frage nur, wenn es darum geht, Lebensmittel quasi zu verschwenden", antwortet Aishley forsch. „Da bekomme selbst ich ein schlechtes Gewissen. Aber ihr habt recht, ein wenig Champagner darf schon gesprüht werden."

Damit schüttelt sie die Flasche, der Korken springt raus und Lucy fast gegen den Kopf. Schnell duckt diese sich weg. „Auf der Leiter war es sicherer", knurrt sie unwirsch.

Kurz darauf stehen die Freundinnen vor dem Haus und schauen erfreut an der alten Holzfassade hoch. In Schönschrift hat Aishley L+D+V+L+R gleich über die Haustür geschrieben. Die Sonne lässt das braune Holz fast golden erscheinen, und eine feierliche Stimmung legt sich über die drei.

„Lilly, David, Vicky, Lucy und Rosie", murmelt Lucy und hebt mit einem Lächeln ihr Glas in Richtung Chalet. Das ist eine gute Art, ihre verstorbenen Eltern und Schwester zu würdigen. Dann stößt sie mit ihren beiden Freundinnen an. Sie kann es immer noch kaum glauben, dass diese extra aus London hergeflogen sind, um ihre ersten Gäste im Yoga-Chalet zu sein. Keine zahlenden Gäste natürlich, denn um offiziell eröffnen zu können, fehlt ihr noch eine Brandschutztür. Aber sobald die da ist, kann es dann wirklich losgehen. Ihr Traum ist Realität geworden!

· · ·

„Ich komme immer noch nicht über die Luft hier hinweg." Sophie atmet tief ein und aus, während sie über den blau schimmernden Tegernsee schaut. „Ich glaube, das letzte Mal habe ich so eine Luft bei unserem Trip in die Schweiz erlebt." Sie schaut Aishley an. „Erinnerst du dich? Das war, als würde man feinste Kristalle inhalieren. Einfach nur pur. Hier jedoch", sie schnüffelt ein wenig herum, „hier ist es lieblicher. Mehr Blumen. Und die ersten Sonnenstrahlen, die kann ich auch riechen."

Aishley lacht. „Du und dein Riechen. Ich rieche lieber am Champagner. Aber davon abgesehen, hat es mir die Aussicht angetan. Das alte, imposante Haus mit dem See und den Bergen dahinter, das ist schon speziell. Lucy, du musst ja so froh sein, London verlassen zu haben. Wir dagegen müssen bald wieder in den großen Smog zurück. Aber da will ich jetzt nicht dran denken."

Lucy schaut verträumt in die Ferne. „Sprich nicht vom Abschied, Aishley, das ist doch noch ewig hin. Aber ja, es ist schon etwas Besonderes, nicht? Ich werde aufpassen müssen, dass ich das Ganze hier nicht zu schnell als selbstverständlich ansehe. Der Tegernsee hat es mir aber nicht nur leicht gemacht."

Sie denkt an all die Herausforderungen des letzten Jahres zurück. Als sie das Haus von einer Tante geerbt hat und von jetzt auf gleich von England nach Bayern gezogen ist. Wo man sie boykottiert und ihr Steine in den Weg gelegt hat und wo sie zunächst Alex, ihren jetzigen Partner, für den Bösewicht hielt. Wie sie es dann aus eigener Kraft und mithilfe ihrer Freunde geschafft hat, den Weg für ein Yoga-Chalet zu ebnen. Und wie sie so sehr darum gekämpft hat, nach all den Jahren endlich den Tod ihrer Familie zu verarbeiten.

Sie schüttelt sich aus ihren Gedanken und wendet sich wieder den anderen zu. „Aber ihr habt schon recht, die Londoner Luft vermisse ich ganz sicher nicht. Auch die

Aussicht ist hier definitiv zu bevorzugen. In London kann man ja gerade mal dem nächsten Passagier in der überfüllten U-Bahn in die Achselhöhle gucken. Von dem damit verbundenen Duft ganz zu schweigen. Verglichen mit diesem Mief riecht alles nach Blumen." Lächelnd schaut sie ihre Freundinnen an. „Es ist so schön, euch hier zuhaben, habe ich euch das eigentlich schon gesagt? Ihr habt irgendwie ein Stück Heimat mitgebracht."

„Du sagst uns das ungefähr hundertmal am Tag", antwortet Aishley lachend. „Von mir aus kannst du es aber weiter wiederholen. Es hat sich selten jemand so gefreut, mich zu sehen. Aber sag mal, ist das hier nicht deine eigentliche Heimat? Hier wurdest du schließlich geboren und bist quasi auch hier aufgewachsen."

„Na ja, nur, bis ich elf war. Das ist wirklich schon lange her. England ist danach schon zur Heimat geworden, auch wenn ich versuche, mich jetzt hier zu Hause zu fühlen. Aber ich denke mal, das ist ein Prozess. Und wie gesagt, es ist schön, euch hier zu haben. In jedem Prozess ist es gut, eine Konstante zu wissen."

Aishley nickt. „Ja, das ist allerdings wichtig. Sonst verliert man sich selbst. Und das Gute an unseren Jobs ist, dass wir sie wirklich von überallher ausüben können. Ich kann hier wunderbar fotografieren, schönere Motive kann man sich kaum wünschen. Das ist ein guter Kontrast zu meinen Stadtbildern, auch wenn ich aufpassen muss, dass es nicht zu kitschig wird und ich nicht verweichliche. Und Sophie kann ihre Mode auch hier entwerfen. In London halten schließlich Blair und Rosetta die Stellung, da wird das Modeimperium wegen eines Urlaubs der Chefin nicht gleich zusammenbrechen. Aber ohne die beiden wäre sie hier nicht so entspannt, das kannst du mir glauben!"

„Modeimperium, du spinnst", erwidert Sophie lachend und atmet noch mal tief durch. „Aber du hast schon recht, dort ist alles geregelt, das ist ein gutes Gefühl. Und so eine Sauerstoffkur lasse ich mir sicher nicht entgehen. Patrick wird große Augen machen, wenn er aus Hongkong zurückkommt. Eine wesentlich verjüngte Frau an seiner Seite wiederzufinden, wird ihm sicher auch gut gefallen." Ihre Wangen laufen leicht rot an, und sie nimmt schnell einen Schluck aus ihrem Glas.

Aishley guckt zu ihr rüber und frohlockt. „Siehst du das, Lucy, sie wird immer noch rot wie ein junges Mädchen, wenn sie daran denkt, dass sie jetzt mit dem tollen Patrick Woods verheiratet ist. Ich garantiere dir – sobald wir weggucken, wird sie wieder heimlich auf ihre Ringe schauen. Das macht sie nonstop seit dem Tag der Verlobung! Würde ich sie nicht so sehr lieben, würde es mich in den Wahnsinn treiben."

„Das ist doch süß", entgegnet Lucy gerührt. Und auch sie muss zugeben, dass Patrick Woods ein wirklich äußerst attraktiver Mann ist. Dann blickt sie Aishley herausfordernd an. „Und was ist mit dir? Jetzt bist du schon so lange mit deinem schönen Italiener zusammen, da müssen doch auch bald mal die Hochzeitsglocken läuten."

„Da läutet gar nichts. Auch wenn seine Mama mit ihren nicht gerade subtilen Gesten immer wieder darauf hindeutet. Aber Nicolai und ich haben es nicht eilig. Wir fühlen uns sicher in unserer Beziehung und sind jung, da müssen wir diesen Schritt noch nicht gehen. Und für ein Kind bin ich noch nicht bereit, auch wenn die ganze Familie in Italien einen Nationalfeiertag ausrufen würde, wenn der Lieblings-Bambino endlich mal mit Nachwuchs aufwarten würde. Gott sei Dank hab' ich da auch noch ein Wörtchen mitzureden."

Das ist typisch Aishley – die Unabhängigkeit und Selbstständigkeit in Person. Lucy hätte von ihr auch nichts anderes erwartet. Derzeit befinden sich die Partner ihrer Freundinnen zusammen auf einem Arbeitstrip in Hongkong, was vom

Timing her natürlich super passt. Aber Lucy ist sich sicher, dass ihre Freundinnen auch sonst gekommen wären.

„Jetzt lasst uns aber mal nicht von der Hauptperson ablenken", unterbricht Sophie ihren Gedankengang. „Hier am See muss man doch wundervoll heiraten können. Ich sehe es regelrecht vor mir, du im – wie nennt ihr das noch mal? – Dirndl!"

Ein kurzes Schütteln geht durch Lucys Körper. „Das ist das Letzte, an das ich im Moment denke, glaubt mir", protestiert sie und ist selbst wegen ihrer körperlichen Reaktion erstaunt. „Ich will im Moment nur eins, und das ist, mein Chalet am See so perfekt wie möglich zu gestalten!"

„Darauf trinken wir", sagt Aishley und hebt ihr Glas.

„Prost."

„Prost."

„Auf das Chalet am See und seine ersten beiden Gäste!"

Rosie stimmt mit einem lauten Bellen ebenfalls ein.

2

Nachdem Lucy ihre tägliche Nachmittagsstunde im Yoga gegeben hat, sitzen sie und Sophie auf einer der Bänke hinter dem Chalet und betrachten den spiegelglatten See, hinter dem bald die Sonne untergehen wird.

„Die Yogastunden sind mittlerweile voll geworden, nicht wahr?", fragt Sophie, während sie sich zurücklehnt und ihr Gesicht den letzten Sonnenstrahlen des Tages entgegenstreckt. „Wenn das so weitergeht, wirst du bald zusätzliche anbieten müssen."

Auch Lucy schließt träge die Augen und seufzt erleichtert auf.

„Ja, es läuft wirklich gut und macht Spaß. Vor allem jetzt, wo Josephine einige Stunden übernimmt. Es zweimal am Tag selbst zu machen, war doch etwas viel. Da hat man nie wirklich frei. Aber sie macht es gut, findest du nicht?"

„Sehr gut sogar. Anders als du, aber ihr ergänzt euch ganz ausgezeichnet. Sie ist definitiv softer, während du ja ein wenig zum Power-Yoga neigst. Ich mag beides. Die Kombination gefällt mir."

„Zuckerbrot und Peitsche." Lucy schmunzelt. „Ich bin jedenfalls froh, sie zu haben, und die Teilnehmerinnen scheinen sie zu mögen. Es kommt langsam alles zusammen, Sophie, ich kann es regelrecht spüren."

Ein Lächeln legt sich über ihr Gesicht, und sie bemerkt, wie sie sich seit langer Zeit zum ersten Mal entspannen kann.

„Ja, es ist wie ein wahr gewordener Traum", bestätigt ihre Freundin. „Du hast das hier alles so schön gestaltet." Sophie öffnet die Augen und schaut zu dem neu gebauten Saunahäuschen und den zwei mit Holz ausgekleideten Whirlpools hinüber.

„Weißt du, was im Winter toll sein muss? Wenn man aus der Sauna kommt, direkt im Schnee steht und dann gleich in einen der Pools hüpfen kann."

„Genau so war das gedacht. Und in den See kann man auch noch springen. Wir Engländer sind ja für sowas nicht gemacht, aber die Deutschen sind da beinhart. Ich hab's jetzt im Winter auch mal probiert, und es fühlt sich wirklich toll an. Sehr speziell und lebendig. Das müssen meine deutschen Gene sein, die das ertragen können!"

„Ohne Frage! Aber ihr seid auch nackt in der Sauna, nicht wahr?", will Sophie kichernd wissen.

„Selbstverständlich! Absolut textilfrei", bestätigt Lucy stolz. „Nur ein Handtuch ist erlaubt. Daran werdet ihr euch gewöhnen müssen, wenn ihr mal im Winter kommt. Oder im Herbst, da ist Sauna auch herrlich. Bestens fürs Immunsystem!"

Sophie dreht sich träge zum Chalet um. „Und, äh, da kann einen dann jeder sehen? Von den Fenstern aus, meine ich."

„Nein, keine Sorge", beruhigt Lucy sie lachend. „Da kommt eine Hecke hin. Ich muss nur noch einen Gärtner finden. Es wird ein abgeschiedener Outdoor-Wellnessbereich sein. Keine Chance für Spanner!"

„Okay, da bin ich erleichtert. Es muss wirklich Spaß machen, so etwas aufzubauen."

„Das schon. Aber es ist auch verdammt viel Arbeit. Und vor allem sind es Dinge, mit denen ich gar keine Erfahrung habe. Ich habe vorher schließlich noch nie ein Hotel geleitet, aber irgendwie werde ich das schon schaffen. So schwer kann das nicht sein. Andere bekommen das ja auch hin."

„Eben! Außerdem sitzt du direkt an der Quelle. Mit dem Mega-Hotelier hier in der Gegend zusammen zu sein." Sophie stößt sie grinsend mit dem Ellenbogen an. „Der muss dir doch bestens helfen können. Toller Mann, übrigens. Aishley und ich sind ganz hin und weg von ihm. So etwas hättest du in London bestimmt nicht gefunden."

Lucy lacht kurz auf und ein seliger Ausdruck legt sich über ihr Gesicht. „Ja, Alex ist wirklich ein Traummann. Aber er bedeutet leider nicht weniger Arbeit, sondern eher mehr."

„Wie denn das?" Sophie kann ihr Erstaunen nicht verhehlen.

„Na ja, eine Beziehung will schließlich auch gepflegt werden, und Alex ist im Moment immer noch in einer Art Honeymoon-Phase, in der er am liebsten permanent Zeit mit mir verbringen würde. Oder zumindest einen Großteil davon. Dadurch, dass er mit seinem Hotel sozusagen aufgewachsen ist, macht er das alles super routiniert. Für ihn ist es kaum noch Arbeit. Zudem hat er eine gute Stellvertreterin. Ich hingegen muss alles alleine machen. Die Yogastunden bin ich mittlerweile schon gewohnt. Das kenne ich auch aus London, aber alles andere ist … neu. Und dann noch ein ebenfalls neuer Freund – na ja, fast neu – und ein neuer Hund. Das ist schon eine Menge."

Jetzt muss Sophie lachen. „Na, so neu sind Alex und Rosie nun auch wieder nicht. Es sind immerhin schon ein paar Monate, die du die beiden in deinem Leben hast. Und Hannah kümmert sich ja auch um Rosie."

„Ja, das tut sie und sie ist wirklich ein Schatz. Wobei ich glaube, dass es ihr auch Spaß macht. Sie hatte als Kind mal einen Hund und kann Rosie besser Kommandos wie ‚Sitz‘, ‚Bei Fuß‘ und so was beibringen, viel besser, als ich es hinbekommen würde. Als meine Freunde mir Rosie geschenkt haben, haben sie sich sofort bereiterklärt, einen Teil der Erziehung zu übernehmen. Ich selbst wäre im Moment wahrscheinlich überfordert damit. Und Hannah übertrifft sich diesbezüglich selbst. Sie ist aber allgemein gut im Kümmern, da blüht sie auf.“ Lucy lächelt bei dem Gedanken an ihre fürsorgliche Freundin.

„Siehst du, und das macht sie auch, während sie ihr Café nebenher führt“, stellt Sophie ihren Bedenken entgegen. „Und ich habe meine Designerkarriere und habe Patrick in dieser Hinsicht ehrlich gesagt noch nie als Belastung empfunden. Ganz im Gegenteil. Es ist doch schön, wenn man sich abends austauschen und an jemanden anlehnen kann.“

„Ja, schon irgendwie, nicht wahr? Ich weiß auch nicht, wieso ich das nicht so sehen kann. Aber ich habe im Moment ehrlich gesagt nur ein Ziel vor Augen, und das ist, das Chalet zum Erfolg zu bringen. Aus eigener Kraft und mit viel Fokus. Alles andere empfinde ich nur als weitere Belastung und habe schlichtweg nicht die Energie dafür.“

„Ach was, das glaube ich nicht, Lucy. Ich denke, das ist lediglich etwas, das du in deinem Kopf umformatieren musst. So wie ich das bisher beobachtet habe, stellt Alex sich überhaupt nicht als Ballast dar. Vielmehr scheint er dir die Wünsche von den Augen abzulesen, ohne dabei in irgendeiner Form aufdringlich zu wirken. Außerdem sind Aishley und ich ja bislang die einzigen Gäste, und wir helfen dir, soviel wir können. Da kannst du sicherlich noch ein paar Stunden für den attraktivsten Mann am Tegernsee, wenn nicht gar in ganz Bayern, freischaufeln.“ Sie setzt sich gerade hin und schaut sich um. „Apropos Aishley – wo ist die eigentlich hin?"

Lucy ist froh über den Themenwechsel und antwortet schnell: „Die wollte noch Bilder machen, die Frühabendsonne ist angeblich die beste. Rosie ist mit ihr gegangen. Was wollen wir eigentlich heute Abend kochen? Es ist noch nicht zu spät, einkaufen zu gehen. Ich kann alles besorgen. Oder wollt ihr lieber irgendwo essen gehen?"

„Auch auf die Gefahr hin, langsam langweilig zu klingen", antwortet Sophie lachend, „aber ich würde am liebsten hierbleiben. Ich kann von dem Ausblick nicht genug bekommen, und es ist so gemütlich bei dir. Außerdem können wir danach gleich ins Bett fallen."

„Das klingt super! Worauf hast du denn Lust?"

„Was hältst du zur Abwechslung mal von etwas Asiatischem? Ich habe gesehen, dass wir alles für ein grünes Curry dahaben. Dazu könnten wir einen Salat machen. Was meinst du?"

„Hört sich perfekt an! Das wird für Aishley sicher auch okay sein."

„Ja klar, bei ihr liegst du mit Asiatisch immer richtig. Wir sind diesbezüglich aus London verwöhnt, und Curry ist auch das eine, das wir beide wirklich gut selbst machen können. Sonst sind wir nicht so die Küchenfeen, wie du mittlerweile bemerkt haben wirst."

„Prima!" Lucy springt auf und klatscht in die Hände. „Dann lass uns mal anfangen!"

„Lucy, ein Curry ist ruckzuck gemacht, und Aishley ist noch gar nicht zurück. Wir haben ewig Zeit. Kein Wunder, dass du überfordert bist, wenn du so stresst! Komm, lass uns noch etwas chillen. Ich glaube, ich hole mir ein Bier. Willst du auch eins?"

„Im Moment nicht, danke. Ich trinke später Wein mit euch."

Sophie kommt mit ihrem Bier zurück und seufzt tief auf. „Du weißt ja, wir sind eine ziemliche Champagner-Truppe da oben in London. Aber hier in dieser Umgebung, ich weiß auch nicht, manchmal muss es einfach ein Bier sein."

Lucy lächelt ihre Freundin an. „Du hörst dich an wie ein Werbeslogan. Aber du hast schon recht, ich genieße Bier auch gelegentlich. Grundsätzlich mag ich aber Wein am liebsten."

„Dass du als Yogalehrerin trinkst, wundert mich sowieso."

„Ich?", erwidert Lucy lachend. „In erster Linie bin ich nicht Yogalehrerin, sondern Mensch. Und zwar ein ausgesprochener Genussmensch! Ich mag alles, was das Leben schöner macht."

„Womit wir wieder beim Thema wären: Kommt Alex heute Abend auch?"

„Nein, ich habe ihm gesagt, er soll mal zu Hause bleiben."

„Aber wieso denn? Er stört doch nicht!"

„Natürlich stört er nicht. Aber heute wollte ich mal mit euch beiden alleine sein."

„Lucy, das sind wir doch die meisten Abende, seit wir hier sind." Sophie schaut ihre Freundin skeptisch an. „Also sag schon, ist was im Busch? Außer der Sache mit der Überforderung?"

„Nein, nichts." Kurz sieht Lucy auf den Boden und merkt selbst, wie verräterisch das aussieht. Menschen, die lügen, gucken meistens flüchtig nach unten.

„Lucy?", forscht Sophie da auch schon nach.

„Es ist nichts, Sophie, wirklich nicht. Ich liebe Alex sehr und bin mir bewusst, was für ein toller Mann er ist. Aber wenn er hier isst, dann übernachtet er auch hier und dann …"

„Ja, und dann?"

„Nun ja, dann möchte er halt auch Sex haben. Und ich muss doch immer wegen der Yogastunden am Morgen so früh raus. Und mir steht jetzt eh der Kopf überall, und ich habe so schon kaum Zeit zum Erholen. Mich da auch noch auf Sex zu konzentrieren …"

„Konzentrieren!" Wieder muss Sophie lachen. „Ich meine, ich weiß natürlich, was du meinst. Keine von uns hat immer Lust, und manchmal passt es einfach nicht. Aber trotzdem frage ich mich, ob du die Prioritäten hier wirklich richtig setzt …" Sie stutzt und schaut sich um. „Da ist Aishley", ruft sie dann und springt auf, um der Freundin zuzuwinken, die gerade mit ihrer Fotoausrüstung beladen und Rosie im Schlepptau in den Garten kommt. „Mein Gott, wir sind wie ein altes Ehepaar", stellt sie feixend fest. „Ich spüre sie regelrecht, wenn sie in der Nähe ist. Sollen wir später weiterreden?"

„Für den Moment ist alles gesagt", erwidert Lucy erleichtert. „Jetzt lass uns einfach einen schönen Abend haben!"

Da sind Aishley und Rosie auch schon bei ihnen, und während Rosie sie stürmisch begrüßt, lässt Aishley sich schwer wie ein Sack neben sie auf die Bank fallen. „Fertig", seufzt sie. „Fix und fertig!" Dann entdeckt sie das Getränk in Sophies Hand. „Oh, ein Bier, das ist jetzt genau das Richtige! Bringst du mir eins, Süße? Ich schwöre, wenn ich jetzt aufstehe, breche ich zusammen und komme nie wieder hoch. Rosie und ich sind mindestens einen Halbmarathon gelaufen. Und das mit dem ganzen Zeug da." Sie deutet auf das Equipment, das sie neben der Bank hat fallen lassen. „Was haltet ihr übrigens davon, wenn wir heute etwas Asiatisches kochen? Und Lucy, kommt Alex auch?"

„Weißt du was, ich hol' dir das Bier", bietet Lucy an und springt schnell auf, bevor Aishley noch ein weiteres Wort sagen kann.

3

Lucy werkelt in ihrem Garten herum, als sie von der Straße her Rosies Bellen hört. Sofort springt sie auf und läuft zum Gartentor, das Hannah in diesem Moment schon aufstößt. In einem Höllentempo rast Rosie an dieser vorbei und Lucy direkt in die Arme. Abwechselnd schleckt der Hund ihr Gesicht ab und macht fast Rückwärtssaltos vor Aufregung und Freude. Lucy lacht und wirft sich auf den Boden. Rosie springt sofort auf sie. „Oh Rosie, meine Rosie, so lange lasse ich dich nie wieder gehen!"

Dann befreit sie sich von dem Golden Retriever, steht auf und umarmt Hannah.

„Du bist ein Schatz, Hannah. Danke, dass du dich so lieb um Rosie kümmerst. Aber über Nacht gebe ich sie so bald nicht mehr her. Ich hatte regelrechte Entzugserscheinungen."

Hannah lacht kurz auf. „Das kann ich mir vorstellen – und glaub mir, ich bin auch nicht scharf darauf, sie noch eine Nacht bei mir zu haben. Und Sven schon mal gar nicht. Rosie hat die halbe Nacht durch gewinselt, das hat ihn fast verrückt gemacht. Sie hat erst Ruhe gegeben, als wir sie in unser Bett gelassen haben. Ich garantiere dir – das war das erste Mal, dass ein Hund in meinem Bett geschlafen hat. Und wenn es nach Sven geht, garantiert auch das letzte Mal. Tut mir leid, dass es gestern Abend mit dem Vorbeibringen nicht mehr geklappt hat, aber irgendwie haben wir uns bei unseren Freunden verquatscht, und dann ist es so spät geworden, dass wir dort einfach ein Hotel genommen haben. War übrigens gar nicht so einfach, um die Uhrzeit eins zu finden, das einen Hund akzeptiert."

„Deine erste Nacht in einem Hotel", sagt Lucy und krault Rosie hinter dem Ohr. „Ich hoffe, es war ein schickes Ding, in das die beiden dich da eingeladen haben!"

„Vom Preis her hätte es auf jeden Fall ein schickes Ding sein sollen! Die haben wohl gespürt, dass wir verzweifelt waren, und das dann schamlos ausgenutzt. Wenn du mich fragst, war das rausgeschmissenes Geld. Ich musste ja schon wieder in aller Herrgottsfrühe das Café aufmachen, da hat es sich kaum gelohnt, für die paar Stunden ein Zimmer zu nehmen. Aber was soll's?" Sie zuckt mit den Schultern. „Hauptsache Madame Rosie hatte eine gute Nacht!"

Lucy, die ihr Gesicht in dem hellen Fell des Retrievers vergraben hat, kann sich ein Grinsen kaum verkneifen. „Ach, komm schon, Hannah, ein paar Stunden mit Sven in einem Hotelzimmer, das kann doch kein rausgeschmissenes Geld gewesen sein. So wie du ihn immer anhimmelst, muss es sich doch für dich wie das Paradies angefühlt haben."

„Anhimmeln! Also wirklich, ich himmle ihn nicht an. Aber er ist immerhin mein Freund, da darf ich wohl ein wenig verliebt sein." Hannah schaut empört drein.

„Hey, so meinte ich das nicht", lässt Lucy sie wissen. „Klar darfst du verliebt sein! Dein Gesicht geht immer auf, wie einer deiner Kuchen, wenn du ihn siehst. Alles strahlt. Ich finde das süß."

„Süß", knurrt Hannah leicht beleidigt. „Wer will schon süß sein? Und nein, mit deinem Hund war es sicherlich nicht die Art von paradiesischem Erlebnis, die du gerade andeutest." Sie zögert kurz und scheint sich unsicher zu sein, ob sie die nächste Frage stellen soll. Aber dann bricht es doch aus ihr heraus: „Lucy, darf ich dich etwas fragen?"

„Klar, schieß los."

Was jetzt wohl kommen mag?

Kurz druckst Hannah herum. „Du weißt ja, dass ich nicht ganz so erfahren mit Männern bin." Unsicher sieht sie Lucy an.

Lucy erinnert sich, dass Hannahs Ex-Mann der Erste gewesen ist, mit dem diese geschlafen hat. Sie nickt. „Ja, ich weiß. Du hast es erwähnt."

„Und daher weiß ich halt nicht so genau, wie Männer ticken", fährt Hannah fort. „Falls du weißt, was ich meine." Erwartungsvoll schaut sie Lucy an, während sie gleichzeitig beginnt, an ihren Fingernägeln zu knibbeln.

„Hannah, jetzt rück endlich mit der Sprache raus. Ich kann keine Gedanken lesen. Keiner weiß, wie Männer ticken. Ich glaube, sie selbst am allerwenigsten. Was meinst du also genau?"

„Es geht darum, dass Sven nicht immer mit mir schlafen will", antwortet Hannah mit einer Geschwindigkeit, als wolle sie die Worte so schnell wie möglich aus ihrem Mund kriegen – bevor sie es sich anders überlegen kann.

Lucy ist bewusst, dass es Hannah einige Überwindung kosten muss, darüber zu sprechen. Auch wenn sie gerade hundert andere Dinge zu erledigen und für so ein Gespräch eigentlich keine Zeit hat, versucht sie sich daher auf ihre Freundin zu konzentrieren.

„Was heißt das, er will nicht immer mit dir schlafen? Kannst du etwas konkreter werden?" Sie reißt sich zusammen, um nicht ungeduldig zu erscheinen.

„Na ja ..." Jetzt wird Hannah tatsächlich rot. „Manchmal nachts, wenn ich will, du weißt schon, dann sagt er ab und zu, er sei müde. Letztens hieß es sogar, er habe Kopfschmerzen. Das kommt in letzter Zeit so oft vor …" Traurig lässt sie die Schultern hängen. „So etwas kenne ich eigentlich nur aus Filmen, und da machen das immer Frauen, nie die Männer. Es heißt doch immer, Männer würden mit dem Schwanz denken und immer nur das Eine wollen." Jetzt glüht sie regelrecht. „Also, Sven will nicht nur das Eine und er scheint auch nicht mit seinem Schwanz zu denken, sondern mit seinem Kopf. Glaubst du, das liegt an mir? Glaubst du, er findet mich unattraktiv? Mag er vielleicht meine roten Haare nicht?"

Unsicher zupft sie an einer ihrer roten Strähnen, die im Moment die gleiche Farbe wie ihr Gesicht haben.

„Hannah, das heißt doch gar nichts, dass er gelegentlich nicht will!" Besänftigend legt Lucy einen Arm um ihre Freundin. „Natürlich findet er dich und deine unwiderstehlich frechen Haare attraktiv, sonst hätte er sich doch gar nicht in dich verliebt. Und wenn du mich fragst, so war es Liebe auf den ersten Blick." Sie erinnert sich an das Waldfest zurück, als Hannah in ganz untypischer Manier eine ganze Armee von Tinder-Dates hat antreten lassen, was Sven unglaublich amüsant fand. Von dem Tag an waren die beiden eigentlich ein Paar.

„Außerdem", fährt Lucy fort, „ist ein Mann zwar nur ein Mann, aber doch auch keine Maschine. Sie können auch nicht immer, da musst du Verständnis für haben. Sven hat einen anstrengenden Job, vielleicht ist er zurzeit einfach nur gestresst."

Lucy hat keine Ahnung, ob ihre Erklärung wirklich plausibel ist. Sven arbeitet in der IT eines mittelständischen Unternehmens und nach seinen Erzählungen hört der Job sich eigentlich nicht anstrengend an. Aber heutzutage ist ja jeder gestresst, wieso sollte er da die Ausnahme sein? In dem Moment fällt ihr wieder ein, was sie selbst noch alles zu tun hat, und bei dem Gedanken zieht sich alles in ihr zusammen.

„Meinst du wirklich, Lucy?", fragt Hannah mit neuer Hoffnung in der Stimme.

„Ja, natürlich. Für einige Männer ist das sogar ein großes Thema, dass sie nicht immer Lust haben oder nicht immer können. Geh da mit Verständnis und ein bisschen Feingefühl ran, dann wird das schon wieder. Such vielleicht auch das Gespräch zu Sven in einer ruhigen Minute."

Obwohl sie sich dabei nicht ganz wohlfühlt, manövriert Lucy ihre Freundin jetzt sachte in Richtung Gartentor. Sie hat einfach zu viel zu tun. Hannah dreht sich noch mal zu ihr um und schließt sie in die Arme.

„Danke, Lucy, das hat gutgetan!"

„Gern geschehen, ich bin doch immer für dich da", gibt Lucy zurück, und obwohl sie es in dem Moment tatsächlich so meint, kommt sie nicht umhin, ein leicht schlechtes Gewissen zu haben. Ihr ist bewusst, dass sie Hannah ein wenig absorviert hat, aber im Moment kommt alles Private zu kurz. Das wird sich auch wieder ändern.

Trotzdem atmet sie erleichtert auf, als Hannah den Garten verlässt und sie sich wieder ihren Aufgaben zuwenden kann. Sie hat das Gefühl, dass alle außer ihr Unmengen von Zeit haben. Wo nehmen sie die nur her? Sie dreht sich um, um sich endlich dem Unkraut im Garten zu widmen. Bald wird sie sich einen Gärtner suchen müssen, aber auch dazu kam sie bislang nicht. Heute muss sie es also noch einmal selbst machen.

Doch sobald sie sich ihren breiten Sommerhut übergestülpt und zu den hartnäckigen Disteln hinuntergebeugt hat, hört sie schon wieder eine Stimme hinter dem Gartenzaun. Eine schöne, dunkle Stimme, die sie sonst immer erfreut. Aber gerade jetzt …?

„So ein wunderschöner Tag", tönt es an ihr Ohr. „Ich

dachte, da lassen wir beide mal den lieben Gott einen guten Mann sein und machen etwas ganz Besonderes." Mit breitem Grinsen hält Alex seine Golftasche hoch. „Es ist an der Zeit, den goldenen Sport kennenzulernen, junge Dame! Das Unkraut kann warten! Glaub mir, das wird auch morgen noch da sein."

„Jetzt? Du willst jetzt Golf spielen gehen?" Lucy starrt ihren Freund fassungslos an. „Alex, es ist mitten am Tag. An einem Werktag. Ich habe zu tun!" Sie muss aufpassen, ihre Stimme nicht zu heben. *Tief durchatmen*, sagt sie sich.

In dem Moment tut es ihr fast schon wieder leid, als sie sieht, wie ein verletztes Zucken über Alex' Gesicht huscht.

„Ich dachte, ich könnte dir eine Freude machen", sagt dieser jetzt in bedrücktem Ton. Und fügt dann etwas leiser hinzu: „Schau, Lucy, du hast doch noch gar nicht wirklich eröffnet. Deine einzigen Gäste sind zwei enge Freundinnen. Können wir da nicht mal einen der ersten schönen Frühlingstage des Jahres zusammen genießen und uns Zeit für uns nehmen? Ich habe das Gefühl, ich sehe fast gar nichts mehr von dir. Außerdem ist heute Freitag. Also nur ein halber Werktag."

Lucy ist hin- und hergerissen. Sie weiß, dass er recht hat. Sie hat sich wirklich rar gemacht. Aber sie muss Prioritäten setzen. Und im Moment wächst ihr alles über den Kopf.

„Das ist lieb gemeint, Alex, wirklich, und ich weiß den Gedanken auch zu schätzen", versucht sie ihn mit einem sanften Lächeln aufzumuntern, „aber ich könnte es jetzt einfach nicht genießen, verstehst du?" Dabei denkt sie kurz an Sven, der im Moment offensichtlich auch nicht genießen kann. „Ich mache dir aber einen Vorschlag", fährt sie fort. „Wieso veranstalten wir heute Abend nicht eine Pasta-Party? Wir kochen eine Riesenportion Pasta mit den Londoner Mädels zusammen, ich lade noch Babs, Hannah, Michi und so weiter ein, die habe ich in letzter Zeit auch alle so wenig gesehen, und dann machen wir uns einen schönen Abend. Ist das ein Deal?"

„Wohl der einzige Deal, den ich heraushandeln kann", antwortet Alex immer noch geknickt, aber Lucy weiß, dass er nicht nachtragend ist. Eine seiner vielen guten Eigenschaften. Trotzdem grummelt er: „Aber schön zu sehen, dass ich auf einer Stufe mit all deinen anderen hundert Freunden stehe."

Lucy guckt ihn schelmisch an: „Der Unterschied ist, du wirst danach das Bett mit mir teilen, die anderen hundert nicht. Außer es törnt dich an, und du willst ein wenig herumexperimentieren. Wer soll es denn sein? Michi und Marcel? Oder lieber Hannah und Babs?"

„Lucy, hör auf!" Alex wirft die Arme in die Höhe. „Okay, okay, du hast mich. Ich hab den Joker gezogen, ich seh' es jetzt ein. Du allein reichst mir in jeder Hinsicht, ist das klar? Nur vielleicht ein bisschen mehr von dir, das wäre schön!"

„Ach, ich soll zunehmen? Gar kein Problem. Hannahs Gebäck lacht mich schon immer so verführerisch an."

„Nein, bleib bloß so, wie du bist. Tu so, als hätte ich nichts gesagt, okay? Und mit dem Bett, das hat mich überzeugt. Ich bin dabei, heute Abend. Freue mich sogar drauf." Dabei zwinkert er ihr verführerisch zu, und Lucy spürt, wie die Härchen auf ihren Armen sich aufstellen und auch der Rest ihres Körpers auf ihn reagiert. Selbst in ihrem Unterleib spürt sie ein kurzes Pochen.

Puh, geht doch noch, denkt sie erleichtert. *Es ist also noch nicht alles im Stress untergegangen.*

Bevor Alex sich wegdreht, deutet er mit dem Kinn zum Eingang des Chalets: „Was sind das für Kreidezeichen? Die sehen doch sonst immer anders aus."

„Die stehen für meine Familie", erklärt Lucy mit einem stolzen Lächeln. „Als Ehrung sozusagen."

„Ah, als Ehrung, ausgezeichnet", bemerkt Alex und wirft ihr noch schnell einen Kuss zu, bevor er geht.

Täuscht sie sich, oder hat sie da gerade einen Schatten über sein Gesicht fallen sehen?

ABENDS LÄDT Lucy wie versprochen alle ein, und wie sie befürchtet hat, haben sie auch alle Zeit: Alex, Sophie und Aishley werden natürlich da sein. Dann noch Hannah und Sven, Michi und Marcel sowie Babs. Ihre besten Freunde am Tegernsee, aber Freunde, die sie in letzter Zeit übel vernachlässigt hat. Und wenn sie ganz ehrlich zu sich ist, so würde sie sie heute am liebsten wieder vernachlässigen. Wie schön wäre es, sich einen gemütlichen Abend einfach nur mit Sophie und Aishley und vielleicht noch mit Alex zu machen, um dann früh ins Bett zu fallen. Aber das wird heute nicht passieren, denn sie wird die Gastgeberin spielen müssen. Und ein wenig freut sie sich ja auch. Sie hat in letzter Zeit wenig anderes getan, als das Chalet auf Vordermann zu bringen.

Um sieben Uhr kommen sie langsam alle hereinspaziert.

Alex erscheint zuerst, mit Hannah im Schlepptau, die, wie nicht anders zu erwarten war, einen riesigen Kuchen dabeihat. Lucy sieht sich in den nächsten Tagen schon doppelt so viel Yoga wie sonst machen. Wobei, Alex wollte ja mehr von ihr haben. Wie gut er übrigens wieder aussieht. Wie schon heute Nachmittag stellt sie erfreut fest, dass sie immer noch Schmetterlinge im Bauch hat, wenn sie ihren attraktiven Freund anschaut. Kurz danach treffen Michi und Marcel mit einer Magnum-Flasche Champagner ein und sind wie immer liebestrunken. Seit ihrem Coming-out im letzten Jahr sind sie kaum mehr auseinanderzubekommen. Vergessen sind alle Sorgen über mögliche geschäftliche Nachteile, die ihr Schwulsein in der manchmal kleinkarierten Bevölkerung mit sich bringen könnte.

Jetzt fehlt nur noch Babs, aber die ist ohnehin immer zu

spät. Vielleicht wird sie Emma mitbringen, das ehemals schüchterne Zimmermädchen aus Alex' Tegerngold-Hotel, das sich durch Babs' Anteilnahme und Lucys Yoga so sehr gemacht hat, dass sie kaum mehr wiederzuerkennen ist. Auch Babs arbeitet im Tegerngold, als Masseurin, obwohl sie das gar nicht nötig hat. Ihre Eltern sind steinreich, wie letztes Jahr herauskam. Und nachdem ihr Vater ihr noch die Weinbar geschenkt hat, in der Michi arbeitet, vermutet Lucy, dass sie nicht mehr lange im Tegerngold bleiben wird. Alex befürchtet das Gleiche, denn Babs ist eine verdammt gute Masseurin, auf die er nur ungern verzichten würde. Aber sie wird vielleicht bald selbst in der Weinbar einspringen müssen, da Michi jetzt nebenbei eine Wassersportschule aufmacht, für die Lucy ihm auf ihrem geerbten Grundstück Platz zur Verfügung gestellt hat.

Meine Güte, so viele Verwicklungen, denkt sie sich. *Gut, dass ich das niemandem erklären muss.*

Da fliegt auch schon die Tür auf und Babs kommt in ihrer üblich herrischen Art hereingeschneit. Ohne erst einmal irgendjemand anderen zu begrüßen, stürzt sie sich gleich auf Rosie und knuddelt diese so stark, dass der Hund sich so schnell wie möglich aus Babs' Armen windet und hinter dem Kachelofen verkriecht.

„Bald wirst du dort auch nicht mehr hinter passen", ruft Babs Rosie lachend hinterher. „Dann kannst du Tante Babs nicht mehr entkommen."

„Das werden wir ja sehen", entgegnet Lucy stellvertretend für ihren Hund und nimmt Babs in den Arm. „Dann wird sie dir in den Hintern beißen."

Babs dreht sich um und haut sich selbst auf die Pobacken. „Der jetzt dank dir yoga-gestählt ist", stellt sie strahlend fest. Dann greift sie Lucy bei den Schultern und schüttelt diese. „Mensch, Lucy, dass man dich noch mal wiedersieht! Seit du das Chalet aufgemacht hast, scheinst du fast vom Erdboden verschwunden zu sein. Puff, einfach weg."

„Ach, du weißt doch, wie das ist. Viel Arbeit. Da komme ich zu nichts anderem mehr."

„Ja, weiß ich, aber das ist doch kein Grund, deine Freunde gleich so zu ignorieren. Ich sehe keinen von euch mehr. Hannah klebt nur noch an Sven. Wenn Michi nicht versucht, seine Wassersportschule aufzumachen oder mittlerweile mehr schlecht als recht in der Weinbar arbeitet", dabei wirft sie ihm einen strengen Blick zu, den er zu ignorieren vorgibt, „dann klebt er nur an Marcel, und du klebst zwar nicht an dem armen Alex, an dem du eigentlich kleben solltest, dafür aber an deinem Chalet. Ich bin die einzige hier, an der niemand klebt, und das ist eine offizielle Beschwerde!"

Was auch immer Babs sagt, es hört sich nie böse an. Dafür ist sie viel zu optimistisch und hat die beneidenswerte Angewohnheit, immer die positiven Dinge des Lebens zu sehen. Auch jetzt klingen ihre Worte mehr amüsiert als erbost.

Trotzdem sagt Lucy schnell: „Setz dich bloß nicht neben Alex, Babs, sonst kommt ihr beide aus dem ‚Lucy-hat-keine-Zeit-mehr'-Jammertal nicht mehr heraus. Wieso bist du überhaupt pünktlich? Was ist mit dir los? Und wo ist Emma? Sie ist doch sonst immer deine Klette!"

„Lucy", mischt Alex sich jetzt mit gespielter Empörung ein. „Emma ist meine Angestellte, so sprichst du nicht über sie! Hallo Babs!" Er steht auf, geht zu ihr rüber und gibt ihr ein Begrüßungsküsschen.

„Mein Schatz", entgegnet Lucy ihm, „du weißt, ich liebe Emma, aber wenn Babs behauptet, wir würden alle aneinanderkleben, dann werde ich wohl noch kontern dürfen. Außerdem stimmt es ja. Seit sie Emma unter ihre Fittiche genommen hat, sind die beiden wie das doppelte Lottchen."

„So schlimm ist es nun auch wieder nicht", gibt Babs

verlegen zurück. „Und woher willst du das überhaupt wissen? Du siehst mich ja kaum mehr. Aber jetzt lass mich erst einmal die anderen begrüßen, und dann: Paaaaarty!"

Na, das kann ja lustig werden! Aber mittlerweile freut Lucy sich wirklich. Vor allem, da ihre Tegernseer Freunde noch gar nicht die Möglichkeit hatten, Sophie und Aishley richtig kennenzulernen. Sie haben sich immer nur zwischen Tür und Angel getroffen. Es wird Zeit, dass sie mal ihre deutsche und englische Welt zusammenbringt.

Da fragt Babs die beiden auch schon: „Erzählt noch mal, wieso könnt ihr eigentlich so gut Deutsch? Lucy hatte es schon mal erwähnt, aber ich hab's wieder vergessen. Ein Gedächtnis wie ein Sieb!"

„Also", fangen beide gleichzeitig an. Dann gucken sie sich an, lachen, und Sophie beginnt:

„Mein Vater lebt in Düsseldorf, er ist Halbdeutscher und hat darauf bestanden, dass meine Schwester und ich von klein auf die Sprache lernen. Er hat zu Hause auch fast nur Deutsch mit uns gesprochen. Ich glaube, er fand es gar nicht schlecht, dass meine Mutter dann nicht alles mitbekam. Und Aishley, na ja, alles an Aishley und ihrem Hintergrund ist aristokratisch, und da die halbe englische Aristokraten- und Adelswelt aus Deutschland kommt, war es natürlich keine Frage, dass auch sie bilingual erzogen wird."

„Außerdem waren unsere Nannys immer Deutsche", wirft Aishley ein. „Aber nie aus Bayern. Meine Mutter verstand den Dialekt nicht. Sie mussten immer aus der Nähe von Hannover kommen, da spricht man wohl das reinste Deutsch."

Die anderen stimmen ihr lachend zu.

„Und dann war ich natürlich von klein auf mit Sophie befreundet, da habe ich Deutsch bei ihr zu Hause auch immer mitbekommen. Und wenn wir in der Schule nicht wollten, dass uns jemand versteht, dann haben wir einfach

Deutsch gesprochen. Für die anderen war das Kauderwelsch. Seht ihr, sogar ein Wort wie ‚Kauderwelsch‘ kenne ich. Das war eines der Lieblingswörter von Sophies Vater. Und ‚papperlapapp‘. So, das war's zu unseren deutschen Wurzeln. Aber da jetzt ein Italiener mein Leben bestimmt, würde ich sagen, ich führe das Pastamachen an! Pronto, pronto, tutti quanti, jetzt wird gearbeitet.“

„Vergiss ihr Italienisch“, flüstert Sophie Lucy zu. „Sie liebt Deutsch. Da hören sich ihre Befehle noch herrischer an. Und dass ein Italiener jetzt ihr Leben bestimmt – dass ich nicht lache. Es wird eher die Hölle zufrieren, als dass irgendjemand Aishleys Leben bestimmt.“

„Ich habe sehr gute Ohren“, ruft Aishley ihnen zu. „Los, ihr beiden, ihr könnt schnibbeln.“

Tatsächlich ist in kürzester Zeit ein großer Topf Pasta plus dazugehörigem Salat fertig, und Lucy ist nur froh, dass ihre Morgenstunde im Yoga samstags etwas später als sonst beginnt. Es wird ein langer Abend. Sie essen, trinken und lachen so viel, dass Lucy sich nicht erinnern kann, wann sie das letzte Mal so ausgelassen war.

EIN PAAR STUNDEN später liegt sie neben Alex im Bett und kuschelt sich an ihn. „Ich liebe dich“, flüstert sie ihm zärtlich zu.

„Ich liebe dich mehr“, flüstert er ebenso zärtlich zurück.

„Nein, ich liebe dich mehr.“

„Okay“, gibt er nach, und sie meint, im Dunkeln sein Lächeln zu spüren. „Sollen wir dann morgen Golf spielen gehen?“, fragt er nach einer kurzen Pause. „Ich würde einfach so gerne mal mit dir zusammen spielen.“

Eine dunkle Wolke legt sich über Lucys Gemüt. Die Leichtigkeit von eben ist verflogen. Wieso muss er dieses Thema gerade jetzt anbringen? Diese Diskussion scheinen sie seit Wochen zu führen, und sie hat das Gefühl, sich ständig rechtfertigen zu müssen. Das schlechte Gewissen wird langsam anstrengend.

„Nicht morgen, Alex, ich schaffe es einfach nicht. Aber bald mal, okay? Versprochen!"

Sie merkt, wie auch seine Stimmung sich subtil ändert.

„Na ja, die Hoffnung stirbt zuletzt", murmelt er. Dann gibt er ihr noch einen kurzen Kuss, dreht sich um und fängt schon bald an, tiefer zu atmen. Lucy seufzt auf und hat Mühe, einzuschlafen. Aber sie muss, morgen ist wieder Yoga.

Als Lucy wenige Stunden später vom Zwitschern der Vögel geweckt wird, ist Alex schon weg. Auf dem Nachttischchen hat er einen Zettel hinterlassen, auf dem die Worte stehen: „Konnte nicht gut schlafen, bin schon los. Hab einen schönen Tag, mein Schatz. xx, A."

Ihr fällt mit einem Stich im Herzen auf, dass er kein ‚Ich liebe dich' dazugeschrieben hat. Das tut er sonst immer, wenn er ihr Nachrichten hinterlässt. Und es ist auch nicht typisch für ihn, vor ihr aufzustehen und abzuhauen. Aber so sind die Zeiten nun einmal. Damit müssen sie beide leben.

Lucy steht auf, springt unter die Dusche und freut sich, dass sie trotz des beachtlichen Alkoholkonsums von gestern kein Hämmern im Schädel hat. Dann läuft sie herunter, um ihre Yogastunde zu beginnen.

4

Ein paar Tage nach ihrem Pasta-Abend klopft es an Lucys Tür, und als sie aufmacht, stehen Alex und Emma vor ihr. Emma strahlt übers ganze Gesicht, und Alex hat diesen Ausdruck, den er immer auflegt, wenn er ganz besonders stolz auf etwas ist.

„Hallo, ihr beiden! Was macht ihr denn hier? Fällt das Tegerngold ohne euch nicht zusammen?"

Alex lacht. „Für kurze Zeit können wir schon mal weg. Und Emma jetzt sogar für etwas länger."

„Soso. Ich verstehe zwar nur Bahnhof, aber kommt doch rein. Es ist völliges Chaos da drinnen, da ich mitten im Dekorieren bin, aber für eine Tasse Tee werden wir schon noch ein Plätzchen finden."

„Ich habe leider im Moment keine Zeit für einen Tee, mein Schatz. Ich wollte dir nur Emma vorbeibringen." Alex sieht auf die Uhr, während Emma weiterhin strahlt, als hätte sie gerade im Lotto gewonnen.

„Emma vorbeibringen?" Lucy schaut ihren Freund fragend an. „Sind euch die Babysitter im Tegerngold ausgegangen, und ich soll jetzt auf Emma aufpassen?" Sie guckt zu

Emma rüber. „Entschuldige, aber wie hört sich das denn an: ‚Ich wollte dir Emma vorbeibringen'. Du bist doch kein Kleinkind."

„Es wird noch schräger", antwortet Emma, aber das Grinsen bleibt auf ihrem Gesicht haften.

Lucy verliert langsam die Geduld. „Jetzt mach dich nicht lächerlich, Alex. Erst willst du ständig Golf spielen gehen, wie lange dauert so etwas – gefühlte hundert Stunden würde ich sagen – und jetzt hast du noch nicht einmal Zeit für einen Tee? Das ist doch Quatsch. Also, herein mit euch. Ich bleibe doch nicht zwischen Tür und Angel stehen, während ihr so herumdruckst."

Ihr Tonfall lässt keine Widerworte zu, und Alex und Emma folgen ihr artig ins Chalet. Alex schaut sich um.

„Wow, Baby, hier ist wirklich Chaos. Gut, dass du jetzt da bist, Emma!"

„Okay, Alex, was wird das hier eigentlich?", verlangt Lucy zu wissen, während sie einen Tee aufsetzt. „Erkläre dich!"

„Yes, Madame!", antwortet Alex und steht stramm. „Sofort!"

„Also, ich bin ganz Ohr." Lucy bemerkt, dass Alex etwas verunsichert ist. Das ist nicht typisch für ihn. Was er wohl vorhat? Auch rückt er weiter nicht mit der Sprache heraus. „Wie soll ich anfangen?", stammelt er stattdessen.

„Tu doch nicht so", kichert Emma ganz entgegen ihrer sonst zurückhaltenden Art. „Du hast doch schon auf dem ganzen Weg hierher geübt!"

„Emma!" Alex hebt warnend den Zeigefinger, aber Lucy beobachtet aus den Augenwinkeln, wie ein breites Grinsen sich über sein Gesicht legt. „Also, Lucy, du hast von heute an deine erste Angestellte. Darf ich vorstellen: Tada, Ladys und Gentlemen, das ist Emma, frisch aus dem Tegerngold, jetzt neues Hausmädchen im Chalet am See!"

Lucy versteht gar nichts. Sie findet lediglich, dass es sich wie auf einem Viehmarkt anhört und verdreht die Augen. Sie wendet sich von der Küchentheke zu ihm hin.

„Was soll das heißen, meine erste Angestellte? Du weißt doch genau, dass ich mir noch keine Angestellten leisten will. Ich werde das schon alleine wuppen. Zumindest für den Moment."

„Du musst sie dir auch nicht selbst leisten." Alex strahlt sie an. „Ist eine Leihgabe vom Tegerngold."

Jetzt reißt Lucy endgültig der Faden: „Alex, hör endlich auf, Emma wie einen Gegenstand anzupreisen. Sie ist eine Frau, eine vollwertige Frau, und die Zeiten des Sklavenhandels sind vorbei! Also, du kannst sie mir nicht ‚ausleihen', wie du so schön ausdrückst. Was willst du also wirklich?"

Alex guckt, als hätte man gerade einen Eimer kaltes Wasser über ihm ausgegossen. Sofort tut Lucy ihr Tonfall leid.

„Hey, sorry, ich wollte nicht so harsch sein. Aber lass mich doch jetzt bitte wissen, weshalb ihr hier seid, und hör endlich auf, in Rätseln zu sprechen."

Sie sieht, dass jetzt auch Emma leicht bedröppelt dreinschaut und schlägt sich innerlich auf die Schulter: Gut gemacht, Lucy, da kommen zwei Menschen, um dir offenbar eine Freude zu bereiten, und du schaffst es innerhalb von Minuten, die Stimmung zu vermiesen.

Sie atmet tief durch, nimmt die Teetassen und stellt sie vor ihren Gästen hin. „Entschuldigt, Leute, ich bin manchmal ein Kotzbrocken. Ist eigentlich nicht meine Art, aber im Moment wächst mir alles über den Kopf. Was habe ich mir nur dabei gedacht, so mir nichts, dir nichts ein Hotel aufzumachen? Gut, dass ich vorher nicht gewusst habe, was da auf mich zukommt. Dann hätte ich es vermutlich nicht getan. Aber ich denke mal, dafür ist es jetzt zu spät. Also, tut so, als hätte ich bislang noch nichts gesagt und rückt endlich mit den Details heraus."

Sie versucht, sich ein Lächeln ins Gesicht zu pflanzen, aber die vorher so gelöste Stimmung ist dahin.

„Genau darum geht es, Lucy, dass du hier etwas, ähm, um es ehrlich zu sagen, überfordert zu sein scheinst. Und da dachte ich mir …" Alex atmet tief durch. „Also gut, ich fange von vorn an: Eine unserer Putzhilfen kommt ursprünglich aus einem Krisengebiet, und deren Familie ist jetzt an den Tegernsee nachgezogen. Unter anderem sind da zwei Cousinen, die dringend einen Job brauchen. Ich habe mich bereiterklärt, die beiden als Zimmermädchen einzustellen, und sie sind bereit, loszulegen. Um ganz ehrlich zu sein, brauche ich aber nicht unbedingt zwei neue Hilfen. Ich habe die Entscheidung eher getroffen, um meiner Angestellten zu helfen. Und da fiel es mir wie Schuppen von den Augen: Emma ist komplett aus dem Zimmermädchendasein im Tegerngold herausgewachsen. Sie macht es zwar immer noch super, aber die Schuhe sind ihr zu klein geworden. Nachdem ihr sie unter eure Fittiche genommen habt, ist nicht nur ihr Selbstbewusstsein gestiegen, sondern parallel dazu auch ihre Fähigkeiten." Er blickt Emma kurz von der Seite an und fragt: „Ist es okay, wenn ich so offen über dich spreche?"

„Natürlich, Alex." Sie lächelt ihn an. „Darüber haben wir uns ja schon unterhalten."

„Gut." Er fährt fort: „Aber obwohl das Zimmermädchendasein im Tegerngold Emma nicht mehr wirklich auslastet, haben wir im Moment auch keine andere Stelle für sie. Und da habe ich an dich gedacht, Lucy. Du könntest hier jemanden gebrauchen, und wenn Emma in einem kleinen Betrieb mithelfen könnte, dann würde sie von der Pike auf alles über das Geschäft lernen. Nicht nur das Zimmersäubern. Wenn sie mag, kann sie dann irgendwann in einer anderen Rolle zu uns zurückkehren. Aber das hier ist eine einmalige Gelegenheit für sie."

„Das hört sich super an", sagt Lucy jetzt und stammelt

leicht. „Und ich könnte Hilfe sicherlich gebrauchen. Aber nach wie vor ist das bei mir im Moment leider nicht drin, beziehungsweise ist es nicht in meinem Budget vorgesehen. Josephine war schon eine unerwartete Ausgabe für die zusätzlichen Yogastunden."

„Wenn es ginge, würde ich für dich auch umsonst arbeiten", wirft Emma ein, aber Alex unterbricht sie.

„Niemand wird hier umsonst arbeiten. Lucy, verstehst du denn nicht: Das Tegerngold leiht dem Chalet Emma sozusagen aus. Und zwar nicht aus Wohltätigkeit, sondern weil ich will, dass sie hier alles lernt. Es ist völlig selbstsüchtig. Behalte sie die nächsten paar Monate hier, bring ihr so viel wie möglich bei, und dann schauen wir weiter."

Lucy weiß nicht, was sie sagen soll. Widerstreitende Gefühle machen sich in ihr breit. Einerseits wäre es wirklich super, wenn ihr jemand unter die Arme greifen würde, andererseits glaubt sie nicht, dass sie dieses Angebot annehmen kann. Sie kann Alex doch nicht für eine ihrer Angestellten zahlen lassen!

Der scheint ihre Zerrissenheit zu spüren und sagt jetzt: „Schau, ich weiß, dass du keine bist, die so etwas einfach annehmen würde, nur damit ich dir helfen kann. Dafür bist du viel zu stolz, das ist uns beiden bewusst. Aber betrachte es doch mal aus meiner Perspektive: Ich hoffe, du wirst es nie erleben, da dein Haus etwas kleiner und intimer ist, aber grundsätzlich gibt es in der Tourismusbranche eine unglaublich hohe Fluktuation beim Personal. Viele kommen für eine Saison und gehen dann wieder. Das ist für uns Hoteliers nicht nur teuer, da wir sie immer wieder neu ausbilden müssen, sondern es ist auch den Gästen gegenüber nicht ideal. Die sehen am liebsten dieselben Gesichter immer und immer wieder. Sie mögen Kontinuität, wollen erkannt und mit ihrem Namen begrüßt werden. Das ist jedoch nicht der Fall, wenn das Haus ständig neue Mitarbeiter hat. Emma ist mittlerweile seit gefühlten Ewigkeiten bei uns, und ich hoffe, sie bleibt. Ich habe im Moment jedoch nicht die Ressourcen, um sie weiter auszubilden. Dazu fehlt uns gerade einfach die Zeit, wir haben alle Hände voll zu tun! Daher, meine Liebste, würdest du mir einen riesigen Gefallen tun, wenn du das für das Tegerngold erledigen könntest. Gib Emma Einblick in alles, was zu einem Hotel so dazugehört. Sie hat sich bereiterklärt, hier – ebenso wie bei uns zuvor – die Zimmer zu machen, zu putzen und auch bei allem anderen mitzuhelfen. Damit bist du etwas entlastet, sie kann sich weiterbilden, und das Tegerngold wird in Zukunft profitieren. Ein Win-Win-Win für alle Beteiligten."

Alex holt tief Luft. Seine Rede scheint beendet zu sein. Lucy steht da, mit ihrem Tee in der Hand und weiß nicht, was sie sagen soll. Wenn er es so darlegt, scheint sie ihm eher entgegenzukommen, wenn sie Emma bei sich arbeiten lässt. Und ihr würde das wirklich helfen, da gibt es keine Frage!

Sie entschließt sich, nochmals sicherzugehen: „Also, Alex, damit ich dich richtig verstehe: Du möchtest Emma weiter ausbilden und hoffst, dass sie hier alles lernen kann. Dafür stellst du sie mir sozusagen zur Verfügung." Bei dieser Wortwahl schüttelt es sich in ihr, aber sie fährt trotzdem fort: „Und irgendwann geht sie wieder ins Tegerngold zurück, um dort eine höherrangige Position einzunehmen. Dafür zahlst du weiter ihr Gehalt, richtig? Und ich habe die Hilfe, die ich, ehrlich gesagt, wirklich brauche."

„Richtig!", bestätigt Alex. Jetzt scheint auch er sich zu entspannen, und strahlt Lucy wieder gemeinsam mit Emma an.

„Also, Lucy, sagst du ja?" Emmas Augen sind voller Erwartung, aber Lucy hört auch leichte Unsicherheit in ihrer Stimme.

Sie schmunzelt und schüttelt dann lachend den Kopf. „Wie könnte ich zu so einem Angebot Nein sagen? Herzlich willkommen im Chalet am See, Emma." Damit schließt sie die andere Frau in die Arme und spürt, wie Emma leicht zittert. Dann umarmt sie Alex. „Danke, mein Schatz. Auch dafür, dass du dich immer um mein Wohl sorgst und sogar bereit bist, dich von dieser Perle hier für eine gewisse Zeit zu trennen. Da fällt mir ein: Emma, wo wirst du eigentlich schlafen? Hier oder im Tegerngold?"

„Da würde ich gerne im Tegerngold bleiben, wenn das für dich okay ist", gibt Emma schüchtern zurück. „Ich mag mein Zimmer und ich mag es, morgens hier runterzukommen. Und vielleicht wäre es ja trotzdem möglich, dass ich weiterhin beim Yogaunterricht mitmache? Ich werde danach doppelt so schnell arbeiten, ich versprech's!"

„Emma!" Lucy muss wieder lachen. „Natürlich machst du beim Yoga mit! Du hast bislang fast keine Stunde verpasst, da solltest du jetzt sicherlich nicht damit anfangen. Und dass du weiterhin im Tegerngold wohnst, ist natürlich absolut in Ordnung." Insgeheim ist Lucy froh darüber. Jemanden permanent im Haus zu haben, wäre ihr im Moment etwas zu viel gewesen. Zudem übernachtet Alex öfter hier, und er bevorzugt es wahrscheinlich auch, morgens nicht von einer seiner Angestellten in Unterhosen angetroffen zu werden. So ist das auf jeden Fall besser.

„Perfekt!" Lucy klatscht in die Hände. „Wann fangen wir an? Nächste Woche?"

Emma hebt einen kleinen Beutel hoch. „Ich habe meine Sachen dabei, ich kann gleich anfangen."

„Jetzt?" Lucy schaut sie fasziniert an. „Ihr beide seid wirklich schnell, was?"

„Du bist doch die Spirituelle hier, mein Schatz. Da solltest du wissen: Es gibt keine bessere Zeit als das Jetzt. Also, weshalb warten?" Damit zieht Alex sie in seine Arme und drückt ihr einen Kuss auf den Mund.

„Aber wenn du meinst, dass ich jetzt deswegen ständig

mit dir auf dem Golfplatz rumhängen werde, dann hast du dich geschnitten", klärt Lucy ihn noch schnell auf.

„Das werden wir ja sehen." Alex zwinkert ihr zu und gibt ihr einen weiteren Schmatzer. „Jetzt muss ich aber wirklich los. Ich habe hier schon viel zu viel Zeit verloren. Also, ihr beiden Grazien, habt eine produktive Zeit, und Emma, zeig der Neuunternehmerin mal, wie die Standards des Tegerngold so aussehen. Wir sind schließlich immer noch Konkurrenten, ein wenig einschüchtern darfst du sie also durchaus."

„Ich werde mein Bestes geben, Chef." Emma grinst ihn an. Dann sieht sie sich um. „Genug zu tun gibt es ja."

Kaum angekommen und schon wird kritisiert, denkt Lucy halb belustigt. Aber sie freut sich wirklich auf die Unterstützung und nimmt sich vor, Emmas Fähigkeiten so gut wie möglich für ihr Herzensprojekt zu nutzen.

„Komm, ich führe dich herum", bietet sie ihr jetzt an. „Es ist nämlich nicht überall so ein Chaos, du wirst schon sehen. Wieso beginnen wir nicht im Garten?"

Emma kennt den großen Garten mit seiner weiten Grünfläche natürlich schon vom Yoga, aber zum ersten Mal begutachtet sie das Saunahäuschen, die Whirlpools und die umstehenden Liegen.

„Das ist ja echt toll", lobt sie voller Begeisterung und Lucys Herz schwillt vor Stolz an. „Meinst du, wir können da auch mal nach dem Yoga rein?"

„Da geht man nackt rein, Emma, das weißt du doch, oder nicht?" So sehr wird Emma sich noch nicht gewandelt haben, dass sie nackt vor anderen herumstolziert.

Nervös kaut Emma auf ihrer Unterlippe herum. „Ja, klar, das kenne ich aus dem Tegerngold. Wobei wir Angestellten den Wellnessbereich natürlich nicht nutzen dürfen. Aber, das mit der Nacktheit hatte ich verdrängt, da hast du recht." Dann lächelt sie Lucy tapfer an: „Vielleicht irgendwann einmal, nicht wahr? Vor einem Jahr hätte ich auch noch nicht gedacht, dass ich beim Yoga mal meinen Kopf zwischen den Beinen halten werde, und heute mache ich das, ohne nachzudenken."

„Recht hast du", bekräftigt Lucy sie und schlägt ihr grinsend auf die Schulter. „Man braucht auch noch etwas, worauf man hinarbeiten kann. Selbst, wenn es ein nackter Saunagang ist. Komm, ich zeige dir den Rest. Hier vorn direkt am Haus können die Gäste an den langen Tischen frühstücken oder einen Kaffee trinken, während sie den See betrachten. Michis Wassersportschule ist ja glücklicherweise hinter der Hecke versteckt, womit uns der Anblick von irgendwelchen Surferboys erspart bleibt."

Emma lacht auf. „Wer weiß, vielleicht würden sich die Yogadamen ja über einige Surferboys freuen. Schön hast du das alles gemacht, wirklich. Ich liebe diese Lampions, die hier überall hängen."

„Ja, es ist mir wichtig, dass es gemütlich ist. Es soll sich wie eine Oase anfühlen, wo die Gäste dem Alltagsrummel mal entfliehen können. Ich denke, das ist hier möglich. Aber ich brauche bald mal einen Gärtner. Die Blumen auf den Fensterbänken habe ich selbst gepflanzt. Wie findest du die?"

„Ein Traum!", sagt Emma. „Und dieses Blau ist so schön. Mal etwas anderes als das Rot, das man überall sieht."

„Ja, mir gefällt es auch. Ich muss versuchen, den Tegernsee-Stil beizubehalten, ohne allzu traditionell zu werden. Das ist manchmal gar nicht einfach. Aber Sophie und Aishley helfen mir da sehr, die haben ein fantastisches Auge. Warte, bis du drinnen alles gesehen hast. Bislang bist du ja nur über Chaos gestolpert und kennst lediglich den Yogaraum, richtig?"

„Richtig. Wir kommen ja immer direkt von hinten herein."

„Ja, ich will das auch weiterhin trennen. Es muss nicht sein, dass die Hausgäste mehrmals täglich von meinen Yogaschülern belagert werden. Daher bin ich froh, dass es zwei Eingänge gibt."

Einmal im Haus gehen sie zunächst in die Küche. „Hier warst du ja eben schon", bemerkt Lucy. „Die Küche ist für mich das Herzstück des Hauses und fungiert gleichzeitig als Esszimmer. Hier halte ich mich auch meistens auf. Vor allem der schöne, alte Kachelofen hat es mir angetan."

„Das kann ich mir vorstellen." Emma schaut sich lächelnd um.

„Jetzt steht hier noch der ganze Mist herum, den ich zum Dekorieren brauche", fährt Lucy mit einem Seufzen fort. „Und es kommt noch so viel dazu! Du kennst das ja vom Tegerngold, wie viel Kleinkram benötigt wird. Aber zumindest ist strukturell alles fertig, eingerichtet, gestrichen und so weiter. Das ist eine riesige Erleichterung. Nur die verdammte Brandschutztür fehlt noch, aber auch die sollte bald da sein. Dann kann ich endlich offiziell eröffnen, denn ohne diese Tür geht gar nichts! Da sind die Behörden strikt. Aber davon mal abgesehen, geht es jetzt nur noch um Schönheitsarbeiten. Also, hier ist das Wohnzimmer. Auch das sollte im Herbst und Winter gemütlich und im Frühling und Sommer offen und hell sein. Es ist gar nicht so einfach, das hinzubekommen. Vor allem fehlen noch schöne Vorhänge, aber so sehr ich auch gesucht habe, ich habe noch nichts Passendes gefunden."

„Das kommt schon noch", beruhigt Emma sie und schaut sich neugierig um. „Hell und einladend ist es auf jeden Fall."

„Ja, finde ich auch. Und da geht es zu dem Yogaraum, den Umkleiden und so weiter, aber das kennst du ja alles. Jetzt gehen wir eine Etage höher zu den Zimmern. Oder besser gesagt zu den Apartments."

Oben angekommen, macht Lucy die erste Tür auf, und Emma entfährt ein langer Seufzer.

„So schön", sagt sie und guckt sich mit sehnsüchtigen Augen um.

„Ja, oder?" In diesem Punkt ist Lucy nicht bescheiden, immerhin hat sie viel Liebe und Arbeit hineingesteckt.

„Der Kamin!" Emma geht schnurstracks zu der Feuerstelle rüber und befühlt fast ehrfürchtig die helle Steinverkleidung. „Gott, wie gerne hätte ich einen Kamin", murmelt sie.

„Ja, ich bin wirklich froh, dass das geklappt hat. Jedes Apartment hat einen, meines inklusive. Das war eine Höllenarbeit, sag' ich dir, und schweineteuer, aber ich finde, es hat sich gelohnt. Dadurch sind zwar auch die Feuerbestimmungen so streng, aber bei dem alten Haus macht das wahrscheinlich Sinn."

„Allerdings!", stimmt Emma ihr zu. „Und ja, es hat sich wirklich gelohnt."

„Jetzt muss ich nur noch lernen, wie man den Kamin anzündet", gibt Lucy zu. „Ich habe nämlich keine Ahnung, wie so was geht."

„Ich weiß das", erwidert Emma stolz. „Ich kann dir das beibringen."

„Prima! Und hier ist die kleine Apartmentküche, in der die Gäste alles vorfinden, was sie zur Selbstverpflegung brauchen. Wir stellen nur Frühstück und nachmittags Kuchen zur Verfügung, zudem gibt es den ganzen Tag über frische Säfte, Kaffee und Tee. Alkohol müssen sie extra bezahlen. Jede Küche hat ihren eigenen Weinkühlschrank und der sollte immer gut gefüllt sein."

„Verstanden", sagt Emma, die schon angefangen hat, sich eifrig Notizen zu machen. Einen Block hat sie wie selbstverständlich dabei.

„Die Details erkläre ich dir in den nächsten Tagen, du brauchst dir jetzt nicht alles zu merken. Bislang haben wir ja auch nur Aishley und Sophie da, und die sind Hausfreunde und damit pflegeleicht. Hier ist das Schlafzimmer und da geht es zu meinem Lieblingsraum – dem Bad!"

Sobald sie das Badezimmer betreten, wird klar, wieso Lucy so stolz auf diesen Raum ist. Er ist nicht nur großzügig und hell, sondern man schaut, genau wie sie es geplant hatte, auf einen Balkon hinaus, auf dem eine elegant geschwungene Außenbadewanne steht. Diese ruht direkt vor dem Bergpanorama und passt perfekt ins Bild. Neben der Badewanne befindet sich ein kleines Tischlein mit diversen Kerzen und duftenden Badezusätzen drauf.

„Die Accessoires müssen natürlich wieder rein, sonst werden die weggeweht", erläutert Lucy. „Ich habe sie einfach mal aufgestellt, um mir das Ambiente selbst vorstellen zu können. Das war schon immer mein Traum, draußen in Ruhe ein Schaumbad zu nehmen, während man in den Himmel blickt. Und jetzt ist der Traum wahr geworden. In jedem der Apartments ist so eine Wanne, ebenso wie in meinem eigenen, das eine Etage höher liegt und im Grunde genauso wie die anderen aussieht. Etwas größer ist es vielleicht."

Lucy bemerkt, wie Emma sichtlich schluckt.

„Emma, bist du okay?"

„Ich glaube, für mich ist auch gerade ein Traum wahr geworden", murmelt diese mit belegter Stimme. „Ich bin so froh, ein Teil von etwas so Speziellem sein zu dürfen. Wenn auch nur für eine begrenzte Zeit."

„Dafür aber von Anfang an", erwidert Lucy lächelnd.

„Richtig, dafür von Anfang an", bekräftigt Emma und räuspert sich.

Dann zeigt Lucy ihr die anderen Apartments, die gleich gehalten und nur in der Farbgebung anders gestaltet sind – orange, gelb, hellgrün und hellblau, mit weißen, grauen und beigefarbenen Elementen – woraufhin Emma voller Aufrichtigkeit verkündet: „Lucy, ich finde, das hier ist das schönste Hotel am Tegernsee."

Lucy lacht „Lass das nicht Alex hören! Aber ich bin zufrieden und sehr glücklich mit dem Ergebnis. Wobei ich mit dem Haus an sich auch eine super Ausgangslage hatte. Und dass jetzt zwei berühmte Kreative hier wohnen, schadet natürlich auch nicht. Übrigens wirst du vielleicht bemerkt haben, dass noch Dinge wie Handtücher, Bettwäsche und so fehlen. Das, was wir im Moment hier haben, sind alles Leihgaben aus dem Tegerngold. Du siehst also, du bist nicht die Erste, die ihren Weg aus dem Tegerngold herunter gefunden hat."

„Hoffentlich werde ich jedoch etwas länger bleiben als die Handtücher. Danke, Lucy! Von ganzem Herzen danke, danke, danke!"

ABENDS SITZT Lucy mit Sophie und Aishley beim Essen und einer Flasche Wein und erzählt den beiden von den Vorkommnissen des Tages.

„Das ist Gold wert, Lucy", bemerkt Sophie und schaut sich um. „Verglichen mit heute Morgen, sieht alles richtig aufgeräumt aus. Diese Emma muss ein echtes Putztalent sein!"

„Sie ist auf jeden Fall superfleißig und engagiert. Was mich nur irritiert, ist, dass sie so unglaublich dankbar ist. Sie guckt mich zum Teil an wie ein Kleinkind an Weihnachten. Und dankt und dankt und dankt. Das ist ein bisschen anstrengend. Und vollkommen unnötig."

„Wieso ist sie denn so dankbar?", fragt Aishley und lässt den Wein in ihrem Glas kreisen. „Dafür, dass sie für dich arbeiten darf? So eine Mitarbeiterin hätte ich auch gerne!"

„Ach, sie war doch mal dieses unsichere Mädchen, wirklich eine graue Maus. Ist eine lange Geschichte. Dann fing sie aber an, zum Yoga zu kommen, und langsam verwandelte sich etwas in ihr. Es war faszinierend, zu beobachten. Ihre Mutter hat sie fürchterlich behandelt, müsst ihr wissen, und Emma hat sich nie wirklich getraut, zu leben und sich zu zeigen. Das Yoga hat das irgendwie in ihr geändert. Unterstützt von Babs übrigens, die Emma wirklich liebevoll unter ihre Fittiche genommen hat. Und ihr habt Babs ja erlebt. Laut, selbstbewusst, ganz nach dem Motto ‚Mir gehört die Welt‘. Quasi eine zweite Aishley."

„Hey", wirft diese empört ein, aber Lucy fährt unbeirrt fort: „Jedenfalls hat Emma im Endeffekt ihre Entwicklung sich selbst zu verdanken. Sie kam schließlich täglich hierher und hat sich auf ihre Yogamatte begeben. Aber so, wie sie mich anschaut, habe ich manchmal das Gefühl, dass sie meint, ich sei dafür zuständig. Wisst ihr, was ich meine?"

„Oh ja", bestätigt Aishley sofort. „So funktionieren Sekten. Da wird der Guru mit der Botschaft verwechselt. Die Anhänger denken, dass die Botschaft in ihm sozusagen personifiziert ist. Das ist der Grund, wieso er so viel Macht ausüben kann. Aber wenn das in deinem Fall zu solch einer blitzsauberen Hütte führt, sei doch froh! Ich würde das schamlos ausnutzen."

Jetzt mischt sich auch Sophie lachend ein. „Typisch Aishley! Keine Gelegenheit vorüberziehen lassen, von der du profitieren könntest, was?" Dabei zwinkert sie ihrer Freundin liebevoll zu. „Aber es ist schon super, wenn du Unterstützung hast. Für einen allein ist das kaum zu bewältigen."

„Recht habt ihr", stimmt Lucy ihren Freundinnen zu. „Darauf trinken wir. Auf Emma", verkündet sie und hebt ihr Glas.

„Auf Emma", sagen die beiden anderen und stoßen mit ihr an.

5

Alex sitzt mit einem Glas Brandy auf seiner Terrasse und schaut über das Tegernseer Tal. Der Ausblick, der ihn sonst immer mit Glück erfüllt, kann heute sein Herz nicht berühren. Im Gegenteil – jetzt in der Abendstimmung spürt er die Einsamkeit ganz besonders heftig. Wieder ein Abend ohne Lucy. Wie die meisten Abende in letzter Zeit. Was hat er sich für sie gefreut, als sie angefangen hat, ihren Traum vom Yoga-Chalet zu erfüllen, und wie stolz war er, mit wie viel Energie sie darangegangen ist! Aber jetzt weiß er, was die Leute meinen, wenn sie sagen, dass man vorsichtig sein sollte, was man sich wünscht. Denn der Wunsch könnte in Erfüllung gehen. Lucys Traum vom eigenen Chalet ist wahr geworden, und er hat es ihr von ganzem Herzen gewünscht. Und jetzt sitzt er hier, allein und einsam, und vermisst seine Freundin, während diese in ihrem neuen Heim voller Enthusiasmus herumwerkelt.

Wenn er ehrlich ist, so hätte er gerne langsam angefangen, an eine echte gemeinsame Zukunft mit ihr zu denken. Mit Familie und allem, was dazugehört. Aber das ist jetzt so weit weg. Weiter als noch vor ein paar Monaten, wie ihm scheint. Lucy hat nur noch einen einzigen Fokus, und das ist ihr Chalet. Irgendwie bewundert Alex das auch, aber er kommt nicht umhin, das Gefühl zu haben, auf der Strecke zu bleiben. Er hatte ja gehofft, dass es besser wird, wenn Emma Lucy hilft, aber wie es scheint, hat er sich da selbst ins Bein geschossen. Seitdem Emma bei ihr ist, ist Lucy so voller Energie, dass er sie da unten fast noch weniger wegbekommt. Ständig findet sie etwas, das sie noch verbessern und verschönern muss. Vielleicht ist er sogar etwas neidisch auf sie. Darauf, dass sie etwas hat, in dem sie so aufgeht. Sein eigenes Business hingegen ist mittlerweile eher Routine. Vielleicht sollte er da auch mal etwas ändern?

Dann rafft er sich auf. Das ist doch sonst nicht seine Art, so vor sich hinzubrüten. Er ist ein Macher! Er wird jetzt runter zum Chalet gehen und ein Date mit seiner Freundin ausmachen. Dazu hat er schließlich noch ein Recht. Er könnte das zwar auch telefonisch erledigen, aber so sieht er sie wenigstens noch mal kurz. Denn er muss zugeben: Trotz all ihrer aktuellen Probleme geht sein Herz bei ihrem Anblick immer noch auf. Mehr als bei dem Sonnenuntergang heute Abend allemal. Also steht er auf, fährt sich noch einmal kurz durch die Haare und macht sich auf den Weg - den Berg hinunter zum Chalet.

LUCY LEHNT sich in ihrem Stuhl zurück und pustet in den heißen Tee, dessen Dampf ihr ins Gesicht steigt.

„Puh, Emma, was für ein Tag! Ich kann gar nicht in Worte fassen, wie dankbar ich dir bin. Und Alex natürlich, dass er dich freigestellt hat. Meine Güte, ich hatte keine Ahnung, dass es hier noch so viel zu tun gibt. Ganz ehrlich, ich glaube nicht, dass ich das alleine geschafft hätte. Du wirst langsam unersetzlich!"

Sie sieht, wie Emma leicht verlegen in ihre Teetasse

43

schaut. „Danke, Lucy, es macht wirklich Spaß, weißt du. Hier kann ich mal mehr Dinge tun, als immer nur Zimmer zu putzen. Wobei ich natürlich auch gerne putze, versteh mich nicht falsch." Erschrocken blickt sie zu Lucy auf.

„Emma, hör doch auf, dich immer zu rechtfertigen und zu entschuldigen. Natürlich ist es gut, dass du jetzt auch mal andere Sachen machst, und ich freue mich, wenn du hier dein Potenzial mehr entfalten kannst. Das Einzige, was ich mir wirklich wünsche, ist, dass du es auch für dich tust und nicht nur für mich. Ich will nicht, dass all deine Arbeit von deiner Dankbarkeit angetrieben ist. Es soll von dem Bedürfnis motiviert sein, die beste Version deiner selbst zu werden, verstehen wir uns da?"

„Ja", beteuert Emma leise, aber Lucy ist nicht überzeugt von deren Wahrheitsgehalt, was durch die nächste Aussage noch bestätigt wird. „Aber so ein wenig Dankbarkeit ist doch auch nicht schlecht, oder?"

„Dankbarkeit ist sogar super. Spirituell gesehen, hat Dankbarkeit eine unglaubliche Kraft. Aber sich für jemand anderen aus Dankbarkeit aufzuopfern, das ist eine ganz andere Geschichte. Du schuldest mir nichts, mach dir das bitte bewusst."

„Du hast so viel für mich getan", widerspricht Emma.

„Emma!" Jetzt wird Lucy wirklich ungeduldig. Will sie es denn wirklich nicht verstehen? „Vielleicht habe ich mehr getan, als nur Yoga zu unterrichten, und vielleicht auch nicht. Was auch immer, es ist gern geschehen und ich erwarte dafür nichts zurück. Für das meiste bist du jedenfalls selbst verantwortlich. Du hast dich von einem schüchternen Mädchen zu einer wundervollen Frau entwickelt. Also bleib jetzt nicht auf dem Weg stehen, nur, um es jemand anderem recht zu machen. Wenn du mir hier hilfst, was ich riesig zu schätzen weiß, dann soll das nur deshalb sein, weil du es willst und weil du hier lernst, wie du irgendwann das Tegerngold übernehmen kannst! Verstanden?"

„Verstanden", murmelt Emma, bekommt dann aber große Augen, als von der Tür her eine tiefe Stimme ertönt.

„Das Tegerngold übernehmen, ist das hier ein Coup?"

„Alex!" Lucy strahlt, springt von ihrem Stuhl auf und fällt ihm um den Hals. „Dich habe ich ewig nicht mehr gesehen. Hast du getrunken?", fragt sie und rümpft dabei die Nase.

„Nur einen Schluck. Und wenn du mich ewig nicht gesehen hast, so liegt das sicherlich nicht an mir." Zärtlich streicht er ihr über die Haare.

„Und ja, auch ich freue mich, wenn Emma in den Rängen des Tegerngold emporsteigt, aber ich würde hoffen, dass die Übernahme des Hotels dann doch unseren Kindern zusteht." Dabei zwinkert er Lucy zu. „Wobei, um diese zu produzieren, müsste ich dich schon öfter zu Gesicht bekommen. Virtuell geht das meines Wissens noch nicht."

Lucy bemerkt, wie Emma beschämt wegschaut, und auch in ihr zieht sich alles zusammen. Kinder! Sie weiß, dass Alex das jetzt nicht ernst meinte, er will in absehbarer Zeit sicherlich keine Kinder bekommen, aber sein Blick hat doch etwas Forschendes. Als würde er gespannt auf ihre Reaktion warten. Sie ist ja schon mit einem Hund fast überfordert!

„Haha", lacht sie deshalb in die bedeutungsschwere Gesprächspause hinein. „Birdie und Rosie wären doch auch keine schlechten Erben, was meinst du? Aber was bereitet uns das Vergnügen? Wolltest du nur kurz Hallo sagen? Das hättest du auch übers Telefon machen können."

Den letzten Satz hätte sie sich sparen können, wie ihr jetzt bewusst wird, aber dafür ist es zu spät. Andererseits - seit wann läuft sie so auf Eierschalen, wenn sie mit Alex spricht? Früher sind sie völlig unkompliziert miteinander umgegangen.

„Ich bin hier, um ein Date mit meiner Freundin auszumachen! Morgen Abend? Bei mir? Ich lasse uns etwas Schönes zubereiten, und wir vergessen mal alles, was mit Arbeit zu tun hat. Und da du eben schon Birdie erwähntest – sie würde sich auch freuen, ihre Freundin mal wiederzusehen!" Lucy weiß, dass er recht hat. Die beiden Golden Retriever sind mittlerweile unzertrennlich geworden.

„Gute Idee!", mischt sich Emma ein, bevor Lucy noch antworten kann. „Lucy muss hier mal raus, sie arbeitet von früh bis abends, und dann immer noch die Yogastunden zwischendurch. Ich weiß gar nicht, wie sie das schafft. Ich würde mich jedenfalls auch mal über eine Pause freuen", behauptet sie jetzt, wobei Lucy überzeugt ist, dass das nicht stimmt.

Trotzdem gibt sie gleich nach: „Ihr habt beide recht, ich brauche mal eine Pause, und ja, Alex, wir sollten uns mal wieder einen schönen Abend machen. Rosie hat das auch verdient. Ich habe zwar immer noch das Gefühl, dass kein Ende in Sicht ist", dabei schaut sie sich unglücklich um, „aber ich muss mal wieder frische Energie tanken. Ein Abend bei dir ist genau das Richtige! Sieben Uhr?"

„Wie wär's mit sechs?", gibt Alex zurück.

„Kaum reichst du ihnen den kleinen Finger …", murmelt Lucy, aber dann nickt sie, schließt ihn in die Arme und flüstert „Ich freue mich" in sein Ohr. Daraufhin bekommt er einen Klaps auf den Po und wird mit den Worten „So, jetzt aber raus hier, wir sind beschäftigt" verscheucht.

AUCH EMMA GEHT BALD ZURÜCK ins Tegerngold und entscheidet sich, während sie den Berg hoch stampft, einen kleinen Umweg zu machen. Sie möchte über das Gespräch mit Lucy nachdenken, und das kann sie am besten an der frischen Luft, während der Waldboden mit beruhigender Gleichmäßigkeit unter ihren Füßen knirscht. Sie ist froh, dass Alex heute Abend vorbeigekommen ist und er und Lucy morgen ein romantisches Date haben werden. Ihr ist natürlich nicht entgangen, wie wenig Zeit Lucy in letzter Zeit für Alex und auch für alle anderen hat. Selbst um Rosie kümmert sich oftmals Hannah, wobei Emma sich vorgenommen hat, dies in Zukunft auch zu ihrer Aufgabe zu machen.

Kurz bekommt sie ein schlechtes Gewissen. Haben sie und die anderen Lucy zu viel zugemutet, als sie ihr Rosie geschenkt haben? Sie haben es gut gemeint, aber war es vielleicht der falsche Zeitpunkt? Doch dann schiebt Emma den Gedanken resolut zur Seite. Nein, das ist Quatsch. Lucy hat genau die richtigen Voraussetzungen, um einen Hund unterzubringen, und Emma hat keinen Zweifel, dass sie Rosie auch wirklich liebt. Sie glaubt nicht, dass Lucy jemals wieder ohne den Hund sein will. Dieses Problem kann sie von ihrer Liste streichen.

Aber wenn Emma ganz ehrlich zu sich ist, so wundert sie sich ein wenig. Sie hat Lucy immer bewundert und für außergewöhnlich stark gehalten. Lucy und Babs waren ihre Vorbilder. Aber jetzt sieht sie, dass Lucy sich einen ziemlichen Stress wegen Dingen macht, die nach Emmas Meinung gar keinen Stress bedeuten müssten. Klar, ein Gasthaus zu führen, wird immer mit Arbeit verbunden sein. Aber noch sind ja außer ihren beiden Freundinnen gar keine Gäste da. Das wird sich jedoch bald ändern. Und wie wird es dann werden? Dabei hat das Chalet lediglich vier Gästeapartments. Wenn Emma das mit der Zimmerflut im Tegerngold vergleicht, dann muss sie unwillkürlich grinsen. Und doch schafft Lucy es jetzt schon, sich so unter Druck zu setzen. Dabei muss eigentlich nur noch ein wenig dekoriert werden, aber Lucy tut fast so, als müsste sie das Rad neu erfinden. Im selben Moment hat Emma ein schlechtes Gewissen, dass sie so über ihre neue Chefin denkt, und nimmt sich vor, das

Dekorieren auch zu ihrer Aufgabe zu machen. Lucy und Babs waren schließlich auch ihre Retter, und egal, was Lucy eben von Selbstverwirklichung und der ‚besten Version seiner selbst' erzählt hat, natürlich macht Emma das Ganze auch aus Dankbarkeit. Es macht ihr auch Spaß, selbstverständlich, aber das Yoga hat ihr Leben so sehr verändert, sie glaubt nicht, dass sie es Lucy jemals zurückzahlen kann. Aber sie kann wenigstens so viel geben, wie ihr möglich ist, also wird sie noch härter arbeiten. Sie wird Lucy so viele Aufgaben wie möglich abnehmen, und wer weiß, vielleicht wird diese eines Tages gar nicht mehr ohne sie können? Wie hat sie heute gesagt? ‚Du wirst langsam unersetzlich.' Emma hat sich diese Worte immer und immer wieder auf der Zunge zergehen lassen. So hat noch nie jemand über sie gesprochen. Aber sie mag das Gefühl, unentbehrlich zu werden.

Jetzt ist es zu dunkel geworden, um noch weiter draußen herumzulaufen, und sie macht sich auf den Weg zurück zum Tegerngold. Schade, dass ihr Freund Daniel in der Küche beschäftigt ist. Sie hätte ihm gerne noch Hallo gesagt. Aber das kann warten. Wenn Lucy das Chalet zu ihrer Priorität macht, dann wird sie das auch tun!

6

Lucy hat sich absichtlich wieder die Sachen angezogen, die sie trug, als sie vor nunmehr fast einem Jahr zum ersten Mal mit Alex ausgegangen ist. Nur hat sie diesmal Rosie an ihrer Seite. Und obwohl der Abend damals nicht so endete, wie sie es erhofft hatte, scheint es doch irgendwie zu passen, heute im gleichen Outfit dort hinzugehen. Sie muss schmunzeln, als sie jetzt am Tegerngold hochschaut. Was hat das Hotel sie damals beeindruckt! Wie groß und fremd kam es ihr vor. Und Alex' Penthouse war für sie der Gipfel allen Luxus. Jetzt kennt sie das Haus in- und auswendig und geht hier ein und aus, als sei es ihres. Dabei muss sie wieder an Alex' Worte über Kinder denken. Vielleicht wird sie hier wirklich einmal zu Hause sein? Sie, die Waise, plötzlich die Hausherrin dieses Palastes? Dann reißt sie sich wieder am Riemen. *Du hast deinen eigenen Palast, Lucy, vergiss das nicht!* Aber dann freut sie sich doch darauf, sich heute mal so richtig verwöhnen zu lassen. Das ist im Tegerngold immer einmalig. Sie nimmt sich vor, heute mal richtig abzuschalten.

Alex sieht wie immer fabelhaft aus, und Lucys Herz setzt

bei seinem Anblick für einen Moment aus. Auch er scheint sich bewusst oder unbewusst so ähnlich wie bei ihrem ersten Date angezogen zu haben und begrüßt sie barfuß, mit Jeans und grauem Kaschmirpullover. Den beiden wird jedoch nicht viel Zeit für sich selbst gegeben, denn sobald Birdie und Rosie sich entdecken, veranstalten sie einen Begrüßungstanz, der zirkusreif ist. Die zwei Retriever bilden solch ein goldenes Geflecht, dass man nicht mehr weiß, wer welcher ist.

„Siehst du, Alex, wir müssen zusammenbleiben. Das sind wir schon allein den beiden schuldig."

Alex lacht, aber Lucy meint, eine Spur von Unsicherheit über sein Gesicht huschen zu sehen.

„Ich hätte uns gerne den Tisch auf der Terrasse decken lassen", wechselt er das Thema, „aber dafür ist es wahrscheinlich noch zu kühl. Vor allem in deinem Kleidchen." Dabei schaut er an ihren nackten Beinen herunter, und Lucy ist enttäuscht, dass er gar nicht zu bemerken scheint, dass sie das Outfit von ihrem ersten Date anhat. „Was hältst du also davon, wenn wir den Aperitif draußen nehmen und danach drinnen essen?", schlägt er vor.

„Perfekt!" Lucy strahlt ihn an. Sie hofft wirklich, dass dieser Abend schön wird. Dennoch hat sie das Gefühl, dass etwas in der Luft liegt. Etwas, das nichts Gutes verheißt. „Sind wir okay, Alex?", fragt sie ihn und schaut ihm prüfend in die Augen.

„Mhm." Er nickt und gibt ihr einen kurzen Kuss. „Aber jetzt lass uns doch erst einmal rausgehen. Es wäre schade, den Sonnenuntergang zu verpassen."

Draußen warten schon eine Flasche Champagner sowie Lachshäppchen auf sie. Lucy liebt es, wenn sie zu Alex kommt und behandelt wird, als wäre sie selbst Gast im Hotel. Um alles wird sich gekümmert, und da es sich beim

Tegerngold natürlich um ein 5-Sterne-Haus handelt, ist der Service auf höchstem Niveau. Das Essen ebenso.

„Hm, du verwöhnst mich, Alex." Lucy lässt seufzend den Lachs auf ihrer Zunge zergehen. Dann spült sie ihn mit einem Schluck Champagner runter. Sie merkt erst jetzt, dass sie heute fast den ganzen Tag nichts gegessen hat, da wird sie mit dem Champagner vorsichtig sein müssen. Sie meint sogar, den ersten Schluck jetzt schon spüren zu können, aber er löst auch etwas in ihr, und sie stellt erfreut fest, dass sie sich zum ersten Mal seit langer Zeit mal wieder entspannen und wirklich auf den Abend mit Alex einlassen kann.

Dieser ist wie immer charmant und unterhaltsam, und da sie sich in letzter Zeit so wenig gesehen haben, gibt es umso mehr Gesprächsstoff. In einem Hotel wie dem Tegerngold passiert immer etwas, und Lucy liebt es, die Storys über besonders komplizierte Gäste und schusselige Mitarbeiter zu hören. Dabei versucht sie, das Thema ‚Chalet' so gut wie möglich auszuklammern. Es hat in ihrer Beziehung schon mehr als genug Raum eingenommen, und ein Gefühl sagt ihr, dass es heute besser ist, stattdessen über Gott und die Welt zu plaudern und auch mal wieder zu erfahren, was ihr Freund eigentlich den ganzen Tag macht. Sie erzählt dafür umso mehr von Rosie und deren neusten Eskapaden. Entgegen ihren ursprünglichen Befürchtungen verläuft der Abend so harmonisch, wie man es sich nur wünschen kann.

NACH DEM DESSERT kann sich Alex ein herzhaftes Gähnen nicht verkneifen.

„Das war ein schöner Abend, mein Schatz." Er lächelt sie an, und Lucys Herz schlägt gleich schneller. „Was hältst du davon, wenn wir jetzt ins Bett gehen? Mir jedenfalls fallen schon die Augen zu." Er schaut sich suchend um. „Selbst unsere beiden Vierbeiner scheinen sich schon zurückgezogen zu haben. Und die sind definitiv jünger als wir!"

Lucy nickt glücklich und lässt sich von Alex ins Schlafzimmer führen. Sobald sie im Bett sind, dreht sie ihm den Rücken zu, um ihren Handywecker zu stellen. Dann geht sie noch kurz auf Pinterest, um Vorhänge zu checken. Sie weiß, dass sie eigentlich vor dem Schlafengehen nicht in den sozialen Netzwerken unterwegs sein sollte, das tut ihr nicht gut, aber diese Vorhänge hat sie heute Vormittag schon gesehen, und sie möchte sie noch einmal kurz betrachten.

In dem Moment spürt sie, wie Alex' Hand ihren Körper heruntergleitet, und ihre Sinne reagieren sofort auf seine Berührung. Aber leider schaltet sich gleichzeitig auch ihr Hirn ein. Das liegt zum einen an dem Handy, das sie noch in der Hand hält. Sobald es in ihrer Nähe ist, scheint es ihre Aufmerksamkeit regelrecht zu kidnappen. Zum anderen kalkuliert sie in Gedanken schon, wie lange es jetzt wohl dauern wird, bis sie schlafen können. Alex ist im Bett keiner von den ganz Schnellen. Was sie meist zu schätzen weiß. Aber eben nicht immer.

Reiß dich zusammen, Lucy!, denkt sie, erschrocken über ihre eigenen Gedanken. *Beziehungsweise, lass dich gehen! Das kann doch bei diesem Traummann nicht so schwer sein!*

Schon ist eine von Alex' Händen dort, wo eigentlich alles andere keine Rolle mehr spielen sollte, während die andere ihre Brust liebkost. Langsam, liebevoll und ausdauernd. Dann spürt sie ihn gegen sich pulsieren, und alle Gedanken sind wie weggeblasen. Sie will nur noch ihn. Ein leises Stöhnen entfährt ihr. Er greift sie zärtlich bei den Schultern, um sie auf den Rücken zu drehen, und sie versucht schnell, das Handy unter der Bettdecke verschwinden zu lassen. Aber nicht schnell genug. Es leuchtet in ihrer Hand, und Alex erstarrt mitten in der Bewegung. In Sekundenschnelle löst er sich von ihr.

„Darf ich mal?" Seine Stimme ist noch rau vor Erregung, aber gleichzeitig eiskalt. Bevor sie reagieren kann, greift seine Hand herüber und nimmt ihr das Handy weg. „Pinterest?", fragt er fassungslos. „Du guckst dir Pinterest an, während ich mit dir schlafen will?"

Lucy weiß nicht, was sie sagen soll. Sie würde am liebsten im Erdboden versinken. „Nur kurz, Alex, wirklich nur ganz kurz. Ich habe den Wecker gestellt, daher hatte ich das Handy in der Hand. Und dann bin ich irgendwie auf Pinterest gekommen. Vorhänge, weißt du. Es ist doch so schwer, schöne Vorhänge zu finden! Aber ich hätte es sofort weggelegt. Ich war gerade dabei!"

„Du hättest es weggelegt, bevor oder nachdem du dich für Vorhänge entschieden hättest? Du hast gestöhnt, Lucy, du hast mitgemacht! War das alles fake?"

„Nein, natürlich nicht. Ich habe es ja auch genossen. Aber wir haben doch gerade erst angefangen. Lass uns einfach weitermachen und diese Episode vergessen. War ein dummes Missverständnis, wirklich." Sie versucht, ihn in den Arm zu nehmen, aber er dreht sich weg. So kalt und resolut hat sie ihn noch nie erlebt.

„Nein, Lucy, ich glaube nicht, dass das ein Missverständnis war", bringt er jetzt zwischen zusammengepressten Lippen hervor. „Es war ziemlich eindeutig. Und ich bin keine Maschine. Ich kann nicht einfach dort anknüpfen, wo wir aufgehört haben. Ich bin jetzt müde, gute Nacht."

„Alex, bitte …"

„Nicht heute, Lucy. Lass uns schlafen. Wirklich. Ich bin durch."

Sie liegt neben Alex und kann nicht einschlafen. Sie hat das Gefühl, dass auch er noch wach ist, aber er liegt so regungslos und steif da, dass sie sich nicht traut, ihn anzusprechen.

Dann muss sie aber doch irgendwann weggeschlummert

sein, denn als sie am nächsten Morgen die Augen aufschlägt, sieht sie, wie Alex sie beobachtet.

„Guten Morgen." Sie lächelt ihn zaghaft an.

„Guten Morgen." Kurz bahnt sich auch ein Lächeln auf sein Gesicht. Doch dann guckt er wieder ernsthaft. „Lucy, wir müssen reden."

Ein ganzer Steinwurf scheint aus dem Nichts in ihren Magen zu fallen. So müssen sich Tiere fühlen, wenn sie eine nahende Katastrophe wittern.

„Jetzt?", drückt sie gekrächzt hervor.

„Ja, jetzt. Und keine Sorge, es wird nicht lange dauern, du kannst also bald wieder zum Chalet zurück. Aber so geht es nicht weiter. Ich mache das nicht mehr mit."

„Ich werde mich ändern", schießt es aus Lucy heraus. „Wirklich, Alex, das werde ich. Gestern, das war ein dummer Ausrutscher. Respekt- und taktlos dir gegenüber, aber trotzdem nur ein Ausrutscher. Ich entschuldige mich dafür. Wirklich!" Sie spürt Panik in sich aufsteigen.

Alex schaut sie weiterhin ernst an. „Solche Dinge sind keine Ausrutscher. Und wenn es das einzige gewesen wäre, hätte ich es vielleicht noch geschafft, darüber hinwegzusehen. Welcher Mann konkurriert nicht gerne mit Vorhängen", schießt er sarkastisch hinterher. „Aber es ist so viel mehr als das. Es geht doch schon seit Wochen so, und anstatt, dass es besser wird, scheint es immer schlimmer zu werden. Ich verstehe, dass der Aufbau des Chalets viel Arbeit ist, aber du scheinst links und rechts nichts anderes mehr wahrzunehmen."

„Fokus", sagt Lucy leise. „Ich fokussiere mich. So wie Steve Jobs es getan hat."

„Und war der ein glücklicher Mensch? Nein! Fokus ist schön und gut, Lucy, aber das Leben ist vielfältig. Du kannst doch nicht von einer einzigen Sache so besessen sein. Auf mich wirkt das ungesund. Daher hoffe ich für dich, dass du mal wieder andere Dinge wahrnimmst. Und wenn es um mich geht … nun ja, ich war bereit, die zweite Geige zu spielen. Mich hinten anzustellen und zu respektieren, dass ich dich momentan seltener treffe. Darüber hinwegzusehen, dass du mir selbst kleine Bitten abschlägst. Aber in letzter Zeit habe ich mehr und mehr das Gefühl, dass ich dich störe. Dass du fast genervt bist, wenn ich vorbeikomme. Dass du mir am liebsten meine Golfschläger um die Ohren hauen würdest, wenn ich mal wieder erfolglos vorschlage, dass wir doch zusammen spielen könnten. Und das kann ich nicht mehr, Lucy. Ich kann kein Bittsteller in deinem Leben sein. Das habe ich nicht verdient, und dafür habe ich dann doch zu viel Stolz. Daher lass uns dies jetzt zunächst beenden. Vielleicht kommt eine Zeit in deinem Leben, wo du Platz für einen anderen Menschen an deiner Seite haben wirst. Wenn es so weit ist, dann sag Bescheid, und vielleicht bin ich dann noch da. Vielleicht aber auch nicht. Versprechen kann ich es dir nicht. Ich bin jetzt selbst verwirrt und weiß nicht, was ich genau will. Vielleicht brauchen wir beide nur ein wenig Zeit, oder vielleicht war es das auch. Das wird sich zeigen."

In Lucy steigen die Tränen auf. Ein Schluchzer bricht aus ihr heraus. „Nicht, Alex, bitte mach das nicht! Wir sind doch so glücklich."

„Ich schon lange nicht mehr, Lucy."

„Wieso hast du denn nichts gesagt?"

„Ich habe es gesagt. Immer wieder. Vielleicht nicht direkt, sondern durch die Blume, aber ich habe dich immer wieder mit der Nase darauf gestoßen. Du hast deine Entscheidung jedoch getroffen. Das Chalet wird immer gegen mich gewinnen."

„Aber ihr konkurriert doch nicht!"

„Manchmal fühlt es sich schon so an, und ich scheine jedes Mal den Kürzeren zu ziehen. Dabei bin ich ein lebendiger, atmender, sprechender Mensch. Und ein paar Steine und etwas Holz gewinnen gegen mich."

„Es sind nicht nur ein paar Steine und etwas Holz", entgegnet Lucy trotzig. „Es ist mein Erbe!"

„Ja, von einer Tante, die du noch nicht einmal kanntest, und die du – wenn du sie gekannt hättest – sicherlich nicht gemocht hättest. Glaub mir, sie war ein Ekel."

„Ich habe gehört, sie hatte auch gute Seiten." Lucy laufen mittlerweile die Tränen herunter. „Sie hat viel Wohltätiges getan. Aber um sie geht es nicht. Es geht um meine Familie, um meine Eltern und Vicky. Das Chalet ist das Einzige, das mich noch mit ihnen verbindet. Ich muss es ihnen zu Ehren zum Erfolg bringen, verstehst du das nicht? Um etwas von meiner Familie weiterleben zu lassen!"

„Sicher verstehe ich das zu einem gewissen Grad", erwidert Alex mit einem Seufzer. „Und du weißt, wie leid es mir tut, was dir passiert ist. Das wird sich auch niemals ändern. Aber glaubst du wirklich, es bringt etwas, jetzt einen Schrein für die Toten aufzubauen und dem dein Leben zu widmen, anstatt sich auf die Lebenden zu konzentrieren? Ich lebe, Lucy! Ich bin hier, vor dir, mit Haut und Haaren! Trotzdem stehe ich im Schatten der Toten."

„Wenn du das so siehst", antwortet Lucy, und obwohl ihr immer noch die Tränen die Wangen herunterlaufen, regt sich auch Widerstand in ihr. Er hat gut reden mit seiner heilen, perfekten Welt! Eltern, die leben, eine Schwester, ein Schwager, zwei Nichten, alles, was das Herz begehrt. Sie hingegen hat jetzt zum ersten Mal die Möglichkeit, ihrer Familie die Ehre zu erweisen, die sie ihnen ein Leben lang nicht erweisen konnte. Als Wiedergutmachung sozusagen. Dafür, dass sie den Autounfall überlebt hat, bei dem ihre Eltern und ihr Zwilling gestorben sind. Männer kommen und gehen, denkt sie zynisch. Aber diese Chance mit ihrer Familie, die hat sie nur jetzt!

„Wenn du das so siehst", wiederholt sie, „dann gehe ich wohl lieber. Das Problem ist, Alex, wenn ich es jetzt zulassen würde, dass du mich davon abhältst, das Chalet zu dem zu machen, was ich mir vorstelle, dann würde ich dir das ewig verübeln. Es scheint also, dass wir uns in einer Sackgasse befinden."

Trotz ihres schweren Herzens steht sie auf, wirft ihre Haare nach hinten und geht erhobenen Hauptes ins Badezimmer. Sie will nur kurz ihre Sachen zusammenpacken, duschen kann sie später. Und dann wird sie ihre Familie auf dem Friedhof besuchen, das ist diese Woche ohnehin noch fällig!

Nach einem kalten Abschiedsgruß ruft sie Rosie zu sich und begibt sich mit ihr gemeinsam nach unten zum See, in ihr Reich. Soll Alex doch da oben auf seinem Berg thronen – und ihretwegen verrotten!

7

Sie sind alle gekommen. Lucy geht das Herz auf in dem Wissen, dass ihre Freunde auch kurzfristig für sie da sind, wenn sie sie braucht. Obwohl sie sich doch in der letzten Zeit so rar gemacht hat. Aber da sitzen sie.

Sophie und Aishley sind natürlich da sowie Babs und Hannah. Sven ist diesmal wieder nicht dabei, und das ist Lucy ganz recht. Heute möchte sie nur ihre engsten Freunde dahaben. Dann sind da Marcel und Michi, Michi heute ausnahmsweise mal mit ernster Miene. Er ahnt wohl, dass Lucy sie nicht nur zu einem fröhlichen Abend hier versammelt hat.

Das scheint an Babs jedoch vorbeigegangen zu sein, denn sie ruft voller Freude: „Und wieder ein Pasta-Essen bei dir, Lucy! Erst kriegt man dich gar nicht zu Gesicht, und jetzt lädst du uns jede Woche ein. Herrlich finde ich das!"

Tatsächlich hat Lucy wieder eine große Portion Pasta vorbereitet. Zu mehr hatte sie keine Zeit, aber sie findet, dass Nudeln ohnehin immer passen. Außerdem gibt es Wein und

Bier sowie Nichtalkoholisches für die, die wollen. Aber es scheint keiner zu wollen.

Das Gespräch plänkelt so vor sich hin, bis Lucy die Bombe platzen lässt: „Alex hat mit mir Schluss gemacht."

Schweigen macht sich im Raum breit.

„Alex?" Babs ist die Erste, die etwas sagt, gefolgt von Michi. Der stellt nüchtern fest: „Ich hatte schon so ein Gefühl und habe deshalb extra nicht gefragt, wo er heute ist."

Lucy schaut ihn forschend an. „Du hattest so ein Gefühl? Was soll das bedeuten? Wieso hast du dann nichts gesagt? Für mich kam es wie aus heiterem Himmel."

Bevor Michi jedoch antworten kann, mischt Babs sich wieder ein: „Das kann nicht aus heiterem Himmel gekommen sein, mach dir doch nichts vor, Lucy! Ich bin ja nun wirklich die Toleranz in Person, aber selbst mir ist es schon auf den Geist gegangen, wie wenig Zeit du hast. Vor Ewigkeiten habe ich dir einen Massagegutschein geschenkt, und du hast ihn bis heute nicht eingelöst. Es gibt nichts anderes mehr als dein Chalet."

„Wieso bist du denn jetzt so sauer?", fragt Lucy fassungslos. „Ich teile dir hier gerade mit, dass mein Freund mit mir Schluss gemacht hat, und du brätst mir dafür noch einen über?"

„Ja, denn ich habe das Gefühl, du machst im Moment alles Gute kaputt. Und wofür? Wir alle lieben das Chalet. Es fühlt sich schon wie unser Zuhause an, und hier in deiner riesigen Küche mit allen zusammenzusitzen, ist eine meiner Lieblingsbeschäftigungen geworden. Nirgendwo ist es schöner. Selbst die Weinbar tritt da in den Hintergrund. Aber dafür kann man doch nicht alles andere aufgeben. Und Alex ist der beste Mann, den man sich vorstellen kann. Den lässt man doch nicht einfach gehen."

„Hey", protestiert Michi. „Hier sitzen auch noch zwei Prachtexemplare. Aber Babs hat schon recht", wendet er sich jetzt wieder Lucy zu. „Deshalb ist er gegangen, stimmt's? Da du keine Zeit mehr für ihn hattest. Wir Männer brauchen unsere Streicheleinheiten, das ist nicht nur bei Schwulen so."

„Das stimmt", wirft nun auch Hannah ein. „Man muss Männern Aufmerksamkeit geben, sonst suchen sie die woanders."

„Ach, du." Lucy blickt kurz zu Hannah und verdreht die Augen. „Du könntest deine Aufmerksamkeit vielleicht mal ein wenig abziehen, das würde dich interessanter machen."

„Ich weiß nicht, was du meinst", bockt Hannah und verschränkt die Arme.

„Ein andermal", gibt Lucy zurück. „Das müssen wir nicht heute besprechen."

„Da macht sie so ein Fass auf", murmelt Hannah, „und zieht es noch nicht einmal durch."

„Hat eigentlich auch jemand Mitleid mit mir?", fragt Lucy jetzt in die Runde. „Ich erzähle euch, dass ich verlassen wurde, und ihr habt alle Mitleid mit Alex." Sie blickt Sophie und Aishley an. „Was meint ihr denn dazu?"

„Mir tut es leid, klar", gibt Sophie zurück. „Und dass Alex ein super Typ ist und ihr toll zusammenpasst, das ist gar keine Frage. Aber ich habe vor allem ein schlechtes Gewissen. Hat das Ganze etwas mit uns zu tun? Weil du so viel Zeit mit uns verbringst?"

„Quatsch", beruhigt Babs sie. „Ihr seid doch einfach nur superhilfreich. Und ihr haltet Lucy doch nicht davon ab, ihren Freund zu sehen. Das muss sie schon auf ihre eigene Kappe nehmen."

„Danke für die Blumen", knurrt Lucy, doch dann bestätigt sie: „Aber es stimmt schon, du und Aishley könnt euch gar nichts vorwerfen. Ohne euch hätte ich noch weniger Zeit. Ihr helft mir so sehr, ich habe eben noch gedacht, dass ich mir gar nicht vorstellen mag, wie es sein wird, wenn ihr wieder weg seid. Aber daran will ich heute nicht denken. Aishley?" Fragend betrachtet sie ihre Freundin.

„Na ja, Sophie und ich können dazu nicht allzu viel sagen, wir sind ja noch nicht lange hier. Aber hat Alex deshalb Schluss gemacht? Weil du so wenig Zeit hast?"

„Ja." Lucy schaut verlegen nach unten und fügt nach kurzem Zögern hinzu: „Und weil ich dann, wenn ich Zeit habe, nicht wirklich aufmerksam bin." Die Details der letzten Nacht erspart sie ihnen. Und sich selbst.

„Ich verstehe das nicht, Lucy", sagt Aishley ungewohnt sachte. „Es ist ja klar, dass du dich auf dein Business konzentrierst. Ich glaube, keiner versteht das besser als wir hier. Und ich stimme Babs zu, das Chalet ist schon ein Juwel, und es ist toll zu sehen, was du alles tust, um es zur Vollendung zu bringen. Aber ist es wirklich nötig, alles andere auf der Strecke zu lassen? Glaubst du wirklich, du wirst deinen Erfolg genießen können, wenn niemand da ist, mit dem du ihn teilen kannst?"

Lucy blickt erschrocken auf.

„Nein, nein, so meine ich es ja nicht", beschwichtigt Aishley sie rasch. „Deine Freunde werden natürlich bei dir bleiben. Freunde haben eine hohe Toleranzgrenze und verzeihen schnell und häufig. Darum geht es nicht. Aber es ist doch auch schön, einen Partner an seiner Seite zu wissen, mit dem man die Dinge teilen kann. Und Partner erwarten leider ein wenig mehr von einer Beziehung, als Freunde es tun. Da muss man schon mal ein bisschen was investieren, auch wenn diese Zeit dann woanders fehlt."

„Und genau diese Zeit habe ich nicht", seufzt Lucy. „Auch wenn es nicht so wirkt, aber ich versuche es ja schon allen recht zu machen. Doch scheinbar mache ich es damit keinem mehr recht." Die letzten Worte sind fast nur noch ein Flüstern.

„Also ich habe mal gehört", sagt Hannah eifrig, „dass

auch Michelangelo nur 24 Stunden am Tag hatte, und wenn er in dieser Zeit geschafft hat, was er geschafft hat, dann werden wir unsere Dinge ja wohl auch noch schaffen. Na ja, oder so ähnlich zumindest."

„Ja, wahrscheinlich so ähnlich." Lucy lächelt sie an. „Und ich weiß ja, dass ich das alles unter einen Hut bekommen sollte, aber ich krieg's einfach nicht hin. Bin halt kein Michelangelo. Ich brauche den Fokus, um das Chalet zu dem zu machen, was es werden soll."

„Also, ich weiß nicht", widerspricht Michi, und Lucy fällt auf, dass Marcel noch kein Wort gesagt hat. „Es ist doch nicht so, als hätte man mehrere Jobs nebeneinander. Das eine ist Job, das andere Beziehung. Es gibt mal Zeit für das eine, mal für das andere. Was soll ich denn sagen? Ich bin vorher tagsüber die Fähre gefahren und habe abends noch in der Weinbar gearbeitet. Jetzt baue ich tagsüber die Wassersportschule auf und arbeite abends weiterhin in der Weinbar. Trotzdem habe ich nebenbei eine Beziehung. Da solltest du das doch auch schaffen."

Jetzt platzt Lucy wirklich die Hutschnur. Sie ist sich nicht mehr sicher, ob es eine gute Idee gewesen ist, ihre Freunde hier zur Beratung zusammenzutrommeln. Alle behandeln sie wie den Buhmann. Und so sagt sie wesentlich aggressiver als eigentlich beabsichtigt: „Das ist ja jetzt wohl ein Witz, oder, Michi? Genau du hast gut reden! Ja, du arbeitest viel, das will dir hier keiner absprechen. Deshalb lasse ich dich auch die Wassersportschule auf meinem Gelände bauen. Ich habe keinen Zweifel, dass du sie zum Erfolg führen wirst. Aber sollen wir den armen Marcel hier mal fragen, wie lange du ihn versteckt hast? Und das alles nur, um es zu etwas zu bringen? Ja jetzt, wo du dich geoutet hast, bist du nicht mehr von ihm wegzubekommen, aber es hat ein Weilchen gedauert, oder? Schaut euch doch mal alle an! Sophie und Aishley zum Beispiel. Sophie ist mittlerweile eine so berühmte Designerin, dass man kein Magazin mehr aufschlagen kann, ohne Klamotten von ihr darin zu sehen. Aishley lebt bestens von ihrer Fotografie und wird als große Künstlerin gefeiert. Hannah hat ihr eigenes Café, das den besten Kaffee und Kuchen am Tegernsee serviert. Babs hat von jetzt auf gleich die Weinbar überschrieben bekommen und ist damit auch Unternehmerin. Michi baut die Wassersportschule auf, und Marcel hat seit unseren interessanten Begebenheiten im letzten Jahr mit seiner Anwaltskanzlei auch mehr als genug zu tun. Seht ihr? Ihr seid alle Unternehmer. Größtenteils erfolgreiche Unternehmer. Mit Liebesbeziehungen bekommen einige von euch es besser hin als andere, aber ihr seid alle gut in dem, was ihr beruflich macht! Und was erwartet ihr von mir? Dass ich rumsitze und verliebtes Mäuschen spiele, nur damit der Herr sich nicht vernachlässigt fühlt? Wenn es nach ihm ginge – ach ja, er ist natürlich auch erfolgreicher Unternehmer – würden wir unsere gesamte Zeit auf dem Golfplatz verbringen. Wisst ihr was – das kommt nicht infrage! Jetzt ist meine Zeit gekommen, meine Zeit zu leuchten!"

„Aber das tust du doch schon", wirft Hannah vorsichtig ein. „Deine Leidenschaft ist doch nicht, Gäste zu bedienen. Deine Leidenschaft ist das Yoga, und dass Menschen zu sich selbst finden. Und das machst du schon längst. Das Chalet ist doch dafür nur der Rahmen. Ebenso wie der Tegernsee nur der Rahmen ist."

Etwas an diesen Worten berührt Lucy, aber trotzdem erwidert sie: „Mag sein, Hannah. Aber vom Yoga allein kann man hier leider nicht leben. Da muss das Chalet schon ein wenig mehr abwerfen. Und nein, es ist nicht lediglich ein Rahmen für meine Yogatätigkeiten, es ist mein Familienhaus. Damit hat es in sich einen Wert, der mir extrem viel bedeutet, und ich bin es meiner Familie schuldig, das Beste daraus zu machen!"

„Aha, ein Schrein für die Familie also. Das stellt natürlich alles noch einmal in ganz neuem Licht dar", flüstert Michi, aber nicht leise genug, um von Lucy keinen Konter zu erhalten.

„Ja, vielleicht ist es ein Schrein. Nenn es, wie du willst, Michi, aber ich glaube, diesbezüglich kann hier wirklich keiner von euch mitreden. Ihr habt alle eure Familien noch. Also, die Quintessenz des Abends scheint zu sein: Alex ist der Held, Lucy der Buhmann, und sie sollte froh sein, ihn zu haben."

„Quatsch", lässt Babs sich nicht mundtot machen. „Er sollte genauso froh sein, dich zu haben, aber das war er ja auch immer."

„Und wir sind es auch", ergänzt Sophie. „Außerdem sind wir immer für dich da." Die anderen nicken zustimmend und Lucy lächelt ihre Freunde an.

„Das weiß ich", beteuert sie. „Ihr seid wirklich die Besten. Und jetzt kein Wort mehr von diesen leidigen Beziehungsthemen. Der Weg zum Erfolg ist geebnet, und ich beabsichtige, ihn zu beschreiten. Auf das Chalet", verkündet sie und hebt ihr Glas.

„Auf das Chalet", stimmen die anderen ein und prosten sich zu, wenn auch nicht ganz so enthusiastisch wie Lucy gehofft hatte.

8

Am nächsten Morgen wacht Lucy mit leichtem Kater und einem komischen Gefühl in der Magengegend auf. Ist das gestern wirklich alles passiert? Hat sie sich tatsächlich mit ihren Freunden darüber unterhalten, dass Alex sie verlassen hat? Ist das Undenkbare passiert – Alex nicht mehr in ihrem Leben? Wird sie ihn nicht mehr einfach anrufen oder im Tegerngold vorbeigehen können?

Traurigkeit macht sich in ihrem Herzen breit, aber bevor sie sich zu tief fallen lassen kann, denkt sie an die Alternative. Zwar mit Alex zusammen zu sein, aber ihr Chalet zu vernachlässigen, sich immer überlegen zu müssen, wo man seine Prioritäten setzt, ständig ein schlechtes Gewissen zu haben. Das kommt für sie nicht infrage. Ihre Prioritäten stehen fest. Sie wird das Chalet so erfolgreich machen, dass die anderen sich noch wundern werden – Alex inklusive!

Von diesem Gedanken beflügelt, springt sie aus dem Bett und unter die Dusche. Sobald sie ihre Wohnung verlässt, trifft sie auf dem Flur auf Emma.

„Emma, ich muss dir etwas sagen. Alex und ich haben uns getrennt."

„W-was?" Emma scheint sichtlich betroffen und offenbar auch etwas überrumpelt. Sie macht schnell den Staubsauger aus und schaut Lucy betreten an. „Aber wieso denn? Ihr wart doch so ein Traumpaar." Dann errötet sie gleich und wirft ein: „Entschuldigung, nicht dass mich das etwas anginge."

„Wenn es dich nichts anginge, hätte ich es dir nicht gesagt. Durch die Konstellation, die wir hier haben, geht es dich durchaus etwas an."

Sie sieht, wie Emma regelrecht erschrickt, als ihr die möglichen Implikationen bewusst werden. „Kann ich denn dann hier noch arbeiten?", stellt sie auch sogleich die offensichtliche Frage.

Lucy ist sich da selbst nicht sicher. Trotzdem versucht sie, Emma zu beruhigen. Sie glaubt nicht, dass ihre Situation mit Alex sich auf das Arbeitsverhältnis mit Emma auswirken wird. Daher sagt sie jetzt selbstbewusster, als sie sich fühlt: „Klar wirst du hier noch arbeiten können, diesbezüglich hat sich die Lage ja nicht geändert. Ganz im Gegenteil, Emma, jetzt werden wir noch mehr Energie in das Projekt stecken. Wir werden das Chalet zu etwas so Tollem machen, dass die alle Augen machen werden!"

„Aber Alex …?"

„Vergiss Alex. Jetzt gilt es, sich zu fokussieren. Also, ich mache mich nach der Yogastunde mit Sophie und Aishley auf nach München. Wir wollen Dekozeug suchen. Rosie lasse ich hier bei dir, die Großstadt ist nichts für sie. Du weißt ja, was es zu tun gibt." Und damit lässt sie die verblüffte Emma allein zurück und fegt nach unten zu ihrer Yogastunde. Dabei fällt ihr auf, dass Emma schon länger nicht mehr beim Yoga war. Dabei hat das Yoga ihr doch immer so einen Spaß gemacht. Sie wird mit ihr darüber sprechen müssen.

· · ·

NACH DER STUNDE fährt Lucy wie verabredet mit Sophie und Aishley nach München, um nach Dekorationsgegenständen für das Chalet zu suchen. Babs hat ihr wie so oft ihr Auto geliehen.

„Unglaublich, wie selbstverständlich du schon auf der rechten Seite fährst", stellt Sophie bewundernd fest. „Ich finde es immer noch unheimlich, selbst als Beifahrer."

Lucy muss lachen, ist aber auch ein wenig stolz. „Ja, es ist schon eine Umstellung. Aber so schwierig ist es auch nicht. Die Autos werden ja auch andersrum gebaut, mit dem Lenkrad links, da ist das einfacher. Außerdem bin ich in England so gut wie gar nicht Auto gefahren, das macht die Umstellung leichter. Hach, bin ich aufgeregt! Ich freu' mich immer so, nach München zu fahren. Das müsste ich eigentlich viel öfter tun."

„Ja, ist wirklich eine schöne Stadt", stimmt Aishley ihr zu, die vor zwei Wochen zum ersten Mal zusammen mit Sophie dort gewesen ist. „Und wir haben uns heute so einen schönen Tag ausgesucht. Besser geht's nicht."

„Stimmt!" Lucy schaut lächelnd vor sich hin. „Vor ungefähr einem Jahr, als die ersten Sonnenstrahlen herauskamen, fing die ganze verrückte Geschichte hier am Tegernsee an", erzählt sie ihnen. „Als ich boykottiert wurde, erfahren habe, weshalb ich eigentlich Erbin geworden bin und so weiter und so fort. Ein paar irre Wochen waren das, sag' ich euch! Und Alex habe ich da natürlich kennengelernt. Anfangs habe ich ihn sogar verdächtigt, der Boykotteur meiner Pläne zu sein. Seht ihr, schon da war es nicht leicht für uns. Vielleicht soll es einfach nicht sein." Trotzdem legt sich ein Schatten über ihr Gesicht, und betretenes Schweigen macht sich im Auto breit.

„Wie geht es dir damit, Lucy?", fragt Sophie sie leise. „Ich meine, ganz ehrlich."

Lucy denkt kurz nach. „Ach, nicht so gut, natürlich",

seufzt sie dann. „Es ist schon schwierig, und ich weiß nicht, ob es leichter wird. Aber ich habe meine Entscheidung getroffen. Und er seine. Ich habe mich entschieden, mich auf das Chalet zu konzentrieren, und er, dass er damit nicht leben kann. Diese beiden Dinge sind also im Moment unvereinbar. Wobei ich tief drinnen immer noch hoffe, dass wir das wieder hinbekommen. Ein Leben ohne Alex ist einfach schwer vorstellbar. Eigentlich will ich es mir auch gar nicht vorstellen. Aber das Timing für uns passt jetzt eben nicht."

„Ich will ja nicht den Teufel an die Wand malen, aber sei dir nicht sicher, dass es dann nicht zu spät ist", wirft Aishley ein. „Wenn das Timing wieder passt, meine ich. Wir denken immer, wir hätten so viel Zeit für alles."

„Ja, das weiß ich doch. Das Risiko nehme ich in Kauf. Aber jetzt lasst uns aufhören, Trübsal zu blasen, Mädels, und stattdessen den Tag in München genießen! Was meint ihr? Sollen wir mit einem Glas Champagner anfangen?"

„Du musst noch fahren", wendet Sophie ein. „Und das auch noch auf dieser komischen rechten Seite. Da solltest du wahrscheinlich lieber nicht trinken."

„Sophie", wischt Lucy lachend die Bedenken ihrer Freundin beiseite, „wir werden den ganzen Tag in München verbringen, und Josephine gibt die Yogastunde heute Nachmittag. Ich werde also nicht so bald zurückerwartet. Heute ist Shoppen angesagt, und mit einem Glas Champagner intus lässt sich das Geld viel leichter ausgeben. Kommt, wir gehen in Schumann's Tagesbar, da wird es euch gefallen." Damit biegt sie routiniert in ein Parkhaus ein, und der Tag kann beginnen.

„Schumann's, wir kommen", ruft Lucy aus, sobald die drei wieder auf der Straße sind und sich voller Vorfreude zu dem Kultcafé auf der Maffaistraße begeben.

„Drei Champagner", bestellt Lucy enthusiastisch, und die Freundinnen stoßen auf einen erfolgreichen Shoppingtag an.

„Am Vormittag schmeckt Champagner doch am besten", stellt Lucy genüsslich fest, und die anderen kommen nicht umhin, ihr zuzustimmen. Danach schlägt sie vor, gleich gegenüber zu Theresa zu gehen, einem hippen Klamottenladen, in dem sie sich neu einkleiden und Sophie sich Inspiration für ihre nächste Kollektion holen kann.

Als sie hereinkommen, pfeift Aishley durch die Zähne. „Und da dachte ich, London sei teuer. Der Schuppen hier hält ja locker mit."

Lucy lacht. „Es ist unglaublich, was ihr beiden Engländerinnen für ein deutsches Vokabular draufhabt. Als Kind lernt man solche Ausdrucksweisen doch nicht!"

„Lucy, da müsstest du mich mittlerweile besser kennen! Das, was die Nanny mir beibringen wollte, hat mich natürlich überhaupt nicht interessiert. Ich habe zugehört, wenn sie abends mit ihrem Freund telefoniert hat. Da wurde es dann wirklich interessant! Wenn du wüsstest, was ich da gelernt habe, da würden dir die Ohren schlackern. Eigentlich müsste ich mir mal einen deutschen Freund anlachen, um das alles anwenden zu können. Auf Italienisch bin ich da leider nicht so gut. Da kann ich nur so romantisches Zeug wie ‚amore'. Das ist nicht so mein Ding."

„Vielleicht törnt es Nicolai ja an, wenn du ihm deutsche Schweinereien ins Ohr flüsterst", mischt Sophie sich grinsend ein, während sie in dem Laden gefühlt jedes einzelne Kleidungsstück berührt und begutachtet.

„Ich kann's ja mal ausprobieren", murmelt Aishley. „Irgendwie glaube ich nicht, dass das funktioniert. Aber jetzt geht es ans Geldausgeben, Ladys, dafür sind wir ja hier."

Als die drei schließlich mit Tüten bepackt aus dem Laden kommen, werden sie von blauem Himmel und Sonnenschein begrüßt.

„So ein schöner Tag", seufzt Sophie und hält selig ihr Gesicht der Sonne entgegen. „Also, wohin jetzt?"

„Ich würde sagen, jetzt machen wir das, wozu wir gekommen sind", schlägt Lucy vor. „Wir gehen in Inneneinrichtungsläden und kaufen fürs Chalet ein. Eure kritischen Augen werden da unentbehrlich sein."

„Sollen wir das nicht übers Internet machen?", stöhnt Aishley. „Wir werden uns totschleppen."

„Papperlapapp. Wir können die Tüten hier schon einmal ins Auto bringen, dann haben wir nicht mehr so viel zum Tragen. Im Internet bestelle ich sowieso genug. Aber die echte Shoppingfreude geht online doch verloren. Das ist einfach nicht das Gleiche. Außerdem kaufen wir ja nur kleine Sachen. Tischsets, Kerzenständer, Vasen und so ein Zeug. Nichts Großes, ich versprech's."

Und genau das tun sie. Nachdem sie einige Stunden später, mit unzähligen Taschen bepackt, in einem netten italienischen Restaurant fast zusammenbrechen, gibt selbst Aishley zu: „Wow, das war es wirklich wert! Das Chalet wird fantastisch aussehen! Ich kann es gar nicht erwarten, alles auszupacken und zu arrangieren. Das hat echt, echt Spaß gemacht. Am liebsten würde ich jetzt gleich meine ganze Wohnung umdekorieren."

„Ihr beide seid die Besten!" Seufzend lehnt Lucy sich im Stuhl zurück. „Auch wenn ich das Gefühl habe, dass mir gleich die Arme abfallen!"

„Mir hat es auch gutgetan", stimmt Sophie ihnen zu. „Der Tag hat meine kreativen Säfte wieder zum Fließen gebracht. Jetzt konzentrieren wir uns erst einmal darauf, das Chalet in Schuss zu bringen, und dann fange ich mit einer neuen Kollektion an. Also, der Plan ist, bis wir nach London zurückfliegen, das Chalet vollständig eingerichtet zu haben! Okay, Mädels?"

„Okay", erwidern die anderen und geben sich ein High five, bevor sie sich einem ausgiebigen Lunch widmen.

Als sie am frühen Abend erschöpft und vollbepackt am

Chalet ankommen, möchte Aishley am liebsten sofort anfangen, alles auszupacken und einzuräumen. Aber Lucy gebietet dem Einhalt: „Kommt gar nicht infrage. Wir haben für heute genug getan. Und ihr seid ja auch irgendwie noch im Urlaub. Ich habe schon wieder Hunger, was ist mit euch? Mein Vorschlag wäre, dass wir uns mit einer schönen Flasche Wein heraussetzen, die letzten Sonnenstrahlen des Tages genießen und uns dann ein deftiges Abendbrot machen. Ich habe alles hier, was man braucht. Dazu eine große Schüssel Salat, und dabei können wir weiter überlegen, wie wir alles einrichten. Deal?"

„Deal!", stimmen die anderen zu, und sie gehen nach draußen, wo sie bei einem vollmundigen Glas Rotwein den Sonnenuntergang über dem Tegernsee genießen.

Es geht auch ohne Alex, merkt Lucy und ignoriert den Stich in ihrem Herzen.

9

A m nächsten Morgen kann Lucy es kaum erwarten, die Yogastunde hinter sich zu bringen, um gemeinsam mit ihren Freundinnen auszupacken und alles einzurichten. Sie ist aufgeregt wie ein Kind an Weihnachten. Als sie den Yogaraum verlässt, kommen ihr im Flur schon Rosie und Emma entgegen. Rosie springt an ihr hoch und schleckt ihr das Gesicht ab.

„Wie groß du geworden bist", lacht Lucy. „Bald wirst du sogar noch Birdie übertreffen." Bei dem Gedanken an Alex' Hund wird ihre Brust eng, aber sie verdrängt es schnell wieder. „Emma", sagt sie dann und wendet sich strahlend an diese, während Rosie weiterhin ihre Hand abschleckt. „Ich kann dir kaum sagen, wie dankbar ich bin, dass du da bist. Und dass du dich mit Rosie so gut verstehst. Sie ist ja kaum mehr von deiner Seite zu bekommen."

„Ja, wir sind gute Freunde geworden." Emma lächelt, während sie Rosie am Hinterkopf krault. Lucy bemerkt zum ersten Mal, was sie für schöne Zähne hat.

„Was mir jedoch aufgefallen ist", schneidet Lucy jetzt das Thema an, das ihr schon seit gestern auf dem Herzen liegt.

„Du kommst gar nicht mehr zu den Yogastunden am Morgen. Macht es dir keinen Spaß mehr? Oder ist es etwas anderes?"

„Keinen Spaß?" Emma guckt so aufrichtig entsetzt, dass Lucy sich ein Lachen verkneifen muss. „Ich liebe Yoga, nichts macht mir mehr Spaß", beteuert Emma. „Aber …"

„Was aber, Emma?"

„Aber … ach nichts, es passt jetzt halt einfach nicht, das ist alles. Nichts Besonderes."

„Emma?", hakt Lucy nach und schaut sie prüfend an.

„Nichts, Lucy, wirklich. Es ist alles gut."

„Schau, wenn es zu persönlich ist, dann ist es natürlich deine Sache. Ich will mich da nicht einmischen. Aber wenn es sich um etwas handelt, das du mit mir teilen kannst und bei dem ich dir helfen kann, dann kannst du immer mit mir sprechen. Es würde mich freuen! Schließlich bist du jetzt quasi meine Angestellte, und da fühle ich mich für dein Wohl mitverantwortlich. Ich will wirklich, dass du hier happy bist."

„Das bin ich ja, das bin ich wirklich, es ist halt nur … na ja, ich finde es irgendwie falsch, hier zu arbeiten und dann meine Zeit damit zu verschwenden, zum Yoga zu gehen. Ich weiß, das hatten wir eigentlich ausgemacht, aber du brauchst mich hier schließlich, und es gibt so einiges zu tun. Ich bin dir eh so dankbar für die Möglichkeit, da will ich zumindest mein Bestes geben und nicht während der Arbeit meinen Hobbys nachgehen."

„Was, du gehst nicht zum Yoga, weil du Angst hast, dass du dann hier wichtigere Arbeit liegen lassen könntest?" Jetzt ist es an Lucy, erschrocken zu gucken. „Mein Gott, Emma, bin ich froh, dich darauf angesprochen zu haben. Für mich gibt es fast nichts Wichtigeres als Yoga, das weißt du doch. Es ist mein Leben, und ich bin glücklich, wenn ich dies mit anderen teilen kann. Und ganz besonders glücklich macht es mich, wenn es Menschen so sehr verändert, wie es bei dir der Fall gewesen ist. Das zu beobachten, ist wirklich fast wie ein Wunder. Also, ich bestehe darauf, dass du wieder zu den Stunden kommst. Verstehen wir uns da?"

Ein erleichtertes Lächeln legt sich über Emmas Gesicht. „Das würde mich freuen. Ich habe es schon wirklich vermisst. Aber bist du dir da sicher?"

Auch Rosie scheint sich zu freuen, denn sie bellt munter auf.

„Nicht nur bin ich mir sicher", antwortet Lucy, „sondern es wird auch Teil deiner Bezahlung. Alex zahlt dir nur ein Zimmermädchengehalt, und du tust hier so viel mehr als das. Da sind kostenlose Yogastunden das Geringste, was ich für dich tun kann. Keine Widerrede." Sie hebt eine Hand, als Emma zum Protest ansetzt. „Als ich hier ankam, fast niemanden kannte, kein Geld, aber dafür umso mehr Probleme hatte, da waren du und Babs meine zwei ersten Schülerinnen. Und du bist geblieben, treu wie keine Zweite. Mittlerweile habe ich keine finanziellen Probleme mehr, habe hier ein starkes Netzwerk, und du bist immer noch da und hilfst mir. Daher frage ich mich, wieso du mir eigentlich so dankbar bist. Ich sollte dir dankbar sein. Also, lass mich dir wenigstens dies zurückgeben. Und da wir schon dabei sind", sie sieht, dass Emma knallrot geworden ist, aber sie wird jetzt nicht aufhören, „was ist mit dieser Uniform? Fühlst du dich darin wirklich am wohlsten?"

Lucy betrachtet Emma von oben bis unten, und auch sie selbst schaut an sich auf und ab. Angefangen bei den soliden, schwarzen Schuhen, die Lucy an siebenjährige Mädchen erinnern, zu den dicken Strumpfhosen und dem Rock, der an den Waden aufhört und größtenteils von einer Schürze verdeckt wird, bis hin zu der weißen Bluse mit der dunkelblauen Weste darüber.

Emma zuckt kurz mit den Schultern. „Ob ich mich darin

wohlfühle? Ich weiß es nicht. Ich meine – ja, wieso nicht? Das ist meine Uniform aus dem Tegerngold. Die hab' ich dort jeden Tag an."

„Ich weiß." Lucy muss jetzt etwas vorsichtig sein, denn sie will das Mädchen nicht beleidigen. Und das Tegerngold auch nicht. „Im Tegerngold macht so ein Outfit auch Sinn. Es ist ein riesiger Laden mit einem Haufen Angestellten, da braucht man eine gewisse Konformität, damit es nicht komplett chaotisch wird. Außerdem ist es ein typisch bayerischer Schuppen." Beleidigt sie gerade doch Alex' Hotel? Ach was, Emma wird schon verstehen, was sie meint. „Hier ist es jedoch anders", fährt sie fort. „Ich möchte, dass das Chalet frisch, jung und individuell ist. Wo jeder genau das sein darf, was er ist, und sich wohlfühlen kann. Nicht nur die Gäste, sondern auch die Menschen, die hier arbeiten. Das ist für mich Authentizität, verstehst du, Emma? Wenn meine Prinzipien sich durchziehen und auch bei den Angestellten nicht haltmachen. Daher bitte ich dich, das anzuziehen, was du magst und womit du dich wohlfühlst. Ordentlich muss es natürlich sein, aber da habe ich bei dir keine Bedenken."

Sie sieht, wie aus Emmas Röte mittlerweile hektische Flecken geworden sind, und fragt sich, ob sie das Mädchen vielleicht überfordert.

„Ist alles okay?"

„Ich ... ich fühle mich wohl mit dem, was ich anhabe."

Emma schaut nach unten, und Lucy hat langsam das Gefühl, etwas falsch gemacht zu haben.

„Was ist denn, Emma? Schau mich doch mal an. Wir können ehrlich miteinander sein, oder? Was ist los?"

Emma hebt die Augen, und ihr Blick flackert unruhig hin und her. Lucy meint, Tränen darin zu entdecken.

„Ich ... ich hab' einfach nicht so viel, Lucy." Sie schaut wieder nach unten, und jetzt sieht Lucy, wie ihr tatsächlich eine Träne über die Wange läuft. „Die wenigen Sachen, die ich habe, will ich nicht zum Arbeiten anziehen. Ich will sie nicht schmutzig machen, verstehst du? Ist das schlimm?" Unsicher sieht sie Lucy an.

Diese fühlt sich inzwischen wie ein Monster. „Natürlich ist das nicht schlimm, Emma, das ist völlig verständlich. Und ich danke dir für deine Ehrlichkeit. Aber ich habe eine Idee." Sie ist froh über diesen Geistesblitz, denn in diesem Moment fällt ihr ein, dass Emma auch fast immer in denselben drögen Sachen zum Yoga kommt, während alle anderen bunte, fröhliche Outfits anhaben. „Ich habe mehr als genug Yogasachen oben bei mir in der Wohnung. Die meisten ziehe ich gar nicht mehr an, obwohl sie noch super in Schuss sind. Du bist gar nicht so anders gebaut als ich. Was hältst du davon, wenn ich dir ein paar Outfits schenke, und dann kannst du sie zum Yoga anziehen und auch tagsüber damit herumlaufen. Trag dazu einfach ein Paar Turnschuhe, die gehen nicht kaputt, und man kann sie waschen. Was hältst du davon?" Sie sieht, wie Emma mit sich kämpft, und fügt daher schnell hinzu: „Wenn du sie nicht nimmst, gebe ich sie in die Altkleidersammlung, oder sie verrotten bei mir im Schrank. Mir wäre es mit Abstand am liebsten, wenn du sie hättest. Wirklich!"

„Ehrlich?", fragt Emma und blickt Lucy hoffnungsvoll an.

„Ganz ehrlich", bekräftigt Lucy, und wie, um ihre Zustimmung zu zeigen, stupst auch Rosie Emma mit der Schnauze an.

„Na gut." Jetzt lächelt Emma, und Lucy ist mal wieder fasziniert, wie sehr ein Lächeln das Gesicht einer Person verändern kann. „Aber nur, wenn das wirklich in Ordnung ist."

„Das ist nicht nur in Ordnung, sondern du würdest mir eine riesige Freude damit machen. Was hältst du davon: Wir gehen jetzt nach oben und suchen ein paar Outfits für dich raus. Dann hilfst du uns beim Auspacken und Einräumen von den Sachen, die wir gestern gekauft haben, und nachmittags kommst du zur Yogastunde. Ein bisschen Dehnen wird uns nach all dem Räumen guttun. Und heute Abend nimmst du dann die Uniform mit zurück ins Tegerngold und lässt sie erst einmal dort. Einverstanden?"

„Einverstanden!" Emma strahlt jetzt übers ganze Gesicht.

Eine halbe Stunde später haben sie unter viel Kichern und Anprobieren sechs Outfits für Emma herausgesucht, und Lucy erkennt erfreut, dass diese im siebten Himmel schwebt. Sie hat in ihrem Leben offensichtlich nicht viel geschenkt bekommen. *Hätte ich auch vorher dran denken können*, rügt sie sich innerlich, aber dann freut sie sich einfach nur mit und für Emma.

Sobald sie fertig sind, gehen sie nach unten, wo Sophie und Aishley schon unruhig auf sie warten.

„Wo bleibt ihr denn?", ruft Aishley ihnen entgegen. „Wir sitzen hier auf heißen Kohlen und können es kaum erwarten, alles auszupacken."

„Aber wir wollten nicht ohne euch anfangen", ergänzt Sophie, um dann lachend hinzuzufügen: „Und natürlich nicht ohne dich, Rosie!" Sie versucht, den Hund davon abzuhalten, die Tüten zu zerfetzen. Dann hebt sie den Blick und schaut Emma an: „Wow, Emma, du siehst ja toll aus. So jung und frisch, steht dir super!"

Emma wird wieder rot, aber ganz entgegen ihrer Natur dreht sie sich einmal um sich selbst und bemerkt: „Ja, oder? Hat Lucy mir geschenkt."

„Richtig so!", beteuert Aishley. „Wir haben alle viel zu viel Zeugs, es ist gut, wenn man es weiterreicht. Und Sophie hat recht, du siehst echt super aus. Ist bestimmt auch bequemer als diese Uniform. Also, Mädels, womit fangen wir an?"

„Ich mache uns erst einmal einen Pott Tee", sagt Lucy,

aber kaum hat sie zu Ende gesprochen, springt Emma auf. „Ich mach' das. Fangt ihr doch schon einmal an."

„Okay, und bring auch Kekse mit", ruft Lucy ihr zu, bevor sie sich händereibend ihren Freundinnen zuwendet. „Los geht's, Mädels, Weihnachten ist da!"

In kurzer Zeit haben sie alles ausgepackt, und Rosie hat große Freude daran, das Einpackpapier im gesamten Raum zu verteilen und in kleine Stücke zu zerfetzen.

„Wow, ist das alles schön." Emma streichelt andächtig über eine Vase. „Aber jedes Stück sieht anders aus. Sollten die Sachen in einem Hotel nicht irgendwie gleich aussehen? Im Tegerngold ist das zumindest so."

Dann schaut sie bestürzt auf, als würde sie befürchten, Lucy mit der Erwähnung des Tegerngold an Alex erinnert zu haben. Wenn sie wüsste, dass er nonstop in Lucys Gedanken ist. Wenn auch manchmal ganz weit hinten.

Betont nonchalant antwortet Lucy: „Ja, beim Tegerngold macht das natürlich Sinn. Bei solch einer Zimmerflut wäre es zu viel Aufwand, alles individuell zu gestalten. Zudem wollen die Stammgäste dort einen Wiedererkennungseffekt haben, unabhängig davon, in welchem Zimmer sie wohnen. Hier ist das jedoch anders. Hier ist Individualität die Maxime. Und bei nur vier Gästezimmern kann man sich das auch erlauben." Dann fährt sie fort, Emma den gestern geschmiedeten Plan zu erklären: „Wir haben uns überlegt, dass jedes Apartment auf andere Art gestaltet wird. Die Ausstattung ist gleich, wie du weißt, und auch Bettwäsche, Handtücher, Gläser, all so was wird natürlich identisch sein. Aber die kleinen Accessoires, die sollen variieren, genau wie auch die Farbgebung in jedem Apartment unterschiedlich ist. Das hier ist für das gelbe Apartment." Damit legt sie ein paar Dinge zur Seite, die diesen Ton aufweisen oder ihn ergänzen. „Dies hier für das Grüne, das Blaue und das Orange. Und die Sachen hier können überall eingesetzt werden, die sind neutral genug. Ehrlich, Leute, ich kann mich gar nicht entscheiden, welches Apartment ich am liebsten mag!"

„Ich auch nicht", stimmen die anderen zu, während sie laut überlegen, was am besten wo hinkommt. Dann holt Lucy vier ovale Holzschilder und Holzfarbe hervor.

„Jetzt wartet eine andere wichtige Aufgabe auf uns", verkündet sie feierlich. „Wer von euch ist künstlerisch begabt?"

„Ich!", meldet sich Sophie

„Ich!", stimmt Aishley ein.

„Ich gar nicht", murmelt Emma.

„Ich auch nicht besonders", schlägt Lucy sich auf ihre Seite und sagt dann: „Also, eine von euch beiden wird die Zimmerschilder malen müssen. Wer kann das besser?"

„Ich!", sagt Sophie wieder.

„Quatsch, ich!", widerspricht Aishley. „Ich bin viel kreativer!"

„Unsinn", erwidert Sophie. „Ich zeichne den ganzen Tag. Du hältst nur eine Kamera in der Hand. Oder dein Handy. Wann hast du das letzte Mal etwas gemalt?"

„Letztens!"

„Letztens? Wann?"

„Na, letztens halt. Nicht lange her."

„Und was genau?"

„Ein Herz!"

„Du hast ein Herz gemalt?" Sophie blickt ihre Freundin an, als würde diese spinnen.

„Ja, für Nicolai." Jetzt wird Aishley doch ein wenig klein-laut. „Ich habe ihm eine Liebesnotiz auf dem Nachttisch hinterlassen, und darauf habe ich halt ein Herz gemalt."

„Ah, na dann!" Sophie lehnt sich genüsslich zurück. „Wenn das so ist, dann komme ich mit meinem stümper-haften Gekritzel natürlich nicht mit. Was ist das Design einer ganzen Modekollektion schon gegen ein Herz auf einem abgerissenen Stück Papier? Du hast gewonnen, Aishley!" Sie muss grinsen.

Auch Aishley grinst jetzt. „Aber in der Schule habe ich immer schöner geschrieben als du, das musst du zugeben."

„Wieder Quatsch", sagt Sophie, bevor Lucy die beiden rigoros unterbricht.

„Ich glaube, damit ist die Entscheidung getroffen. Sophie gestaltet die Zimmerschildchen. Jetzt müssen wir uns nur noch Namen für die Zimmer einfallen lassen."

„Soho, Covent Garden, Mayfair und Knightsbridge", ruft Aishley wie aus der Pistole geschossen.

„Namen von Londoner Stadtteilen?", fragt Sophie fassungslos. „Du spinnst doch. Ich würde vorschlagen, wir nennen die Zimmer Chanel, Versace, McQueen und Lagerfeld. Damit kann jeder etwas anfangen."

Lucy und Emma gucken sich an und schütteln unauffällig die Köpfe. „Äh, ihr wisst schon, dass wir hier am Tegernsee sind, nicht wahr?", fragt Lucy dann zögerlich. „Ich wüsste weder, wie Londoner Stadtteile hier reinpassen, noch irgendwelche Modedesigner. Langsam fange ich an, an eurer legendären Kreativität zu zweifeln."

„Wir könnten sie nach Bergen hier in der Gegend benennen", wirft Emma unsicher ein.

„Bisher ganz klar die beste Idee, aber immer noch nicht das, was ich mir vorstelle. Hier geht es um Yoga, Meditieren, Wohlbefinden, diese Dinge. Fällt uns da nicht etwas ein?"

„Universum?", fragt Sophie nun ebenfalls leicht verunsichert.

„Geht schon eher in die Richtung, aber weckt falsche Erwartungen. Ein Zimmer, das Universum heißt, hört sich eher nach einem riesigen Penthouse an, nicht nach einer gemütlichen Suite. Außerdem ist es mir nicht persönlich genug."

„Seele?", fragt Aishley. „Das ist spirituell und so persönlich wie es überhaupt geht."

„Ja, schon, aber etwas zu spirituell und zu abgefahren. Ich will etwas Nettes."

„Harmonie", bemerkt Emma leise. „Harmonie und Glück."

„Das ist es, Emma!" Lucy springt auf und umarmt das Mädchen. „Ein Raum wird Harmonie heißen, der andere Glück. Aber jetzt haben wir ja immer noch zwei. Liebe!", sagt sie dann nach kurzem Nachdenken. „Ein Apartment wird Liebe heißen. Jetzt fehlt nur noch eins!"

„Ruhe?"

„Nein, das kann ich nicht versprechen. Das will auch nicht jeder."

„Friede?"

„Auch nicht. Hört sich zu sehr nach letzter Ruhestätte an und zu abgefahren."

„Ich hab's!" Emma strahlt übers ganze Gesicht! „Freude!"

„Freude!" Lucy reißt die Arme in die Höhe. „Emma, du bist der Hit! Harmonie, Freude, Liebe und Glück. Das ist genau richtig. Danke dir, du bist die Beste!" Damit bekommt Emma nochmals eine Umarmung, und Sophie leckt einen Pinsel an, um mit dem Verzieren der Schilder zu beginnen.

10

„Oh, sieht das schön aus!" Am nächsten Morgen steht Lucy gemeinsam mit Sophie, Aishley, Emma und natürlich Rosie vor dem ‚Harmonie'-Schild und begutachtet es voller Zufriedenheit.

„Lucy hat recht, Sophie!", gibt Aishley zu. „Sollte es mal mit dem Designen nicht mehr klappen, dann kannst du Künstlerin werden. Ich wusste gar nicht, dass du so gut zeichnen kannst."

Sophie verdreht die Augen.

„Was glaubst du, wer die ganzen Designentwürfe zeichnet? Denkst du, die kommen von allein aufs Papier? Nein, da muss ich schon selbst ran. Und ich habe den Ruf, ganz besonders akribisch zu sein. Manchmal weiß ich allerdings nicht, ob das ein Segen oder ein Fluch ist. Jedenfalls fehlen daher noch zwei Schilder. Ich brauche halt so lang. Aber ich setze mich gleich wieder dran. Denn ich muss euch sagen, das macht echt Spaß!"

„Prima", ruft Lucy erfreut aus. „Könntest du mir einen Gefallen tun? Ich wollte noch mal in einen Vintage-Shop, der nicht ganz so weit von hier entfernt ist, nach Spiegeln schauen. Aber es wird heute auch eine Unmenge von Zeug geliefert. Gläser, Bettwäsche, Tischdecken und so weiter. Meinst du, das könntest du annehmen? Lass es einfach im Flur stehen. Und Emma, du bist ja auch noch da, falls du vielleicht schon einmal mit dem Auspacken beginnen willst."

Emma nickt. „Klar, mache ich gerne. Ist gar kein Thema."

„Super!" Lucy reibt sich die Hände. „Und du, Aishley, ich dachte, du könntest mir vielleicht Gesellschaft leisten. Ich könnte dein gutes Auge gebrauchen. Nur wenn du nichts anderes vorhast, natürlich."

„Vintage-Shops? Da sage ich doch nicht Nein. Klar komme ich mit! Sophie, Emma, können wir euch hier allein lassen?"

„Wir sind doch nicht allein", erwidert Sophie. „Wir haben uns schließlich gegenseitig, richtig, Emma?"

Diese nickt zustimmend. „Und wenn ihr Rosie auch dalasst, kann ich mit ihr hinterher noch etwas spazieren gehen."

„Perfekt." Lucy zieht sich, noch während sie spricht, eine Jacke über. „Ich hole nur kurz mein Geld, und dann können wir los. Ich bin schon wieder so im Shopping-Fieber, ich kann es kaum erwarten."

Zehn Minuten später haben sie sich von Sophie, Emma und Rosie verabschiedet, und dann sind sie auch schon weg.

Jetzt ist Sophie mit dem eigenartigen Mädchen allein. Das ist ihr gar nicht so unrecht. Emma hat sie von Anfang an interessiert. Vorn herum diese schüchterne Fassade, aber irgendwie scheint dahinter etwas zu glühen, ein Funke, der zu einem Feuer werden könnte. Sophie hat das starke Gefühl, dass hier irgendwann ein Durchbruch stattfinden wird. Sie muss an ihre eigene Entwicklung denken. Wie sie emotional komplett abhängig von ihrem Ex-Freund war und ihm auch dann noch hinterhergelaufen ist, als schon klar war, dass er sich für eine andere interessierte. Und durch was für emotionale Tiefen sie gehen musste, bevor sie ihre eigene Stärke fand. Teilweise dachte sie, dass sie es nicht mehr aushalten würde. Aber nicht nur hat sie es ausgehalten, sie hat es überstanden, und plötzlich fielen ihr die guten Dinge des Lebens in den Schoß, unter anderem ihr phänomenaler Erfolg als Designerin. Sophie hat heute keine Zweifel mehr, dass Menschen sich manchmal durch ein dunkles Tal bewegen müssen, um auf der anderen Seite den Sonnenschein in seiner ganzen Helligkeit erfahren zu können. Und etwas sagt ihr, dass sich das Zimmermädchen auf einem ähnlichen Weg befindet.

Sie muss nicht lange warten, um Emma in ein Gespräch verwickeln zu können. Schon kurz nachdem die anderen weg sind, klingelt es, und die von Lucy angekündigte Lieferung kommt an. Sie als umfangreich zu beschreiben, wäre eine grobe Untertreibung.

„Emma, kannst du mal kommen, ich brauche deine Hilfe", ruft Sophie durch das riesige Haus.

„Schon da!" Wie aus dem Nichts taucht Emma neben ihr auf und starrt die Kisten mit offenem Mund an. „Was hat Lucy denn da alles bestellt? Damit könnte man ja ein ganzes Armeelager ausstatten!"

„,Klotzen, statt kleckern' scheint Lucys Devise zu sein", antwortet Sophie lachend. „Komm, wollen wir ihr einen Gefallen tun und schon einmal auspacken? Wäre doch schön, wenn das alles erledigt ist, bis die beiden wiederkommen."

„Oh ja, das machen wir." Emma strahlt voller Abenteuerlust. „Schon wieder Weihnachten!" Als Sophie aber anfangen möchte, die Kisten zu öffnen, stoppt Emma sie. „Kommt nicht infrage, das mache ich. Du kannst die Schilder weitermalen. Komm, ich mache uns einen Tee, und dann machen wir uns beide an die Arbeit. Ich an meine, du an deine."

Und so machen sie es. Im Hintergrund läuft leise das Radio, Emma packt aus, und Sophie sitzt über die Holzschilder gebeugt, um jedoch immer wieder hochzuschauen und die Lieferung von Lucy zu bestaunen.

„Da hat sie wirklich Geschmack an den Tag gelegt, was?" Sie steht auf und streicht fast ehrfürchtig über die feine Bettwäsche. „Und diese Handtücher! Ein Traum!"

„Ja, das ist es allerdings." Emmas Augen leuchten. „Ich kann es gar nicht abwarten, die Leihgaben aus dem Tegerngold mit diesen Sachen hier zu ersetzen. Weißt du was – ich werde alles schon einmal in die Waschmaschine schmeißen, dann können wir die Sachen hinterher so schnell wie möglich nutzen. Was hältst du davon?"

„Gute Idee! Achte nur darauf, dass du sie richtig wäschst!"

„Na, logo!" Damit macht Emma sich mit Bettwäsche und Handtüchern beladen vom Acker, und Sophie malt das Schild ‚Glück' fertig.

„So, ist alles am Laufen", sagt Emma, als sie strahlend zurückkommt. „Weiter geht's!"

Nun werden Riedel-Gläser und feines Porzellan ausgepackt, das die beiden Frauen wieder von Hand zu Hand wandern lassen.

„Das sollten wir auch spülen", überlegt Emma. „Meinst du, es ist spülmaschinenfest? Ich traue mich gar nicht!"

„Lucy wird für ein Gäste-Chalet wohl kein Geschirr gekauft haben, das man per Hand spülen muss", erwidert Sophie. „Das wäre ja irre. Also ja, ich bin mir fast sicher, dass es spülmaschinenfest ist. Steht denn da nichts?"

Sie wühlt sich durch die Kiste, kann aber keinen Zettel entdecken. „Weißt du was, ich google das am besten mal, dann wissen wir Bescheid!", schlägt Emma vor, um kurze

Zeit später erleichtert aufzuseufzen. „Alles spülmaschinenfest, so ein Glück! Ich habe mich schon den ganzen Tag in der Küche stehen und spülen sehen."

„Das hört sich wirklich nicht besonders glamourös an", stimmt Sophie ihr lachend zu. „Wie lange bleibst du hier eigentlich noch? Steht das schon fest? Wie ich gehört habe, bist du ja so eine Art ‚Leihgabe' vom Tegerngold." In dem Moment, in dem sie den Satz ausgesprochen hat, tut er ihr auch schon wieder leid. Leihgabe! Wie konnte sie nur so eine unglückliche Formulierung wählen? Als sei Emma irgendein Gegenstand! Aber die scheint es ihr nicht übelzunehmen.

„Leihgabe ist genau das richtige Wort", stellt sie stattdessen lachend fest, und Sophie fällt auf, dass sie sie selten so entspannt erlebt hat. „Leider weiß ich nicht, wie lange ich noch hierbleiben kann. Ich denke mal, solange Alex mich entbehren kann und Lucy mich überhaupt haben will." Dann guckt sie schnell nach unten, und das Lächeln verschwindet aus ihrem Gesicht. „Es ist irgendwie eigenartig, über die beiden zu sprechen", murmelt sie und bekommt rote Wangen.

„Ja, ich weiß, was du meinst", beteuert Sophie. „Die Situation ist für uns alle nicht schön, da wir auch Alex sehr mögen, aber für dich muss sie ganz besonders unangenehm sein. Immer so zwischen den Fronten hin- und herzupendeln. Na ja, zumindest physisch", fügt sie hinzu.

„Genauso ist es." Emma nickt kräftig mit dem Kopf. „Es fühlt sich alles komisch an. Ich bin beiden so sehr zu Dank verpflichtet, und jetzt weiß ich gar nicht, wem meine Loyalität überhaupt gehört. Wobei, das ist eigentlich im Moment kein Problem, da Alex mich wie die Pest meidet, seit das mit ihm und Lucy passiert ist. Zweimal hat er mich seitdem gesehen und sich sofort umgedreht, als ich ihm entgegenkam. Da war ich jahrelang das Zimmermädchen, das keiner wahrgenommen hat, und jetzt tut der Hotelbesitzer alles, um mir aus dem Weg zu gehen." Sie hebt ratlos die Schultern. „Aber ich denke, daran kann ich im Moment nichts ändern. Das kann ich nur so akzeptieren, oder? Das sagt zumindest Daniel."

„Natürlich kannst du das nur so akzeptieren, und du weißt ja auch, dass das nichts mit dir als Person zu tun hat. Es ist halt nur diese verquere Situation. Aber Lucy ist da gnadenlos. An das Chalet kommt nichts ran, und wenn jemand versucht, damit zu konkurrieren, so wie Alex es getan hat, dann darf er sich verabschieden. Das hat mich auch gewundert. So kenne ich sie gar nicht."

„Ja, ich glaube, das ist die Loyalität ihrer Familie gegen-über", murmelt Emma, und Sophie spürt, dass dem Mädchen nicht wohl dabei ist, über ihre Chefin zu sprechen. Sie kann das nachvollziehen und wechselt das Thema.

„Aber erzähl doch mal von dir, du hast so einen netten Freund, habe ich gehört? Daniel, sagtest du eben. Das ist der Chefkoch des Tegerngold, richtig?"

Ein glücklicher Ausdruck legt sich über Emmas Gesicht, und ihre Augen blitzen kurz auf. „Ja, richtig, Daniel. Ich mag ihn sehr. Aber wir sehen uns nicht so viel."

„Na, wieso denn nicht? Ist es nicht eines der schönsten Dinge, Zeit mit seinem Liebsten zu verbringen?"

„Doch, schon", antwortet Emma zögerlich. „Aber wir arbeiten ja beide so viel und meistens zu unterschiedlichen Zeiten. Aber für einen Spaziergang oder Ähnliches reicht es zwischendurch allemal, und das ist ja immerhin etwas. Mir macht es immer Freude, ihn zu treffen. Er ist wirklich sehr nett."

Sophie muss grinsen. Als ‚nett‘ hätte sie ihren Mann Patrick nie bezeichnet. Sie ist verrückt nach ihm, und ihr würden alle möglichen Attribute für ihn einfallen, aber ‚nett‘ ist wahrscheinlich nicht das Wort, mit dem sie ihn beschreiben würde. Irgendwie findet sie das aber süß. Und unschuldig.

„Ja, die Arbeit", stimmt sie Emma jetzt zu. „Die funkt uns immer dazwischen. Aber vielleicht kann Lucy ein wenig flexibel mit den Arbeitszeiten sein, damit du Daniel öfter sehen kannst. Vor allem jetzt, wo außer Aishley und mir noch keine anderen Gäste im Chalet sind, sollte dies doch möglich sein."

Emma schaut, als hätte man ihr ins Gesicht geschlagen. „Nein, das will ich nicht, Sophie, wirklich nicht! Bitte versprich mir, dass du das vor Lucy nicht ansprechen wirst. Das hier ist mir wichtiger! Ich bin so dankbar für diese Möglichkeit, und ich stehe in Lucys Schuld. Bitte versprich mir, dass du nichts sagst."

„Keine Sorge", beschwichtigt Sophie sie. „Natürlich werde ich nichts sagen."

Mein Gott, das Mädchen sieht ja aus, als hätte ich ihr mit einer Gefängnisstrafe gedroht, denkt sie erschrocken.

Laut sagt sie: „So, genug davon. Lass uns mal schauen, was wir hier in der Schatzkiste noch so alles haben!"

11

Emma steht im Garten des Chalets und atmet tief ein und aus. Sie hat gerade beinahe eine Panikattacke bekommen. Sie ist es einfach noch nicht gewohnt, diese vielen sozialen Kontakte zu haben und erst über ihre Chefs zu sprechen, dann über Daniel. Von der Vorstellung, dass Sophie Lucy womöglich bitten könnte, ihr weniger Arbeit zu geben, mal ganz abgesehen. Wieder muss Emma bei diesem Gedanken tief durchatmen. Es hat keiner eine Ahnung davon, wie wichtig ihr dieser Job ist! Wie wichtig ihr die Möglichkeiten sind, die ihr damit eröffnet werden, das Vertrauen, das ihr entgegengebracht wird.

Keiner von denen steckt in ihrer Haut. Keiner weiß, wie lange sie im Schatten gelebt hat und wie sich das anfühlt. Wie leblos, wie grau, wie kalt. Dann kam Lucy mit ihrem Yoga und ihrem ganzen bunten Umfeld, und alles änderte sich für Emma schlagartig. Alles! Schon allein mit einer Frau wie Sophie – einer berühmten Designerin aus London – in der Wohnküche zu sitzen, auszupacken und zu plaudern! Das wäre noch vor ein paar Monaten nicht möglich gewesen. Die Vorstellung allein wäre weit über ihren Horizont gegangen.

Jetzt ist es Realität geworden, entgegen jeglicher Wahrscheinlichkeit. Und davon wird Emma sich jetzt nichts nehmen lassen. Komme, was wolle! Wenn nötig, wird sie auch Daniel dafür opfern. Aber sie wird nicht weniger arbeiten. Auf keinen Fall! Irgendwie kann sie Lucy jetzt doch verstehen. Etwas besser zumindest. Männer sind nicht alles. Sie kommen als Zweites.

Dann atmet sie nochmals tief ein und aus. Zeit, wieder hereinzugehen. Sophie ist schließlich schon fast fertig mit dem Schild ,Liebe'.

WÄHREND DIE BEIDEN Frauen im Chalet Kisten auspacken und Schilder bemalen, sind Lucy und Aishley mittlerweile vollbepackt unterwegs.

„Ich dachte, wir wollten nur in den einen Laden", keucht Aishley, die unter Mühe versucht, eine Seite des neu erworbenen Sessels hochzuhalten, während sie langsam rückwärtsgeht. Lucy hält die andere Seite, aber da sie um einiges kleiner als ihre Freundin ist, ist die Fortbewegung gar nicht so einfach. „Und bislang waren wir noch nicht einmal in dem Laden, in den wir wollten, und das Auto ist schon fast voll. Da passt nichts mehr rein, geschweige denn ein Sessel!", beschwert sie sich weiter.

„Ach, das wird schon noch gehen." Auch Lucy laufen mittlerweile Schweißperlen über die Stirn, aber Aufgeben kommt nicht infrage. Ihr ist gar nicht aufgefallen, wie warm der Tag geworden ist. Als sie unter Stöhnen und Ächzen bei Babs' Fiat ankommen, muss auch sie zugeben, dass die Idee, einen Sessel zu kaufen, recht ambitioniert gewesen ist. Also nicht das Kaufen an sich, nichts fällt ihr leichter, aber den Sessel jetzt im Auto zu transportieren, das wird eine echte Herausforderung. Sie würde sich jedoch eher die Zunge abbeißen, als das vor Aishley zuzugeben.

Diese hat mittlerweile ein schadenfrohes Grinsen im Gesicht.

„So, Frau Neunmalklug, und was jetzt?"

„Jetzt tun wir ihn in den Kofferraum und fahren los!"

„In den Kofferraum, soso. Du weißt schon, dass dies hier ein Fiat ist und kein Kleintransporter, oder? Hier würde gerade mal ein Babyschemel reinpassen, aber sicher kein Sessel."

„Quatsch!" Lucy lässt sich von so einer Kleinigkeit wie einem engen Kofferraum nicht unterkriegen. „Komm, lass ihn uns erst einmal rein hieven, dann fällt uns schon ein, wie wir ihn befestigen können. Übrigens, sei froh, dass wir nur den einen haben. Denn mein Herz ist immer noch in dem Laden bei diesem anderen wunderschönen blauen Ohrensessel. Aber der war dann doch ein bisschen teuer. Ist etwas für die Zukunft. So, auf jetzt!"

Als sie den Sessel mehr schlecht als recht im Kofferraum haben und ungefähr nur noch die Hälfte des Möbelstücks herausguckt, holt Lucy mit einem Grinsen eine Kordel aus ihrer Tasche und hält sie triumphierend hoch.

„Was ist das denn?" Aishley scheint ehrlich perplex zu sein. „Erzähl mir nicht, dass du immer mit Schnüren in der Tasche herumläufst. So ausgestattet bin ich ja noch nicht einmal – und das will was heißen!"

„Vorbereitung nennt sich das, meine Liebe! Einfach nur Vorbereitung! Ich hatte da nämlich schon so einen Verdacht!"

„Wie konntest du den haben? Wir wollten nur in einen Laden und dort Accessoires kaufen. Wozu braucht man da eine Kordel?"

„Hm, vielleicht habe ich vergessen, dir einen Teil meines Plans mitzuteilen. Sorry!" Lucy grinst Aishley breit an. „Aber jetzt kannst du dich mal nützlich machen. Hier, fang!" Damit wirft sie ihrer Freundin ein Ende des Seils zu, und nach einigem Hin und Her haben die beiden es tatsächlich geschafft, den Sessel so festzuzurren, dass er keine Lebensgefahr mehr für andere Verkehrsteilnehmer darstellt.

„Puh, jetzt nach Hause! Ich habe Lust auf ein eiskaltes Bier! Auf, auf!" Aishley scheint langsam wirklich genug zu haben, was bei ihr nicht häufig vorkommt, wenn es ums Shoppen geht.

„Aber sicher, auf, auf, doch bestimmt nicht nach Hause. Wir haben noch gar nicht erledigt, wofür wir losgezogen sind!" Lucy lässt sich von so einem bisschen Protest nicht aus der Ruhe bringen.

„Lucy, das ist nicht dein Ernst! In dieses Auto hier passt nichts mehr, absolut nichts. Schau, ich kann noch nicht einmal mehr gerade sitzen, weil das ganze Zeug schon über den Sitz ragt."

Und tatsächlich sitzt Aishley in äußerst gebeugter Haltung da, um der Stehlampe, die Lucy in einer Ecke des vielversprechenden Ladens entdeckt hat, Platz zu machen. Aber Lucy ist unnachgiebig. Sie spürt, sie hat heute ein glückliches Händchen, und diese Strähne wird sie nicht so einfach für ein kaltes Bier abbrechen. Oder wegen etwas so Gewöhnlichem wie einem vollen Auto! Entschlossen drückt sie aufs Gaspedal, ruft fröhlich: „Mitgefangen, mitgehangen", und saust los.

„Vorsicht, der Sessel", kann Aishley gerade noch brüllen, bevor der sich fast verselbstständigt. Sofort verlangsamt Lucy den Wagen, und der Sessel beruhigt sich wieder. Nur die Lampe über Aishleys Kopf schwingt bedrohlich hin und her.

Keine zwanzig Minuten später sind sie bei dem Laden angekommen, dessentwegen sie Stunden zuvor losgezogen sind. Aishley wundert sich selbst, wie sehr sie sich von dieser Yoga-Maus manipulieren lässt. Aber sobald sie den Laden betreten, sind all ihre Zweifel verflogen. Lucy hatte recht: Es ist fantastisch hier! Sie könnte sich den ganzen Tag durch die Sachen wühlen! Lucy muss es genauso gehen, denn schon bald kann Aishley sie nicht mehr entdecken. Sie wird irgendwo zwischen den Möbeln verschwunden sein. Während Aishley einen besonders schönen Briefbeschwerer betastet, der perfekt auf ihren Schreibtisch passen würde, hört sie hinter einem antiken Sekretär ein leises Schluchzen. Erst weiß sie nicht, was sie machen soll, aber dann traut sie sich langsam vor und lugt unauffällig über das Möbelstück. Und tatsächlich – da sitzt eine Frau, sicherlich einige Jährchen älter als sie selbst, und weint in ihr Taschentuch. Neben ihr sitzt eine andere Frau, wahrscheinlich ihre Freundin, die ihr beruhigend über den Rücken streicht und mit sanften Worten auf sie einredet. Aber Aishley sieht, dass ihr Blick dabei durch den Laden schweift – so ganz scheint sie also nicht bei der Sache zu sein.

Aishley räuspert sich: „Kann ich irgendwie helfen? Ist etwas passiert?"

Dabei reicht sie gleichzeitig ein frisches Taschentuch über den Sekretär. Sie hasst durchnässte Papiertaschentücher. Aber die Freundin dieses Häufchen Elends scheint interessierter an einem Renaissance-Tisch zu sein, der in ihrer Nähe steht, als an dem Leid ihrer Freundin. Leise Empörung macht sich in Aishley breit.

„Gibt es irgendetwas, was ich tun kann?", fragt sie nochmals, diesmal etwas ungeduldiger, da sich bisher noch keine der beiden dazu herabgelassen hat, ihr zu antworten. Nur ihr Taschentuch haben sie mit einem kurzen Nicken angenommen.

Jetzt schaut das Häufchen Elend mit verquollenen Augen doch zu ihr hoch und presst zwischen unterdrückten Schluchzern hervor: „Es geht schon, danke. Tut mir leid, wir wollten niemanden stören."

„Darum geht's doch nicht", antwortet Aishley. „Das ist hier keine Kirche, in der man ruhig sein muss. Aber dir geht es doch offensichtlich nicht gut. Hast du Schmerzen? Sollen wir einen Arzt rufen?" Sie will schon vorschlagen, sie zu einem Arzt zu fahren, aber dann fällt ihr der Zustand des Autos ein, womit diese Option wieder entfällt.

„Nein, nein, nicht nötig", wehrt jetzt auch die andere Frau weitaus resoluter als die erste ab. „Hier geht es lediglich um emotionalen Schmerz, da kann auch kein Arzt helfen. Zumindest keiner von denen, die man in einem Notfall ruft."

Aishley spürt, wie ihre Empörung größer wird. *Wenn man solche Freundinnen hat, braucht man keine Feinde mehr*, denkt sie sich. Laut sagt sie: „Na ja, *nur* emotionaler Schmerz ist gut. Der kann, wie wir alle wissen, sehr viel schlimmer sein als der Körperliche." Sie sieht einen kurzen Blick der Dankbarkeit in den Augen des Häufchens aufflackern und fühlt sich dadurch angespornt zu sagen: „Also, was ist denn los? Darüber zu reden hilft meistens." Gleichzeitig wundert sie sich, was sie hier eigentlich macht. Zwei wildfremde Frauen aufzufordern, ihr ihre Probleme anzuvertrauen. Sie ist doch nicht der Papst.

Aber die resolute Freundin scheint mittlerweile froh zu sein, dass jemand anderes dazugekommen ist, denn sie antwortet sofort: „Ist nicht so wild, es geht um eine Trennung, aber die ist schon eine Weile her. Trotzdem löst sie immer noch Emotionen aus, wo auch immer wir sind."

Aishley beobachtet, wie der Blick der Dankbarkeit innerhalb einer Hundertstelsekunde einem Blick der Entrüstung weicht und das Häufchen sich etwas aufrichtet.

Ah, geht doch, denkt Aishley, während die resolute Freundin fortfährt: „Zusätzlich hat unser Hotel noch unsere Buchung verschlampt, wir standen vor einem vollen Haus und haben lediglich ein bedauerndes Schulterzucken bekommen. Und jetzt sind wir hier, und irgendwas hat Karin wohl an irgendwen erinnert, und jetzt hocken wir halt auf dem Boden."

Aishley kann nicht umhin, eine gewisse Bewunderung für die resolute Freundin zu empfinden – so abgeklärt zu sein, während die eigene Freundin zu einem Häufchen mutiert ist, erfordert schon ein gutes Selbstbewusstsein. Und Aishley mag Selbstbewusstsein.

Das Häufchen, dessen Name offenbar Karin ist, ist da wohl anderer Meinung, denn sie sagt jetzt mit unüberhörbarem Wehleid in der Stimme: „Mein Opa! Genauso einen Schaukelstuhl wie den da vorne hatte mein Opa. Ganz genauso einen! Da ist es doch kein Wunder, wenn man etwas emotional wird."

Die Resolute, deren Namen Aishley immer noch nicht kennt, guckt sie auf eine Art an, als wolle sie sich am liebsten an die Stirn tippen. Aber das kann sie nicht, da sie einen Arm um die Freundin gelegt hat, und die andere Hand ein frisches Taschentuch hält. Stattdessen begnügt sie sich mit einem vieldeutigen Hochziehen der Augenbrauen.

Mittlerweile scheint auch Lucy den kleinen emotionalen Aufruhr mitbekommen zu haben, denn sie taucht aus dem Nichts neben Aishley auf.

„Oh Gott, was ist denn passiert?", ruft sie erschrocken aus, als sie die Frauen auf dem Boden kauern sieht, und läuft gleich um den Sekretär herum, um sich neben die beiden zu knien. Fürsorglich legt sie eine Hand auf die Schulter des Häufchens. „Hast du dich verletzt? Sollen wir einen Arzt rufen?" Sie hört sich ehrlich besorgt an.

„Du kannst wieder aufstehen, Lucy, nur die Seele ist verletzt", murmelt Aishley. Jetzt schauen nicht nur das Häufchen, sondern auch Lucy sie empört an.

„Nur!", flüstert das Häufchen, während Lucy fragt: „Was genau meinst du damit?"

„Na, das Häuf... äh, Karin weint einer alten Beziehung hinterher, einem ausgebuchten Hotel und einem Opa, der einen Schaukelstuhl hatte. Und wie wir alle wissen, kommen diese Dinge manchmal in den ungewöhnlichsten Situationen hoch, wie beispielsweise jetzt."

„So ungewöhnlich ist das doch gar nicht", murmelt das Häufchen. „Wenn doch da genau so ein Schaukelstuhl wie der von meinem Opa steht."

Langsam ist Aishley sich nicht mehr sicher, ob die Frau sie noch alle beisammen hat.

Nur Lucy ist liebevoll wie immer und bekräftigt gleich: „Oh, das kann ich mir vorstellen, dass da vieles zusammenkommt. Und gerade so alte Möbel wecken ja Erinnerungen, das kenne ich." Aishley muss es sich verkneifen, die Augen zu verdrehen, während Lucy fortfährt: „Also, mit der Beziehung können wir dir jetzt so ad hoc sicherlich nicht helfen, und ich befürchte, dass wir deinen Opa auch nicht wieder zum Leben erwecken können, aber was war das mit dem ausgebuchten Hotel?"

„Ach das." Jetzt verdreht auch die Resolute die Augen, bevor sie sich den beiden vorstellt. „Übrigens, ich bin Ute. Und das hier ist Karin." Nachdem auch Lucy und Aishley sich vorgestellt haben, fährt sie fort: „Also, wir wollten hier mal so richtig ausspannen. Ob ihr's glaubt oder nicht, aber wir sind extra aus Berlin mit dem Auto hier runtergefahren, und als wir in unserem Hotel ankommen, teilt man uns mit einem bedauernden Schulterzucken mit, dass es unsere Buchung leider nicht gibt. Wir müssten wohl einen Fehler gemacht haben. Als wir ihnen die Bestätigung zeigten, wurde wieder mit den Schultern gezuckt. Dann müsste das Hotel wohl einen Fehler gemacht haben. Aber Fakt wäre, dass sie ausgebucht sind. Über die nächsten Monate hinweg übrigens, wie uns in stolzem Ton mitgeteilt wurde. Man sei ja hier schließlich am begehrten Tegernsee. Ehrlich, ich hatte das Gefühl, die wollten, dass wir uns noch vor ihnen verbeugen, dabei hätte ich denen am liebsten meine Handtasche an den Kopf geknallt. Und, nun ja, da sind wir. Auf dem Weg nach München, um dort etwas zu finden. Denn der Tegernsee scheint ausgebucht zu sein. Dabei hatten wir eigentlich keinen Stadturlaub geplant, sondern wollten mal richtig die Seele baumeln lassen. Ihr seht ja – Karin hat Erholung dringend nötig." Den erbosten Blick von der Freundin ignoriert sie.

Irritiert erwidert Lucy: „Und bevor ihr überhaupt ein Hotel habt oder wisst, wo ihr die nächsten Tage bleiben werdet, seid ihr in einen Möbelladen gefahren? Wow, das nenne ich mal shoppingsüchtig!"

Aishley kann regelrecht die Bewunderung in ihrer Stimme hören.

„Shoppingsüchtig würde ich nicht sagen", entgegnet Ute lachend. „Aber ich bin Innenarchitektin, und in diesen Laden hier wollte ich schon immer mal. Eigentlich kam ich über diesen Laden auf die Idee, dass wir an den Tegernsee fahren könnten. Deswegen habe ich darauf bestanden, dass wir jetzt wenigstens mal kurz hier vorbeikommen. Aber ich muss sagen – diese Ecke hier unten hinter dem Sekretär hat nicht so viel zu bieten, wie ich mir erhofft hatte."

Lucy stimmt in ihr Lachen ein. „Da hinten wird's besser, ich versprech's!"

Aishley zählt in Gedanken die Sekunden, bis der Vorschlag von Lucy kommen wird. *Zehn, neun, acht, sieben …*

„Wegen des Hotels", sagt diese da auch schon. Ha, vier Sekunden, schneller, als Aishley gedacht hatte! „Also, ich weiß ja nicht, ob das für euch Sinn macht, aber zufälligerweise bin ich gerade dabei, ein Hotel zu eröffnen. Es ist alles noch nicht wirklich fertig, vor allem die Einrichtung lässt zu wünschen übrig, aber man kann durchaus schon dort wohnen. Und heute soll eigentlich noch eine Lieferung mit neuer Bettwäsche, Handtüchern und so weiter kommen. Also, wenn ihr wollt …"

„Wenn wir was wollen?" Ute schaut sie mit hoffnungsvollem Blick an.

„Na, dann könnt ihr vielleicht meine ersten offiziellen Gäste sein. Also, so ganz offiziell geht leider noch nicht, da noch eine Brandschutztür fehlt, bevor ich zahlende Gäste beherbergen darf. Ein bisschen etwas müsste ich trotzdem von euch nehmen, aber es wäre natürlich weniger als in dem Hotel, in das ihr eigentlich wolltet."

„Wir zahlen dir alles", deklariert Ute. „Absolut alles!"

„Nein, nein", wehrt Lucy erschrocken ab, und Aishley beobachtet, wie ihr das Thema unangenehm ist. „Ich will ja nicht wirklich Geld mit euch machen. Nur vielleicht die Kosten decken. Und ihr dürft auch umsonst zu meinen Yogastunden kommen."

„Yoga! Ich liebe Yoga", ruft Ute begeistert aus. Dann beugt sie sich vor und umarmt Lucy. „Du bist echt ein Engel in der Not. Wie können wir das je wiedergutmachen? Und natürlich zahlen wir die Unkosten und auch noch mehr!"

„Na ja." Lucy grinst. „Eine Innenarchitektin ist eigentlich genau das, was ich brauche. Meinst du, du könntest mir den ein oder anderen Tipp geben?"

„Aber von Herzen gern!" Ute strahlt sie an. „Deal?", fragt sie dann und streckt Lucy die Hand hin.

„Deal!", bestätigt diese und schlägt ein.

Na wunderbar, denkt Aishley. Sie und das Häufchen Elend werden einfach ignoriert. Als hätten sie nicht schon genug Drama im Haus mit Lucy und ihrer erst kürzlichen Trennung. Diese scheint sie zwar bislang erfolgreich zu verdrängen, aber Aishley hat keine Zweifel, dass der Schmerz mit der Realisation, dass es wirklich vorbei sein könnte, schon bald an die Oberfläche kommen wird. Aber es ist Lucys Chalet. Sie muss entscheiden, was sie tun will, da hat Aishley nichts zu bestimmen. Und es ist vielleicht gar nicht schlecht, sich an den ersten zwei Fremden als Gastgeber zu probieren, bevor es dann ernst wird.

„Eine Sache fehlt bei dem Deal noch", mischt sie sich jetzt in das Gespräch ein, und drei Augenpaare blicken erstaunt zu ihr hoch. Die scheinen wirklich vergessen zu haben, dass sie da ist! „Das ganze Zeug, das Lucy sich da wieder ausgesucht hat", sie deutet mit dem Kinn in Richtung der Dinge, die jetzt auf dem Boden verteilt neben Lucy liegen, „könnt ihr die vielleicht noch in euer Auto packen? Wir haben nämlich keinen Zentimeter Platz mehr, und wenn das so weitergeht, muss ich bald nebenher joggen, während die Lampen chauffiert werden."

„Klar, kein Problem!" Ute lächelt sie an, während Karin sich erneut die Nase schnäuzt. „Wir haben einen Kombi, da passt noch viel rein."

„Sehr gut", antwortet Aishley erleichtert, „aber das war noch nicht alles. Du musst mir auch versprechen, Ute, dass du während eures Urlaubs mit Lucy auf diese Shopping-touren gehst. Ich habe davon erst einmal genug!"

„Ja klar, mache ich liebend gern. Du kannst dich ja derweil mit Karin unterhalten."

Aishley ist sich nicht mehr sicher, wer hier den Kürzeren gezogen hat.

„Gehört dir das Hotel denn auch? Bist du Miteigentüme-rin?", fragt Karin sie mit unsicherer Stimme.

Jetzt bloß nichts Falsches sagen, denkt Aishley. Sonst erinnert der Ton sie wieder an jemanden, und sie fängt an zu heulen. Daher antwortet sie möglichst neutral: „Nein, ich bin mit einer Freundin aus London zu Besuch da. Wir genießen die Gegend und helfen Lucy ein wenig. Aber bald sind wir auch wieder weg, und es ist sicherlich nicht schlecht, wenn sie mal an echten Gästen üben kann. Euch wird das Chalet übrigens gut gefallen, es ist ein Traum. Und für eine Innenar-chitektin sowieso, da kannst du dich austoben. Und du", wendet sie sich jetzt an Karin, „was machst du? Auch etwas mit Inneneinrichtung?"

„Nein, ich habe für sowas kein Händchen", erwidert die Frau, die sich in Aishleys Hirn als das Häufchen eingebrannt hat. „Ich schreibe. Ich bin Journalistin."

„Ach wirklich?" Aishley schaut sie erstaunt an. So langweilig ist sie vielleicht doch nicht. „Wofür schreibst du denn?"

„Für dieses und jenes", mischt sich jetzt Ute dominant ein. „Karin schreibt für unterschiedliche Publikationen. So, jetzt ist es aber an der Zeit aufzustehen, sonst holen wir uns hier auf dem Boden noch eine Blasenentzündung, und der Ladeninhaber wird sich auch langsam wundern, was wir hier machen. Lucy, willst du die Sachen noch schnell zahlen?"

„Ja, mach ich!" Lucy strahlt übers ganze Gesicht. Aishley sieht, wie sehr ihre Freundin sich über die beiden Neuzugänge freut, also nimmt sie sich vor, sich ebenfalls zu freuen. Auch wenn sie mit Heulsusen normalerweise nicht so viel anfangen kann. Aber vielleicht haben sie nur einen schlechten Moment erwischt. Vielleicht ist das Häufchen sonst ganz normal. Und diese Ute scheint ja durchaus patent zu sein, als Ausgleich sozusagen.

So machen sie sich schon bald auf den Heimweg zu Sophie und Emma, die bei ihrer Ankunft vor dem Haus stehen und nicht schlecht staunen, als die zwei Shopperinnen zu viert wiederkommen.

„Es wird ernst, Emma", ruft Lucy ihnen durch den Garten zu. „Wir haben unsere ersten echten Gäste. Das Chalet heißt offiziell seine ersten Gäste willkommen! Das ist ein Grund für Champagner, würde ich sagen!"

Wie ein Blitz läuft Emma hinein, um die gewünschte Flasche und ein paar Gläser zu holen.

„Wir haben eine Resolute und ein Häufchen hier", flüstert Aishley Sophie zu. „Das kann noch heiter werden!"

12

„Ein Glück, dass der Tisch so riesig ist", bemerkt Lucy erleichtert. „So haben wir notfalls noch Platz für ein paar mehr unerwartete Gäste!"

Ute lässt ihre Hand langsam über das dunkle Holz gleiten. „Der Tisch ist eine Wucht, Lucy, wie überhaupt das ganze Chalet. Was bin ich froh, dass wir hier gelandet sind! So viel besser als dieses andere Hotel, was meinst du, Karin?"

Karins verquollene Augen sind mittlerweile abgeschwollen, und nachdem sie sich frisch gemacht und umgezogen hat, sieht Lucy, dass sie eigentlich ganz hübsch ist. Recht konventionell, mit ihrem glatten, braunen Haar und den etwas breiten Hüften, aber zumindest spürt man jetzt etwas Lebensenergie in ihr. Ganz anders ist hingegen Ute mit ihrer beeindruckenden Körpergröße, dem blonden Pagenkopf und den perfekt manikürten, rot lackierten Nägeln. Während Karin auch vom Land kommen könnte, schreit alles an Ute ‚Großstadt'. Lucy fragt sich, wie die beiden sich wohl kennengelernt haben. Aber das wird sie sicherlich noch erfahren.

„Ja, ich bin auch heilfroh, dass wir hier sind", antwortet

Karin jetzt auf Utes Frage. „Du hast recht, hat viel mehr Charakter als der Laden, in den wir ursprünglich wollten. Manchmal liegt in den Missgeschicken des Lebens doch ein Segen."

„Ach, Madame lernt dazu!" Ute lacht ihre Freundin an. „Und wie wäre es mal damit, zu glauben, dass in *jedem* ‚Missgeschick', wie du es nennst, ein Segen liegt? Nicht nur in einigen. Das ist vor allem der Fall, wenn es um die Trennung von deinem fürchterlichen Klaus geht. Du kannst mir doch nicht erzählen, dass es in dem Laden eben wirklich um deinen Opa ging. Das war doch nur ein Vorwand, um mal wieder wegen Klaus-Maus heulen zu können."

Lucy hat Sorge, dass Karin gleich wieder zu weinen anfängt, und so wirft sie doch schnell ihre Frage ein: „Woher kennt ihr beide euch eigentlich?"

„Ach, wir kennen uns noch gar nicht so lange", übernimmt Ute das Wort. „Ein paar Jahre jetzt. Karins Vater hatte ein tolles Anwesen in Brandenburg, ungefähr so groß wie das hier." Damit schaut sie sich nochmals um. „Das hat er vor ein paar Jahren Karin und ihrem Bruder übergeben. Er selbst ist mit seiner Lebensgefährtin in eine kleinere Wohnung am Stadtrand von Berlin gezogen. Und da hat Karin mich reingeholt, damit ich das Gut auf Vordermann bringe. Sie hatte kurz vorher einen Artikel über mich und meine Arbeit geschrieben, und daher kannten wir uns ein wenig. Die Restaurierung des Guts war ein riesiger Auftrag für mich und hat recht lange gedauert, aber so hatten wir zumindest Zeit, uns richtig kennenzulernen. Und als wir dann merkten, dass wir beide nicht nur Architektur, sondern auch das Reisen lieben, hat sich daraus eine Freundschaft entwickelt."

„Wow, eine schöne Geschichte", schaltet sich jetzt Sophie ein, die bislang an ihrem Handy herumgespielt hat. „Und jetzt sag nicht, dass du das Gut auch zu einem Gästehaus umgebaut hast."

„Doch, ein wenig schon", gibt Karin jetzt lachend zu. „Woher weißt du das? Aber es ist ganz anders als das hier. Mein Bruder und ich sind ziemlich pferdeverrückt, und schon als Kinder hatten wir Pferde auf dem Gut. Jetzt haben wir noch ein paar dazu gekauft und es halb professionell aufgezogen. Unser Reithof ist ein beliebter Treffpunkt in der Gegend geworden. Es macht richtig Spaß. Die Kids und Teenager reiten, die Eltern sitzen währenddessen im Restaurant oder auf der Terrasse, und dann haben wir auch noch ein paar Zimmer für Ponyurlaube. Wie der Name schon ahnen lässt, ist das Ganze für Kinder gedacht. Mein Bruder, seine Frau und ich lieben es! Sie ist schwanger, da werden wir bald dauerhaft ein Kind bei uns haben."

Lucy erkennt sowohl Freude als auch Schmerz in Karins Blick. Die Trennung von diesem Klaus scheint ihr wirklich zugesetzt zu haben. Kein Wunder, wenn sie permanent ein glückliches Pärchen um sich hat, das jetzt auch noch Nachwuchs erwartet. Da wird einem die ganze Zeit vor Augen geführt, was man selbst nicht mehr hat.

„Und da kannst du so einfach weg?", wirft sie jetzt schnell ein, um von dem Thema abzulenken. „Werden da nicht alle Hände gebraucht?"

„Ach, wir haben so viele helfende Hände", erwidert Karin lachend. „Manchmal können wir uns vor lauter Helfern kaum mehr retten. Pferde scheinen die Menschen magisch anzuziehen. Trotzdem, du hast schon recht, wir sind natürlich die ständigen Ansprechpartner, und da muss man tatsächlich immer auf Trab sein. Deshalb muss ich zwischendurch auch immer wieder mal weg, so wie jetzt, sonst werde ich verrückt. Für meinen Bruder und meine Schwägerin ist das – Gott sei Dank – absolut okay, die kennen das von mir. Dafür gebe ich dann umso mehr, wenn ich wieder da bin und neue Energie getankt habe. Und wenn mal keine größere Reise drin ist, dann fahre ich einfach zu Ute nach Berlin. Die wohnt direkt am Prenzlauer Berg in einer wunderschönen und unglaublich großen Altbauwohnung. Da kann ich bestens ausspannen oder meiner anderen Leidenschaft, dem Schreiben, nachgehen."

„Ja, eben", mischt sich jetzt auch Aishley ein, die bislang überraschend still gewesen ist. „Ich dachte, du seist Journalistin. Oder machst du das nur nebenbei?"

„Richtig, ja, ich bin auch Journalistin, und darüber definiere ich mich eigentlich immer noch. Der Hof gehört uns Dreien, aber das Schreiben ist nur meins. Es ist sehr persönlich, wisst ihr. Früher habe ich davon gelebt, und jetzt mache ich das freiberuflich, verdiene mir damit sozusagen ein Taschengeld dazu."

„Und worüber schreibst du?", will Aishley wissen.

Während Karin gerade noch mit Enthusiasmus erzählt hat, scheint diese Frage sie etwas aus dem Konzept zu bringen. Sie zögert merklich, bevor sie antwortet: „Ich schreibe, wie zuvor erwähnt, ein wenig über Architektur, mittlerweile auch übers Reiten und vereinzelt auch etwas über Reisen."

Dabei schaut sie unsicher Ute an, und Lucy fragt sich, ob sie sich den warnenden Blick, den Ute ihrer Freundin zuwirft, nur einbildet. Aber nein, sie ist sich ziemlich sicher, da etwas gesehen zu haben. Ihre Vermutung wird noch dadurch bestätigt, dass Ute jetzt hektisch einwirft: „Vor allem über die Mecklenburgische Seenplatte schreibt sie, das ist ihr Steckenpferd. Und dafür muss sie ja glücklicherweise nicht reisen, das ist direkt vor der Haustür."

Wieso wird sie nur immer so komisch, wenn es um den Job ihrer Freundin geht? Das war eben im Laden auch schon so.

„Du bist aber ‚nur' Innenarchitektin, ja?", fragt Sophie jetzt. „Oder hast du auch noch mehrere Jobs?"

„Nein, ich bin nur Innenarchitektin, tut mir leid. Mit mehr kann ich nicht aufwarten. Wobei meine Interessen recht vielfältig sind. Das müssen sie bei Innenarchitekten sein. Wir holen unsere Inspiration überall her, da muss der Geist offen bleiben."

„Hört sich interessant an", stellt jetzt Emma fest, die sich in der Runde durchaus wohlzufühlen scheint.

„Ja, interessant ist es definitiv. Manchmal gar nicht so einfach, dabei den Fokus zu behalten. Und schwierig wird es, wenn der Kunde ein sehr begrenztes Budget hat. Das ist einerseits interessant, da man dann wirklich kreativ werden muss, aber andererseits hasse ich es, an Materialien zu sparen. Bei mir muss alles möglichst natürlich und nachhaltig sein. Wenn ich es gegen billige Imitate austauschen soll, weigere ich mich meistens. Glücklicherweise kann ich es mir mittlerweile leisten, Aufträge abzulehnen, und versuche seither nur noch mit Kunden zusammenzuarbeiten, die meine Vision teilen. Und davon gibt es in Berlin genug."

„Ja, Ute macht wirklich fantastische Sachen, die haben alle ihre ganz spezielle Handschrift", schwärmt Karin. „Vielleicht kann sie euch später mal ein paar Sachen online zeigen. Und in der Kunstszene ist sie auch eine Größe."

Lucy sieht förmlich, wie sich sofort Aishleys Ohren spitzen. „Kunst?", fragt diese da auch schon. „Was machst du denn?"

„Gar nichts mache ich! Karin, bitte, wie kannst du mich nur so darstellen? Ich bin keine Größe in der Kunst, ich bin da ein Niemand, da ich nämlich gar keine Kunst mache. Aber ich interessiere mich dafür, und daher gehe ich viel auf Vernissagen und dergleichen. Also könnte man mich eine rein passive Größe nennen, die viel zu viel Geld für Kunstobjekte ausgibt. Schön sind sie ja alle, aber ob die wirklich eine so gute Investition sind, das wird sich noch herausstellen", sagt sie mit einem Seufzer.

„Ute, das ist ja wunderbar, Aishley ist nämlich Künstlerin." Lucy ist ganz aufgeregt vor Begeisterung. „Und zwar sehr aktiv und eine von Londons begehrtesten! Ach, was sage ich da, sie hat sich mittlerweile überall einen Namen gemacht. Nicht nur in London."

„Wirklich, Aishley? Oh, wow, ich würde mir deine Sachen liebend gerne mal ansehen. Bislang kannte ich deinen Namen noch nicht, da siehst du, was ich für eine Banausin bin. Zum Glück ändert sich das jetzt! Wirst du von einer Galerie vertreten?"

Als Aishley den Namen der Galerie von Danny nennt, der nicht nur ihr enger Freund ist, sondern sie auch professionell vertritt, deutet Ute eine leichte Verbeugung an.

„Hut ab, dann musst du wirklich eine Nummer sein! Oder extrem talentiert. Danny kenne ich natürlich, um ihn kommt man ja kaum herum, wenn man in der Kunstwelt unterwegs ist. Ein witziger und talentierter Kerl. Hofft er immer noch inständig, dass George Clooney irgendwann bei ihm in der Galerie aufschlägt?"

„Brad Pitt", entgegnet Aishley lachend. „Nicht George Clooney. Wobei, mit dem würde er sich vielleicht auch zufriedengeben. Lustig, dass du das auch weißt. Und ja, er hofft es immer noch und treibt damit seinen Partner zum Wahnsinn. Glücklicherweise hat Rob die Geduld eines Heiligen!"

„Ute, dann wirst du vielleicht auch meine Schwägerin kennen", platzt es jetzt auch aus Sophie heraus, die schon die ganze Zeit hibbelig auf ihrem Stuhl saß. „Lydia. Sie hat auch ein …"

„Du bist Lydias Schwägerin?". Ute steht auf und geht zu Sophie rüber. „Jetzt muss ich dich doch mal kurz in den Arm nehmen. Ich *liebe* Lydia! Und ihre Frau, Claire. Die kennst du dann natürlich auch gut. Ihre Schwester bist du jedenfalls nicht, das wüsste ich."

„Ihre Schwester nicht", bestätigt Sophie lachend. „Aber ich bin ihre Trauzeugin und sie ist die Schwester meines Mannes Patrick."

„Patrick Woods." Utes Augen bekommen einen verträumten Blick. „Von ihm habe ich schon viel gehört und auch Fotos gesehen. Was für ein Mann! Du Glückliche!"

„Und dabei wollte ich dich schon fragen, ob du auch lesbisch bist", wirft Aishley an Ute gewandt ein, und Lucy sieht, wie Emma vor Schreck zusammenzuckt. „Aber diese Frage hat sich ja damit beantwortet."

„Na ja, beantwortet ist gut", erwidert Ute völlig unbeeindruckt von der Intimität der Fragestellung. „Sagen wir's mal so, ich bin experimentierfreudig."

Dabei zwinkert sie Karin zu, die gleich darauf hinzufügt: „Nicht mit mir experimentierfreudig, nicht dass ihr das meint! Ich bin da ganz konservativ und nur in eine Richtung gepolt. Für mich ist auch diese ganze Kunstszene nichts. Die sind mir alle viel zu exzentrisch. Ich mag es bodenständig."

„Ah, wo wir schon dabei sind ..." Aishley wieder. „Was hat dein Klaus denn gemacht?"

„Ihm gehört der Autoladen im Ort."

„Autoladen?" Die Frauen gucken sich verdutzt an.

„Ja, Autoladen", seufzt Ute resigniert. „Da ist sie hin, die Inspiration. Aber wenigstens hat er keinen Schnauzer, das spricht zumindest für ihn."

„Autoladen, ist doch gar nicht schlecht", und, „Ah, ich liebe Autos", sagen die anderen aufmunternd, bevor Karin oder Ute noch etwas hinzufügen können.

„Falsche Antworten", brummt Ute. „Ihr vergesst wohl, dass er sie verlassen hat." Schnell ruft sie aus: „Aber gut – Zeit, etwas zu essen! Wie sieht es aus in diesem neu eröffneten Chalet hier – bekommen wir etwas, sollen wir beim Kochen helfen oder gehen wir alle zusammen aus?"

· · ·

ALS SIE SPÄTER ALLE zusammen beim Griechen sitzen – „Wer hat jetzt schon Lust aufs Kochen?", war der allgemeine Konsens –, und auch Babs und Hannah noch dazukommen, legt Lucy ihnen dar, wie sie sich die Zukunft des Chalets vorstellt.

„Also, nein, Abendessen wird es im Chalet nicht geben. Wir können natürlich gerne mal zusammen kochen, aber das gehört nicht zum üblichen Service. Wie ihr gesehen habt, ist jedes Apartment mit allem Wesentlichen ausgestattet, morgens kann man runter zum Frühstück kommen oder es sich auf dem Zimmer zubereiten. Es ist alles da und alles so weit wie möglich Bio und regional. Der Honig ist zum Beispiel direkt vom Imker hier, auch die Marmelade wird im Ort frisch hergestellt, und das Gebäck kommt natürlich von unserer lieben Hannah."

Diese strahlt übers ganze Gesicht. „Letztes Jahr war es noch so ruhig hier", teilt sie jetzt den beiden Frauen mit. „Bis Lucy an den Tegernsee kam. Jetzt leite ich nicht nur mein eigenes Café, wie auch vorher schon, sondern bin auch Konditorin für das Tegerngold und liefere bald auch das Gebäck fürs Chalet. Ich musste schon eine Hilfe einstellen. Das hätte ich vor ein paar Monaten nicht für möglich gehalten, aber ich beschwere mich nicht."

Lucy findet, dass Hannah eine ganz neue Energie ausstrahlt. Die zusätzlichen Herausforderungen tun ihr offensichtlich gut.

„Und dann babysitte ich auch noch manchmal Rosie", fügt Hannah hinzu, woraufhin Lucy sofort protestiert.

„Hey, hey, so viel ist das nun auch wieder nicht. Es war eher während der Bauarbeiten, damit sich der Hund nicht selbst und alle anderen in Gefahr bringt", erklärt sie jetzt den beiden Frauen, um nicht wie eine Hunderabenmutter dazustehen. „Aber das ist jetzt vorbei. Jetzt habe ich ja auch wieder mehr Zeit, wo Alex weg ist."

Kurz muss sie bei seinem Namen schlucken, aber sie versucht, sich den Schmerz nicht anmerken zu lassen.

„Alex?", fragt Ute.

„Ja, mein Freund. Also Ex-Freund", korrigiert sie sich und findet immer noch, dass sich das absurd anhört. „Er ist gegangen, da ich so wenig Zeit für ihn hatte – und dadurch habe ich jetzt natürlich mehr Zeit. Unter anderem für Rosie. Ergibt Sinn, nicht?"

„Na ja, nicht so wirklich", murmelt Aishley, und Hannah bestätigt ganz entgegen ihrer Natur: „So etwas Idiotisches habe ich selten gehört."

Lucy blickt sie empört an. „Hey, was soll das denn?"

„Mehr Zeit!", entgegnet Hannah. „Glaubst du wirklich, du wirst mehr Zeit haben, jetzt, wo das Chalet bald für Gäste geöffnet ist? So ein Quatsch. Es wird nie der perfekte Zeit-punkt kommen. Bedeutet das, du willst dein Leben lang solo bleiben, weil es keinen Platz für einen Mann in deinem Leben gibt?"

„Wenn es sein muss – von mir aus!", gibt Lucy zurück. Dann sagt sie in einem Ton, der keine Widerrede duldet: „Ich habe einfach keine Zeit, den ganzen Tag auf dem Golf-platz rumzuhängen, das ist alles. Und wenn jemand das nicht verstehen kann, dann tut es mir leid!"

„Ah, das verstehe ich aber", kommt Ute ihr zu Hilfe. „Mit so einem Mann könnte ich auch nicht zusammen sein. So war er? Den ganzen Tag nur auf dem Golfplatz? Sorry, ich will dir ja nicht zu nahetreten, aber er hört sich ein bisschen nach einem Versager an. Porschefahrer, nehme ich an?"

„Wieder Quatsch", sagt Hannah, und Lucy wundert sich über ihre sonst eher zurückhaltende Freundin. „Er hängt weder den ganzen Tag auf dem Golfplatz herum, sondern leitet ein großes Hotel, noch ist er ein Versager und im Porsche sähe er genauso fantastisch aus wie in seinem ..."

„Oh, ist ja interessant, dann nimm du ihn dir doch", unterbricht Lucy sie.

„Kein Interesse, danke. Weder ich an ihm noch er an mir. Das ändert aber nichts an der Tatsache, dass du einen tollen Mann gehen gelassen hast. Und das wirst du meiner Meinung nach noch bereuen. Du weißt – irgendwann kann es dann tatsächlich zu spät sein."

„Oh, die Männerexpertin spricht", rutscht es Lucy heraus, bevor sie sich auf die Zunge beißen kann. „Tut mir leid, Hannah, das war daneben", entschuldigt sie sich sofort. „Verzeihst du mir diesen dämlichen Kommentar?"

„Ja, klar", beteuert Hannah und schüttelt kurz den Kopf. „Dir habe ich schon ganz andere Sachen verziehen. Und du hast ja auch recht. Was verstehe ich schon von diesen Dingen?"

„Vielleicht mehr als ich", murmelt Lucy, bevor Babs resolut einschreitet und den beiden Gästen versichert: „So geht es hier übrigens nicht immer zu, manchmal ist es sogar harmonisch. Aber die Trennung ist recht frisch, und wir fanden alle, dass die beiden ein Traumpaar waren. Da ist es manchmal nicht einfach, sich nicht einzumischen. Und trotz ihres ganzen Yoga-Trallalas kann Lucy ein ziemlicher Dickkopf sein. Apropos Yoga: Das ist eine der besten Dienstleistungen in dem schönen Chalet. Ihr könnt zweimal am Tag Yoga machen, morgens meistens bei Lucy und nachmittags mittlerweile bei Josephine, die hier aus dem Ort kommt und auch wirklich gut ist. Vor allem ist sie nicht ganz so streng wie Lucy. Habt ihr vor, das in Anspruch zu nehmen?"

„Ich auf jeden Fall!" Utes Augen blitzen vor Enthusiasmus. „Ich bin ganz verrückt nach Yoga. Du machst doch auch mit, Karin, oder?"

„Ja klar, ich probiere es mal aus. Falls Anfänger willkommen sind."

„Alle sind willkommen." Lucy strahlt die beiden an. „Das

war genau die Idee des Chalets, dass alle sich hier wohlfühlen können. Lasst es euch also so richtig gut gehen und tut etwas für euch."

„Und damit fangen wir jetzt an", verkündet Babs und hebt ihr Glas. „Yamas!"

„Yamas", stimmen die andern ein und heben ebenfalls ihre Gläser.

13

"Was machst du denn da die ganze Zeit?", fragt Aishley, als sie am nächsten Morgen alle zusammen beim Frühstück sitzen. Neugierig lugt sie über Karins Schulter.

„Ich tippe", sagt diese mit einem genervten Blick und dreht ihr Telefon weg, damit Aishley nicht mehr auf den Bildschirm schauen kann.

„Das ist mir schon klar", antwortet Aishley ungerührt. „Aber die ganze Zeit? Das ist ja schon fast wie ein Automatismus bei dir. Handy hoch, Handy runter, Handy hoch, Handy runter."

„Das ist kein Automatismus", antwortet Karin bestimmt, aber Lucy sieht, wie Ute sich ein Grinsen verkneifen muss. Aishley scheint einen wunden Punkt getroffen zu haben. Sie sollte dem Ganzen jedoch Einhalt gebieten, es geht ja nicht, dass Aishley ihre Gäste drangsaliert.

„Aish, ich glaube, das reicht", sagt sie daher jetzt. „Karin kann tippen, soviel sie möchte."

„War ja auch nur eine Frage. Es interessiert mich halt.

Was kann denn schon so faszinierend sein? Ich sollte dieses Hobby vielleicht auch mal aufnehmen."

„Es geht dich nichts an", gibt Karin unwirsch zurück.

„Wir sind hier im Yoga-Hotel", lässt Aishley sich nicht unterkriegen. „Da werden wir ja wohl noch unsere Gefühle und Gedanken teilen dürfen. Und meine Gedanken würden gerne wissen, was du da die ganze Zeit machst."

„Yoga-Hotel, du wirkst mir nicht sehr Yoga-mäßig", knurrt Karin sie an. „Deine Freundin schon eher."

„Sophie? Das denkt jeder. Sie wirkt viel weicher als ich, ich weiß. Aber das täuscht, die hat Biss, die Frau. Ich hingegen bin total Yoga-mäßig drauf, da wirst du noch Augen machen. Mit meinem Rad kann niemand mithalten, selbst Lucy sieht daneben blass aus. Außerdem habe ich immer die süßesten Yogaklamotten an. Mein Motto ist, dass mit Stil alles beginnt und man ohne Stil am Ende ist. Oder so ähnlich halt."

„Das ist ja hochinteressant", erwidert Karin gelangweilt und starrt weiterhin auf ihr Handy. „Wenn du ein Rad kannst, was auch immer das sein mag, dann hast du natürlich das Recht, dich in die Angelegenheiten anderer Leute einzumischen. Ne, stimmt schon, macht Sinn."

„Ach, jetzt sei doch nicht so", gibt Aishley sich reumütig. „Ich war wirklich nur interessiert. Es ist mir gestern Abend schon aufgefallen, dass du die ganze Zeit auf das Ding gestarrt hast. Ich hingegen vergesse mein Handy immer überall, da fasziniert es mich, wenn jemand, der über zwanzig ist, so an dem Teil klebt."

„Wieso über zwanzig? Was hat das damit zu tun?"

„Na ja, dass die Jugend permanent auf Instagram postet und die Konkurrenz abchecken muss, das verstehe ich ja irgendwie. In dem Alter hat sich vielleicht noch kein echtes Selbstbewusstsein gebildet. Aber dann? Sollte man nicht ein wenig darüberstehen? Oder arbeitest du?"

„Nein, das tut sie nicht", mischt sich jetzt Ute ein. „Und es tut mir leid, Karin, aber Aishley hat vollkommen recht. Es ist nicht mehr auszuhalten. Wenn ich an diesen Urlaub", dabei macht sie Gänsefüßchen in der Luft, „zurückdenken werde, werde ich nur an dich an diesem bescheuerten Handy denken. Es ist kaum mehr möglich, ein vernünftiges Gespräch mit dir zu führen. Selbst als du am Lenkrad saßt, hast du draufgeguckt. Ein Wunder, dass wir hier heil angekommen sind." Dann schaut sie die anderen an. „Sie stalkt Klaus und seine Neue. Die posten gerne Bilder auf ihren diversen Social-Media-Kanälen, und Karin liebt es, sich mit ihren Spionageaktionen selbst den ganzen Tag einen Dolch ins Herz zu stoßen." Gehässig fährt sie fort: „Vielleicht solltest du dich stattdessen mal bei einer Sado-Maso-Plattform anmelden. Da suchen sie immer wieder nach überzeugten Masochistinnen."

Lucy sieht, wie Karin die Tränen in die Augen schießen.

„Es reicht", gebietet sie den verbalen Angriffen Einhalt. „Bei mir wird niemand so vorgeführt. Wenn Karin darüber sprechen möchte, kann sie das tun, ansonsten kann sie hier so viel auf ihr Handy schauen, wie sie will. Sie ist schließlich eine erwachsene Frau."

Da sieht sie, wie Sophie Karin die Hand auf den Arm legt. „Ich war auch einmal in so einer Situation, Karin. Ich habe gedacht, es reißt mir das Herz aus der Brust und meine Welt geht unter. Beides ist übrigens nicht passiert. Ganz im Gegenteil. Möchtest du darüber sprechen?", fragt sie dann sachte.

Mit Tränen in den Augen nickt Karin. „Ja, vielleicht sollte ich das. Ich fühle mich ja selbst nicht wohl damit. Ute hat schon recht, es ist wirklich wie eine Sucht. Sorry", sie schaut ihre Freundin an, „ich wollte den Urlaub für dich wirklich nicht ruinieren."

„Ach was", gibt Ute schnell nach und legt ihr ebenfalls

eine Hand auf den Arm. „Er ist ja nicht ruiniert. Aber ich hasse es, dich so zu sehen. Und das wegen dieses Typen. So ein Schlappschwanz!"

Jetzt muss Karin doch schmunzeln. „Du musst dich schon entscheiden", fordert sie ihre Freundin heraus. „Entweder ist er ein Schlappschwanz oder eine männliche Hure. Ich glaube, die beiden schließen sich gegenseitig aus. Männliche Hure nennt sie ihn nämlich sonst immer", erläutert sie den anderen.

„Okay, dann kläre ich auf", schießt Ute zurück. „Den Charakter und die Loyalität hat er von einer männlichen Hure, und in allem anderen ist er ein Schlappschwanz!"

„Das hört sich ganz nach Klaus an." Ein kleines Lächeln bahnt sich auf Karins Gesicht. „Dem kann ich nichts entgegenhalten."

„Und einer schlappschwänzigen männlichen Hure läufst du hinterher?", fragt jetzt auch Lucy erstaunt.

„Ja, das macht es ja besonders schlimm. Was sagt das nur über mich aus?"

„Gar nichts, nur dass du menschlich bist", gibt Sophie nachdenklich zurück. „Ich habe das Ganze fast eins zu eins auch mal erlebt und bin da stärker, freier und glücklicher wieder herausgekommen. Aber es braucht Kraft. Und ein wenig Ausdauer. Aber vor allem Selbstliebe."

„Hach ja, die Selbstliebe", murmelt Ute.

„Ja, die Selbstliebe", stimmen jetzt auch die anderen in resigniertem Tonfall ein.

Nur Aishley meldet sich rigoros zu Wort: „Also, ich habe keine Ahnung, was ihr alle habt. Ich habe kein Problem mit der Selbstliebe. Null. Was ist denn daran schon so schwer?"

„Du hast auch kein Problem mit dem Rad", entgegnet Lucy lächelnd. „Andere hingegen schon. Und die Selbstliebe ist eine besonders knifflige Sache. Die haben nur ganz wenige von uns. Du hattest vielleicht das Glück, mit besonders viel Wertschätzung dir gegenüber aufgewachsen zu sein. Aber das haben wahrlich nicht alle von uns erlebt."

„Mag sein." Aishley ist noch nicht bereit, klein beizugeben. „Aber wie lange ist das jetzt her mit diesem Klaus? Was für ein Name übrigens!"

Karin muss lachen. „Ein typisch deutscher Name halt. Und, na ja, es ist jetzt so ungefähr ein Jahr her."

„Ein Jahr?" Lucy hat Angst, dass Aishley gleich vor Schreck vom Stuhl kippen wird. „Und seit einem Jahr läufst du ihm hinterher?"

„Hinterherlaufen würde ich das nicht nennen", gibt Karin errötend zurück. „Ich checke halt nur manchmal, was er so macht."

„Aishley ist sehr gut und sehr schnell darin, alte Dinge hinter sich zu lassen", meldet sich jetzt Sophie wieder zu Wort. „Sie kannst du nicht als Maßstab nehmen. Aber ein Jahr ist schon ziemlich lang. Wobei natürlich alles relativ ist. Aber meinst du wirklich, dir tut das gut? Ute hat schon recht. Es ist wirklich, als würdest du dir selbst immer und immer wieder einen Dolch ins Herz stoßen."

„Das habe ich sogar bei meiner Atemsitzung letztes Jahr erlebt", mischt sich nun auch Lucy ein. Als die anderen sie erstaunt ansehen, sagt sie nur schnell: „Das würde jetzt zu lange dauern, euch das zu erklären. Es war jedenfalls sehr augenöffnend. Und da habe ich gelernt, dass mein Ex – Stuart hieß er – mich einmal verlassen und mir einmal wehgetan hat, aber dass ich es immer und immer wiederhole, indem ich es mir immer wieder vor Augen führe. Das war für mich ziemlich revolutionär, das zu erkennen. Und vor allem, dass es eigentlich gar nicht um Stuart ging, sondern um meine alten Kindheitsverletzungen. Ich glaube, das geht den meisten von uns so, und das zu erkennen, ist sehr befreiend. Da können wir dann nämlich an uns selbst arbeiten und müssen nicht auf Biegen und Brechen versuchen, die äußeren

Umstände zu ändern. Weißt du, was ich meine?", fragt sie mit Blick zu Karin.

„Nicht so genau", antwortet diese mit einem Seufzer. „Aber dass es mir nicht guttut und ich diesbezüglich an mir selbst arbeiten sollte, das ist mir durchaus bewusst."

„Wow, Einsicht ist der erste Weg zur Besserung", ruft Ute ironisch in die Runde. „Aber leider bringt alle Einsicht nichts, wenn keine Aktion folgt. Also, Herzilein, jetzt leg das verdammte Handy weg und fang an, dein Leben zu leben, anstatt das von dem bescheuerten Klaus und seiner neuen Tussi secondhand mitzuerleben. Lange wird dir das wahrscheinlich ohnehin nicht mehr möglich sein." Den anderen teilt sie schnell mit: „Er hat sie schon auf den meisten Kanälen blockiert. Dann behalte doch bitte noch einen Funken deiner Würde bei und lauf ihm nicht noch auf den paar verbliebenen Kanälen hinterher."

„Ich weiß ja", beteuert Karin und blickt beschämt nach unten. „Es ist halt alles nicht so einfach."

„Das hat auch keiner gesagt …", bestätigt Sophie und legt tröstend einen Arm um sie.

„Na ja, so schwer ist es auch nicht", murmelt Aishley, aber hält schnell ihren Mund, als sie sich von Lucy einen mörderischen Blick einfängt.

14

Sophie geht das Gespräch von heute Morgen nicht aus dem Kopf. Irgendwie tut Karin ihr leid. Nach kurzem Zögern geht sie hoch und klopft an die Tür von dem Apartment namens ‚Glück'. Als sie auf das zaghafte „Herein" hin die Tür öffnet, ist Karin wie erhofft allein im Zimmer. Sie sitzt am Tisch und isst ein Marmeladenbrot.

„Darf ich reinkommen?"

„Ja, klar. Das heißt, falls du mir nicht auch den Kopf waschen willst, weil ich einem Verlierer hinterherlaufe und damit selbst eine Verliererin bin."

„Nein, ganz im Gegenteil." Sophie tritt ein und zeigt auf die Eckbank. „Darf ich?"

„Ja, sicher. Willst du auch ein Marmeladenbrot? Oder etwas anderes?"

„Nein, danke, ich hatte schon. Ich wollte nur schauen, ob du okay bist. Aishley kann manchmal etwas harsch sein, aber sie meint es nicht so. Sie hat ein riesiges Herz, aber sie ist halt so unglaublich stark, da erwartet sie von allen anderen die gleiche Stärke. Ich glaube, sie kann es sich gar nicht vorstellen, wie es ist, wenn man jemandem hinterherweint. Sie käme gar nicht auf die Idee, das zu tun. Wenn man sie nicht will, so hat man sie nicht verdient. Das ist ihre Devise, und paradoxerweise will sie deshalb jeder. Sie muss in ihrem letzten Leben eine Königin oder Ähnliches gewesen sein, dass sie mit so einer Selbstverständlichkeit in ihren eigenen Wert wiedergeboren wurde."

„Und du?", fragt Karin.

„Ich, was?"

„Bist du auch eine wiedergeborene Königin?"

„Ich wünschte es", seufzt Sophie auf. „Aber ich bin wohl eher das Fußvolk gewesen, das zu Königin Aishley aufgeschaut hat. Das tue ich bis heute ein wenig. Nein, glaub mir, ich weiß, wie es ist, sich wertlos zu fühlen, weil man verlassen wurde. Selbst wenn es von einem Taugenichts ist. Aber das sieht man ja in dem Moment nicht. Das erkennt man erst später."

Karin guckt sie erstaunt an. „Du kennst das auch? Sich wertlos zu fühlen?"

Jetzt ist es an Sophie, erstaunt zu gucken. „Natürlich, Karin. Ich kenne keine Frau, die das noch nicht erlebt hat. Wir kennen das alle. Liebeskummer kann die Hölle sein, vor allem wenn er dann noch mit Eifersucht verbunden ist, wie es ja offensichtlich bei dir der Fall ist."

„Ja, das ist das Schlimmste", bestätigt Karin seufzend „Ich fühle mich verglichen mit der anderen so minderwertig."

„Ging mir genauso." Sophie nickt. „Bei mir handelte es sich um eine schlanke, sonnengebräunte Praktikantin aus L.A., die aussah, als sei sie gerade einem Magazin entsprungen. Die Hölle, sage ich dir!"

Jetzt muss Karin doch ein wenig lachen. „So schlimm ist es bei mir glücklicherweise nicht. Aber sie kommt aus der Nachbarschaft, das macht es nicht leichter."

„Nein, das macht es tatsächlich nicht leichter. Aber glaub mir, auch das wird vorbeigehen."

„Willst du sie mal sehen?" Karin greift voller Eifer zu ihrem Telefon, aber Sophie stoppt sie.

„Ehrlich gesagt, nicht. Es ist doch egal, ob sie Naomi Campbell ist oder die Wäscherin von nebenan. Du machst dich nur fertig, wenn du die ganze Zeit vergleichst. Es gibt nichts zu vergleichen."

„Aber das tut er doch bestimmt auch." Karin schlägt die Augen nieder.

„Vielleicht tut er es, vielleicht auch nicht. Es ist irrelevant, was er tut. Schon der große Karl Lagerfeld hat immer zu seinen Models gesagt: ‚Never compare, never compete'. Vergleich dich nicht und konkurriere nicht. Weise Worte. Es wird immer jemanden geben, der dir in gewissen Aspekten voraus ist, aber alles in allem bist du einmalig."

„Ich wünschte, ich könnte das genauso sehen", entgegnet Karin. „Ich fühle mich alles andere als einmalig. Und im Moment unglaublich allein."

„Also, allein bist du auf jeden Fall nicht. Ich bin gerade hier bei dir, du bist mit einer guten Freundin im Urlaub, und du hast eine Familie, die zu Hause auf dich wartet."

„Die machen es ja fast noch schlimmer. Mein Bruder und seine Frau sind so glücklich miteinander und leben mir das jeden Tag vor, da sehe ich noch mehr, was ich nicht habe."

„Dreh es doch um und freu dich darauf, was da noch kommen wird in deinem Leben. Ein Problem bei Liebeskummer ist, dass wir immer meinen, die Zukunft wird nicht mehr so schön, wie die Vergangenheit es war. Aber das ist natürlich Quatsch. Dass die Vergangenheit Vergangenheit ist, hat schon einen guten Grund. Da musste sie Raum für etwas Besseres schaffen. Daran müssen wir glauben, Karin!"

„Bei dir hat's geklappt, nicht wahr? Du bist mit deinem Mann sehr glücklich, oder?"

„So glücklich, dass ich es kaum in Worte fassen kann. Und ich mag mir gar nicht vorstellen, was gewesen wäre, wenn der davor mich nicht verlassen hätte. Dann hätte ich womöglich Patrick verpasst. Puh, eine Vorstellung, die mir im wahrsten Sinne des Wortes einen Schauer über den Rücken jagt."

Karin lächelt sie müde an.

„Du Glückliche. Ich wünschte, ich hätte das auch. Aber bei mir ist einfach keiner am Horizont."

„Ha, eine Sekunde, du lässt einen wichtigen Zwischenschritt aus. Ich bin auch nicht sofort von Oliver in Patrick hineingefallen. Oh nein, dazwischen kam etwas sehr Wichtiges. Und zwar ich!"

„Du?"

„Ja, das sagten wir doch vorher schon. Die Selbstliebe. Ich musste mich erst einmal selbst finden. Das hat gedauert und war zum Teil extrem schmerzhaft. Aber das war es wert. In der Zeit habe ich auch meine Liebe zum Nähen neuentdeckt und meine Karriere aufgebaut."

„Das hat ja super geklappt. Deinen Namen kennt man selbst bei uns im Kaff. Ich war fast nervös, als ich erfuhr, wer du bist."

„Das musst du nicht sein." Sophie lacht sie nett an. „Es war auch viel Glück dabei. Und viel Arbeit natürlich. Aber die macht so viel Spaß, dass es sich eher wie ein Hobby anfühlt, das ich den ganzen Tag ausüben darf. Aber wie gesagt, das konnte alles nur kommen, da ich gezwungen war, mich auf mich selbst zu konzentrieren. Ich wurde durch die Trennung sozusagen auf mich zurückgeworfen und mit all meinen Ängsten konfrontiert."

„Ja eben. Wer möchte das schon? Es hört sich nicht gerade lustig an, eher ziemlich unheimlich."

„War es zum Teil auch. Aber es war auch wichtig."

„Und einsam?"

„Anfangs ja. Sehr sogar. Obwohl ich genau wie du gute Freunde hatte, die übrigens alle Oliver nicht mochten."

„Davon kann ich auch ein Lied singen." Karin grinst sie an.

„Ja, vielleicht sollte man vorher schon auf seine Freunde hören. Die sehen manchmal die Dinge besser als wir. Jedenfalls fühlte ich mich trotz meines tollen Umfelds von Gott und der Welt verlassen. Es würde jetzt zu weit führen, dir das zu erklären, aber ich habe in diesem Prozess gelernt, dass wir nie wirklich alleine sind. Ganz im Gegenteil."

„Wie meinst du das?"

„Nun ja, bei mir war es ein sehr persönlicher Prozess, aber ich denke, man könnte sagen, dass ich eine Art Spiritualität entdeckt habe. Die Liebe, die uns alle verbindet, weißt du? Man kann sie in vollen Zügen genießen, ohne sie auf einen Menschen zu reduzieren. Denn wenn man diese universelle Liebe walten lässt, kann man nie allein sein. Verstehst du, was ich meine?"

„Hm, nein, um ehrlich zu sein, nicht so wirklich. Es hört sich etwas esoterisch für mich an."

„Ja, in diese Ecke wird es gerne gedrückt. Schade eigentlich. Glaub mir, es lässt sich in keine Ecke drücken. Aber es macht auch keinen Sinn, es erklären zu wollen. Das ist, als würde ich versuchen, dir den Geschmack von Honig zu beschreiben. Da könnte ich tausend Seiten schreiben, und du wüsstest immer noch nicht, wie Honig schmeckt. Aber sobald du einen Teelöffel probiert hast, gibt es keine Fragen mehr."

„Ah, perfekt. Du bist hier also die Erleuchtete, die den Honig gekostet hat, und ich hingegen wühle in der Scheiße. Entschuldige die Ausdrucksweise!"

Sophie muss lachen. „Nicht ganz. Ich erinnere mich nur einfach wieder daran, wie der Honig schmeckt, das ist alles. Oder, um es konkreter auszudrücken: Ich erinnere mich wieder daran, dass wir alle die universelle Liebe sind. Und absurderweise kommt genau in dem Moment, in dem wir ihn nicht mehr brauchen, als i-Tüpfelchen genau der Mann in unser Leben, den wir uns immer gewünscht haben. Ergibt das Sinn?"

„Auch nicht wirklich. Hast du keine konkreteren Ratschläge? Etwas, das ich sofort umsetzen kann? Denn mich jetzt aus dem Nichts heraus an diese universelle Liebe zu erinnern, das ist ein bisschen viel, um ehrlich zu sein."

„Okay, lass mich mal kurz nachdenken. Ah, ich hab's", sagt Sophie jetzt. „Zunächst könntest du dir doch zumindest vornehmen, diese universelle Liebe in dir wiederzuentdecken. Das klappt am besten mit Meditation. Zwanzig Minuten jeden Tag wären super, zehn Minuten ein guter Anfang. Wie wär's damit?"

„Ich habe keine Ahnung, wie man meditiert."

„Dazu gibt's genug Quellen. Wenn du willst, erkläre ich es dir später. Aber kannst du dem grundsätzlich zustimmen? Das hilft nicht nur bei Liebeskummer, sondern auch bei allem anderen."

„Na, wenn das so ist, okay, ich werde jeden Tag meditieren. Ich werde es zumindest versuchen. Wenn es nichts für mich ist, dann höre ich aber wieder auf."

„Klar, wie du magst. Und das Zweite, was mir wirklich geholfen hat, war Sport."

„Sport?" Karin guckt Sophie regelrecht entsetzt an. „Kannst du vielleicht doch wieder auf diese universelle Liebe zurückkommen? Ich habe mit Sport nichts am Hut, sieht man das nicht?" Damit kneift sie sich in die gut gepolsterte Hüfte. „Ehrlich, Sophie, ich bin schon stolz darauf, dass ich zugesagt habe, hier zum Yoga zu gehen. Aber das mache ich ehrlich gesagt auch nur, weil Ute sonst keine Ruhe geben würde. Und natürlich reite ich. Aber du hast recht …" Sie denkt kurz nach. „Das Reiten hat mich immer sehr glücklich gemacht. Du weißt schon … Auf dem Rücken der Pferde liegt das Glück dieser Erde. Genauso fühlte ich mich damals.

Bis ich irgendwann anfing, den Hof zu leiten und es nur noch als Job ansah. Und mit dem Reiten aufhörte. In dem Moment, in dem ich Geld damit gemacht habe, hörte es auf, mir wirklich Spaß zu machen. Kennst du das?"

„Hm, ja, ich kann das schon nachvollziehen. Aber ich denke, es ist eine Sache der Perspektive. Letztlich ist es nur eine Kopfsache. Das Reiten ist doch weiterhin schön."

In diesem Moment wird die Tür aufgerissen, und Ute und Aishley kommen hereingestürzt. Sie haben beide rote Wangen und sehen aus, als hätten sie die letzten Stunden an der frischen Luft verbracht.

„Dachten wir uns doch, dass wir euch hier finden, ihr Schleckermäuler", stellt Aishley mit gierigem Blick auf den Marmeladentopf fest. „Also, sagt schon, was ist lediglich eine Kopfsache?"

Sophie und Karin schauen sich kurz an. Das Gespräch war gerade so intim. Aber Sophie kennt Aishley und weiß, dass sie keine Ruhe geben wird, bevor sie nicht weiß, worum es ging. Zudem kann sie auch sehr gute Tipps geben, wenn auch manchmal etwas rau verpackt.

„Es geht um Karins Liebeskummer", sagt sie deswegen jetzt.

„Oh nein, nicht das schon wieder." Aishley setzt sich zu ihnen an den Tisch und verbirgt ihren Kopf in den Händen, während Ute kopfschüttelnd in die Küche geht und Kaffee aufsetzt.

„Aber gut, wenn wir schon dabei sind …" Aishleys Gesicht taucht wieder auf. „Worum geht es denn, Karin? Ist es wirklich so schlimm, dass er weg ist? Es gibt noch ein paar Milliarden andere."

„Aishley, du weißt, dass das nicht hilft", rügt Sophie sie. „Mir haben solche Argumente damals auch nicht geholfen. Natürlich weiß man, dass es noch Unmengen andere gibt, aber in dem Moment hat man einfach das Gefühl, dass es nur einen gibt und nie wieder einen anderen geben wird. Aber was weißt du schon davon? Du kennst dieses Gefühl ja nicht."

„Doch, doch, kenne ich schon", murmelt Aishley.

„Du?" Jetzt ist Sophie ehrlich erstaunt.

„Ja, klar hatte ich auch schon einmal Liebeskummer. Ich glaube nicht, dass irgendjemand davon verschont bleibt. Aber wie ihr eben erwähnt habt, es ist wirklich eine Kopfsache, wie man damit umgeht."

„Kannst du das ausführen?", fragt Karin mit neuer Hoffnung in der Stimme.

„Ja, ich versuch's. Du musst dich einfach über alles andere stellen. Du bist die Königin in deinem Reich." Sophie und Karin grinsen sich kurz an. Königin Aishley – was sonst? „Jeder Mann, der in dein Leben kommen darf", fährt Aishley unbeirrt fort, „sollte dies als Ehre ansehen. Und wenn er dich nicht will, dann ist er es einfach nicht wert. Du richtest dein Krönchen, lässt ihn hinter dir im Staub liegen und lebst dein fabelhaftes Leben weiter."

„Dafür müsste es aber erst einmal fabelhaft sein", sagt Karin nun sichtlich zerknirscht.

„Das, meine liebe Karin, liegt nun allein an dir. Es muss für dich fabelhaft sein, für niemanden sonst. Überleg dir, welche Dinge dir Freude machen, und mach mehr davon. So kann Liebeskummer ganz wesentlich unsere Lebensqualität steigern. Erlaube bloß keinem Typen, dich in ein Loch fallen zu lassen!"

„Eben!" Sophie schlägt vor Begeisterung so hart auf den Tisch, dass sie danach auf ihren schmerzenden Handballen pusten muss. „Bei dem Thema waren wir nämlich gerade. Ich habe Karin gesagt, dass ich in solchen Situationen Sport wichtig finde, und sie meinte, dass das Reiten ihr früher so viel Spaß gemacht hat. Bis der Hof zu ihrem Job wurde."

„Ach, das alte Problem", bemerkt Aishley. „So war das

früher oft, Karin. Etwas konnte entweder Job oder Hobby sein, vermischt wurde das selten. Wie sagt man bei euch in Deutschland: Erst die Arbeit, dann das Vergnügen. In diesen verstaubten Zeiten leben wir allerdings nicht mehr. Es ist doch das Schönste, mit dem Hobby Geld zu verdienen. Sophie und ich machen das recht erfolgreich."

„Ich auch", wirft Ute ein und schenkt den anderen Kaffee ein.

„Wir sollten das Leben nicht so ernst nehmen", fährt Aishley fort, „sondern Freude daran haben und Freude verbreiten. Und wenn die Menschen bereit sind, für unsere Talente zu zahlen, so ist das doch wundervoll!"

„Allerdings", pflichtet Ute ihr wieder bei.

„Es ist dieses typisch calvinistische Denken", Aishley ist jetzt voll in Fahrt, „das es uns nie erlaubt, einfach mal nur glücklich zu sein. Wir warten immer auch auf das Gegenteil und haben das Gefühl, wir müssten uns das Glücklichsein verdienen. So ein Quatsch. Ich habe mir das voll abgewöhnt. Ich bin schließlich nur ein paar Jahre hier auf dieser Erde, und die will ich mir gefälligst schön gestalten. Ich will am Ende keine Reue darüber spüren, dass ich aus Angst nicht wirklich gelebt habe. Das kann es doch nicht sein."

„Hach, ich wünschte, das könnte ich auch." Karin schaut verträumt in die Ferne.

„Das kannst du", beteuert Aishley. „Es ist, wie gesagt, nur eine Einstellungssache. Du kannst dich da selbst konditionieren. Genau wie mit diesem Klaus. Du gibst ihm und seiner neuen Trulla so unglaublich viel Wichtigkeit, so viel Energie. Du könntest dich auch entscheiden, sie zu ignorieren und dir stattdessen etwas Gutes zu tun."

„Leichter gesagt als getan", murmelt Karin.

„Nein, ganz im Gegenteil. Es ist viel leichter, sie nicht online zu stalken. Einfach nichts machen, sondern dich auf dich zu konzentrieren. Den beiden die ganze Zeit hinterherzuspionieren, ist doch viel anstrengender."

„Wenn ihr wüsstet, was sie alles macht", petzt Ute und schüttelt den Kopf. Dann guckt sie Karin an. „Darf ich?"

„Von mir aus ..."

„Sie schickt ihm Nachrichten und tut so, als seien sie für jemand anderen bestimmt. Für mich zum Beispiel. So kann sie ihm sozusagen hintenrum mitteilen, wie sie sich fühlt. Und wenn er ungehalten darauf reagiert, dann war es letztlich ein Versehen, da die Nachricht ja nicht für ihn bestimmt war. Sehr subtil, oder? Jedenfalls, zack – die Kommunikation ist wiederhergestellt, wenn auch von seiner Seite nur sehr kurz. Aber es scheint wie der Heroinschub zu sein, den sie braucht."

Mein Gott, Ute steht Aishley wirklich in nichts nach, denkt sich Sophie.

Gnadenlos fährt Ute fort: „Oder sie geht plötzlich zu dem Bäcker, wo die beiden immer hingehen. Ganz zufällig natürlich. Da trifft sie sie dann – ebenso zufällig. So viel zu dem alten Thema, sich selbst den Dolch immer wieder ins Herz zu jagen."

Sophie erkennt, dass diese Enthüllungen Karin unangenehm sind, denn sie ist sichtlich rot geworden. „Das kennen wir alle, Karin", sagt sie und tätschelt kurz deren Hand.

„Ich nicht", beteuert Aishley. „Liebeskummer, ja. Vielleicht. Aber so etwas ganz sicher nicht."

Sophie bringt sie mit einem Blick zum Schweigen. „Aishley hat schon recht", sagt sie dann. „Es liegt alles in deiner Hand, auch wie du die Dinge siehst. Tu etwas für dich, das ist das A und O. Und lass ihn und seine Neue erst einmal in Ruhe."

„Richtig!" Aishley lässt sich niemals lange zum Schweigen verdonnern. „Und mit dem Sport, da kann ich Sophie nur zustimmen. Es ist so wichtig, dass du dich selbst wohlfühlst.

Ich könnte ohne Sport nicht leben." Damit haut sie sich auf ihre durchtrainierten Schenkel, bevor sie, total in ihrem Element, fortfährt: „Also, um es zusammenzufassen: Du vergisst den Arsch, lässt ihn mit seiner Tussi rumgondeln und kümmerst dich da einen Dreck drum. Dann machst du viel Gutes für dich, vor allem auch Sport, damit du für den Nächsten das pralle Leben ausstrahlst. Ich schwöre dir, das ist unwiderstehlich! Und wenn der auch nichts ist, was soll's – dann her mit dem Übernächsten! Und wenn der auch nichts ist … du weißt schon, einfach durchwinken. Denn wenn du happy bist, dann brauchst du gar keinen Mann."

„Meine Worte", bekräftigt Sophie, bevor sie hinzufügt: „Und vergiss das Meditieren nicht."

Jetzt muss auch Karin lachen. „Okay, ich werde nämlich so viel zu tun haben, dass ich gar nicht mehr dazu komme, an ihn zu denken."

Das wird in dem Moment noch bestätigt, als es wieder an der Tür klopft und diesmal Lucy mit einer Platte voller Kuchen davorsteht. „Ich meinte doch, mehr als zwei Stimmen gehört zu haben. Frischer Kuchen für alle!"

In Sekundenschnelle stürzen die Frauen sich wie ausgehungert auf das Gebäck, und Lucy ruft noch Emma und Rosie hinzu, um die Gruppe vollzählig zu machen.

„Hatte eine von euch mal einen Typen, auf den sie total stand, und den sie jetzt mit der Kneifzange nicht mehr anfassen würde?", ruft Ute in die Runde.

„Ja, ich."

„Ich."

„Oh Gott, ich auch. Meiner hieß Dietmar!"

„Dietmar? Ich schmeiß' mich weg!"

„Und Dietmar hat *mich* verlassen, nicht ich ihn, könnt ihr euch das vorstellen?"

„Du hast dich von einem Dietmar verlassen lassen? Selbst schuld!"

„Und ihm nachgeweint!"

„Das auch noch!"

Nach ein paar Minuten laufen ihnen allen vor Lachen die Tränen über die Wangen, und Klaus und seine Neue sind für den Moment vergessen.

15

Die nächsten Tage vergehen für Lucy wie im Flug. Ute bringt ihr viel über Innendesign und Einrichtung bei, und das Chalet wird von Tag zu Tag wohnlicher. Ihr Traum nimmt langsam Form an. Lucy glaubt an Zeichen, und so wie sich alles ergeben hat, hat sie keine Zweifel, dass es genau so sein soll, wie es ist, und dass sie die richtige Entscheidung getroffen hat. Denn dass jetzt auch noch eine Innenarchitektin hier ist, wo sie eine braucht, das kann kein Zufall sein.

Lucy muss grinsen, als sie an ein Gespräch mit Ute und Karin von gestern zurückdenkt. Sie haben wohl vor dem Chalet den ‚Schrott' getroffen, den großen Bauunternehmer hier im Ort, der eigentlich Schrobel heißt, aber von Lucy und ihren Freunden aufgrund seines schrottigen Charakters nur ‚Schrott' genannt wird. Nicht nur ist er ein extrem fieser Kerl, sondern er hat letztes Jahr auch mit allen Mitteln versucht, Lucy ihr Grundstück abzuluchsen. Und wenn Lucy mit allen Mitteln sagt, dann meint sie das auch. Es war nicht genug, dass er unrechtmäßig Hilfe von dem damaligen Bürgermeister in Anspruch genommen hat, sondern zudem hat er auch noch ihren Anwalt in seine Machenschaften involviert! Lucy kann bis heute nicht glauben, was das für ein Komplott gewesen ist. Aber sie hat gegen die drei mächtigsten Männer im Ort gewonnen. Und zwar haushoch. Der Bürgermeister ist mittlerweile abgetreten, der Anwalt hat auch den Ort verlassen, und fast alle seine Mandanten sind zu Marcel gewechselt. Nur der Schrott wandelt immer noch durch den Ort und verbreitet seinen Schrecken. Lucy ist sich sicher, dass sie ihm damals härter hätte beikommen können, aber das war es ihr nicht wert. Er hat ihr von Anfang an gezeigt, dass er ein Ekel ist, und das hat sich lediglich bewahrheitet. Was anderes war von ihm nicht zu erwarten gewesen. Bei ihrem Anwalt war es da schon etwas ganz anderes. Den hat sie zwar auch nie wirklich gemocht, aber dafür hat sie ihm vertraut. Und dieses Vertrauen so erschüttert zu sehen, das hat doch an ihr genagt. Jedenfalls haben Karin und Ute gestern den Schrott vor dem Chalet getroffen, und er hat sie wohl ganz schön gelöchert. Dabei hat er wohl immer wieder in Lucys Garten gelugt, als gäbe es dort etwas zu entdecken. Glücklicherweise sind weder Ute noch Karin auf den Kopf gefallen und haben ihn mit ein paar knappen Worten wieder abserviert. Aber Eindruck hat er hinterlassen. „Solche Ekel haben wir selbst in Berlin nicht", ist Utes Kommentar gewesen. „Und das will schon etwas heißen!"

Ja, der Tegernsee toppt alles, denkt Lucy jetzt grinsend. *Im Guten wie im Schlechten.*

Da fällt ihr auf, dass schon länger niemand mehr Alex erwähnt hat, und gesehen hat sie ihn in den letzten Tagen auch nicht. Sonst läuft man sich schon einmal zufällig über den Weg, aber jetzt scheint er wie vom Erdboden verschluckt zu sein.

Kaum hat sie diesen Gedanken zu Ende gedacht, kommt ihr praktischerweise Emma im Flur entgegen. Das Mädchen scheint in letzter Zeit ein ständiges Grinsen im Gesicht zu haben. Und Lucys Yogasachen stehen ihr auch hervorragend.

„Emma, guten Morgen", ruft Lucy ihr zu. „Sehen wir uns gleich beim Yoga?"

„Logo", gibt Emma zurück. „Das würde ich für nichts auf der Welt verpassen. Du, Karin scheint es auch richtig Spaß zu machen, was meinst du? Also, ich war am Anfang jedenfalls nicht so gut wie sie. Aber ich bin wahrscheinlich auch kein Maßstab", fügt sie verschämt hinzu.

„Beim Yoga gibt es keine Maßstäbe", erwidert Lucy liebevoll. Emma wirkte anfangs tatsächlich wie ein aussichtsloser Fall – was jedoch nicht bedeutet, dass sie sich seitdem nicht unglaublich gemacht hat. „Wir sind lediglich unser eigener Maßstab", fährt Lucy fort, die – einmal auf Yoga angesprochen – nur schwer aufhören kann. „Und es geht auch nicht darum, wie gut wir sind, sondern ob wir uns selbst immer wieder die Wertschätzung entgegenbringen, uns auf die Matte zu begeben. Wenn wir Yoga machen, spürt unser ganzes System: Ich bin es mir wert! Und da, meine liebe Emma, warst du von Anfang an eine der Besten. So regelmäßig wie du ist sonst niemand gekommen."

„Ja, du hast wohl recht, aufgetaucht bin ich immer", antwortet Emma mit glühendem Kopf. Das passiert ihr regelmäßig, wenn die Aufmerksamkeit auf sie gerichtet ist. Lucy stört sich nicht mehr daran.

„Lustig, nicht?", fährt sie stattdessen fort. „Ich glaube nicht, dass du dir zu diesem Zeitpunkt bewusst warst, wie viel Wertschätzung du dir damit selbst entgegenbringst. Und schau dich jetzt an – ein verwandelter Mensch."

Sie lächelt Emma an, die in dem knallbunten Yogaoutfit und durchtrainiert vor ihr steht, und erkennt das Mädchen kaum wieder, das sie letztes Jahr blass und unscheinbar zum ersten Mal gesehen hat.

„Ja, deshalb bin ich ja auch so dankbar", erwidert Emma leise.

„Das weiß ich, aber jetzt hör endlich auf mit dieser Dankbarkeit. Richte sie lieber an dich selbst. Mal etwas anderes …" Jetzt ist es an Lucy, herumzudrucksen, und sie spürt, wie auch ihre Gesichtsfarbe sich langsam ändert. „Hast du zufällig Alex in letzter Zeit gesehen?"

Da, es ist raus! Wie peinlich ist das denn, ihre Assistentin nach ihrem Ex-Freund zu fragen! Emma scheint genauso zu fühlen, denn sie tritt unsicher von einem Fuß auf den anderen.

„Nein, jetzt, wo du es sagst, ich habe ihn in den letzten Tagen nicht gesehen. Aber ich bin ja auch fast nie da. Und von Daniel habe ich auch nichts gehört, denn – nun ja, wir haben ausgemacht, dass wir so wenig wie möglich über euch sprechen. Ich habe da einen Loyalitätskonflikt, weißt du? Irgendwie seid ihr ja beide meine Chefs, und ich mag euch beide, da finde ich diese Situation ein bisschen schwierig. Aber wenn du magst, dann frage ich ihn mal. Wir sehen uns im Moment auch nicht viel, aber ich kann gerne in den nächsten Tagen mal zu ihm rübergehen."

Lucy würde sich am liebsten vor die Stirn schlagen. Wie konnte sie Emma in so eine Situation bringen? Natürlich ist der die Sache unangenehm. Wie gefühlt jedem! Und irgendwie findet sie es auch erniedrigend, Emma danach gefragt zu haben. Sie ist schließlich ihre Chefin, und es sollte nicht nötig sein, dass Emma sie daran erinnert. Lucy sollte stattdessen wirklich versuchen, so hochpersönliche Sachen aus ihrem Arbeitsverhältnis herauszuhalten. Vor allem, wenn es um ihr eigenes Privatleben geht. Dass sie Emma umgekehrt ein wenig coacht, das hält sie schon für okay.

„Sorry, Emma, du hast vollkommen recht. Ich hätte dich nicht fragen sollen, das war unangemessen und ziemlich dumm von mir. Nein, natürlich musst du Daniel nicht nach

Alex fragen, ganz im Gegenteil. Ich will nicht, dass im Tegerngold irgendwelche Gerüchte kursieren. Also, bitte vergiss es."

„Das kann ich schon machen", murmelt Emma. „Aber für die Sache mit den Gerüchten ist es zu spät. In einem Hotel verbreiten die sich wie ein Lauffeuer. Tut mir leid!"

„Du musst dich nicht entschuldigen. Ich bin mir sicher, du hast nichts damit zu tun. Das sind Alex und ich selbst schuld. Aber jetzt sag mal – wieso siehst du denn Daniel so wenig? Solltet ihr eure Zeit miteinander nicht genießen?"

Wie gesagt – sie hält es nach wie vor für unangemessen, mit Emma ihr Privatleben diskutiert zu haben, aber umgekehrt gilt das nicht. Emma scheint zu ihr aufzuschauen, da kann sie ihr ruhig ein wenig Orientierung geben. Zumindest soweit sie dazu in der Lage ist.

„Hach, das werde ich immer wieder gefragt", antwortet Emma, und wenn Lucy es nicht besser wüsste, würde sie denken, dass diese leicht genervt ist. Aber Genervtheit passt nun überhaupt nicht zu Emma, die jetzt mit ungewohnter Bestimmtheit sagt: „Aber mir ist im Moment anderes wichtiger, Lucy. Genau wie dir!"

„Wie mir? Was habe ich denn damit zu tun?"

„Na, du hast dich doch auch fürs Chalet und damit gegen Alex entschieden. Und das tust du unter anderem, um deine Familie zu würdigen. Ganz so weit wie du muss ich natürlich nicht gehen, aber auch ich stelle Daniel hintenan."

Eine beachtliche Rede für das schüchterne Mädchen!

„Aber das kannst du doch nicht vergleichen! Ich habe hier quasi gar keine Freizeit, es gibt immer etwas, an das ich denken muss, und immer etwas, das es zu tun gibt. Du glaubst gar nicht, wie dankbar ich bin, dass ihr alle auch mit Rosie Gassi geht und dass sie Auslauf im Garten hat, sonst wüsste ich gar nicht, wie ich das auch noch hinbekommen sollte. Aber du hast doch frei, wenn du hier abends fertig bist. Dann kannst du doch wirklich abschalten, oder sehe ich das falsch?"

Es wird deutlich, dass Emma nicht genau weiß, was sie sagen soll, denn sie beißt verlegen auf ihrer Unterlippe herum.

„Ein bisschen falsch liegst du da schon", sagt sie jetzt. „Denn ich weiß, wie wichtig dir das Chalet ist, und es macht Spaß, beim Aufbau mitzuhelfen. Das tue ich doch – beim Aufbau mithelfen, oder?"

„Mehr als du dir vorstellen kannst. Aber was hat das eine mit dem anderen zu tun?"

Ein kurzes Lächeln huscht über Emmas Gesicht. „Ich denke einfach darüber nach, was man besser machen könnte. Ich habe natürlich nicht viel Einfluss auf die Dinge hier, aber kleine Dinge mache ich schon manchmal." Ihr Gesichtsausdruck ist jetzt eine Mischung aus Stolz und Verlegenheit. Lucy wird daraus nicht schlau.

„Das weiß ich zu schätzen", sagt sie deshalb, „aber was genau meinst du?"

„Na, ich google ziemlich viel. Wie man zum Beispiel ein Bett so macht, dass es am wohligsten aussieht. Betten habe ich natürlich im Tegerngold schon die ganze Zeit gemacht, aber da war das eher mechanisch. Jetzt schaue ich, wie ich auch die Dekokissen drauflege, sodass es hübsch aussieht. Oder wie man einen Tisch richtig deckt. Oder Handtücher am besten faltet. Im Tegerngold hatten wir da nicht viel Spielraum, aber hier habe ich das Gefühl, richtig mithelfen zu können, und das macht mir Spaß. Ich hoffe, das ist okay."

Jetzt weiß Lucy, wo die Idee zu den fürchterlich gefalteten kleinen Gästehandtüchern herkommt. Sie sahen aus wie eine Rose, und Lucy hat sie schnell wieder glattgestrichen. Aber vergebens – immer, wenn sie hinsah, waren es wieder Rosen. Dies wird sie jedoch sehr sachte rüberbringen müssen.

„Wow, Emma, das ist echt mal ein Einsatz, du bist wirklich ein Goldstück. Lass uns einige der Sachen aber vorher besprechen, okay? Denn ich bin da etwas eigen und habe eine ganz genaue Vorstellung davon, wie die Dinge auszusehen haben. Mit den Kissen, das ist mir schon aufgefallen. Die sehen super aus! Jedes Mal, wenn ich an einem von dir gemachten Bett vorbeikomme, will ich mich am liebsten gleich hineinlegen. Und auch die kleinen Blümchen aus dem Garten, die du auf die Tische stellst, zaubern jedem ein Lächeln ins Gesicht. Aber das Origamifalten der Handtücher überlegen wir uns noch mal, okay? Unser Motto sollte immer schlicht und dezent, aber dafür stilvoll sein. Zu viel Schnickschnack kann da etwas erdrückend wirken."

Jetzt ist Emma so knallrot, dass man ihren Kopf problemlos mit einem Luftballon verwechseln könnte. „Entschuldige", presst sie hervor. „Ich wollte keine Grenzen überschreiten, wirklich nicht."

Sie scheint den Tränen nahe zu sein, und Lucy beeilt sich, ihr zu versichern: „Emma, das habe ich absolut falsch ausgedrückt! Ich bin dir unendlich dankbar dafür, und es ist so schön, jemanden zu haben, dem das Chalet ebenfalls am Herzen liegt. Ich möchte ja auch, dass du diese kleinen Dinge weiterhin machst, sie sind es doch, die dem Ganzen hier Charakter geben. Lass es uns nur lediglich kurz besprechen, okay? Und ich werde dir dann immer ehrlich sagen, was ich davon halte. Schau, du hast doch keine Erfahrungen damit und ich auch nicht wirklich. Wieso versuchen wir nicht beide, zu lernen? Jetzt haben wir nicht nur unsere beiden Kreativen aus London hier, sondern auch noch eine Innenarchitektin. Sei doch einfach öfter mal dabei, wenn wir uns unterhalten und durch die Räume gehen, da kann man so viel lernen. Was meinst du – bist du dabei?"

„Sehr gerne", sagt Emma, um sich dann nochmals zu

versichern: „Und das mit den Handtüchern war wirklich nicht so schlimm?"

„Überhaupt nicht schlimm, ganz im Gegenteil. Es ist toll, hier jemand so Engagierten zu haben. Und bist du auch für den neuen, frischen Duft in den Zimmern verantwortlich? Ich habe mich schon gefragt, was das ist. Gefällt mir wirklich gut."

„Wirklich?"

„Ja, wirklich!"

Jetzt lächelt Emma. „Das ist ein neues Waschmittel, das ich ausprobiere. Habe ich auch gegoogelt. Alle sagen, es riecht am besten, und ich finde, es passt auch zu dem Holzgeruch, oder?"

„Ja, es passt wirklich perfekt." Vollkommen ernst nickt Lucy ihr zu, um ihre Aussage zu untermalen. „Das war eine super Idee. Ich hätte wahrscheinlich irgendein Waschmittel genommen. Aber wie gesagt – diese kleinen Dinge machen es letztlich aus. Häng aber bitte keine Duftbäume an die Fenster", fügt sie lachend hinzu.

„Nein, nein", versichert Emma, jetzt ebenfalls lachend. „Und das Waschmittel ist auch nicht teurer als die anderen. Darauf habe ich extra geachtet."

„Cool, bist ein Schatz", gibt Lucy zurück. „So, jetzt geht's aber zum Yoga, lass uns nicht zu spät kommen."

Und auch wenn sie nicht erfahren hat, was mit Alex ist, so verbucht Lucy dies doch als ein positives Gespräch. Es läuft wirklich alles in die richtige Richtung. *Duftende Bettwäsche*, schießt es ihr durch den Kopf. *Wieso habe ich nur nicht daran gedacht?*

NACH DER YOGASTUNDE stellt sie sich wie zufällig Babs in den Weg. „Huch, du auch hier?", gibt sich Lucy erstaunt.

„Haha, sehr witzig." Babs gibt ihr einen Knuffer. „Also, was ist? Du willst doch irgendwas."

„Ist das so eindeutig?"

„Du bist eine schlechte Schauspielerin!"

„Ja, und auch sonst scheine ich nicht allzu viele Begabungen zu haben. Ich habe die arme Emma heute gleich mehrfach vor den Kopf gestoßen."

„Oje, aber ich bin mir sicher, sie wird's überleben. Also, sag schon, was gibt's? Ich muss los, wirklich. Sollen wir uns heute in der Weinbar treffen? Da waren wir schon ewig nicht mehr."

„Heute ist wirklich nicht gut, Babs …"

„Ah ja, war klar. Weißt du, mit dir ist wirklich nichts mehr anzufangen. Und ich sehe nicht, wann das ein Ende nehmen soll. Früher waren wir ständig in der Weinbar. Jetzt gar nicht mehr."

„Jetzt fang du nicht auch noch an!" Mittlerweile findet Lucy diese Gespräche außerordentlich anstrengend. „Es wird sich ändern. Irgendwann. Aber wenn du es jetzt eilig hast, dann laufe ich einfach ein paar Schritte mit dir. Ist das okay?"

„Klar, aber lass uns etwas beeilen. Ich muss mich echt sputen."

„Schon zur Stelle, Madame", bemerkt Lucy, während sie sich ihre Turnschuhe zubindet und ein Sweatshirt überwirft. „Komm, Rosie, wir begleiten Tante Babsi ein Stück."

Der Hund kommt mit fliegenden Ohren angelaufen, während Babs die Augen verdreht. „Tante Babsi - ganz sauber tickst du auch nicht." Doch dann legt sie den Arm um ihre Freundin, und sie ziehen los. „Weißt du, so unerreichbar du auch momentan bist, ich liebe dich trotzdem. Das weißt du, nicht? Und ich weiß ja, dass ich dich zumindest morgens immer beim Yoga antreffe. Das ist ein kleines Highlight meines Tages."

„Ach Babs, ich liebe dich auch!" Lucy legt ihren Kopf auf

die Schulter der Freundin. „Nicht wahr, Rosie, Tante Babsi hat sich mit ihrer murrigen Art tief in unsere zarten Herzen gewühlt, gell?"

Der Hund bellt wie zur Bestätigung, bevor er sich daranmacht, einem Vogel nachzujagen. Babs hingegen schüttelt verständnislos den Kopf. „Murrig, ich! Du verlierst wirklich langsam den Verstand. Wird Zeit, dass du mal wieder unter Menschen kommst."

„Unter Menschen kommen, du bist gut! Ich bin die ganze Zeit nichts anderes als unter Menschen. Ganz im Gegenteil, manchmal wünschte ich mir etwas mehr Ruhe."

„Ah, stimmt, nur weil ich dich nicht sehe, heißt das ja noch lange nicht, dass andere auch nichts von dir sehen. Du und deine beiden Londonerinnen, ihr seid ja bald schon wie siamesische Drillinge. Falls es so etwas gibt. Aber die beiden sind cool, da kann ich nichts gegen sagen. Wie lange bleiben die denn noch?"

„Ach, leider nicht mehr so lange. Sie sind durch ihre Jobs zwar flexibel, aber ihre Männer kommen bald aus Hongkong zurück. Die sind zusammen auf Geschäftsreise. Und ich denke, dann wollen die beiden auch heim. In ein bis zwei Wochen, schätze ich. Bislang haben wir das Thema vermieden. Wir fühlen uns so wohl zusammen, und London war so lange meine Heimat, da ist es schön, ein paar Erinnerungen hier zu haben."

„Du und deine Erinnerungen! Ich habe das Gefühl, bei dir geht es um nichts anderes als um Erinnerungen."

„Wie bitte?"

„Ach nichts, vergiss, was ich gesagt habe. Aber vergiss nicht, dass das Leben jetzt spielt."

„Das weiß ich, aber ich weiß nicht, worauf du hinauswillst."

„Auf gar nichts, Lucy. Komm, es ist ein so schöner Tag, lass uns das nicht kaputt machen. Wie sind denn eigentlich deine beiden ersten offiziellen Gäste? Beim Griechen letztens fand ich sie ganz sympathisch, auch wenn die eine nur auf ihr Telefon gestarrt hat."

„Oh Gott, offizielle Gäste, das darfst du so nicht sagen. Die eine Tür zum Technikraum ist immer noch keine Brandschutztür, da dürfte ich noch gar keine Gäste haben!"

Babs verdreht die Augen. „Neben den Erinnerungen ist dies das zweite ständig präsente Thema. Die Brandschutztür. Es kann doch nicht so schwierig sein, eine Brandschutztür installieren zu lassen. Sonst bist du doch auch nicht so langsam."

„Nerv ich damit? Ja, du hast recht, andere sind wohl nicht so besessen von Brandschutztüren, wie ich es bin. Und glaub mir, auch ich wünschte, ich hätte diesen Ausdruck nie gehört, denn er verfolgt mich langsam in meinen Träumen. Jedenfalls muss diese verflixte Tür extra angefertigt werden, da die Öffnung wohl größer als üblich ist. Was weiß ich denn schon davon? Marcel kümmert sich glücklicherweise darum, zusammen mit meinem Bauleiter Müller. Nur sind Michi und Marcel, wie du ja weißt, gerade bei Marcels Eltern in Bonn, und sobald er weg ist, scheint alles stillzustehen. Erinnert mich ein bisschen an letztes Jahr. Ich sage dir, was man bei so einem Gastbetrieb alles an Bürokratie bedenken muss, das ist unglaublich. Dass das Haus so alt ist, macht es nicht leichter. Ein Teil davon steht sogar unter Denkmalschutz. Da wirst du wahnsinnig. Alles musst du dir genehmigen lassen. Wie erwähnt, ich bin froh, dass Marcel das alles für mich macht. Aber wenn du mich fragst, hat der arme Mann den langweiligsten Job der Welt."

„Ja, da stimme ich dir, ohne mit der Wimper zu zucken, zu! Kannst du dir vorstellen, dass ich auch mal Anwältin werden wollte?"

„Du?" Lucy schaut ihre Freundin erstaunt an. Babs ist so unkonventionell, da ist solch ein traditioneller Beruf schlecht auszumalen. Andererseits … „Weißt du, irgendwie könnte ich mir das schon vorstellen. Wie du mit flammendem Herzen und wehendem Haar deine Plädoyers hältst und gegen die Ungerechtigkeit in der Welt kämpfst. Eine Art Erin Brockovich!"

„Wehendes Haar!" Babs muss lachen. „Du hast vielleicht Fantasien. Das wäre nur möglich, wenn im Gerichtsraum der Ventilator an wäre. Und Erin Brockovich war keine Anwältin. Sie war Aktivistin."

„Ist das Gleiche!"

„Na, wenn du meinst. Für mich ist Marcel so wenig ein Aktivist wie ein toter Fisch. Aber bevor wir gleich am Tegerngold angekommen sind – was wolltest du mit mir besprechen?"

Am Tegerngold angekommen? Lucy blickt erschrocken auf und bleibt abrupt stehen. „Stopp!", ruft sie aus. „Keinen Schritt weiter!"

Sowohl Babs als auch Rosie verharren mitten in der Bewegung. „Was ist denn in dich gefahren?"

„Ich will Alex nicht sehen!"

„Du willst Alex nicht sehen?"

„Richtig. Daher können wir jetzt auch nicht weitergehen. Er soll nicht meinen, dass ich ihm hinterherlaufe."

Komischerweise spürt sie bei dem Gedanken an Alex regelrechte Nervosität in sich aufsteigen. Früher ist sie hier so einfach hochgestiefelt und fühlte sich im Tegerngold wie zu Hause. Und jetzt kommt sie sich vor wie ein Teenager, der seinen Schwarm beschattet.

Genau das wird jetzt auch von Babs bestätigt. „Lucy, du führst dich auf wie ein Teenager. Was ist denn los?"

„Genau das, was ich sage. Ich will ihn einfach nicht sehen", bockt Lucy.

Babs verdreht die Augen. „Das kannst du auch gar nicht", seufzt sie. „Denn er ist gar nicht da."

Lucy fährt ein kurzer Stich durchs Herz. Ist er in den Urlaub gefahren? Ohne sie?

„Wo ist er denn?", fragt sie vorsichtig und fürchtet sich schon jetzt vor der Antwort. Dabei wollte sie doch genau deswegen mit Babs sprechen. Aber jetzt ist sie sich da nicht mehr so sicher.

Doch Babs erzählt ihr glücklicherweise nichts von einem heißen Urlaub in der Karibik oder von wilden Partys auf Ibiza, sondern schüttelt nur den Kopf. „Ich habe keine Ahnung. Ich weiß nur, dass seine Stellvertreterin das Hotel gerade leitet. Bis er wieder da ist."

„Und wie lange ist er schon weg?"

„Na, so egal scheint er dir ja doch nicht zu sein. Da bin ich erleichtert!"

„Alles andere als egal", gibt Lucy zu. „So schnell geht das nicht. Meinst du, er meinte es echt ernst mit dem Schluss machen?"

„Herzchen, woher soll ich das wissen? Das wisst nur ihr beide, was da wirklich zwischen euch abgegangen ist. Wie lange er schon weg ist – ich bin mir nicht sicher, vielleicht eine Woche oder so. Ich habe absichtlich nichts gesagt, da ich dachte, du willst darüber nichts wissen. Aber hör mal, ich muss jetzt wirklich los. Was wolltest du denn mit mir besprechen?"

„Ach, gar nichts", murmelt Lucy, umarmt ihre Freundin und stapft dann mit ihrem Hund zusammen wieder den Berg hinunter. Alex ist weg. Wo er wohl hin ist? Ihr Herz zieht sich schmerzhaft zusammen.

16

Emma kann sich heute beim Yoga kaum konzentrieren. Zunächst das Gespräch gestern mit Lucy über Alex und dann das Gespräch mit Daniel. Denn trotz ihrer Beteuerungen Lucy gegenüber hat es ihr dann gestern doch keine Ruhe gelassen, und sie ist ganz entgegen ihrer Gewohnheit noch spät abends zu Daniel rübergegangen. Dort hat sie wie beiläufig erwähnt, dass sie Alex schon länger nicht mehr gesehen hätte, woraufhin er erwiderte, dass dieser weggefahren sei, aber niemand wisse, wohin. Und dann erzählte er ihr von den Dingen, die noch so passieren.

Es sei in letzter Zeit nicht mehr alles so golden im Tegerngold, stellte er fest. Konkret meinte er damit, dass die Hygiene zu wünschen übrig ließe, etwas, das man früher nie für möglich gehalten hätte. Die Sauberkeit in seinem Hotel war immer eine von Alex' höchsten Prioritäten gewesen. Man hätte von dem sprichwörtlichen Boden essen können. Aber jetzt macht sich laut Daniel wohl eine gewisse Schmuddeligkeit breit. Und zwar nicht langsam und schleichend, sondern Knall auf Fall. Gäste würden sich gehäuft beschweren, unter anderem kamen wiederholt Sachen gemischt aus der Reinigung zurück, was bedeutet, dass sich unter der frischen Kleidung weiterhin schmutzige Teile befanden. Das ist etwas, das natürlich gar nicht geht und früher nie passiert ist. Die Sauberkeit in einigen Zimmern wurde wohl auch schon bemängelt, und was für Daniel als Küchenchef am schlimmsten ist, ist die Tatsache, dass es jetzt auch in seiner Küche zu ungewöhnlichen Vorfällen gekommen ist. Es handelte sich nur um kleine Dinge, die man schnell wieder richten konnte, wie ein paar ungewaschene Teller zwischen den gewaschenen, Lippenstiftreste an Gläsern und Ähnliches, aber trotzdem sehr ungewöhnlich und für ein Sternerestaurant inakzeptabel. Und das alles scheint erst zu passieren, seitdem Alex weg ist.

„Wie gesagt", beeilte Daniel sich ihr zu versichern, „es ist nichts Großes, aber doch jeden Tag ein paar kleinere Dinge, die nicht nur die Gäste, sondern auch die Angestellten stutzig machen."

Während Emma auf ihrer Yogamatte in der Krähe hockt, versucht sie sich vorzustellen, was das für eine Auswirkung auf die Mitarbeitermoral haben könnte. Der Stolz, für einen erstklassigen Laden wie das Tegerngold zu arbeiten, hat die ganze Belegschaft immer zu Höchstleistungen angespornt. Aufkeimende Zweifel an der Qualität des Hotels, gekoppelt mit einem abwesenden Hotelchef, könnten das schnell kippen. Emma bewegt sich gekonnt von der Krähe in die Planke und sieht vor ihrem inneren Auge schon ganze Horden vom Tegerngold abziehen, sowohl Mitarbeiter als auch Gäste. Das Ganze scheint außer Kontrolle zu geraten. Nein, sie ist heute wirklich gar nicht bei der Sache.

LUCY IST FROH, als die Yogastunde vorbei ist und sie sich für einen Tee in die Küche zurückziehen kann. Irgendetwas scheint heute in der Luft zu liegen. Sowohl Emma als auch Babs, ihre beiden ‚Goldmädchen‘, wie sie sie gerne nennt, waren heute alles andere als konzentriert. Es war eine komische Unruhe, die von ihnen ausging und die sich auch auf die anderen Schüler übertrug. Gut, dass sie heute die Nachmittagsstunde nicht geben muss, sie möchte einfach nur das Haus weiter in Schuss bringen und so wenigen Menschen wie möglich begegnen. Aber diese Hoffnung löst sich schnell in Luft auf, als sie durch das Küchenfenster Hannahs Freund Sven in den Garten kommen sieht. Keine Frage, dass er zu ihr will, aber Lucy hat keine Ahnung, wieso. Sven hat sie vorher noch nie alleine besucht. Sie überlegt kurz, so zu tun, als sei sie nicht da, aber dann steht sie doch auf und geht zur Tür. Schnell setzt sie ein Lächeln auf, bevor sie sehr viel schwungvoller, als sie sich heute fühlt, die Tür aufmacht. Ein Windstoß fegt sie ihr zusätzlich fast aus der Hand.

„Wow, ist das windig heute", ruft sie Sven zu. „Und so ein warmer Wind. Ist schon wieder Föhn?"

„Ich habe keine Ahnung", erwidert dieser und kommt mit einem weiteren Luftzug hereingeweht. „Laut Hannah ist immer Föhn. Aber dieses Wetter heute, das ist echtes Kopfschmerzwetter."

„Ja, das könnte auch die Unruhe meiner Yogaschülerinnen erklären. Was für eine Überraschung, dass du hier bist! Setz dich doch. Möchtest du einen Tee?"

„Einen Kaffee hast du nicht zufällig?"

„Das hier ist ein Gasthaus, natürlich habe ich Kaffee. Warte kurz, ich mache dir einen. Stark?"

„Sehr! Schwarz, bitte."

„Ach schau, da kommt ja auch schon deine Freundin, sie scheint dich zu vermissen." Lucy schaut lachend zu Rosie rüber, die jetzt voller Freude an Sven hochspringt.

„Ja, eine wesentlich weniger anstrengende Freundin als die menschliche, das kann ich dir versichern."

Oha, da geht die Reise also hin, denkt Lucy mit leichtem Argwohn. Viel Zeit hat er ja nicht verloren. Sie wird vorsichtig sein müssen, dass sie hier nicht in gefährliches Fahrwasser gerät. Immerhin ist klar, bei wem ihre Loyalität liegt.

„Okay, und damit kann ich mir fast schon denken, weshalb du hier bist. Gibt es etwas, das du besprechen willst?"

„Ach Lucy, es tut mir leid, dass ich dich hier so überfalle, aber du bist die Einzige, mit der ich darüber reden kann. Meinst du, das könnte eventuell unter uns bleiben?"

„Unter uns in dem Sinne, dass andere es nicht erfahren? Selbstverständlich! Unter uns in dem Sinne hingegen, dass Hannah es nicht erfährt? Das kann ich dir leider nicht versprechen. Dafür müsste ich erst wissen, worum es geht."

„Ja, das hätte ich mir denken können." Sven rauft sich die braunen Haare, die in den letzten Monaten ziemlich lang geworden sind. „Okay, Lucy, ich bin nicht besonders happy, darum geht es."

Lucy spürt stellvertretend für ihre Freundin einen kurzen Stich im Herzen. „Nicht happy im Job?", versucht sie es trotzdem.

„Nein, nein, der Job ist okay. Eigentlich ist der Job das Einzige, das im Moment gut läuft. Nein, in der Beziehung bin ich nicht so happy, wie du dir sicherlich schon denken konntest, als ich hier aufgeschlagen bin. Es ist nichts Schlimmes, nichts Dramatisches, aber wenn es so weitergeht, dann saugt es mir die Luft zum Leben aus. Daher bin ich lieber zu dir gekommen, um jetzt darüber zu sprechen, bevor es dann endgültig zu spät ist."

„Das weiß ich ja durchaus zu schätzen, aber bin ich nicht die falsche Adresse? Solltest du nicht mit jemand anderem sprechen?"

„Sie hört nicht hin, Lucy. Diese Frau kann derart stur sein, das kannst du dir gar nicht vorstellen."

Wenn er wüsste, wie gut Lucy sich das vorstellen kann. Sie kennt ihre Freundin und weiß, wie diese zumachen kann, wenn gewisse Themen ihr nicht passen. Dann tut sie einfach so, als würden die Sachen nicht existieren. Und wenn man auf dem Thema beharrt, dann riskiert man, den Kopf abgerissen zu bekommen.

„Passiv-aggressiv", bemerkt Sven jetzt. „Kennst du diesen Ausdruck?"

Oh ja, den kennt sie allerdings. Richtiger könnte Sven mit seiner Analyse kaum liegen. Trotzdem wird sie ihre Freundin verteidigen. „Ja, den kenne ich schon. Aber willst du das jetzt auf Hannah beziehen?", tut sie erstaunt. „Bevor wir ihr ein Label überstülpen, wieso erzählst du mir nicht einfach mal in Ruhe, worum es geht?"

„Wenn das so einfach in Worte zu fassen wäre." Wieder rauft er sich die Haare, und Lucy kann sein Unbehagen regelrecht spüren. Ihres ist auch nicht viel kleiner. „Es ist nichts Großes, weißt du? Nicht eine einzige Sache, die plötzlich vorgefallen ist, sondern es ist eher schleichend."

Und damit absolut tödlich, denkt sich Lucy, aber hält wohlweislich den Mund.

„Und es ist auch nicht so wie bei meinen Freunden", fährt Sven fort, „wo die Freundinnen manchmal echte Kühe sind. Sorry", sagt er dann, aber Lucy bedeutet ihm, fortzufahren. „Ganz im Gegenteil. Hannah macht eigentlich nichts falsch. Sie ist unkompliziert, nicht nur eine liebe Frau, sondern auch ein toller Kumpel, und ich steh' auf sie. Zumindest stand ich auf sie. Aber jetzt, jetzt hab' ich immer Angst …"

„Ja?", fragt Lucy, nachdem die Gesprächspause sich in die Länge gezogen hat.

„Jetzt habe ich immer Angst, dass sie nicht mehr verhütet", bricht es schließlich aus Sven heraus.

„Was?" Jetzt ist Lucy doch erschrocken. Damit hat sie nicht gerechnet und sie fühlt sich definitiv überfordert. Schnell versucht sie, ihm zu versichern: „Nicht, dass das meine Sache wäre, denn das ist nun wirklich etwas zwischen euch beiden, aber ich weiß, dass Hannah die Pille nimmt. Schon lange, übrigens, auch als sie Single war. Aber das hatte andere Gründe."

„Ich weiß", sagt Sven und sieht regelrecht niedergeschlagen aus. „Wir haben ja über all das geredet. Und ich hätte auch nie gedacht, dass es mal ein Thema wird. Und vielleicht ist es das ja auch nicht, sondern lediglich meine Paranoia. Aber sie hat so viele Erwartungen, wenn es um eine gemeinsame Zukunft und eine Familie geht."

„Hast du die denn nicht?", fragt Lucy vorsichtig.

„Na ja, doch, irgendwie schon, vielleicht, irgendwann einmal", druckst Sven herum. „Aber jetzt doch noch nicht. Ich habe mich gerade umschulen lassen zum ITler und das macht mir richtig Spaß, weißt du? Und ich glaube, ich bin da auch gut drin. Da ist das Letzte, an das ich denken will, jetzt eine Familie zu gründen. Ich bin doch noch so jung. Wir sind beide noch so jung. Meine Güte, Lucy, ich habe Hannah gerade vor Kurzem erst gesagt, dass ich sie liebe. Das war schon ein großer Schritt für mich. Das mache ich nicht leichtfertig. Und ich dachte, das genügt fürs Erste. Dass wir das genießen können. Aber es ist, als sei mit diesen drei Worten ein Schalter umgelegt worden. Aus dem coolen Mädchen wurde plötzlich eine brutwütige Frau."

„Eine brutwütige Frau! Also, sag mal, Sven, du sprichst hier immerhin von meiner Freundin. Und von deiner, wenn ich dich daran erinnern darf."

„Sorry", grummelt er. „Aber es stimmt doch. Ich schwöre, sie guckt mich seitdem anders an. So bedeutungs-

voll. Weißt du, was ich meine? Und sie hat andere Kose-
namen für mich, nichts ist mehr sexy, alles ist jetzt so gewollt
vertraut. Fast, als würde es keine Grenze mehr zwischen uns
geben, als seien wir eins.“

Obwohl es sie schmerzt, solche Worte über ihre Freundin
zu hören, kann Lucy sich genau vorstellen, was Sven meint.
Sie kennt auch Hannahs Vorgeschichte und weiß, dass diese
dazu neigt, sich eine ganze Familie aus heiterem Himmel
herbeizuträumen. Trotzdem sagt sie: „Aber das heißt doch
noch lange nicht, dass sie jetzt unbedingt Kinder haben
möchte. Oder habt ihr darüber gesprochen?“

„Weißt du, wenn wir darüber gesprochen hätten, dann
wäre es irgendwie natürlicher, dann könnte man anders damit
umgehen. Aber nein, sie sagt ja nichts, sie ändert sich nur in
ganz kleinen Schritten, und das macht es irgendwie unheimlich. Ich weiß auch nicht, wie ich das beschreiben soll, aber
immer, wenn wir jetzt an Babys oder Kleinkindern oder überhaupt an allem, was noch nicht volljährig ist, vorbeigehen,
macht sie diese komische Metamorphose durch. Besonders bei
Babys macht sie seltsame Geräusche, guckt in jeden, aber auch
wirklich jeden Kinderwagen rein und raunt jedes einzelne
Mal: ‚Och wie süß, würdest du das Kleine nicht auch am
liebsten klauen?‘ Und dann nimmt sie meine Hand, streichelt
sie und schaut mir ganz tief in die Augen. Ich kann die Uhr
danach stellen. Das passiert jedes Mal! Ungelogen! Mir ist das
immer so peinlich, ich würde am liebsten im Erdboden versinken. Einerseits vor der echten Mutter, deren Kind ich natürlich nicht klauen will, und andererseits vor mir selbst, denn so
wollte ich in meinem Alter ganz sicher nicht sein. Ich wollte
ein cooles Mädchen an meiner Seite haben, mit der ich wilden
Sex und viel Spaß habe und die gleichzeitig auch meine beste
Freundin ist. Und dann irgendwann, ja, dann denkt man vielleicht über diese Sachen nach. Aber bei Hannah kommt dieser
Wunsch mittlerweile aus jeder Pore gekrochen, und ich frage

mich manchmal, ob es wirklich noch um mich als Person geht, oder ob ich ein Samenspender bin."

„Nun aber mal langsam", stoppt Lucy ihn. „Von einem harmlosen Kinderwunsch, den ja viele Frauen hegen, zu der Annahme, dass der Freund ein reiner Samenspender ist, ist es ein weiter Weg. Und das passt auch nicht zu Hannah." *Lügnerin*, meldet sich eine leise Stimme in ihr, aber sie entschließt sich, sie zu ignorieren. „Womit wir bei dem wirklich großen Thema wären", fährt sie stattdessen fort. „Wie kommst du darauf, dass Hannah nicht mehr verhütet? Darüber habt ihr auch nicht gesprochen, nehme ich an?"

„Nein, natürlich nicht." Sven ist es offensichtlich peinlich, das Thema mit ihr zu erörtern. Ihr selbst geht es nicht anders. „Aber ich kann den Verdacht einfach nicht loswerden. Wie gesagt, bin ich vielleicht auch paranoid, aber ich könnte schwören, dass sie an einigen Tagen wie wild auf Sex ist und an anderen total desinteressiert. Ich weiß ja, dass das bei euch auch mit Hormonen und solchen Sachen zu tun hat", jetzt glüht sein Gesicht und er kann Lucy nicht mehr in die Augen schauen, „aber so war sie vorher nicht, da bin ich mir sicher. Vorher hatte sie immer mehr oder weniger gleich viel Lust. Sie ist kein Sexmonster, aber halt auch nicht das Gegenteil."

„Zu viel Info", gebietet Lucy ihm Einhalt und hält abwehrend eine Hand hoch.

„Ja, da hast du recht, aber was ich damit sagen will, ist halt, dass es vorher eher regelmäßig und normal war. Jetzt ist sie an einigen Tagen so wild, dass ich sie mir kaum mehr vom Leib halten kann – okay, okay, zu viel Info, ich weiß. Aber an anderen Tagen ist dann kein Rankommen, egal, was ich auch tue. Wobei ich ehrlicherweise immer weniger tue."

„Ja, und? Was ist deine Schlussfolgerung daraus, Sherlock?"

„Dass sie entweder etwas mit ihren Hormonen geändert hat, äh, du weißt schon, das passiert doch, wenn man die Pille nimmt oder nicht mehr nimmt, richtig? Oder dass sie halt an einigen Tagen will, weil sie sich davon ein Ergebnis erhofft."

Svens Gesicht glüht mittlerweile so, dass Lucy ihn kaum mehr angucken kann. Es tut ihr fast körperlich weh.

„Sven, du kannst den Kaffee noch austrinken, aber bitte vergiss, dass wir diese Unterhaltung hatten. Was du Hannah da unterstellst, ist schon gewaltig. Und es ist definitiv nichts, was du mit mir besprechen …"

Bevor sie zu Ende reden kann, unterbricht Sven sie: „Aber zwei Kumpels von mir hatten das Gleiche. Deren Freundinnen …"

„Sven, das interessiert mich nicht!", unterbricht Lucy ihn ebenfalls mit kalter Stimme. „Was deine Freunde und deren Freundinnen machen, ist nicht meine Sache. Was über Hannah gesagt wird, hingegen schon. Und das ist ganz schön harter Tobak. Dass Hannah vielleicht Kinder will – mag sein. Dass sie das eventuell ein wenig eigenartig rüberbringt und nicht ganz so subtil ist, wie sie denkt – mag auch sein. Aber dass sie dir ein Kind anhängen will: nie im Leben! Zumindest nicht die Hannah, die ich kenne. Aber da man nicht weiß, was in den Menschen wirklich vor sich geht, wirst du für dich selbst herausfinden beziehungsweise entscheiden müssen, ob du ihr vertraust oder nicht. Denn wenn du davon ausgehst, dass sie dich in so einer Sache anlügen und die damit verbundenen Konsequenzen für euer beider Leben in Kauf nehmen würde, dann stimmt doch etwas nicht, oder? Sollte Vertrauen nicht die Basis einer Beziehung sein? Das habe ich zumindest mal gehört. Nicht, dass ich da eine Expertin drin wäre …"

„Doch schon", murmelt Sven vor sich hin. „Ich liebe sie

ja auch. Wirklich. Hasst du mich jetzt dafür, dass ich mit dir darüber gesprochen habe?"

„Nein, natürlich nicht, wie könnte ich dich denn hassen? Aber für Hannah wäre es sehr schwer, dieses Gespräch zwischen uns beiden zu verzeihen, wenn du es bislang noch nicht ernsthaft mit ihr gesucht hast. Du weißt, ich bin für dich da, aber nicht so sehr, dass ich dafür Hannahs Vertrauen missbrauchen würde."

„Das weiß ich ja." Sven ist weiterhin sichtlich verlegen. „Denn du kennst sie von allen am besten. Und ich mag dich. Du bist so vernünftig und doch so lustig. Ein cooles Mädel halt. Ich wusste wirklich nicht, mit wem ich sonst darüber sprechen sollte, Lucy. Ich will Hannah wirklich, das ist mir in den letzten Minuten wieder klar geworden. Aber ich will auch wirklich kein Kind! Noch nicht."

Jetzt fängt Lucy an, die Geduld zu verlieren: „Dann achte verdammt noch mal darauf, dass du kein Kind bekommst! Meine Güte, Sven, wir leben im 21. Jahrhundert, da werde ich dir doch nicht erklären müssen, wie man verhütet. Selbst ohne Pille."

„Daran habe ich auch schon gedacht. Aber würde sie sich da nicht wundern?"

Jetzt steht Lucy auf, was einer direkten Aufforderung an Sven gleichkommt, es ebenfalls zu tun. Dann drückt sie ihm seine Jacke in die Hand und schiebt ihn fast zur Tür hinaus. „Ich weiß nicht, ob sie sich wundern würde. Lass dir etwas einfallen. Aber vergiss nicht: Ich bin nicht dein Kumpel. Mit mir musst du diese Ideen nicht besprechen. Also, viel Glück bei allem und einen schönen Tag."

Sie muss sich regelrecht überwinden, die Tür nicht hinter ihm zuzuknallen. Sobald sie ins Schloss gefallen ist, lehnt sie sich gegen das tröstende Holz und verbirgt ihr Gesicht in den Händen. Was ist im Moment nur los? Gibt es ein einziges normales Pärchen? In ihrem Umfeld zumindest nicht.

17

Am nächsten Morgen wirken Emma und Babs beim Yoga wieder so zerstreut, dass Lucy es nicht mehr ignorieren kann. Auch das Föhnwetter kann sie für diese komische Stimmung nicht mehr verantwortlich machen, denn Föhn hat es schließlich schon öfter gegeben. Solch unaufmerksame Schülerinnen hingegen nicht. Emma scheint zudem eine Allergie zu haben, denn sie niest am laufenden Band.

Aber das Geheimnis scheint bald aufgeklärt zu werden, denn Babs kommt nach der Stunde mit ernstem Gesichtsausdruck auf sie zu. „Lucy, können wir uns mal unterhalten?"

So ein Gesprächseinstieg hinterlässt bei niemandem ein gutes Gefühl, und auch in Lucy zieht sich alles zusammen. „Ja, können wir. Das ist eine gute Idee. Was ist nur mit dir und Emma los in den letzten Tagen? Ist etwas passiert?"

Schnell ziehen alle Horrorszenarien an ihrem inneren Auge vorbei. *Alex hat eine Neue*, denkt sie sich. Das ist es. Alle wissen es, nur sie nicht. Und jetzt ist Babs da, um es ihr mitzuteilen. Kein Wunder, hat sie doch in den letzten Tagen alle hypersensibel für dieses Thema gemacht!

„Es ist eigentlich nichts passiert", beginnt Babs, und Lucy atmet erleichtert auf. „Es hat auch nichts mit dir zu tun, aber ich möchte es dir trotzdem erzählen."

Nichts mit ihr zu tun – das ist doch schon ein viel besserer Anfang! Wieso nicht gleich so?

„Raus damit. Komm, lass uns in die Küche gehen, wir machen uns einen Tee. Dann hat auch Rosie Gesellschaft." Lucys Herz fühlt sich gleich viel leichter an. Trotzdem kommt sie sich langsam vor wie der lokale Kummerkasten. Ihre Küche wird bald Bücher schreiben können!

„Also, was ist los? Hast du Angst, dass dir jemand ein Kind andrehen will?"

„Was?" Ihre Freundin guckt sie an, als hätte sie den Verstand verloren.

„Ach nichts, nur so dahingesagt. Kam in einem Film vor, den ich letztens gesehen habe."

„Na ja, so außergewöhnlich ist das ja leider nicht", murmelt Babs, aber dann beginnt sie mit ihrem wirklichen Anliegen. „Es geht eigentlich gar nicht um dich, sondern vielmehr um Alex."

Lucy zuckt regelrecht zusammen. Doch kein guter Anfang! „Ist ihm etwas passiert?" Sie hat das Gefühl, ihr Herz würde für einen Moment aussetzen.

„Nein, keine Sorge, ihm ist, soweit ich weiß, nichts passiert. Wobei man auch das nicht wissen kann, da offensichtlich keiner eine Ahnung hat, wo er sich aufhält. Aber gehen wir mal davon aus, er ist putzmunter, wo auch immer er ist. Nein, es geht um das Hotel. Da stimmt etwas nicht."

Das Hotel! Lucy fällt ein Stein vom Herzen. Wen interessiert schon das Hotel? „Was soll denn da nicht stimmen? Hat das Tegerngold einen Staubkrümel abbekommen? Oder einen Stern verloren?"

„Nein, erzähl doch keinen Quatsch. Es passieren komische Dinge, die vorher undenkbar gewesen wären. Und das erst seit Kurzem, eigentlich erst, seit Alex weg ist. Kleine Sachen, weißt du, kleine, aber eklige Hygienevorfälle. Sie scheinen sich im ganzen Hotel auszubreiten, mittlerweile auch im Spa. Wir haben doch jetzt tatsächlich einen Teller mit altem Essen in einer Ecke der Behandlungsräume gefunden, kannst du dir das vorstellen? Und – ich will es ja eigentlich gar nicht aussprechen – aber ein benutzter Tampon lag in einem offenen Papierkorb im Flur. Was bin ich froh, dass es meiner Kollegin und nicht einem der Gäste zuerst aufgefallen ist! Außerdem liegen hier und da plötzlich benutze Wattestäbchen, vollgeschniefte Papiertücher und so weiter herum. Es ist wirklich ziemlich gruselig. Und es häuft sich. Jeden Tag kommt etwas Neues hinzu. Zu alledem ist da unten bei uns jetzt auch ein stechender Geruch, und wir haben keine Ahnung, wo der herkommt. Das ist nicht nur uns, sondern auch den Gästen schon aufgefallen. Ich will mir gar nicht vorstellen, was die Ursache sein könnte!"

Lucy schüttelt sich. „Ah, Babs, hör auf, das ist ja ekelhaft! Benutzte Tampons, wirklich?"

„Und noch viel mehr. In der Küche passieren ebenfalls Dinge, von denen keiner hören will. Ich glaube, Daniel sagt selbst Emma nur die halbe Wahrheit, da er Angst hat, ihre zarten Nerven zu strapazieren. Jedenfalls habe ich da Geschichten von Rattenkot und so …"

„Babs! Hör sofort auf!" Lucy spürt, wie ihr ein Schauer über den Rücken läuft. „Ich kann so was nicht hören! Aber das kann doch nicht sein. Ein Hotel kann doch nicht von einem Tag auf den anderen verkommen. Ich meine, wir sprechen hier vom Tegerngold, dem Stolz des ganzen Ortes!"

„Nicht mehr lange, wenn das so weitergeht."

„Oh Gott, ich hoffe, dass so etwas nie in meinem Chalet passieren wird. Das heißt, ich werde dafür sorgen, dass es nicht passieren wird. Und das ist doch der Punkt, oder? Es scheint, dass Alex seinen Laden wieder unter

Kontrolle bekommen muss. Aber das kann er natürlich nicht, wenn er weiterhin verschwunden bleibt! Ich würde sagen, es ist an der Zeit, die Zügel etwas anzuziehen, damit die Mitarbeiter nicht mehr so schludern. Aber ich weiß wirklich nicht, was ich damit zu tun habe, Babs. Es tut mir leid für ihn, wirklich, aber ich wüsste nicht, wie ich da helfen kann. Oder ob ich das überhaupt will. Dann soll er halt nicht wegfahren, wenn sein Hotel in seiner Abwesenheit auseinanderfällt."

Sie fühlt sich nicht ganz wohl bei diesen Worten und weiß auch, dass sie nicht fair sind, aber sie kann im Moment nicht anders. Babs mustert sie erstaunt.

„Ich habe halt gedacht, dir liegt noch etwas an ihm", sagt sie in kühlem Ton. „Gerade mal auseinander und dich interessiert nicht mehr, was mit ihm passiert? Das hörte sich vor ein paar Tagen noch ganz anders an."

Lucy beeilt sich, die Sache klarzustellen. „Sicher ist er mir noch wichtig. Es tut mir auch leid, wenn das jetzt falsch rüberkam. Natürlich will ich nicht, dass er oder das Hotel Schaden nehmen, das ist doch gar keine Frage. Aber es bleibt dabei, dass ich keine Ahnung habe, was ich tun könnte. Ich kann doch nicht durch euer Spa schleichen und nach alten Tellern suchen. An die anderen Sachen will ich gar nicht denken. Sollte sich nicht die Stellvertreterin darum kümmern, dass so etwas nicht passiert? Oder hat er sich da die falsche ausgesucht?"

„Anastasia? Nein, die ist super. Mit ihr arbeitet er schon lange zusammen. Kennst du sie gar nicht?"

Lucy schüttelt den Kopf.

„Nicht persönlich, nein, aber ich habe schon viel von ihr gehört."

„Das wundert mich nicht, man sieht sie selten. Sie ist meist im Büro, wenn Alex da ist, nicht so viel vorn im Hotel. Sie kümmert sich um das Ganze hinter den Kulissen, während er unsere Rampensau ist. – Oh, sorry", schnell hält sie sich die Hand vor den Mund.

„Keine Sorge!" Lucy muss trotz der ernsten Situation lachen. „Rampensau ist der passende Ausdruck."

„Jedenfalls, und deshalb spreche ich mit dir, habe ich das Gefühl, dass da etwas faul ist. Das alles kann kein Zufall sein. Die Gäste bekommen bislang wenig mit, nur ein paar Vorfälle gab es, die man nicht vor ihnen verstecken konnte, aber unter den Mitarbeitern verbreitet es sich wie ein Lauffeuer. Und ich glaube, da ist jemand von der Belegschaft involviert."

Lucy denkt kurz nach. „Na ja, Sinn machen würde das schon, oder? Welcher Gast sollte schon einen Grund dazu haben? Und vor allem haben Gäste ja nicht diesen Zugang zu allen Bereichen."

„Eben!" Babs scheint erleichtert, dass Lucy ihrem Gedankengang folgt. „Und ich glaube, es muss ein Zimmermädchen sein. Nur die haben außer Alex und Anastasia einen Generalschlüssel. Und dann natürlich das Housekeeping und so, aber die Anzahl der Leute ist limitiert. Zudem muss es jemand sein, der irgendwie in der Küche involviert ist. Denn so pingelig wie Alex ist, hat er in den Küchen extra Sicherheitsvorkehrungen einrichten lassen. Du weißt schon – wegen Lebensmittelhygiene und diesen Sachen. Da kann nicht einfach jeder reinlatschen. Er würde schier ausflippen, wenn er wüsste, was in seinem Hotel vor sich geht. Aber durch seine Abwesenheit ist die Gerüchteküche bei den Mitarbeitern schon kräftig am Brodeln!"

„Welche Gerüchteküche denn?"

„Na, du weißt schon, ob das Tegerngold bald den Bach heruntergehen wird, ob man sich nach einer anderen Arbeitsstelle umschauen soll. Es gibt hier so einige andere Top-Hotels, die die Angestellten des Tegerngold gerne abwerben würden. Aber Alex war immer hervorragend darin, seine

Leute zu halten." Mit bitterer Stimme fügt sie hinzu: „Bis jetzt."

Lucy läuft ein weiterer Schauer über den Rücken. Da ist Alex mal kurz weg, und jemand versucht, den Ruf seines Hotels zu ruinieren? Sie weiß, wie sich das anfühlt, denn sie hat letztes Jahr Ähnliches mitgemacht.

Als hätte sie ihre Gedanken gelesen, betont jetzt auch Babs: „Und da du ja letztes Jahr Ähnliches durchgemacht hast und ich mir sicher bin, dass du Alex weiterhin nur das Beste wünschst, wollte ich dir Bescheid geben."

„Das ist lieb, Babs, und natürlich wünsche ich Alex nur das Beste, aber ich weiß leider nicht, was ich da tun kann. Ich kann ja schlecht das Hotel übernehmen. Kann diese Anastasia denn nichts machen? Sie kann Alex doch kontaktieren, dann kommt er zurück und kann sich um alles kümmern."

Das wäre ihr aus mehr Gründen recht, als sie zugeben möchte, aber Babs zerstört diese Hoffnung sofort wieder: „Geht leider nicht. Alex hat keine Kontaktnummer hinterlassen und sein Handy ist aus. Das hat er schon vorher angekündigt, dass er offline sein wird. Und das meinte er wohl wirklich ernst."

Lucy wird wieder ganz anders. Dass sie und Alex mal eine Pause haben – gut, irgendwie hat sie das nicht so wirklich ernst genommen oder sich darüber zumindest keine Gedanken gemacht, da sie einfach keine Zeit dafür hatte. Aber jetzt, wo er weg ist, nimmt das ganz andere Dimensionen in ihrem Kopf an. Wo er wohl hin ist? Es ist ein komisches Gefühl, ihn nicht erreichen zu können, selbst wenn sie wollte. Aber dann regt sich Widerstand in ihr. Der Herr verlässt sie, dann verlässt er sein Hotel, hinterlässt keine Nummer, und sie soll jetzt hier seinen Dreck ausbaden? Nein, danke!

Daher strafft sie ihre Schultern, streckt ihr Kinn nach

vorn und sagt mit resoluter Stimme: „Tut mir leid, Babs, aber da kann ich nichts machen. Das ist eine Sache des Tegerngold und hat mit mir nichts zu tun. Ich bin mir sicher, diese Anastasia wird sich bestens darum kümmern. Trotzdem danke, dass du mir Bescheid gesagt hast."

Sie gibt sich selbstsicherer, als sie sich fühlt, aber da zuckt Babs auch schon mit den Schultern: „Wie du meinst. Ich dachte, du könntest vielleicht helfen. Denn so nett Anastasia auch ist, sie ist doch eher die, die sich in die Buchhaltung vertieft und nicht besonders kreativ ist, wenn es um Problemlösungen geht. Aber du hast recht, es ist nicht dein Problem und du hast ja auch wirklich genug zu tun. In diesem Zusammenhang: Wann löst du endlich den Massagegutschein ein, den ich dir geschenkt habe? Du könntest wirklich ein wenig Entspannung gebrauchen."

„Wem sagst du das?", antwortet Lucy und streckt sich. Sie würde es nicht laut sagen, aber in dieses Spa zu gehen, wäre jetzt das Letzte, was sie wollte. Benutzte Tampons, igitt! „Ich komme bald, ehrlich", lügt sie ihre Freundin an. „Und ich hoffe, du weißt, dass ich das Geschenk riesig zu schätzen weiß. Aber du siehst – selbst dafür scheine ich im Moment zu beschäftigt zu sein. Ich sage es dir: verrückte Zeiten!"

„Ja, das merke ich schon. Wie war das noch mal mit der Selbstliebe?", neckt Babs sie, um dann hinzuzufügen: „Dann mache ich mich mal wieder auf in mein Schloss da oben und spiele ein bisschen Detektivin. War eigentlich sowieso schon immer mein Traumberuf. Spätestens, seit ich die Miss-Marple-Bücher gelesen habe. Nur ist die nie über alte Tampons gestolpert."

„Pfui, hör jetzt auf. Viel Erfolg jedenfalls. Und du weißt, du kannst mir immer sagen, was du herausgefunden hast."

„Ach, dafür bist du also nicht zu beschäftigt?", fragt Babs, zwinkert ihr dann aber zu und verabschiedet sich mit einem Küsschen.

Langweilig wird's hier nicht, denkt sich Lucy und macht dann eine Runde durch die Zimmer, um zu schauen, wie sie diese noch verschönern könnte. Dabei ist sie erleichtert zu sehen, dass Emma ihr Handtuch-Origami mittlerweile wieder aufgelöst hat und die Gästetücher stattdessen ordentlich gefaltet in den Badezimmern liegen.

18

In den nächsten Tagen kann Lucy sich nicht wirklich konzentrieren. Die Gespräche mit Sven und Babs gehen ihr nicht aus dem Kopf. Ist es wirklich gut, dass sie so sehr auf ihre eigene Sache fokussiert ist, dass sie darüber alles andere ignoriert? Vor allem, da die Leben von den Menschen um sie herum gerade dabei sind, zusammenzubrechen? Gut, auf die Sache mit dem Tegerngold hat sie wirklich keinen Einfluss, dabei bleibt sie. Es ist unschön, was da passiert, aber es ist auch wirklich Alex' Angelegenheit. Und vielleicht war die Erzählung auch ein wenig übertrieben. Es ist unwahrscheinlich, dass in kürzester Zeit so viel von jetzt auf gleich passiert. Da muss schon vorher etwas im Busch gewesen sein.

Mit Hannah könnte sie hingegen reden. Oder es zumindest mal versuchen. Klar, es wird nicht leicht sein, dies zu tun, ohne das Gespräch mit Sven zu erwähnen, und Taktgefühl scheint in den letzten Wochen nicht gerade Lucys Stärke gewesen zu sein, aber sie muss es zumindest mal probieren. Sonst wird es nicht aufhören, an ihr zu nagen. Und da heute so ein schöner Tag ist, nimmt sie sich vor, gleich rüberzugehen und sich dem Unvermeidlichen zu stellen. Vorher will sie aber noch kurz bei Michi in der Wassersportschule vorbeischauen. Er und Marcel sollten mittlerweile aus Bonn zurück sein. Zudem ist es ein guter Grund, das Gespräch mit Hannah noch etwas auf die lange Bank zu schieben.

Sie geht die paar Meter zur Wassersportschule, und tatsächlich, da ist Michi in einem verschwitzten T-Shirt und hämmert irgendwelche Bretter zusammen.

„Hey, Michi!" Lucy ist ehrlich erfreut, ihn wiederzusehen und fällt ihm noch enthusiastischer als sonst um den Hals. „Bah, du bist nass", ruft sie dann aus und entfernt sich schnell wieder. „Aber trotzdem schön, dich mal wieder zu Gesicht zu bekommen. Weißt du, es ist doch eine Schande. Da bist du gleich nebenan und kommst so selten vorbei."

„Stimmt." Michi streicht sich lachend eine verschwitzte Strähne aus der Stirn. „Aber hier gibt es dermaßen viel zu tun, ich komme wirklich nicht dazu."

„Das hört sich ganz nach mir an! Aber du musst doch zwischendurch auch mal etwas essen oder trinken."

„Ja, aber da komme ich bestimmt nicht zu dir", foppt er sie, die nicht gerade für ihre Glanzleistungen in der Küche bekannt ist. „Nein, my Dear, da gehe ich lieber zu Hannah. Ihr Mittagsmenü ist wirklich nicht von schlechten Eltern. Da kann selbst ein echter Mann wie ich sich stärken." Dabei spannt er spielerisch seine Muskeln an und bläht sich auf wie ein Michelin-Männchen. In Lucys Augen tut jedoch auch dies seiner Attraktivität keinen Abbruch. Wenn er nicht schwul wäre, würden die Frauen bei ihm Schlange stehen.

„Aber etwas trinken musst du doch auch mal. Da kannst du wenigstens zu mir kommen. Wenn es um Getränke geht, bin ich unschlagbar! Dagegen kommt auch eine Hannah nicht an!"

„Sorry, Darling, keine Zeit, ich hab' eine Wassersportschule aufzubauen." Dabei hält er seine Wasserflasche hoch.

„Und wie du siehst, bin ich mit Getränken bestens versorgt. Du und ich, Liebes, wir sind hier die beiden Jungunternehmer, die gerade dabei sind, all ihre Freunde zu verlieren, da sie für nichts anderes mehr Zeit haben. Aber ich verspreche dir – diese Wassersportschule wird die Mutter aller Wassersportschulen. Und da schon bald Sommer ist, gibt es keine Zeit zu verlieren."

„Ja, ich weiß, was du meinst." Lucy schaut sich anerkennend um. „Sieht wirklich gut aus. Vielleicht fange ich auch mit Wassersport an."

„Das solltest du auf jeden Fall! Nichts macht mehr Spaß, und nachts schläfst du wie ein Baby, wenn du den ganzen Tag auf dem Wasser verbracht hast. Ist natürlich hier nicht dasselbe wie am Meer, aber dafür kriegt man kein Salz in den Mund."

„Eben! Und für die Haare ist Salzwasser auch nicht gut."

„Na siehst du! Wenn das mal kein Argument ist!"

„Vielleicht biete ich ja Yoga auf dem Surfbrett an."

„Wieso nicht? Es gibt nichts, was es nicht gibt."

Lucy würde am liebsten noch länger hier verweilen, aber ihr Gespräch mit Hannah ruft. „So, mein Lieber, ich muss jetzt los. Wollte noch kurz rüber zu Hannah. Ich kann mich heute irgendwie nicht überwinden, etwas Produktives zu tun."

„Warte, wieso hast du nicht gleich gesagt, dass du zu Hannah gehst? Ich komme mit!" Michi wirft seine Arbeiterhandschuhe und den Hammer zur Seite und will sich gerade seine Jacke überziehen, als Lucy ihn stoppt.

„Sorry, Michi, nicht heute. Frauengespräche!"

Enttäuscht legt er seine Jacke wieder zur Seite und verdreht seine Augen. „Frauengespräche, Frauengespräche", äfft er sie nach. „Wollt ihr euch über eure Menstruation unterhalten? Das könnt ihr auch vor mir!" Dann denkt er kurz nach und schüttelt sich. „Obwohl, vielleicht lieber nicht. Also, geh mal schön alleine!"

„Ja, Michi, wir wollen uns über unsere Menstruation unterhalten." Jetzt ist es an Lucy, den Kopf zu schütteln. Nach ihrem Geschmack gibt es eindeutig zu viele Menstruationsunterhaltungen in den letzten Tagen. Ihr graust es immer noch bei dem Gedanken an das Gespräch, das sie mit Babs hatte. Aber davon wird sie Michi nichts erzählen. Es reicht, dass die Gerüchteküche im Tegerngold brodelt. Und so sehr sie Michi auch liebt – Geheimnisse zu wahren, ist nicht gerade seine Stärke. Schnell wuschelt sie ihm durch die Haare, kneift ihm kurz in die Wange – eine Geste, von der sie weiß, dass er sie hasst – und macht sich auf in Richtung Café.

„Hey, Lucy", ruft Michi ihr noch hinterher.

„Was ist?"

„Marcel ist nicht gerade begeistert darüber, dass du schon Gäste hast! Das darfst du noch gar nicht. Wenn du ihn das nächste Mal siehst, wird er dir wahrscheinlich ganz schön den Kopf waschen. Ich wollte dich nur warnen."

Jetzt ist es an Lucy, die Augen zu verdrehen. „Sag ihm, er soll sich mal entspannen. Und wann kommt endlich diese verdammte Brandschutztür? Das dauert ja schon ewig."

„Sie sollte bald da sein. Also, Gruß an Hannah und genießt euer Frauengespräch!"

IM GEGENSATZ zum beschäftigten Michi scheint Hannah sich wirklich zu freuen, sie zu sehen. „Hey, Lucy, was für eine Überraschung! Was willst du trinken? Etwas zu essen? Du hast wirklich immer ein Händchen dafür, genau dann zu kommen, wenn fast keine Gäste da sind."

„Prima. So können wir uns besser unterhalten." Lucy

nimmt ihre Freundin in den Arm und drückt sie fest. „Wie geht es dir?"

„Bestens geht es mir." Hannah strahlt übers ganze Gesicht, und sie sieht so selig aus, dass Lucy sich tatsächlich kurz fragt, ob sie nicht schwanger ist. Aber dann stoppt sie diesen Gedankengang und setzt sich hin, während Hannah fortfährt: „Ich habe so viel zu tun, ich glaube, ich muss bald noch eine weitere Person einstellen. Zumindest als Aushilfe. Denn weißt du – Michi überlegt auch, in der Wassersportschule ein paar Snacks anzubieten, und die kämen dann ebenfalls von mir. Zusammen mit dem Café, deinem Chalet und dem Tegerngold ist es dann mehr, als Marie und ich noch stemmen können. Aber ich beschwere mich nicht. Was will man mehr, nicht wahr?"

In Lucy macht sich Erleichterung breit. Das klingt nun wirklich nicht nach Familienplanung! „Das hört sich ja wunderbar an! Wenn auch nach viel Arbeit!"

„Ja, schon, aber das mache ich grundsätzlich mit links. Und es macht viel Spaß."

„Hast du da überhaupt noch Zeit für Sven?" Lucy kommt sich bei dieser Frage sehr gerissen vor. Und ein klein wenig hinterhältig.

„Ja, logo." Hannah strahlt noch breiter. „Meine Güte, Lucy, wenn ich daran denke, mit wem ich mal verheiratet war, dann schüttelt's mich. Sven ist da so anders, das ist wirklich wie Tag und Nacht."

„Ja gut, aber den fürchterlichen Herbert würde ich jetzt auch nicht mit allen anderen Männern vergleichen. Ich glaube, da kommt jeder gut bei weg. Wobei Sven natürlich ein ganz besonders feines Exemplar ist", fügt sie hinzu.

„Da stimme ich dir zu." Hannahs Augen leuchten. „Es ist alles so lebendig mit ihm. So frisch, weißt du?"

„Ich glaube, ich kann es mir vorstellen. Aber trotzdem ist

er erst dein zweiter Partner, da musst du nicht alles auf eine Karte setzen."

Lucy beobachtet, wie Hannahs Augen sich kurz verengen. „Was genau willst du damit sagen? Dass ich ihn als kurze Zwischenstation betrachten soll?"

„Nein, natürlich nicht, vielleicht ist er ja auch wirklich der Eine, wer weiß das jetzt schon?" Dabei taucht das Gesicht von Alex vor ihrem inneren Auge auf. „Was ich nur sagen wollte, ist, dass du es jetzt genießen sollst. Diese Frische, von der du eben sprachst. Dieses Lebendige. Und nicht gleich wieder versuchen, es in einen Rahmen zu zwängen. Nicht, dass du das tun würdest", versucht sie sich umgehend zu korrigieren, aber aus der Nummer kommt sie jetzt so schnell nicht mehr raus. Wie Sven richtig festgestellt hat, kann Hannah sehr dickköpfig sein.

„Nicht so schnell", verlangt diese auch sogleich. „Woher kommen diese Überlegungen, Lucy? Denn um ehrlich zu sein, ich kann mir durchaus eine Zukunft mit Sven vorstellen. Und zwar so ganz verbindlich, wenn du weißt, worauf ich hinauswill."

In Lucys Hirn schrillen die Alarmglocken. Diese Frau hat doch mehr Energie, als man ihr zutrauen würde. Leitet ein viel besuchtes Café und hat dabei noch die Muße, sich der Familienplanung zuzuwenden. Und wenn sie sagt: ‚wenn du weißt, was ich meine', dann weiß Lucy leider ganz genau, was sie meint. Bei anderen wäre das Ganze auch kein Problem, aber Hannah hat eine unglückliche Tendenz, in ihre alten Muster zu verfallen. Lucy entscheidet sich, ihr das genauso zu sagen.

„Hannah, schau, das ist doch alles kein Thema. Es ist schließlich normal, dass man sich eine Zukunft mit demjenigen vorstellt, in den man verliebt ist. Wir sind ja auch nicht mehr Anfang zwanzig."

„Eben", bestätigt Hannah. „Die biologische Uhr lässt sich nicht aufhalten."

Lucy muss sich zusammenreißen, um nicht die Augen zu verdrehen. „Ich glaube, deine biologische Uhr hat noch ganz schön viel Zeit, und ich würde vermuten, Svens Uhr auch. Was ich nur meine, ist Folgendes: Du weißt, wie du dich bei Herbert in die Vorstellung einer Familie hineingestürzt hast und wie das nach hinten losgegangen ist. Diese Sachen müssen sich auf natürliche Weise entwickeln und alles muss zu seiner Zeit kommen. Babyschritte sozusagen. Und natürlich wäre es toll, wenn ihr beide zusammenbleibt, eine Familie gründet und alles, was du dir sonst noch vorstellst. Ich würde sogar Patentante werden! Aber jetzt seid ihr noch in der Kennenlernphase, brich es doch nicht übers Knie. Das wäre euch gegenüber nicht fair und auch euren potenziellen Kindern gegenüber nicht."

„Komische Richtung, die das Gespräch genommen hat. Ich dachte, du wolltest nur kurz auf einen Kaffee vorbeikommen. Kann es daran liegen, dass du vielleicht ein bisschen neidisch auf Svens und meine Beziehung bist? Weil mit Alex Schluss ist?"

Ungefähr so neidisch wie auf Fußpilz, denkt Lucy, aber laut sagt sie: „Nein, natürlich bin ich nicht neidisch auf eure Beziehung, erzähl doch keinen Unsinn. Ich habe nur Angst, dass du das alte Herbert-Schema wiederholst. Das hat dir schon in der Vergangenheit nicht gutgetan. Stattdessen würde ich mir wünschen, dass du das Selbstbewusstsein und die Selbstständigkeit, die du nach deiner Scheidung erlangt hast, nicht so schnell wieder aufgibst."

Danke, Sven, denkt sie grimmig. *Da hast du mich ja in eine super Situation gebracht!*

„Ich war jetzt so lange allein", setzt Hannah das Gespräch unberührt fort, „da kann ich auch mal glücklich sein."

„Das weiß ich doch, und wie gesagt – es gibt keinen

Grund, die Zeit jetzt nicht aus vollem Herzen zu genießen. Ich will dich nur davon abhalten, in etwas reinzustürzen, das vielleicht verfrüht ist. Aber letztlich ist es dein Leben."

„Das meine ich allerdings auch. Also, willst du jetzt ein Stück Kuchen essen, oder was? Ansonsten habe ich nämlich doch zu tun."

„Nein danke, ich glaube, ich gehe wieder. Aber es war trotzdem gut, mit dir gesprochen zu haben." Damit schließt sie ihre Freundin kurz in die Arme und geht zum Ausgang.

Als sie an der Tür angekommen ist, ruft Hannah ihr nach: „Lucy!"

„Ja?"

„Ich glaube", jetzt wird Hannah leicht verlegen, „dass Sven kurz davor ist, mir einen Antrag zu machen. Es wäre schön, wenn du nicht versuchen würdest, es auch ihm auszureden."

Halleluja, das ist ja noch schlimmer als gedacht!

„Keine Sorge, das werde ich ganz sicher nicht tun."

„Gut, ich wollt's nur sicherstellen." Damit winkt Hannah ihr kurz zu, und Lucy sieht sie in Richtung Küche verschwinden. Sie wünschte, dass Sven seine Sorgen einer anderen anvertraut hätte.

19

H annah wischt über die blitzblanke Theke und denkt über das Gespräch von eben nach. Was ist nur in Lucy gefahren? Vielleicht ist sie doch ein wenig neidisch auf ihre Beziehung? Klar, Hannah weiß, dass sie in ihrer Ehe damals ganz schön vorgeprescht ist, daran muss Lucy sie nicht erinnern. Damals wollte sie nur Familie und Kinder haben und alles andere war ihr egal. Heute kann sie das deutlich erkennen. Im Nachhinein ist das auch immer einfacher. Aber diesmal ist es etwas ganz anderes. Sven kann man nun wirklich nicht mit dem groben Herbert vergleichen. Sven ist einfühlsam, witzig, kann gut zuhören und ist immer für sie da.

Hannah hat in letzter Zeit schon öfter Andeutungen bezüglich Kinderkriegen gemacht, und Sven hat immer süß reagiert, ist etwas rot geworden und hat herumgedruckst, aber er ist halt ein Mann. Sie hat noch nie von einem Mann gehört, der nicht zumindest ein bisschen in die richtige Richtung geschubst werden musste. Sie wollen einfach so lange wie möglich ihre Freiheit behalten, aber wenn sie dann mal

Väter sind, haben die Kleinen sie voll im Griff. Hannah ist sich sehr bewusst, dass viele Frauen zu lange warten und dann Probleme haben, schwanger zu werden. Sie will auf keinen Fall, dass ihr das Gleiche passiert. Sie dankt Gott von ganzem Herzen, dass die Familienplanung mit Herbert nicht geklappt hat, aber jetzt ist sie sich sicher, den Richtigen gefunden zu haben. Da muss man sein Schicksal auch mal selbst in die Hand nehmen und kann sich nicht nur auf Gott verlassen. Der hat genug zu tun. Sie entscheidet sich, Lucy ihren Ausrutscher von eben zu verzeihen. Sie meint es sicherlich nur gut und wenn sie ein wenig eifersüchtig ist, kann Hannah das auch nachvollziehen.

Apropos Sven – was der wohl gerade macht? Hannah nimmt ihr Telefon und checkt ihre Nachrichten. Wieder nichts. Komisch. Sie hat ihm heute schon zweimal geschrieben. Normalerweise antwortet er ihr immer recht prompt. Sie versucht, ihn anzurufen, aber als er auch nach dem zehnten Klingeln noch nicht abnimmt, sondern stattdessen seine Mailbox angeht, spürt sie leichte Irritation in sich aufsteigen. Und obwohl sie versucht, diese sofort wieder abzuschütteln, erkennt sie doch, dass sich dahinter noch etwas anderes verbirgt: ein Funken Unsicherheit. Auch, wenn sie vor Lucy eben noch ganz anders getan hat.

Sie erinnert sich jedoch genau an ihre ersten gemeinsamen Wochen mit Sven, als dieser nicht genug von ihr bekommen konnte. Damals hat er ständig versucht, sie anzurufen, und nicht umgekehrt. Sie hat sich zu dem Zeitpunkt gerade emotional von ihrem Ex und seiner Macht über sie gelöst und befand sich auf so einem Höhenflug, dass sie vollkommen bei sich war. Sie ist dann zwar auf Tinder gegangen und hat dort mehrere Dates ausgemacht, wobei Sven die Konkurrenz haushoch geschlagen hat, aber sie fühlte sich auch dann, als sie mit ihm zusammenkam, noch sehr unabhängig. Doch jeder Rausch nimmt mal ein Ende, und sie und Sven sind letztlich in einen Trott verfallen, der so vielen anderen Beziehungen gleicht und der Hannah eigentlich sehr liegt. Sie mag das Verbindliche und Vorhersehbare lieber als dieses Larifari-Halbherzige, aber sie ist sich nicht sicher, ob Sven das genauso sieht. Wieso würde er sich sonst in letzter Zeit so zurückziehen? Hannah schüttelt kurz den Kopf. So ist das nun mal. Sie ist bei bestem Willen keine Beziehungsexpertin, aber selbst sie weiß, dass Beziehungen durch Phasen gehen. Und jetzt sind sie in einer Phase, wo sie die Aktivere ist. Kein Grund, sich Sorgen zu machen, oder?

Um sich von diesen trüben Gedanken abzulenken, beschließt sie, das Gebäck heute selbst zum Tegerngold hochzubringen. Das macht sonst immer Marie, oder jemand vom Tegerngold holt es ab, aber heute ist ein schöner Tag und sie hat nicht viel zu tun. Sie überlegt noch kurz, ob sie ihr Fahrrad nehmen soll, aber dann entscheidet sie sich zu laufen. So hat sie mehr von der Sonne.

Auf dem Weg pfeift sie mit den Vögeln um die Wette und freut sich darauf, ihren ersten vollen Sommer mit Sven verbringen zu können. Und mit ihren Freunden natürlich. Lucy hat wirklich eine neue Dynamik in den Ort gebracht. Bevor sie da war, kannte Hannah zwar ein paar Leute, aber eigentlich war sie meistens allein. Das machte ihr auch nichts aus. Im Café hat sie den ganzen Tag Besucher, da brauchte sie in ihrer Freizeit nicht auch noch Menschen um sich herum. Als sie sich dann aber langsam mit Lucy und daraufhin auch mit Babs, Michi und Marcel anfreundete, nahm ihr Leben doch eine andere Qualität an. Sie fühlte sich dazugehörig, und die lebensfrohe Art der anderen machte auch sie etwas leichter und unbeschwerter. Vor allem gab es jetzt außerhalb des Cafés noch etwas, das ihr wichtig war und für Abwechslung sorgte.

Leider hat sich das etwas geändert, seit Lucys Chalet für Gäste bereit ist und Michi an seiner Wassersportschule herumbastelt. Seitdem sieht man die beiden viel weniger, aber Hannah hat wenigstens das Glück, beide Freunde noch mit ihrem legendären Kaffee und Kuchen anzuziehen. Denn egal, wie viel man arbeitet, essen muss man schließlich noch. Nur Marcel, Michis Freund, taucht leider so gut wie gar nicht mehr auf. Früher war er aus dem Café nicht wegzudenken und hat quasi seinen Schreibtisch bei ihr gehabt. Aber jetzt hat er so viel zu tun, dass er sich ein großes, schickes Büro leisten kann, das den hohen Ansprüchen seiner Klienten entspricht. Denen ist es sicherlich lieber, ihm dort ihr Herz auszuschütten, statt dabei zwischen Kuchenkrümeln zu sitzen. Aber wenn Hannah ehrlich zu sich ist, vermisst sie Marcels Anwesenheit und die Gespräche mit ihm mehr als erwartet. Vielleicht hat sie ja Glück und sie wird Babs oben im Tegerngold antreffen. Da können sie sich wenigstens für einen kurzen Plausch zusammensetzen.

Doch einmal oben, kommt ihr statt Babs Emma entgegen, das Zimmermädchen, das jetzt bei Lucy arbeitet und angeblich so viel Zeit mit Babs verbringt. Hannah sieht sie auch manchmal im Café, aber sie weiß immer noch nicht so richtig, was sie von ihr halten soll. Sie hat sich sehr gemacht, das muss man ihr lassen. Und eigentlich ist sie ja auch ganz nett.

„Hey, Hannah", ruft Emma ihr da auch schon freundlich zu. „Wie schön, dass du die Sachen persönlich vorbeibringst. Soll ich sie dir abnehmen?"

„Danke, das ist nett, aber ich bringe sie schon selbst in die Küche." Sie spürt, dass sie dem Café noch ein wenig länger fernbleiben will. So sehr genießt sie ihren kleinen Tagesausflug.

„Aber was machst du denn hier? Solltest du nicht unten im Chalet sein?", erkundigt sie sich.

„Doch, ich bin auch schon wieder auf dem Weg, ich musste hier nur etwas abholen. Aber ich sage dir, hier geht es im Moment zu!"

Dabei schaut sie Hannah vieldeutig an. Hannah hat natürlich schon Gerüchte gehört, aber sie lässt sich das nicht anmerken. „Was denn?"

„Ach komm, du musst doch Wind davon bekommen haben!"

Emma hat sich tatsächlich verändert, so hätte das schüchterne Mädchen, das Hannah noch vor einem Jahr kennengelernt hat, niemals gesprochen.

„Na ja, vielleicht habe ich ein bisschen was gehört", gibt sie jetzt zu. „Aber als Lieferantin gehört es sich nicht, zu tratschen. Wenn du jedoch tratschen möchtest, das Zuhören kann mir niemand verbieten." Sie zwinkert Emma verschwörerisch zu, die sie angrinst.

Doch dann legt sich ein Schatten über ihr Gesicht. „Ich sollte nicht grinsen. Das ist wirklich nicht lustig. Wenn das so weitergeht, stehen wir bald alle ohne Job da. Daniel ist schon völlig aufgelöst."

Beim Namen ihres Freundes wird Emma wie immer leicht rot, aber Hannah kann das nachvollziehen. Ihr Herz flattert auch jedes Mal, wenn sie Sven erwähnt. „Immer noch … ähm … Hygienevorfälle?", fragt sie mit Unschuldsmiene.

„Ja, und es wird schlimmer. Ich will keine Details erzählen, aber wie gesagt, Daniel wird schon ganz unruhig. Die ganze Küche wartet jeden Tag nur darauf, was wieder passiert."

„Mist!" Dass es so schlimm ist, hat Hannah nicht geahnt. Sie hofft, dass sich das bald aufklären wird, nicht nur für Alex und die ganzen Angestellten des Tegerngold, sondern auch aus Eigennutz. Denn es wirft natürlich kein gutes Licht auf sie, wenn sie einen Laden beliefert, der langsam einen zweifelhaften Ruf bekommt.

Mein Gott, so schnell kann das gehen, denkt sie erschrocken. Vor gefühlten fünf Minuten war das Tegerngold noch das Juwel in der Gegend und jetzt tut sie so, als würde es sich um ein zwielichtiges Bordell handeln. Dabei ist der Ruf sicherlich noch ganz intakt.

„Was ist denn mit den Gästen?", fragt sie Emma jetzt. „Bekommen die viel mit?"

„Na ja, das ein oder andere natürlich schon, aber noch hat es sich nicht wirklich rumgesprochen. Die Mitarbeiter des Tegerngold sind so professionell, die schaffen es bislang, die Sachen zu entdecken, bevor ein echter Schaden entstehen kann. Aber lustig ist es nicht."

„Nein, beim besten Willen nicht", stimmt Hannah ihr zu. „Und Alex ist einfach verschwunden?"

„Na ja, verschwunden würde ich das nicht unbedingt nennen. Er hat sich ja abgemeldet und Anastasia seine Aufgaben übertragen. Er will wahrscheinlich einfach mal Ruhe haben. Vielleicht ist er ja bei einem Yoga-Retreat, wo man die Telefone ausschalten muss und nicht sprechen darf. So was gibt's wirklich, darüber hab' ich gelesen."

„Ich weiß, aber ich glaube, Yoga ist das Letzte, wonach ihm im Moment der Sinn steht."

Schnell schlägt Emma sich die Hand vor den Mund. „Oh Gott, du hast ja recht, das hatte ich ganz vergessen. Er ist wahrscheinlich weg, um gerade nicht mehr an Yoga erinnert zu werden. Aber dann macht er vielleicht etwas anderes, wobei er nicht gestört werden möchte."

„Ja, vielleicht", grummelt Hannah und verabschiedet sich dann. „So, ich muss jetzt mal rein. War schön, dich zu sehen, Emma. Und du musst dir keine Sorgen um deinen Job machen. Du hast ja immer noch die Arbeit bei Lucy."

Emma nickt und guckt auf die Uhr. „Oh Gott, ich sollte auch schon längst wieder unten sein. Bis dann Hannah!"

Damit dreht sie sich um und trabt den Berg in Richtung Chalet runter.

Hannah geht mit gerunzelter Stirn ins Tegerngold. Die Schönheit des imposanten Gebäudes geht heute völlig an ihr vorbei. Wo Alex wohl ist? In dem Moment kann sie gerade noch ihre Kuchen vor einer Bekanntschaft mit dem Boden retten, da eine sehr blonde, sehr stark geschminkte Person sie fast überrennt.

„Hey", ruft sie ihr noch hinterher, aber da ist die Frau mit ihrer vollgepackten Reisetasche schon aus dem Hotel verschwunden. Hannah blickt ihr hinterher und sortiert kurz ihre Gedanken. Und dann erinnert sie sich auch wieder daran, wer das war. Schnell stellt sie ihr Gebäck an der Rezeption ab und sagt zu dem verdutzten Graham: „Können Sie dafür sorgen, dass diese Sachen in die Küche kommen? Ich muss noch etwas erledigen, danke."

Damit läuft sie mit Hochgeschwindigkeit ins Spa hinunter, wo sie fast Babs' Chefin Colette über den Haufen rennt.

„Hey, hey", sagt diese. „Immer langsam, wir sind hier im Spa und nicht auf dem Laufband. Du willst zu Babs, nehme ich an?"

Hannah ist sich bewusst, dass sie von allen im Tegerngold gemocht wird, da sie immer sicherstellt, dass etwas von ihrem Kuchen auch für die Mitarbeiter abfällt.

„Du hast Glück", sagt Colette daher und schaut auf die Uhr. „Babs' nächste Massage fängt erst in zehn Minuten an. Sie ist im Aufenthaltsraum, also los, spute dich."

Und das tut Hannah. Sie hetzt in den Raum, wo Babs sich gerade mit einer Kollegin unterhält, der vor Schreck fast die Kaffeetasse aus der Hand fällt, als Hannah stürmisch die Tür aufreißt.

„Gott, Hannah", sagt jetzt auch Babs, sobald sie erkannt hat, wer da ist. „Was ist los? Alles okay?"

„Ich muss dich kurz sprechen. Allein", fordert Hannah mit drängender Stimme.

„Okay, lass uns rausgehen. Ich habe nur nicht viel Zeit."

„Lasst nur, ich gehe schon", bietet die Kollegin an. „Ich habe ohnehin zu tun."

„Alles in Ordnung?", wiederholt Babs, sobald sie alleine sind, und schaut Hannah besorgt an.

„Die Blonde, Babs! Wie hieß die noch mal?"

„Welche Blonde? Es gibt tausend Blonde."

„Aber nur eine, die so blond ist. Du weißt schon, die von Alex."

Hannah muss immer noch nach Luft schnappen. Sie ist es nicht gewohnt, so schnell zu laufen.

„Die Blonde von Alex! Verdammt, Hannah, hör auf, in Rätseln zu sprechen, und rede endlich vernünftig. Welche Blonde von Alex?"

„Na, du weißt schon, die, von der Lucy dachte, dass sie etwas mit ihm hätte. Aber Alex hat sie angeblich zum Teufel gejagt, und es hieß, dass sie nie wieder am Tegernsee auftauchen wird."

„Ach die! Eine Russin, glaube ich. Lebt aber in München. Elvira, kann das sein?"

„Elvira, das war es! Wenn er sie angeblich verjagt hat, was macht sie dann hier?"

„Wo hier?" Babs schaut sich verdutzt um.

„Jetzt mach doch nicht einen auf doof! Natürlich nicht hier im Raum, aber im Tegerngold!"

„Elvira ist im Tegerngold?" Jetzt hat sie Babs' Aufmerksamkeit.

„Mittlerweile ist sie wieder draußen, aber sie war hier. Und weißt du, womit sie das Hotel verlassen hat?"

„Nun sag schon, Hannah, natürlich weiß ich das nicht! Mit Grahams Skalp?"

„Das wäre nicht so schlimm gewesen." Jetzt schaut

Hannah tatsächlich bedröppelt drein. „Mit einer Tegerngold-Reisetasche. Die, die alle Mitarbeiter zum Jubiläum bekommen haben."

„Ja und? Ich muss zugeben, Louis Vuitton hätte besser zu ihr und ihren Gucci-Loafers gepasst, aber wieso nicht eine Tegerngold-Reisetasche? Hannah, es tut mir wirklich leid, aber meine Massage fängt gleich an. Und da warten die Leute nicht gern drauf. Ist das alles, was dich so aus der Bahn geworfen hat? Dass Elvira mit einer Tegerngold-Reisetasche das Hotel verlassen hat?"

„Ja", sagt Hannah leise und wirkt, als sei alle Luft aus ihr herausgelassen worden. „Denn weißt du, was ich glaube?" Bevor Babs ungeduldig werden kann, ergänzt sie schnell: „Ich glaube, sie hat frische Sachen für Alex geholt. Ich glaube, er ist mit ihr unterwegs."

„Mit Elvira?" Jetzt guckt auch Babs bestürzt drein. „Aber Hannah, wie kommst du denn darauf? Das ist doch völlig aus der Luft gegriffen!"

„Ist es nicht", behauptet Hannah. „Irgendwie war es mir von Anfang an klar. In dem Moment, als ich sie sah. Sie hatte diesen typisch triumphalen Blick, den Frauen oft draufhaben, wenn sie endlich bekommen, was sie wollen. Und sie wollte schon immer Alex. Und wenn der sie wirklich so gnadenlos verscheucht hat, wie er immer behauptet, was macht sie dann in seinem Hotel mit einem Blick wie eine Katze, die gerade Milch geschleckt hat? Und mit einer Reisetasche, die nur Angestellten zur Verfügung steht? Ich bin mir sicher, er hat sie geschickt, damit sie frische Sachen für ihn holt. Was anderes kann es doch gar nicht sein, Babs."

„Es gibt immer unendlich viele Möglichkeiten", widerspricht Babs, doch Hannah bemerkt, dass sich auch die Stimme ihrer Freundin nicht mehr ganz so überzeugt anhört. „Hör zu, ich muss jetzt wirklich arbeiten, aber wir sprechen später, okay? Jetzt mach dir mal nicht so viele Sorgen. Sollte

Alex wirklich so ein Scheißkerl sein, dann kann Lucy froh sein, dass er weg ist. Dann hat er uns mit dieser Aktion sein wahres Gesicht gezeigt."

„Aber sind denn alle Männer so?", fragt Hannah mit blassem Gesicht. „Kann man denn überhaupt keinem von ihnen trauen?"

20

Alex und Elvira, Alex und Elvira ... kann das wirklich sein?

Babs kann sich kaum auf die Massage konzentrieren. Hannahs Neuigkeiten haben sie mehr als erwartet aus dem Konzept gebracht. Dazu kommt noch, dass die Kundin, die gerade unter ihren knetenden Händen liegt, sich Lavendel als Massageöl ausgesucht hat. Babs hasst Lavendelöl mittlerweile. Sie liebt Lavendel, natürlich, wer tut das nicht – aber Lavendelöl klebt nach der Massage förmlich an ihr und sie kommt sich vor wie eine alte Oma oder eine Mottenkugel. Das einzig Gute ist, dass sie im Sommer weder von Bienen noch von Wespen belästigt wird, aber das wurde sie auch vorher nicht. Die scheren sich einfach nicht um sie.

Dann kehren ihre Gedanken wieder zu Alex und Elvira zurück. Kann es sein ...? Sie hätte Hannah gar nicht so eine blühende Fantasie zugetraut, aber je mehr sie darüber nachdenkt, desto mehr muss sie zugeben, dass nichts anderes Sinn ergibt. Elvira könnte natürlich auch mit jemand anderem aus dem Tegerngold etwas haben, aber das passt einfach nicht. Letztes Jahr wollte sie Alex, da wird sie jetzt nicht den

Gepäckjungen umgarnen. Sie ist ein Alphatier und sie gibt sich auch nur mit Alphatieren ab. Und der einzige mit diesem inoffiziellen Rang im Tegerngold ist nun mal Alex. Dass sie nur zufällig oder als Gast im Tegerngold war, kann kaum sein. Dann hätte sie nicht die Reisetasche dabeigehabt, die tatsächlich nur an Mitarbeiter ausgegeben wurde. Und wie Babs schon zu Hannah sagte, eine Reisetasche passt einfach nicht zu Elvira. Zu Alex hingegen schon …

Babs weigert sich jedoch, ihrem Verdacht ohne weitere Untersuchung Glauben zu schenken. Es muss doch noch eine andere Möglichkeit geben.

„Au", schreit Frau Rugenholz auf und zuckt unter Babs' Händen zusammen.

„Tschuldigung", murmelt Babs, aber dann ist sie auch schon wieder bei Elvira und der Tegerngold-Reisetasche. Eine weibliche Angestellte vielleicht, mit der sie befreundet ist? Babs geht in Gedanken alle durch, die ihr einfallen, aber keine passt. Keine ist Elviras Kaliber und selbst wenn, würde die Frage bleiben: Was macht sie mit der Reisetasche einer Freundin? Babs ist mit Lucy sehr eng befreundet und doch hat sie nie eine ihrer Reisetaschen aus deren Haus getragen. Beim Gedanken an Lucy zieht sich Babs' Brust zusammen. Sie weiß genau, dass Lucy jetzt einen auf cool macht und so tut, als würde es sie nicht wirklich interessieren, was Alex macht, aber Babs kennt ihre Freundin gut genug, um zu wissen, dass die Realität anders aussieht. Sollte Alex jetzt wirklich mit Elvira zusammen sein, oder auch nur etwas mit ihr haben, so würde das Lucy den Boden unter den Füßen wegziehen. Auch wenn Lucy stark an der Selbstliebe und diesen Dingen gearbeitet hat, hat Alex ihr doch immer einen gewissen Halt gegeben. Nicht nur Babs ist aufgefallen, wie Lucys Gesicht immer aufgeleuchtet ist, sobald Alex in Sichtweite kam. Babs muss herausfinden, was hier los ist. Sie kann diese Massage einfach nicht zu Ende bringen. Aber wie kommt sie jetzt hier raus?

„Frau Rugenholz", sagt sie mit krächzender Stimme, „es tut mir so leid, aber es geht mir einfach nicht gut, ich muss mich hinlegen. Ich könnte die Massage natürlich zu Ende bringen, aber ich denke, das wäre nicht in Ihrem Interesse. Dann würden Sie nicht die Qualität bekommen, die Sie gewohnt sind. Zudem würden Sie sich womöglich anstecken. Was halten Sie davon, wenn wir jetzt abbrechen und den Termin nachholen? Dieser hier ist natürlich kostenfrei und ich gebe Ihnen noch einen Gutschein für die Bar mit. Als Entschuldigung sozusagen."

Die leicht übergewichtige Frau setzt sich ächzend auf und bedeckt ihr üppiges Dekolleté mit einem Handtuch. „Ich muss sagen, Barbara, die Qualität hier ist auch nicht mehr das, was sie mal war. Es kommen mir unterschiedliche Dinge zu Ohren, wir Gäste sind ja auch nicht blöd. Kakerlaken in der Küche, habe ich gehört. Und jetzt das hier. Es tut mir ja leid, dass es Ihnen nicht gut geht, aber der Zeitpunkt ist doch äußerst schlecht gewählt."

Damit hievt sie sich von der Liege, und Babs bekommt einen offenen Blick auf ihr volles, weißes Hinterteil geboten.

Wieso tue ich mir diesen Job eigentlich an?, fragt sie sich in Gedanken. Laut sagt sie: „Ja, äußerst schlecht gewählt, Frau Rugenholz, da haben Sie recht. Ich werde meinem Magen Bescheid geben, dass er sich den Zeitpunkt nächstes Mal besser aussuchen soll. Jetzt muss ich aber leider raus hier, ich werde an der Rezeption wegen des Gutscheins und dem Ersatztermin Bescheid geben. Und machen Sie sich keine Sorgen – es gibt im Tegerngold keine einzige Kakerlake, das kann ich Ihnen versichern!"

Außer der, die mir gerade gegenübersteht, denkt sie, um sich dann umzudrehen und rauszueilen.

„Von wegen, keine Kakerlaken", hört sie Frau Rugenholz

noch schnauben. „Sie hat wahrscheinlich im Restaurant gegessen und deswegen geht es ihr jetzt schlecht."

Sobald das Thema Alex und Elvira geklärt ist, wird Babs sich auch um diese komischen Vorfälle hier kümmern, das steht für sie fest. Es kann doch nicht sein, dass so viele Jahre harte Arbeit in solch kurzer Zeit zunichtegemacht werden können.

Beim Hinauslaufen vergisst sie fast den Gutschein, macht dann aber auf dem Absatz kehrt und sagt außer Atem zu ihrer Chefin: „Es tut mir so leid, aber es geht mir einfach nicht gut. Ich muss aufs Zimmer. Kannst du der Rugenholz einen Ersatztermin geben und einen Gutschein für die Bar?"

Ihre Chefin blickt sie erschrocken an: „Babs, was ist denn los? So habe ich dich ja noch nie erlebt. Was ist passiert?"

„Nichts ist passiert. Ich hab' einfach nur Durchfall, okay?"

„Durchfall? Gleich nachdem deine Freundin hier völlig aufgewühlt hereingelaufen kam? Das sind mir ein paar Zufälle zu viel. Und dass du mitten aus einer Massage rausläufst, das kam auch noch nie vor. Soll jemand anderes übernehmen?"

„Nein, sie will sich nur von mir massieren lassen." *Jetzt wahrscheinlich auch nicht mehr*, denkt sie dabei. „Aber ich muss wirklich auf die Toilette. Kümmerst du dich um den Gutschein und alles?"

„Ja, natürlich, mache ich, und dir gute Besserung."

„Danke!" Damit flitzt Babs auch schon los.

„Babs", ruft ihre Chefin ihr hinterher.

Babs dreht sich ungeduldig um.

„Die Toilette ist in die andere Richtung."

„Ich nehme die oben", ruft Babs. Jetzt muss sie sich auch noch für ihre Kackgewohnheiten rechtfertigen!

Oben rast sie gleich an die Rezeption, an der Alex' Vertretung Anastasia sitzt. Mist, jetzt hat sie sich gar nicht darauf vorbereitet, was sie sagen will. Ihre einzigen Gedanken gehen dahin, dass sie nicht will, dass Alex für Lucy verloren ist. Lucy hat schon genug im Leben durchgemacht, da braucht sie nicht auch das noch. Und wenn Alex verloren sein sollte, dann wenigstens nicht an eine Kuh wie Elvira. Ihr wird bewusst, dass sie schnaufend vor Anastasia steht und gar nichts sagt.

Diese schaut sie erstaunt an. „Ist alles okay, Babs?"

„Nicht wirklich, ich habe Durchfall." Wie kam sie bloß auf diese Durchfallgeschichte? Das ist ja so etwas von unsexy! Und wieso setzt sie dann so eine krächzende Stimme auf? Was haben Durchfall und Krächzen miteinander zu tun?

„Das tut mir leid. Dann solltest du dich am besten schnellstens ins Bett begeben. Wer weiß, vielleicht ist es ja eine Magen-Darm-Grippe. Oder meinst du, es ist eine Lebensmittelvergiftung?"

Dabei schaut sie Babs alarmiert an, und diese merkt, wie paranoid sie mittlerweile alle sind. „Es ist auf keinen Fall eine Lebensmittelvergiftung", beruhigt sie Anastasia, die gleich viel entspannter wirkt. „Vielleicht etwas Falsches gegessen, aber wird schon nicht so wild sein. Was ich fragen wollte …"

„Soll ich das Housekeeping für dich anrufen und nach Medikamenten fragen?", unterbricht Anastasia sie.

„Nein, das ist wirklich nicht nötig. Ich muss einfach nur viel Wasser trinken. Ich kenne das aus Griechenland, da haben wir das alle naselang."

„Soso", antwortet Anastasia, aber wirkt nicht überzeugt. „In dem Fall, Babs, muss ich weiterarbeiten. Wie du weißt, ist es gerade ziemlich verrückt hier."

„Ja, ich weiß, aber was ich fragen wollte: Weißt du, wann Alex wieder da ist?"

Anastasia schaut mit gerunzelter Stirn von dem Reservationsbuch auf. „Darf ich wissen, weshalb du fragst? Gibt es etwas, das du mit ihm besprechen musst und das du mir nicht sagen kannst?"

„Nein, darum geht es nicht. Ist nur, äh, reine Neugierde." Mist, sie hätte sich wirklich auf dieses Gespräch vorbereiten sollen. Anastasia ist nicht so schnell weichzuklopfen.

„Soso", sagt diese wieder. „Neugierde. Es tut mir leid, Babs, aber für Neugierde habe ich keine Zeit. Wenn es etwas Wichtiges sein sollte, weshalb du Alex brauchst, dann sag es mir. Ansonsten würde ich vorschlagen, dass du jetzt auf dein Zimmer gehst."

Okay, so ist das wirklich nicht geplant gewesen. Sie muss sich schnell etwas einfallen lassen. „Er wollte meinen Input für etwas haben", saugt sie sich aus den Fingern. „Aber das möchte ich lieber mit ihm persönlich besprechen. Elvira ist auch in das Projekt eingebunden. Die Blonde, kennst du sie? Die hier eben durchgelaufen ist. Ich glaube, sie hat etwas für Alex abgeholt."

Anastasia sieht sie mit gefurchter Stirn an. „Babs, ich bin mir nicht sicher, ob du nicht vielleicht doch Fieber hast. Was erzählst du denn da? Also, um Klartext zu reden: Wenn es sich um etwas handelt, das mit dem Hotel zu tun hat, dann habe ich von Alex alle Befugnisse erhalten, davon zu erfahren, und du kannst es mit mir besprechen. Mir ist jedoch bewusst, dass du Alex auch privat etwas besser als die meisten hier kennst, da er ja mit deiner Freundin verbandelt ist oder war."

Oh Gott, selbst Anastasia weiß schon, dass die beiden getrennt sind? Alex scheint wirklich keine Zeit verloren zu haben, es offiziell zu machen! Sie hat die nächsten Worte von Anastasia verpasst, aber hört gerade noch: „… versuchen solltest, mich zu instrumentalisieren, um aus persönlichem Interesse herauszufinden, wo Alex ist, so ist das nicht akzeptabel."

Bevor Babs antworten kann, hört sie hinter sich einen bekannten rheinischen Dialekt: „So schlecht scheint es Ihnen ja nicht zu gehen, Barbara, so animiert wie Sie hier diskutieren!"

Die Rugenholz! Die braucht sie nun gar nicht. Glücklicherweise kommt Anastasia ihr zu Hilfe: „Barbara ist hier, Frau Rugenholz, um sich Medikamente zu besorgen."

„Aber bei Durchfall hat man doch nicht so einen roten Kopf!", empört sich die Rugenholz. Der kann man aber auch gar nichts vormachen!

„Ne, eher bei Verstopfungen!", mischt sich ein kleiner Junge ein, der mittlerweile auch an der Rezeption steht und Babs frech angrinst. „Wenn es nicht rauskommt", fügt er hinzu.

„Meine Verdauung geht dich gar nichts an", raunt sie ihm zu.

„Babs!", kommt daraufhin die rügende Stimme von Anastasia, und Babs entscheidet sich, einen Abflug zu machen.

Das Einzige, was sie noch wissen will: „Und diese Elvira, du weißt schon, die Blonde …"

Anastasia mustert sie, als ob sie ihr den Kopf abreißen will. „Raus", befiehlt sie und zeigt mit dem Finger zur Tür. „Kein weiteres Wort, ich habe zu tun. Ach ja, und Babs – gute Besserung!"

Okay, das ist mal wirklich in die Hose gegangen. Normalerweise ist Babs stolz auf ihr Improvisationstalent, das sie selbst in den kniffeligsten Situationen nicht verlässt. Hier lag es jetzt entweder an Anastasias miesepetriger Laune, an der fürchterlichen Rugenholz, die genau im falschen Moment aufgetaucht ist, an dem sommersprossigen Rotzlöffel oder daran, dass sie vielleicht wirklich krank ist. Das würde sie in diesem verwunschenen Hotel jetzt auch nicht mehr wundern! Jetzt hat sie aber noch ein ganz anderes Problem: Es ist ein schöner Frühlingstag und sie hat ganz unerwartet frei. Das letzte, was sie möchte, ist, in ihrem kleinen Zimmer rumzuhängen, vor allem, da der eklige Lavendelduft noch an ihr klebt. Den wird sie dort nicht mehr aus der Nase bekommen.

Sie entscheidet sich daher, zu Lucy herunterzugehen und zu schauen, ob sie dort irgendwie helfen kann. Vielleicht wird sie ja da auch ein wenig mehr rausbekommen. Sie muss nur so gehen, dass Anastasia sie von der Rezeption aus nicht sehen kann.

SOBALD SIE AUF Umwegen beim Chalet angekommen ist, erkennt sie, dass die ganze Bagage im Garten sitzt, sich die Sonne ins Gesicht scheinen lässt und dazu Limonade trinkt.

„Wow, das sieht ja wirklich nach harter Arbeit aus", unterbricht Babs das Nichtstun, während Rosie bellend an ihr hochspringt.

„Der Schein trügt", antwortet Lucy und macht sich noch nicht einmal die Mühe, die Augen zu öffnen. „Wir planen."

„Was plant ihr denn so Wichtiges?"

„Eine Party! Du bist also genau richtig. Sag mal, habe ich plötzlich Lavendelbüsche im Garten oder bist du das?"

„Ach frag nicht. Sag lieber, was ihr für eine Party plant."

„Hält die Wespen ab", wirft Karin gähnend ein.

„Gibt noch gar keine", kommt es von Ute.

„Also gut, mit euch ist wirklich wenig anzufangen. Ich hol' mir mal ein Glas aus der Küche. Was ist das für eine Limonade?"

„Zitrone. Selbstgemacht." Lucy wirkt so träge, dass sie kaum ihren Mund aufbekommt.

„Von dir?"

„Nein."

„Okay." Vielleicht hätte sie auf ihrem Zimmer doch mehr Spaß gehabt?

Nachdem sie sich aus der Küche ein Glas geholt und

Limonade eingegossen hat, setzt sie sich neben die anderen in einen Liegestuhl und schließt die Augen. „Ah, so kann man es sich gutgehen lassen", verkündet sie und verschränkt ihre Arme hinter dem Kopf.

„Psst – stör uns nicht!" Lucy hört sich so apathisch an, als sei sie gerade aus dem Tiefschlaf erwacht.

„Wobei?"

„Beim Partyplanen."

„Macht ihr das telepathisch?"

„Richtig."

„Soso, dann schalte ich mich mal in eure Schwingungen ein."

Sie hält wie die anderen ihren Mund und genießt die Sonne. Aber nach fünf Minuten hält sie es nicht länger aus. Es ist schließlich mitten am Tag und offiziell sogar ein Arbeitstag, den kann man doch nicht schlafend im Garten verbringen. Zumindest unterhalten wird man sich ja wohl noch können!

„Drinnen sieht's echt super aus", versucht sie ein Gespräch in Gang zu bringen. „Unglaublich, was du daraus gemacht hast."

„Ja", ein stolzer Ton schwingt in Lucys Stimme mit. „Ich liebe es auch. Aber das hätte ich alles nicht ohne die unglaubliche Hilfe um mich herum geschafft. Es fehlt jedoch auch noch viel. Bilder, Vorhänge, all so etwas. Aber das kommt schon noch. Es ist doch wesentlich mehr Arbeit, als man denken würde."

Ha, Babs wusste es. Kaum spricht man übers Chalet, bekommt man Lucy zum Reden, egal, wie müde sie ist. „Und die Party", versucht sie jetzt wieder auf das ursprüngliche Thema zurückzukommen, „findet die auch hier im Chalet statt?"

„Klar, wo denn sonst?", antwortet Lucy, diesmal mit

einem traurigen Ton in der Stimme. „Es ist schließlich die Abschiedsparty für meine Gäste."

„Für welche?", will Babs wissen. „Die aus Deutschland oder die aus England?"

„Beide", kommt es jetzt von Aishley. „Der Urlaub von Karin und Ute ist offiziell vorbei und auch Sophie und ich müssen langsam mal nach London zurück. Und zwar nicht nur, weil wir Patrick und Nicolai so sehr vermissen."

„Hm." Babs lässt das sacken. Jetzt ist viel Abwechslung für Lucy dagewesen, aber wenn sie alle weg sind, wird sie dann vielleicht erst wirklich realisieren, dass auch Alex weg ist? Sie hat das Gefühl, dass sich eine gewisse Leere in Lucys Leben ausbreiten wird, und hofft noch mehr als zuvor, dass Alex nicht unwiederbringlich verloren ist. „Schade", sagt sie laut. „Wir werden euch vermissen. Wann geht's denn los?"

„In ein paar Tagen", antwortet Karin. „Mittwoch. Und die Party wollen wir morgen steigen lassen."

Babs stöhnt auf. „Das ist wieder typisch Lucy. Geht immer davon aus, dass wir alle bereit sind, wenn sie etwas organisieren will. Ich nehme doch mal an, wir sind alle eingeladen?"

„Keine Party ohne euch", bestätigt Lucy immer noch lethargisch. „Und Josephine wird am nächsten Morgen die Yogastunde übernehmen, so können wir es richtig krachen lassen."

Der traurige Unterton in ihrer Stimme ist trotz der saloppen Wortwahl nicht zu überhören. *Kein Wunder*, denkt sich Babs. Sie hat sich so an ihre Gäste gewöhnt. Und natürlich war es ganz besonders schön für sie, ihre Freundinnen aus England dazuhaben. Die nächsten Gäste werden wahrscheinlich Fremde sein. Das ist schon etwas anderes.

„Okay, was ist denn geplant? Was gibt's zu essen?"

„Ich hoffe, Hannah macht etwas", murmelt Lucy.

„Ansonsten hatten wir auch überlegt, dass wir grillen könnten, wenn das Wetter so bleibt."

„Hm …" Babs schaut skeptisch in den Himmel. „Mein Gefühl sagt mir, dass es etwas zu kalt sein wird, um abends noch draußen zu sein. Was haltet ihr davon, wenn wir Hannah mal in Ruhe lassen und ich stattdessen das Essen vorbereite? Alles typisch griechische Sachen. Ein Potpourri von Gerichten sozusagen."

„Kannst du das denn?" Jetzt setzt Lucy sich doch auf, nimmt die Sonnenbrille ab und reibt sich verschlafen die Augen. Dann guckt sie Babs erstaunt an. „Ich wusste gar nicht, dass du kochen kannst."

„Es gibt nichts, was ich nicht kann", gibt Babs stolz zurück und ist froh, endlich mal die Aufmerksamkeit der Anwesenden zu haben. „Zumindest fast nichts", fügt sie hinzu, als sie an ihre armselige Performance mit Anastasia eben zurückdenkt. „Ich müsste nur deine Küche nutzen können. Aber das sollte ja kein Problem sein, oder?"

„Natürlich nicht. Du kannst alles nutzen. Griechisches Essen hört sich wundervoll an. Oder, Mädels? Was meint ihr?"

Allgemeine Zustimmung kommt von den herumliegenden Frauen, und Babs lehnt sich zufrieden wieder zurück.

„Dann ist das ja gebongt", sagt sie. „Ich bin morgen um fünf fertig und komme dann gleich zu dir. Heute Nachmittag fahre ich direkt zu einem Laden, der nicht weit weg ist und echt gute griechische Lebensmittel hat. Aber erwartet nicht zu viel. Es werden Kleinigkeiten sein. Ein wenig aus der Übung bin ich ja schon. Das letzte Mal habe ich in Griechenland gekocht."

„Gar kein Problem, wir geben uns zufrieden mit dem, was du machst", beteuert Karin. „Aber sag mal, musst du denn jetzt nicht arbeiten?"

„Och nö", antwortet Babs etwas verunsichert. „Ist ein ruhiger Tag heute."

„Ihr Glücklichen", bemerkt Karin. „So etwas gibt es bei uns auf dem Ponyhof fast gar nicht. Wenn die Gäste einmal anfangen zu kommen, dann kommen sie auch. Da gibt es kaum mehr eine ruhige Minute. Aber ich sollte mich nicht beschweren. Ist besser als umgekehrt."

„Eben", antwortet Lucy, die jetzt gar nicht mehr so schläfrig wirkt. Dann zögert sie etwas, bevor sie fragt: „Sag mal, Babs, ist Alex eigentlich wieder da?"

Babs geht ein kurzer Stich durchs Herz. Soll sie ihr etwas sagen? Aber nein, das wäre verfrüht. Daher antwortet sie nur unverbindlich: „Nein, ich glaube nicht. Er scheint noch unterwegs zu sein."

„Okay, schade eigentlich", murmelt Lucy. „Ich dachte, ich hätte ihn einladen können."

„Ja, da hätte er sich sicherlich gefreut", murmelt Babs zurück und betet zu Gott, dass sie und Hannah mit ihrer Vermutung falsch liegen.

21

Lucy springt von ihrem Stuhl und reißt jubelnd die Arme in die Höhe. „Yippie, ihr seid die Besten!"

Dann fällt sie Karin und Ute um den Hals. Auf dem Computer vor ihr ist eine bekannte Reise-Website geöffnet und Karin und Ute haben nicht nur das ‚Chalet am See' eingestellt, sondern auch die ersten zwei Rezensionen geschrieben. Und zwar glühende Rezensionen, wie wohl sie sich gefühlt haben, wie schön das Chalet ist, wie gut der Service und wie fürsorglich die Gastgeberin. Zudem haben sie von den Yogaklassen und der ganzen Umgebung geschwärmt. Selbst Rosie wurde lobend erwähnt.

Lucy fühlt sich wie im siebten Himmel. Ihre erste öffentliche Anerkennung – viel früher und schneller als erwartet! Damit hat sie gleich noch einen Anlass für die Party heute Abend. Sie wird so richtig feiern! Stellvertretend für ihr Chalet. Und sie selbst ist froh, die richtige Entscheidung getroffen zu haben. Sie wusste einfach, dass ihr Hotel ein Erfolg wird. Und wenn ihr jetzt schon zwei so weit gereiste und kosmopolitische Frauen wie Ute und Karin das digitale Gütesiegel aufdrücken, dann muss das einfach etwas bedeuten. Lucy ist sich sicher – wenn sie die beiden zufriedenstellen kann, dann wird sie auch alle anderen befriedigen. Oder zumindest die meisten.

„Ein Grund mehr, heute Abend zu feiern", verkündet sie mit einem glücklichen Lachen. „Also, ich mache mich jetzt auf, um ein wenig Deko zu kaufen. Ihr beide müsst ja bestimmt noch packen. Wann wollt ihr denn morgen los?"

„Ach, nicht so früh", antwortet Ute. „Nach dem Frühstück, wahrscheinlich. Wir fahren ja nicht bis nach Berlin durch, sondern machen ein paar Pausen, übernachten hier und da. Also, wir haben gar keinen Stress. Wann fliegen denn die beiden Londonerinnen?"

„Die habe ich glücklicherweise noch eine Nacht länger hier. Deren Flug geht ja erst übermorgen. Aber dann heißt es, auch von ihnen Abschied zu nehmen. Wer weiß, vielleicht werden sie ja auch noch so eine tolle Rezension schreiben. Ihr habt mir damit echt einen Gefallen getan!"

Bildet sie sich das ein oder scheint Karin sich plötzlich unwohl in ihrer Haut zu fühlen? Sie schaut ständig nach unten und tritt von einem Fuß auf den anderen. So schaut eigentlich niemand, der gerade heiß gelobt wurde.

„Alles klar, Karin? Stimmt irgendwas nicht?"

„Es ist alles in Ordnung", antwortet Ute, und Lucy spürt leichte Irritation darüber aufsteigen, dass Ute so oft das Wort für Karin übernimmt. Als sei diese nicht in der Lage, selbst zu sprechen. Aber da fährt Ute auch schon fort: „Es ist nur, dass sie noch nicht nach Hause möchte. Ihr graust es schon davor, was sie dort alles erwartet. Die ganze Arbeit. Das ist doch normal, nach einem Urlaub."

Jetzt bildet Lucy es sich ganz sicher nicht ein, sondern Karin schaut Ute erstaunt an und kriegt dann hektische Flecken auf ihren Wangen.

„Ist es nur das, Karin? Wirklich?", hakt Lucy nach und wünscht sich, jetzt mit Karin allein zu sein.

Aber diesen Gefallen tut Ute ihr nicht. Zumindest mischt sie sich nicht wieder ein, als Karin antwortet: „Ja, es ist so, wie Ute sagt. Es stimmt schon, nach einem Urlaub bin ich immer ein bisschen traurig."

„Aber ihr sagtet doch eben, dass ihr noch ein paar Tage habt und euch die Reise schön gestalten werdet. Da gibt es doch jetzt noch keinen Grund, Trübsal zu blasen."

„Da hast du recht", bestätigt Karin und dreht sich abrupt um. „Ich geh' dann mal hoch packen."

Lucy schaut Ute erstaunt an, aber diese zuckt nur mit den Schultern. „Typischer Abschiedsblues", flüstert sie. „Ist noch ein Kompliment mehr an dich und das Chalet."

„So kann man es auch sehen", erwidert Lucy und lächelt sie dankbar an. „Ich bin dann mal weg. Rosie, komm her!"

Damit stiefelt sie mit Rosie an ihrer Seite in den Ort, um noch ein paar Dinge für den Abend zu besorgen.

DER LIEBE GOTT hat es gut mit ihnen gemeint. Die Sonne scheint den ganzen Tag und der Abend verspricht für diese Jahreszeit ungewöhnlich mild zu werden.

„Das ist noch ein weiteres Zeichen, Rosie", flüstert Lucy ihrem Hund zu, während sie den großen Tisch deckt. „Wir sind wirklich mit viel Glück gesegnet."

Rosie schaut schwanzwedelnd zu ihr auf, und Lucy ist davon überzeugt, dass auch sie lächeln würde, wenn sie nur könnte.

Kurz darauf kommt Babs mit mehr Einkaufstüten hereingeschneit, als man für ein ganzes Bataillon brauchen würde.

Lucy schlägt die Hände über dem Kopf zusammen. „Babs, es kommen nur ein paar Freunde. Wir feiern in ganz engem Kreis. Mit deinem Essen hier könnte man glatt einen ganzen Kontinent über Wasser halten."

„Wenn wir Griechen kochen, dann auch richtig", ruft Babs aus, die ihre griechische Herkunft hervorholt, wann immer es ihr passt. „Geiz soll uns zumindest keiner nachsagen. Zur Not kannst du die Sachen auch in den nächsten Tagen noch essen. Hach, was für ein schöner Tag", deklariert sie dann voller Freude. „Genau das richtige Wetter für ein Fest. Ich habe übrigens auch etwas frischen Fisch gekauft, den ich gerne grillen würde. Mit Gemüse dazu. Können wir den Grill anschmeißen?"

„Ja klar, ich werde auch draußen decken, dann können wir uns drinnen und draußen aufhalten. Vielleicht erst draußen, und dann reingehen, wenn es nachher etwas kühler wird."

„Perfekt! Ich gehe dann mal raus und kümmere mich um alles. Aber lass mich vorher die Sachen hier auspacken. Hungrig werden wir auf jeden Fall nicht ins Bett gehen."

Damit leert sie ihre Einkaufstaschen, und die Küchentheke füllt sich mit allerlei mediterranen Köstlichkeiten. Da sind alle Arten von Oliven, Zutaten für einen griechischen Salat, extra Feta, gefüllte Weinblätter, Fladenbrot und Tsatsiki, dessen Duft gleich die ganze Küche erfüllt. Dazu kommen Fischrogenpaste, deren richtigen Namen Lucy gerade vergessen hat, Auberginensalat, Reis, Hackfleisch, Makkaroni – weiß der Teufel, was Babs damit alles machen will –, Tomaten, Bohnen, Okra und verschiedene andere Gemüse, die sich in ihrer Farbvielfalt gegenseitig übertreffen.

Lucy kann sich nicht vorstellen, dass sie das alles schaffen werden, aber sie findet es dem Anlass entsprechend durchaus angemessen und freut sich wie ein kleines Kind auf den Abend. Während sie gerade ein wenig Fladenbrot abreißt und in das Tsatsiki tunkt, kommen Sophie und Aishley in die Küche getrabt.

„Wir kommen, um zu helfen", ruft Aishley aus. Sie

schaut sich um. „Wow, das verspricht ja ein echtes Festmahl zu werden. Dem Chalet angemessen, würde ich sagen.“

„Das hab‘ ich auch gerade gedacht“, bekräftigt Lucy mit vollem Mund und nimmt sich gleich noch ein Stück.

„Raus aus meiner Küche“, ertönt da Babs’ strenge Stimme von der Tür. „Ihr seid schließlich die Ehrengäste, da habt ihr bei der Vorbereitung nichts verloren. Los, raus hier und amüsiert euch, Kinder.“

„Wir helfen gerne“, widerspricht Sophie. „Das ganze Essen hier muss ja irgendwie verarbeitet werden.“

„Das mache ich schon“, sagt Babs mit gebieterischer Stimme. „So weit kommt es noch, dass ich die Hilfe zweier Engländerinnen brauche, um Essen zu machen. Also, raus, es ist ein schöner Tag, ihr werdet ja wohl noch etwas Besseres zu tun finden.“

„Babs hat recht“, stimmt Lucy ihrer Freundin lachend zu. „Es ist einer eurer letzten Tage, genießt ihn. Außerdem ist Emma gleich wieder da, um zu helfen. Mehr Leute brauchen wir nicht.“

„Okay“, lässt Aishley sich breitschlagen. „Das Licht ist heute perfekt für Fotos. Was ist, Sophie, kommst du mit?“

„Ja, super gerne. Ich hole nur noch schnell mein Portemonnaie, vielleicht wollen wir ja zwischendurch etwas trinken gehen.“

„Und wenn ihr die beiden anderen Bleichnasen, die Berlinerinnen, auf eurem Weg seht, haltet sie auch von hier fern. In ein bis zwei Stunden könnt ihr gerne wiederkommen, vorher wollen wir hier von euch allen nichts sehen.“

„Aye, aye, Madame“, sagt Aishley und steht stramm. „Ich gehe dann schon mal raus und warte dort auf Sophie.“ Im Vorbeigehen stiehlt sie noch schnell eine Olive, was ihr einen Klaps auf den Arm einfängt.

„Nehmt den Hund mit“, ruft Lucy ihr hinterher. „Der macht uns sonst hier noch wahnsinnig!“

Kurz darauf ist auch Emma da, und Lucy erläutert ihr, was es zu tun gibt. Emma ist so gut in allem und so unersetzlich geworden, dass Lucy aufpassen muss, sich nicht zu sehr an sie zu gewöhnen. Schließlich ist sie immer noch im Tegerngold angestellt und Alex wird sie sicherlich bald zurückhaben wollen. Beim Gedanken an ihn kommt wieder leichte Traurigkeit in ihr auf, aber dafür nimmt sie sich jetzt noch ein bisschen Tsatsiki, denn küssen wird sie heute Abend definitiv niemanden. Seine Abwesenheit hat also auch etwas Gutes.

Babs rennt zwischen Küche und Garten hin und her, schneidet hier, misst dort ab, verteilt großzügig Olivenöl auf allem, das ihr in die Finger kommt, und nutzt den Backofen bis zu seiner äußersten Kapazität. Lucy kommt sich vor wie in einer Großküche. Eine Großküche mit einer One-Woman-Show.

„Babs, du erstaunst mich wirklich immer wieder. Das hättest du schon viel früher mal für uns machen sollen."

„Als hätte ich nicht genug zu tun", murrt diese. „Ich habe eine Weinbar und einen Job in einem Hotel, das gerade zusammenfällt. Da kann ich euch nicht auch noch bekochen. Ich frag' mich aber, wo Michi bleibt. Der hätte ruhig mal etwas helfen können."

„Michi?" Lucy blickt sie erstaunt an. „Ich habe ihm und Marcel gesagt, dass sie erst zwischen sechs und sieben kommen sollen, so wie ausgemacht. Außerdem hast du doch gerade erst Hilfe weggeschickt. Soll ich sie anrufen, dass sie wiederkommen sollen?"

„Nein, wie gesagt, ich brauche keine Engländer, die mir hier rumpfuschen. Aber Michi hätte ruhig mal helfen kommen können." Dann guckt sie Lucy an. „Und du, du hast deinen Massagegutschein immer noch nicht eingelöst. Eine Stunde wirst du doch mal dafür finden."

In dem Moment spürt Lucy einen Stich im Herzen und

ihr wird so einiges klar. Ihre Freundin vermisst sie! Sie vermisst sie und Michi, ihre beiden besten Freunde, die für nichts anderes mehr Zeit haben als für ihre Unternehmen. Und selbst Hannah, die mit Babs nie ganz so eng war wie Michi und Lucy, hat jetzt Sven und arbeitet mehr als sonst. Letztlich haben sie alle Babs viel zu verdanken, da sie ihnen allen mit ihrer liebevollen – wenn auch manchmal etwas schroffen – Art bei der Erfüllung all ihrer Wünsche geholfen hat. Selbstlos und mit vollem Einsatz. Und sie scheint jetzt die Einzige zu sein, die auf der Strecke bleibt.

Lucy wischt sich die Hände am Geschirrtuch ab, bevor sie Babs an den Schultern packt und sie zu sich dreht. „Babs, es tut mir so leid. Wir waren unmöglich, oder?"

Babs schlägt die Augen nieder und Lucy meint, eine Träne zwischen ihren Wimpern zu entdecken. Es ist das erste Mal, dass sie ihre Freundin weinen sieht. Da löst sich die Träne auch schon und fließt die Wange herunter. Babs schaut zu Lucy auf.

„Nein, unmöglich seid ihr nicht. Ich verstehe euch ja. Aber manchmal wünschte ich mir, es wäre alles wie früher. Da waren wir so unbeschwert und haben unsere Zeit miteinander einfach genossen."

Lucy war zu dem Zeitpunkt alles andere als unbeschwert. Sie hatte finanzielle Sorgen und wurde von vorne bis hinten boykottiert. Aber sie möchte Babs jetzt nicht korrigieren. Und diese hat schon recht: Die Freundschaft, die sie verbindet, hat ihnen allen Kraft gegeben.

„Ich wünschte mir einfach", fährt Babs fort und wischt sich genervt die Träne weg, die jedoch sogleich von einer anderen ersetzt wird, „dass ich ein wenig mehr eingebunden wäre. Dass ich euch einfach mehr sehe. Momentan habe ich das Gefühl, dass ich völlig hintenanstehe. Ich komme extra öfter als sonst zum Yoga, um dich zu sehen, und bei Michi auf der Baustelle gehe ich auch regelmäßig vorbei. Aber da habe ich irgendwie immer das Gefühl, dass ich störe."

Lucy weiß genau, was Babs meint, und es bricht ihr schier das Herz, ihre loyale Freundin so zu sehen. Sie legt die Arme um sie, und Babs verbirgt das Gesicht in Lucys Halsbeuge.

„Du bist mir das Wichtigste, Babs, okay? Ich will, dass du das weißt! Hannah, Michi und Marcel liegen mir auch sehr am Herzen, aber du bist wie meine Schwester. Um nichts in der Welt will ich dich missen und um nichts in der Welt will ich dich so traurig sehen. Wir werden das ändern, okay? Ich weiß im Moment noch nicht, wie, aber irgendwie werden wir das ändern."

„Sicher?", fragt Babs leise.

„Sicher!", flüstert Lucy ihr ins Haar.

Dann lösen die beiden sich voneinander, Babs wischt sich das Gesicht ab und lächelt Lucy an. „Danke. Das ist ja sonst nicht so meine Art, aber das hat jetzt gutgetan."

„Mir auch", bestätigt Lucy und spürt, wie ihr Herz sich gleich etwas leichter anfühlt. Es macht gar nichts, dass Alex nicht hier ist. Sie hat Freunde, die immer für sie da sind!

Nach ihrem Gespräch scheint Babs mit noch mehr Elan an die Sache zu gehen, und die feinsten Dinge fangen an, sich auf dem Tisch zu häufen. Neben den diversen kalten und warmen Vorspeisen gibt es noch eine Bohnensuppe sowie einen Auflauf aus Hackfleisch und Makkaroni, der – wie Lucy jetzt lernt – auch als Pastitsio bekannt ist. Zudem brutzeln Fisch und Gemüse auf dem Grill und warten darauf, in den hungrigen Mägen ihrer Freunde zu verschwinden. Emma hat alles in Blau und Weiß dekoriert, was genau passt, da dies sowohl die griechischen Nationalfarben sind als auch die Farben Bayerns. Besser geht es nicht! Der Garten sieht aus wie ein Dorfplatz, der für einen Nationalfeiertag geschmückt wurde. Lucy ahnt schon, dass sie doch den ganzen Abend hier draußen verbringen werden, es ist einfach zu schön, auch mit den Lampions, die in den Bäumen und Sträuchern hängen.

Obwohl sie sonst nicht der Typ dafür ist, holt sie jetzt doch ihr Handy heraus und fängt an, Bilder zu schießen. Das Chalet wird ein wenig Werbung brauchen und da ist es sicherlich nicht schlecht, jetzt schon einmal Material zu sammeln. Letztlich wird sie wahrscheinlich nicht drum herumkommen, auf diversen Social-Media-Plattformen vertreten zu sein.

„Mensch, ist das schön", hört sie da die Stimme von Sophie hinter sich. Sie und Aishley sind etwas früher als erwartet zurück.

„Mach dir um die Fotos mal keinen Kopf", vernimmt sie jetzt von Aishley und dreht sich zu ihnen um. „Ich kümmere mich darum." Dabei klopft Aishley auf ihre Kameratasche und schaut sich beeindruckt um. „Mann, habt ihr das toll hinbekommen. Diese Farbvielfalt. Und die Gerüche! Sehr beeindruckend, meine Liebe!" Damit haut sie Lucy anerkennend auf die Schulter, bevor sie ihre Kamera herausholt und anfängt, zu knipsen. „Danach will ich mich nur noch aufs Essen konzentrieren", hört Lucy sie noch murmeln.

Dann steht Lucy allein mit Sophie da und die beiden lächeln sich an.

„Ich werde euch vermissen", bemerkt Lucy mit einem Kloß im Hals. Heute ist wirklich ein Tag, an dem sie ganz besonders merkt, wie wichtig ihre Freunde ihr sind.

„Wir dich auch, Lucy, glaub mir, wir dich auch. Du hast dich hier so unglaublich toll um uns gekümmert, das werden wir dir nie vergessen."

„Ich habe mich gekümmert? Ihr habt mir mehr geholfen, als ich jemals in Worte fassen kann! Ohne euch würde es hier sicherlich nicht so toll aussehen. Fast alles davon habe ich euch und eurem Bombengeschmack zu verdanken. Schade nur, dass ihr nicht da seid, um die Vorhänge und die richtigen Bilder mit mir zusammen auszusuchen. Aber ich verspreche dir, immer, wenn ich die Türschilder sehe, werde ich an dich denken!"

„Das freut mich." Sophie sieht gerührt aus. Dann ruft sie: „Aishley, ich glaube, es ist Zeit für unsere Überraschung!"

„Eure Überraschung?" Lucy hat keine Ahnung, wovon sie spricht.

„Du glaubst doch nicht, dass wir hier so lange umsonst wohnen, ohne dir dafür etwas zu geben? Zumindest eine Geste unserer Dankbarkeit sollte schon drin sein. Babs, hilfst du uns?"

„Oh Gott, doch nicht schon wieder ein Hund?" Lucy hält sich erschrocken die Hand vor den Mund.

„Nein, kein Hund", entgegnet Sophie lachend, „aber es ist etwas für den Hund dabei." Als hätte Rosie sie verstanden, hüpft sie aufgeregt um die Frauen herum.

„Ruhig, Rosie, jetzt kommt Bescharung", erklärt Aishley dem Retriever.

„Bescherung, Aishley, nicht Bescharung", korrigiert Lucy sie lachend. „Schön zu sehen, dass ihr nicht auch noch Deutsch besser beherrscht als ich. Wo ihr sonst in allem anderen schon so perfekt seid." Liebevoll lächelt sie die beiden an.

„Bescherung, Bescharung, wo ist da schon der Unterschied?", knurrt Aishley. „Schon Mark Twain hat gesagt, dass das englische Wort Zahnbürste mehr Wumms hat als das deutsche Wort Gewitter. Da solltet ihr froh sein, wenn ich eurer Einschlafsprache ein wenig Pepp gebe. Aber jetzt auf zur Bescherung-Bescharung. Ja, Rosie, für dich gibt es auch etwas."

In dem Moment kommen Michi und Marcel in den Garten, und nachdem sie alle begrüßt und das Set-Up gebührend bewundert haben, besteht Aishley darauf, dass jetzt Bescherung-Bescharungszeit ist. Gemeinsam mit Sophie und Babs geht sie ins Haus, und zunächst kommen sie mit einem riesigen Blumenstrauß wieder, der förmlich ‚Frühling‘ ruft.

„Für unsere liebste Freundin am Tegernsee, mögen diese Blumen mit deinen Blumen im Garten konkurrieren“, verkündet Aishley, bevor sie Lucy den Strauß in die Hand drückt und die anderen wieder hineinscheucht. Kurz darauf kommen sie zu dritt und unter einiger Anstrengung mit dem Sessel heraus, in den Lucy sich letztens bei ihrem Shoppingtrip mit Aishley verliebt hat, der ihr dann aber doch zu teuer gewesen ist. Stolz stellen sie ihn vor Lucy ab, die die drei fassungslos anguckt.

„Ich habe damit nichts zu tun“, deklariert Babs und tritt zurück. „Ich habe ihnen lediglich mein Auto geliehen.“

„Der ist für mich?“ Lucy hält sich die Hände vor den Mund. Dann treten ihr vor Rührung die Tränen in die Augen. „Ihr beide seid ja wohl unglaublich!“ Langsam setzt sie sich mit ihren Blumen in den Sessel, schließt die Augen und bemerkt voller Freude, dass er genauso bequem ist, wie sie ihn in Erinnerung hatte. „Ein Traum“, kann sie gerade noch sagen, bevor sie schnell aufspringen muss, da Rosie enthusiastisch auf sie zugesprungen kommt und kurz davor ist, Lucy samt Sessel umzuwerfen. Von den Blumen ganz zu schweigen.

„Ruhig, Rosie“, beruhigt Aishley den Hund. „Du glaubst doch nicht, dass wir dich vergessen hätten? Marcel, Michi“, ruft sie jetzt, und die beiden kommen aus dem Haus stolziert – mit einem Hundebett zwischen sich, das genau zu dem Sessel passt.

Lucy quietscht vor Vergnügen auf. „Das gibt’s ja wohl nicht! Eine Tandem-Sitzgelegenheit für Rosie und mich!“

„Für Rosie sogar eine Schlafgelegenheit. Aber ja, wir haben uns überlegt, dass das doch süß wäre. Vor allem im

Winter, wenn ihr es euch vor dem Kamin gemütlich macht. Und damit du wie eine alte Dame die Füße hochlegen kannst", Aishley pfeift durch die Finger und Babs taucht mit einem weiteren Gegenstand aus dem Haus auf, „haben wir auch noch einen Fußschemel für dich. Passend zum Sessel und zum Hundebett natürlich."

Lucy weiß nicht, was sie sagen soll. Dies ist jetzt wirklich eine der wenigen Situationen, in denen sie sprachlos ist. Andächtig und mit leicht zittriger Hand streicht sie über den königsblauen, samtigen Stoff.

„Wo der Sessel herkommt, das weiß ich ja", sagt sie mit Rührung in der Stimme. „Aber wie habt ihr das passende Hundebett und den Schemel dazubekommen?"

„Das war kein Problem, die haben wir einfach anfertigen lassen. Der Schemel musste ja nur neu bezogen ..."

Bevor sie zu Ende sprechen kann, fällt Lucy Aishley um den Hals und die Tränen laufen ihr die Wangen hinab. Dann bekommt Sophie die gleiche Umarmung und als Bestätigung springt Rosie auch noch an allen hoch.

„Danke, danke, danke", presst Lucy unter Tränen hervor. „Ich kann euch gar nicht sagen, wie viel mir das bedeutet." Sie sieht, wie die anderen etwas abseitsstehen und geht erst zu Babs. „Dir auch danke. Für alles."

Babs scheint fast beschämt zu sein, dass sie nichts dabeihat und sagt ungewohnt schüchtern: „Bei mir brauchst du dich für nichts zu bedanken. Ich hab' doch gar nichts gemacht."

„Und wer hat das alles hier bewerkstelligt?" Damit zeigt Lucy auf die Speisen um sich herum. „Und den beiden das Auto ausgeliehen? So wie mir, wann immer ich es brauche? Du machst immer etwas, Babs. Wenn in meinem Leben etwas Gutes passiert, bist du normalerweise auf die ein oder andere Art involviert. Und wenn etwas Schlechtes passiert, dann versuchst du es für mich wieder zu richten. Dafür möchte ich dir danken." Jetzt ist es an Babs, gerührt zu sein, und Lucy wendet sich Emma zu. „Und auch dir, Emma, von ganzem Herzen danke für alles. Du bist mittlerweile die gute Seele in diesem Haus hier. Ich mag mir gar nicht vorstellen, wie es sein wird, wenn du mal wieder weg bist, aber daran denke ich jetzt nicht. Für heute habe ich genug von Abschied, aber ich möchte, dass du weißt, wie wertvoll du für mich bist."

Emma wird wie erwartet knallrot und Lucy stellt mit einem inneren Lächeln fest, dass sie sogar jetzt die Yogasachen anhat. Sie ist aus diesen gar nicht mehr herauszubekommen. Das wird eine Umgewöhnung sein, wenn sie wieder im Tegerngold ist!

Schließlich wendet sie sich Michi und Marcel zu. „Und ihr beiden", sie wuschelt ihnen spielerisch durch die Haare, „ihr seid sowieso mein Sonnenschein." Dann senkt sie die Stimme etwas. „Michi, nur eine Sache. Meinst du, wir könnten uns ein wenig mehr Zeit für Babs nehmen? Ich habe das Gefühl, sie fühlt sich gerade etwas einsam."

„Das dachte ich mir auch schon", stimmt Marcel ihr zu und knufft Michi in die Seite. „Ich hab' es dir von Anfang an gesagt, du kannst nicht so einseitig sein. Du musst dir auch noch Zeit für deine Freunde nehmen. Die Wassersportschule wird nicht an deiner Seite sein, wenn du mal alt und grau bist und ich unter der Erde liege. Deine Freunde vielleicht schon. Aber nur, wenn du sie jetzt nicht vernachlässigst."

Michi blickt unsicher zu Babs rüber. „Jetzt, wo ihr's sagt. Stimmt, sie wirkt tatsächlich etwas bedrückt. Ja, ich werde versuchen, mir mehr Zeit freizuschaufeln. Aber was ist mit dir, Lucy?"

„Hach, ich weiß", seufzt Lucy auf. „Ich kann mir da an die eigene Nase greifen, nicht wahr? Ich weiß ehrlich gesagt auch nicht, wie ich jetzt noch Freunde unterbringen soll. Aber das Gute an Babs ist – sie hilft ja auch gerne. Ich glaube, sie will einfach nur involviert sein, und das müsste doch machbar sein."

„Absolut", sagt Marcel und nickt bekräftigend mit dem Kopf. „Ich bin froh, dass du es angesprochen hast, denn auf mich hört er ja nicht. Aber wo ist eigentlich Hannah? Die habe ich noch gar nicht gesehen. Oder hat sie sich unter einem Strauch versteckt?"

„Nein, sie und Sven sollten gleich noch kommen. Ich denke mal, sie werden jeden Moment hier sein. Aber schaut mal, wer dort ist: meine beiden Berliner Gäste. Habt ihr die Rezensionen gelesen, die sie geschrieben haben?"

„Wie hätten wir die nicht lesen können?" Jetzt ist es an Michi, ihr lachend die Haare zu verwuscheln. „Du hast sie uns ja allen geschickt und mehrfach nachgefragt, ob wir sie gelesen haben. Ja, wir kennen die Rezensionen mittlerweile auswendig, liebe Lucy, und jedes Wort davon ist wahr. Dein Chalet wird zu einem riesigen Erfolg, ach was sage ich da, es ist ein riesiger Erfolg. Aber los, jetzt geh schon deine Gäste begrüßen." Damit schiebt er sie in Richtung Karin und Ute, während er und Marcel sich am Buffet zu schaffen machen und Marcel vor sich hin grummelt, dass sie eigentlich noch keine Gäste haben sollte.

„HAT JEMAND EINE AHNUNG, wo Hannah und Sven bleiben?" Lucy schaut auf die Uhr. „Sie sollten schon längst hier sein."

„Vielleicht hatten sie Besseres zu tun." Ute grinst sie spitzbübisch an. „Oder sie gehen vorher noch essen, denn bei dem bisschen hier wird man ja nicht satt."

„Du sagst es." Lucy muss lachen. „Ich fühle mich jetzt schon wie eine Kugel. Dabei haben wir noch gar nicht richtig angefangen. Davon werden wir noch tagelang schlemmen können. Gut, dass Rosie und ich jetzt neue Ausruhestätten haben, die werden voll und ganz genutzt werden, das kann ich euch garantieren. Aber ich rufe jetzt mal kurz Hannah an, irgendwie macht es mich doch nervös, dass sie noch nicht da sind."

„Bin gleich da", sagt Hannah, die nach dem ersten Klingelton abgenommen hat. „Ich habe nur noch ein wenig Kuchen eingepackt."

„Sie bringt Kuchen mit!" Lucy haut sich auf den vollen Bauch. „Keine Chance, dass wir den auch noch schaffen!"

„Ich schon", beteuert Aishley. „Ich nutze das hier bis zum Äußersten aus, bevor wir wieder unser englisches Essen vorgesetzt bekommen. Da könnte man auch gleich zu Gefängnisessen greifen."

„Ach komm, du hast doch Nicolai", erwidert Lucy. „Der kocht doch sicherlich fantastisch. War ein guter Schachzug, sich einen Italiener zu angeln." Dann runzelt sie die Stirn. „Hannah hat gesagt, sie ist gleich da. Kein Wort von Sven. Ich hoffe doch, er kommt mit." Sie schaut zu Emma: „Und was ist mit Daniel? Er muss kochen, nehme ich an?"

„Richtig, aber falls es hier heute Abend länger geht, kommt er vielleicht noch vorbei. Danke, dass ich ihn einladen durfte."

„Selbstverständlich. Ah, da ist ja Hannah!" Lucy läuft ihrer Freundin entgegen, um ihr mit den diversen Papiertaschen zu helfen. „Hannah, mein Gott, was hast du denn alles dabei? Das wäre doch nicht nötig gewesen. Wir haben mehr als genug zu essen." Dann umarmt sie ihre Freundin und schaut sie genauer an. „Hast du geweint? Und wo ist Sven?"

„Geweint? Ein bisschen vielleicht. Und wo Sven ist? Das wüsste ich auch gerne. Angeblich zu Hause, fernsehen, aber ich bin mir da nicht so sicher."

„Ist etwas passiert? Sag schon, was ist los?"

„Das würde ich dich auch gerne fragen." Hannah schaut sie forschend an. „Als du letztens in mein Café gekommen bist und all diese Sachen gesagt hast, wolltest du mir da etwas durch die Blume mitteilen? Beziehungsweise durch den Kaktus, denn besonders subtil war das nicht. Also los, Lucy, gibt es etwas, das du weißt und ich nicht? Hast du Sven mit einer anderen gesehen, aber willst meine Gefühle nicht verletzen?"

Das Gespräch mit Sven spult sich in Windeseile in Lucys Kopf ab, und sie überlegt, ob sie Hannah die Wahrheit sagen soll. Aber dann entscheidet sie sich dagegen. Es ist zu komplex, vor allem hier so zwischen Tür und Angel. Das müssen sie mal in Ruhe besprechen. Außerdem, sie möchte ja nicht egoistisch sein, aber das ist heute ihr Abend. Um sich und den ersten Erfolg ihres Chalets zu feiern. Das wird sie sich heute noch nicht einmal von Hannah vermiesen lassen. Kurz kommt ihr der Gedanke in den Kopf, dass sie doch eigentlich eben entschieden hat, ihren Freunden Priorität zu geben. Aber sie schiebt ihn schnell wieder zur Seite. Morgen, sagt sie sich. Damit wird sie auch morgen anfangen können. Heute ist ihr Abend.

Außerdem soll Hannah ihn auch genießen können und das geht besser, wenn sie denkt, es ist alles okay. Daher beteuert sie schnell: „Nein, es gibt nichts, was ich weiß, Hannah, natürlich nicht. Das hätte ich dir doch gesagt. Es ist nur, dass ich dich kenne und dass du vielleicht manchmal etwas schnell vorpreschst, wenn es um deine Familienplanung geht. Aber ich habe Sven ganz sicher nicht mit einer anderen gesehen und das traue ich ihm auch nicht zu. Das würde einfach nicht zu ihm passen. Weißt du, ich glaube, meine Einladung war einfach ein bisschen kurzfristig. Ich habe ihn wahrscheinlich damit überrumpelt, was meinst du? Ich wurde schon dafür gerügt, dass ich immer meine, alle hätten Zeit, wenn ich rufe. Da hat Sven mich halt mal in meine Schranken gewiesen."

„Nein, ich glaube nicht, dass es darum geht", antwortet

Hannah mit einem tiefen Seufzer, und Lucy tut es leid, ihre roten Augen zu sehen. „Er mag eigentlich spontane Aktionen und er mag dich sehr, aber irgendwie ist bei uns in letzter Zeit der Wurm drin. Ich habe keine Ahnung, was es ist. Aber das ist heute deine Party. Und deine Gäste warten auf dich. Doch lass uns in den nächsten Tagen darüber sprechen, wenn du Zeit hast. Was meinst du? Ich wüsste es wirklich zu schätzen."

„Ja, klar, das machen wir." Lucy umarmt ihre Freundin und hat ein leicht schlechtes Gewissen, sie so abgespeist zu haben. Zum Glück können sie das die Tage in Ruhe regeln. Alles zu seiner Zeit!

BABS HAT NATÜRLICH AUCH Ouzo mitgebracht, und als zu fortgeschrittener Stunde Udo Jürgens seinen ‚griechischen Wein' trällert und alle ausgelassen im Garten tanzen, will Lucy den Abend als vollen Erfolg verbuchen. Doch da kommt Karin mit leicht geknicktem Gesichtsausdruck auf sie zu.

„Karin, was machst du denn für ein Gesicht? Heute ist Feiern angesagt! Geht es dir wirklich so nah, dass ihr morgen schon wegmüsst?"

Lucy will sie gerade in den Arm nehmen, aber Karin drückt sie sachte von sich. „Hör mir erst mal zu, Lucy, wir haben dir nicht die ganze Wahrheit gesagt. Und ich fühle mich dabei einfach schlecht. Du hast das alles so wunderschön für uns gestaltet, da muss ich dir einfach reinen Wein einschenken."

Obwohl Lucys Magen in ihre Kniekehlen zu sinken scheint, lächelt sie und sagt: „Griechischer Wein. Also los, schenk ihn schon ein. So schlimm kann es ja nicht sein."

„Nein, ist es auch nicht. Eigentlich überhaupt nicht. Aber

es hat einen gewissen bitteren Beigeschmack, und den würde ich gerne mit dir aus der Welt räumen."

„Okay, schieß los."

„Es ist nur so", beginnt Karin zögerlich, „dass ich mehr schreibe, als wir zugegeben haben. Und zwar vor allem über Hotels und Reisen. Und zwar nicht nur in Mecklenburg-Vorpommern, sondern international. Ich arbeite da – wie gesagt freiberuflich – für eines der bekanntesten Magazine und deren Kritik ist manchmal recht harsch. Ute und ich haben uns gleich am Anfang entschieden, dir das nicht mitzuteilen, damit du dich nicht unter Druck gesetzt fühlst. Wir wollten nicht, dass du dich die ganze Zeit über beobachtet fühlst. Aber jetzt bist du so dankbar, dass wir diese Online-Rezensionen geschrieben haben, da wollte ich dir das zumindest sagen."

„Aber das ist doch kein Problem. Umso mehr freue ich mich, dass es euch hier gefallen hat." Dann kann sie doch nicht an sich halten: „Und vielleicht willst du ja auch etwas in dem Magazin über das Chalet schreiben? Das wäre doch toll." Ihr Herz hüpft sofort schneller. Wäre das nicht fantastisch? Der erste echte Artikel über das Chalet?

„Grundsätzlich würde ich das natürlich gerne." Karins Gesichtsausdruck lässt die gerade erblühte Hoffnung gleich wieder im Keim ersticken. „Aber das geht leider nicht. Ich würde dir damit keinen Gefallen tun. Wir schreiben über 5-Sterne-Hotels, über Golf-Resorts und dergleichen. Das Chalet, so charmant es auch ist, würde da nicht reinpassen. Und so wundervoll du das auch alles machst, Lucy, ist es doch alles sehr familiär geführt und würde leider den Ansprüchen nicht genügen, die wir an die Hotels in unserem Magazin stellen."

Charmant, familiär! Lucy spürt kalte Wut in sich aufsteigen. Die nette Karin, die mit dem Liebeskummer, die Aishley bis heute am liebsten Häufchen nennt, erzählt ihr hier etwas von Ansprüchen. Tränen der Wut schießen Lucy in die Augen, aber sie drängt sie schnell wieder zurück. Den Gefallen wird sie der Schlange nicht tun!

Karin scheint nicht zu merken, was ihre Worte bei Lucy bewirkt haben, denn sie fährt unbeirrt fort: „Es geht leider noch weiter, Lucy."

Was denn jetzt?

„Mein Chefredakteur hat mich angerufen und mir aufgetragen, das Tegerngold in unserer nächsten Ausgabe aufzunehmen." Sie schaut peinlich berührt nach unten. So abgebrüht ist sie dann also doch nicht. „Das heißt, wir fahren morgen ins Tegerngold und bleiben dort für ein paar Tage. Ich weiß, dass das für dich komisch sein muss, mit deiner Historie mit dem Inhaber und so, aber es geht leider nicht anders. Befehl von oben", sagt sie und zuckt bedauernd mit den Schultern.

Lucy kann kaum mehr atmen und würde Karin am liebsten haushoch aus ihrem Garten werfen, aber sie weiß, das geht nicht. Sie muss darüberstehen. Zumindest nach außen hin. Daher zuckt sie nur kurz mit den Schultern. „Da kann man nichts machen, Karin, Befehl von oben ist Befehl von oben. Das ist kein Problem für mich, das Tegerngold ist eine Top-Adresse, diese wird euren Ansprüchen bestimmt genügen. Aber jetzt feier doch erst mal weiter, die Nacht ist ja noch jung."

Damit presst sie sich an Karin vorbei und geht zurück zu den anderen. *Du hast gewonnen, Alex*, denkt sie. *Wie immer. Du wirst immer besser sein als ich, nicht wahr?*

Kaum hat sie den Gedanken zu Ende gedacht, kommt Hannah mit geröteten Wangen und einem Lachen im Gesicht auf sie zugetanzt und zieht sie mit sich auf die virtuelle Tanzfläche. „Du hattest recht, Lucy, mir fehlte wirklich die Leichtigkeit. Dieser Abend heute war eine super Idee, das brauchte ich mal wieder. Auch wenn Sven nicht dabei ist."

Dann wird sie kurz ernst. „Du, das mit Elvira in dem Hotel, das hatte bestimmt nichts zu bedeuten. Ich habe da überreagiert. Ich habe noch mal darüber nachgedacht und bin zu dem Schluss gekommen, dass wir das missinterpretiert haben. So eine Ziege würde Alex sich bestimmt nicht nehmen."

Ziege? Alex? Was meint Hannah? Lucy hat langsam das Gefühl, sich in einem falschen Film zu befinden. Der Ouzo allein kann das nicht sein. „Wovon sprichst du, Hannah? Welche Elvira?" Dann schwant es ihr. Das blonde Gift, das sich so an Alex herangemacht hat. Sie spürt, wie ihr leicht schwindelig wird und hält sich an dem Baum neben ihr fest.

Hannah schlägt sich erschrocken die Hand vor den Mund. „Was? Du wusstest gar nichts? Ich war mir sicher, dass Babs es dir erzählen würde. Sorry, das wollte ich nicht!" Sichtbar verwirrt weicht sie von Lucy zurück.

„Nein, ich wusste nichts. Aber jetzt ist es raus. Also, was ist mit Alex und Elvira? Was ist es, das Babs mir hätte erzählen können?" Lucy fühlt sich wie in einen Albtraum versetzt.

„Es ist nichts, Lucy, wirklich nichts", versucht Hannah zurückzurudern.

„Dann würden wir hier nicht stehen. Also?" Will sie es wirklich hören?

Aber dafür ist es zu spät, denn nun beginnt Hannah: „Es ist halt nur, dass ich Elvira im Hotel gesehen habe. Sie ist mit vollgepackter Reisetasche rausgegangen und hatte diesen Ausdruck auf dem Gesicht. Du weißt schon, der, den Frauen haben, wenn sie bekommen haben, was sie wollten. Und na ja, da haben wir halt eins und eins zusammengezählt. Oder das dachten wir zumindest."

„Und was kommt dabei heraus, wenn man in diesem Fall eins und eins zusammenzählt?", fragt Lucy kälter als beabsichtigt.

„Dass sie eventuell Sachen für Alex abgeholt hat …?", fragt Hannah unsicher.

„Ihr seht Elvira mit einer Reisetasche im Tegerngold und geht gleich davon aus, dass sie Sachen für Alex abholt? Ach, komm, Hannah, das kann doch nicht sein! Was ist sonst noch vorgefallen? Hat sie euch gesagt, dass sie zu Alex geht?" Bei der Vorstellung wird Lucy eiskalt ums Herz.

„Nein, natürlich nicht, wir haben ja gar nicht mit ihr geredet. Aber da ist halt noch die Sache mit dieser speziellen Reisetasche …" Hannahs Stimme wird immer dünner, aber als Lucy sie lediglich mit einer hochgezogenen Augenbraue anguckt, fährt sie fort: „Sie hatte eine Reisetasche dabei, die nur Mitarbeiter des Tegerngold haben. Man kann sie nicht kaufen oder so. Und zu ihr passen keine Reisetaschen, sagt Babs. Und die kennt sich ja mit sowas aus. Und mit jemand anderem als mit Alex würde sie im Tegerngold auch nicht befreundet sein. Alle anderen sind doch unter der Würde der feinen Dame. Und da – nun ja, da war das halt der einzige Schluss, zu dem wir kommen konnten. Alex hat sie doch angeblich so verscheucht. Da würde sie sich doch nicht trauen, wieder im Hotel aufzutauchen? Wenn nicht auf seine explizite Einladung hin. Also, ich würde mich das zumindest nicht trauen."

Lucy steht da wie versteinert. Sie weiß nicht, was sie sagen soll. „Danke, Hannah", presst sie schließlich hervor. „Ich muss nachdenken. Lass mich kurz allein, ja?"

„Sorry, Lucy, ich bin echt ein Dussel! Das auf deiner Party anzubringen! Aber ich dachte echt, du weißt das."

„Nein, bislang noch nicht. Aber jetzt schon. Also, sorry, geh doch wieder zu den anderen feiern. Ich brauche jetzt wirklich ein wenig Zeit für mich." Hannah versucht, sie in den Arm zu schließen, aber wie zuvor Karin bei ihr, drückt sie sie sanft weg. „Nicht jetzt, Hannah."

Da steht sie nun und blickt in die sternenklare Nacht.

Das Lachen und Stimmengewirr ihrer Freunde tönt zu ihr herüber, gemischt mit spanischer Musik. Scheinbar hat Babs das Thema des Abends doch nicht ganz durchziehen können.

Lucy kann jetzt nicht zu den anderen zurück. Irgendwie ist der Abend anders gelaufen, als sie es sich vorgestellt hat. Besonders nach Hannahs dummem Missgeschick wird ihr schmerzlich bewusst, wie sehr sie Alex vermisst und wie allein sie sich fühlt. Nicht zu wissen, wo er sich aufhält, und ihn nicht erreichen zu können, ist plötzlich eine unerträgliche Vorstellung geworden. Vor allem bei dem Gedanken, dass jetzt vielleicht eine andere bei ihm ist. Lucy will nicht darüber nachdenken. Sonst wird sie verrückt. Zu den anderen zurück will sie aber auch noch nicht. Sie würden sofort merken, dass etwas mit ihr los ist. Sie muss sich erst einmal fangen. Sie geht in Richtung Gartentor und beschließt, auf der Straße ein wenig spazieren zu gehen. Das ist am neutralsten. Direkt am See würde sie nur sentimental werden und in ihrem Garten kann sie ihre Freunde nicht vermeiden. So werden sie denken, dass sie nur mal kurz auf die Toilette gegangen ist. Aber wenn sie gedacht hat, dass es das war mit Überraschungen für heute, so hat sie sich gewaltig getäuscht. Denn der Abend verspricht nur noch wunderlicher zu werden.

Kaum tritt sie auf die Straße, sieht sie den netten Dorfpolizisten vor ihrem Gartentor stehen und am Chalet emporschauen. Lucy weiß nicht, wer von ihnen beiden sich beim Anblick des anderen mehr erschrickt.

„Herr Wummer", sagt Lucy, sobald sie sich wieder gefasst hat. „Was machen Sie denn hier? Es ist fast schon Nacht." Sie schaut auf die Uhr. Kurz nach elf, und der Lautstärke nach zu urteilen, haben ihre Freunde nicht vor, die Party so bald zu beenden. „Ah", sagt sie jetzt. „Lärmbelästigung, ist es das? Sollen wir etwas leiser sein?"

„Nein, nein." Der nette Mann mit dem Schnauzer und

dem runden Bauch hebt abwehrend die Hände. In einer Hand hält er einen Umschlag. „Wir freuen uns doch, wenn Sie sich hier wohlfühlen, Frau Davenport. Ein bisschen Spaß muss sein, nicht wahr?" Dann druckst er herum, und es wird klar, dass er sich sichtlich unwohl fühlt. Was er wohl hat?

„Es tut mir jedoch leid, der Überbringer schlechter Nachrichten zu sein", rückt er jetzt mit der Sprache heraus. „Es scheint jedoch, dass ich keine andere Wahl habe."

Damit hält er den Umschlag hoch.

„Was ist das?" Lucy weiß, dass Herr Wummer gut mit dem Postboten befreundet ist und ihn manchmal auf seinen täglichen Runden begleitet. Daher kennt sie den Polizisten auch. Sie mag es, wenn die Post ihr von diesen zwei netten Herren gebracht wird. Mehr als einmal haben sie sich dabei schon in einen Plausch verstrickt. Aber sie hat noch nie erlebt, dass er allein kommt und die Post überreicht. Und schon gar nicht um diese Uhrzeit. „Ich verstehe nicht", sagt sie jetzt, als von Herrn Wummer keine Antwort kommt, er sie aber umso bedrückter anguckt. „Wieso bringen Sie mir die Post? Und wieso so spät?"

„Es ist leider keine normale Post. Und ich wollte sie eigentlich nicht um diese Zeit bringen, sondern bis morgen warten. Aber dann stand ich doch mit dem Brief hier und Sie kamen raus und na ja, dann kann man es auch gleich erledigen, oder?"

Wäre sie nicht selbst so nervös, täte ihr der Mann fast leid, aber für solche Gefühlsregungen hat sie jetzt keine Zeit. Glücklicherweise fährt er endlich fort: „Ich sehe leider keinen Weg, dies zu verhindern, Frau Davenport, auch wenn ich es gerne würde, aber leider ist dies hier eine Verfügung vom Ordnungsamt, dass ihr Chalet mit sofortiger Wirkung für jeglichen geschäftlichen Verkehr geschlossen werden muss und auch für absehbare Zeit geschlossen bleibt. Es tut mir sehr leid, wirklich!"

Damit überreicht er Lucy den Brief, die ihn mit zitternden Händen aufmacht. Aber sie ist zu aufgeregt, um ihn zu lesen. „Was steht da?", fragt sie mit fast hysterischer Stimme. „Und wieso? Wieso muss ich schließen? Ich habe doch noch gar nicht aufgemacht!"

Sie merkt, wie sie die Kontrolle über ihren Körper verliert und alles an ihr zu bibbern beginnt. Um sich herum nimmt sie nur noch Flimmern wahr. Herrn Wummer scheint das Ganze ähnlichen Schmerz zu bereiten.

„Leider doch, Frau Davenport", antwortet er leise. „Leider haben Sie offensichtlich doch schon aufgemacht, und das, obwohl noch nicht alle Voraussetzungen für einen gewerblichen Betrieb erfüllt sind. Es gab schon zahlende Gäste, obwohl noch eine Brandschutztür fehlt. Damit ist nicht zu spaßen. Wenn solche Voraussetzungen ignoriert werden, kennt das Ordnungsamt keine Gnade. So scheint es zumindest."

„Aber wie kommen Sie darauf, dass ich schon zahlende Gäste hatte?"

Trotz ihres Zustands fühlt Lucy sich schlecht bei dieser Aussage. Karin und Ute sind zahlende Gäste, das kann sie kaum leugnen. Aber woher weiß jemand davon? Beziehungsweise – wer würde sie verraten?

Die Antwort wird ihr sogleich gegeben: „Ich habe mich ein wenig schlau gemacht, da ich Sie mag, Frau Davenport, und ich sehe, was Sie sich hier für eine Mühe geben. Zudem geht meine Tochter ja auch so gerne bei Ihnen zum Yoga." Stimmt, das hatte sie fast vergessen. „Also, wenn mich nicht alles täuscht", fährt er fort, „dann hat der Schrobel da seine Finger im Spiel. Er sagt, zwei Damen hätten ihm erzählt, dass sie ihre ersten offiziellen Gäste seien. Sie wissen ja, was er für eine Art hat, Informationen aus den Leuten herauszukitzeln. In dem Fall waren es leider sehr ungünstige Informationen."

Lucy erinnert sich, wie Ute und Karin ihr von der

Zusammenkunft mit dem Schrott erzählten und sie stöhnt leise auf. Trotzdem ist sie noch nicht bereit, aufzugeben.

„Aber wenn ich das verneine?", fragt sie unsicher. „Wenn es Aussage gegen Aussage ist, dann habe ich doch noch eine Chance? Wie können die einfach schließen, ohne mich anzuhören?"

„Ich denke, es liegt zunächst daran, dass durch die fehlende Brandschutztür eine echte Gefahr besteht. Vor allem bei dem alten Holzhaus. Aber wahrscheinlich hätten Sie sie vorher trotzdem angehört. Es scheint jedoch, dass ihre Gäste im Internet über ihren Aufenthalt hier geschrieben haben, und wenn man das Chalet googelt, erscheint es gleich ganz oben. Ich habe es mir selbst durchgelesen, in der Hoffnung, dass es doch irgendwie anders ausgelegt werden kann. Aber es tut mir leid zu sagen, dass die Lage eindeutig zu sein scheint. Oder sagen Sie, dass diese Bewertungen von Leuten geschrieben wurden, die gar nicht hier waren?"

„Sag gar nichts mehr, Lucy", hört sie da eine Stimme hinter sich und Marcel tritt vor. „Was geht hier vor sich?"

Herr Wummer scheint es ihm zu erklären, aber Lucy bekommt davon nichts mit. Alles in ihrem Kopf surrt, und sie hat das Gefühl, dass bald ihre Muskeln nachgeben werden.

„Ich kümmere mich darum, Lucy, mach dir keine Sorgen." Marcel legt tröstend einen Arm um sie.

„Nein, das wirst du nicht. Keiner wird sich darum kümmern. Ich habe keine Lust mehr. Ich gebe auf." Damit dreht sie sich um und geht in Richtung Haus.

„Frau Davenport", ruft Herr Wummer ihr zu.

Sie dreht sich um und blickt ihn aus tränenverschleierten Augen an. „Ja?"

„Die Yogastunden." Er räuspert sich sichtlich verlegen. „Leider müssen Sie diese auch einstellen. Es tut mir leid, aber alles Gewerbliche muss zunächst zum Stillstand kommen."

Ihre Yogastunden. Vorbei. Alles vorbei.

Sie ist schon fast beim Haus angekommen, als Marcel sie einholt. „Lucy, jetzt hör doch auf! Das kriegen wir hin! Gib nicht auf, wir kämpfen darum."

Solch eine Dringlichkeit hat sie noch nie in seiner Stimme gehört, aber Lucy hat keinen Elan mehr. Ihre Kraft ist weg. „Nein, wir kämpfen nicht darum, Marcel, wir machen gar nichts. Ich habe genug vom Kämpfen. Gegen den Schrott und diesen Ort hier habe ich einfach keine Chance. Beide hassen mich. Ich will jetzt einfach nur ins Bett. Ihr feiert weiter und lasst danach alles stehen. Ich räume das morgen früh auf. Und Marcel, sag den beiden Berlinerinnen, sie sollen morgen einfach fahren. Wir können alles andere hinterher per Mail erledigen, aber ich möchte sie nicht mehr sehen."

„Ja, das verstehe ich." Marcel sieht völlig bedröppelt aus. „Obwohl sie ja auch nicht wirklich etwas dafürkönnen."

„Dafür nicht. Aber sie sind ab morgen im Tegerngold. Da wird ihnen so etwas sicherlich nicht passieren."

„Im Tegerngold? Ich verstehe nicht. Bei Alex? Aber ich dachte, sie wollten nach Hause."

„Lange Story, Marcel, nicht jetzt. Tut mir leid, ich muss ins Bett. Und bitte keine Beileidsbesuche heute Nacht in meiner Wohnung, von niemandem. Und nehmt es mir nicht übel, wenn ich erst einmal nicht ans Telefon gehe. Ich will Ruhe, einfach nur Ruhe."

Bei den Worten spürt sie, wie ihr regelrecht die Augen zufallen. Sie gibt Marcel ein schnelles Küsschen auf die Wange und schleppt sich dann die Treppe hoch in ihr Bett. Als fünf Minuten später die Musik im Garten ausgeht, träumt sie schon von blau-weißen Gefängniszellen mit schweren Brandschutztüren, die mit einem lauten Knall hinter ihr zuschlagen.

22

G ott sei Dank sind sie weg." Lucy lässt ihren Kopf in die Hände sinken. Dann pustet sie in den heißen Tee, den Sophie ihr eben gebracht hat. In der Küche herrscht niedergeschlagene Stimmung.

„Sie sind früh los. Ich glaube, sie fühlten sich nicht ganz wohl. Wahrscheinlich hatten sie das Gefühl, dass sie schuld an allem sind", teilt Emma ihnen mit belegter Stimme mit.

Natürlich, sie weiß jetzt auch nicht, was sie tun soll, wird Lucy Emmas Situation bewusst. „Ach was, nur meine eigene Blödheit ist schuld", sagt sie laut. „Ich hätte es ja nicht anbieten müssen, dass sie hier wohnen können, obwohl diese verfluchte Tür noch nicht da ist. Aber wer hätte denn gedacht, dass das so eine große Sache ist! Und Karin wirkte so traurig und es passte alles so gut ... na ja, dachte ich zumindest. Dass sie sich letztlich als Judas herausstellt, hätte ich auch nicht erwartet."

„Aber sie haben es doch sicherlich nicht bewusst weitererzählt." Emma wirkt irgendwie beschämt und erst jetzt fällt Lucy ein, dass es sich bei dem Schrott ja quasi um Emmas

Stiefvater handelt. Ihre Mutter hat ihn zwar letztes Jahr verlassen, aber verheiratet sind sie weiterhin. Lucy wird aufpassen müssen, was sie sagt, um Emmas Gefühle nicht noch mehr zu verletzen. Aber sie wird den Schrott auch nicht in Schutz nehmen.

„Nein, sie können nichts dafür", bestätigt sie jetzt. „Ich meinte mit Judas eher, dass sie mir nichts, dir nichts zu Alex ziehen, nachdem sie mich meine Lizenz gekostet haben."

Emma fühlt sich jetzt sichtlich unwohl, denn natürlich hat auch Alex eine bedeutende Stellung in ihrem Leben und diese Loyalitätskonflikte nagen offensichtlich an ihr.

Das scheint auch Aishley zu merken, denn sie sagt jetzt: „Gut, lassen wir das, daran können wir im Moment nichts ändern. Was passiert ist, ist passiert. Die Frage ist doch: Wie können wir das wieder richten? Ich habe gehört, Marcel guckt sich das alles mal genau an, von der juristischen Seite her? Und Lucy – Sophie und ich haben uns unterhalten. Wir verschieben gerne unseren Flug morgen und bleiben länger, um dir hier zu helfen. Das ist kein Problem, wirklich."

Lucy schaut mit verquollenen Augen auf. „Das ist nett, wird aber nicht nötig sein", sagt sie mit leerer Stimme. „Ich komme morgen mit euch mit. Ich habe schon gepackt."

„Wie bitte?" Aishley und Sophie schauen sie entgeistert an, und auch Emma fällt die Kinnlade runter.

„Was meinst du damit, du kommst mit?"

„Keine Sorge …" Lucy hebt abwehrend die Hand. „Ich bleibe im Hotel. Habe mir schon ein Zimmer gebucht. Ich muss einfach mal hier weg. Der Ort hasst mich. Alles geht hier schief. Ich will in meine alte Heimat zurück, zumindest vorübergehend. In London war es nie so verrückt wie hier. Da hat irgendwie alles geklappt. Und da fühlte ich mich auch gewollt."

„Aber wir wollen dich doch", kommt es da von hinten,

und als Lucy sich umdreht, sieht sie Babs und Hannah in der offenen Haustür stehen. Beide kommen jetzt zu ihr rüber und umarmen sie.

„Wir versammeln uns zum Kriegsrat", verkündet Hannah. „Wir haben uns heute extra freigenommen und Michi kommt auch gleich."

Da kommt dieser auch schon zur Tür reingestolpert. „So ein Mist", knurrt er zur Begrüßung. „Der Schrott ist aber auch wirklich ein hinterhältiger Arsch. Mit dem Typen ist nicht zu spaßen."

„Sorry, Emma", sagt Lucy leise zu ihr, aber diese schüttelt den Kopf.

„Er hat ja recht."

„Also", Michi klatscht in die Hände, „was können wir tun? Marcel kommt auch gleich. Gegen uns alle hat selbst der Schrott keine Chance. Und das Ordnungsamt schon mal gar nicht."

„Wir tun gar nichts, Michi." Lucy steht resolut auf. „Ich habe genug, hörst du? Absolut genug. Ich bin erschöpft und ich will nicht mehr kämpfen. Ich habe noch nicht einmal angefangen und schon wird alles wieder kaputt gemacht. Wegen einer kleinen Dummheit. Was wird da noch alles passieren? Ich danke euch, wirklich, aber bitte sag Marcel ganz explizit, dass ich nicht möchte, dass er sich damit beschäftigt. Und auch kein anderer von euch. Ich brauche eine Pause. Ich muss mich neu orientieren, mir überlegen, was ich mit meinem Leben mache und wo ich überhaupt hinwill. Nur weil ich hier geerbt habe, heißt das ja noch lange nicht, dass ich auch hierbleiben muss. Ich könnte das Haus auch verkaufen."

„Aber es ist doch dein Familienhaus", stellt Emma betreten fest.

„Ach, meine Familie. Ich habe das Gefühl, dass das ganze

Thema nur mit Schmerz verbunden ist. Seit diesem Erbe geht alles schief."

„Alles? Danke!", sagt Babs und dreht sich weg.

„Nein, Babs, natürlich nicht alles. Ihr seid wundervoll. Aber das ist leider nicht genug."

„Klar, wie könnte es das auch sein?" Babs tut so, als würde sie sich in der Küche zu schaffen machen, aber Lucy spürt, dass etwas nicht stimmt.

Sie geht zu ihrer Freundin rüber. „Babs, alles klar?"

„Klar, Lucy, gib auf und zieh zurück nach London. Und vergiss, was du mir gestern gesagt hast. Was interessiert dich dein Geschwätz von gestern, nicht wahr?"

„Babs, ich meinte jedes Wort ernst." Lucy dreht ihre Freundin so zu sich, dass diese sie jetzt angucken muss. Sie sieht, dass Babs Augen feucht sind und ihre werden es auch sogleich. „Wenn ich gehe, dann ändert das doch an unserer Freundschaft nichts. Du bist immer in meinem Herzen. Und ihr auch", bemerkt sie an die anderen gewandt. „Aber hier habe ich im Moment nichts mehr verloren. Ich muss mich erst einmal selbst wiederfinden."

„Ich finde, Lucy hat recht", mischt sich jetzt Sophie ein. „Das Chalet verschwindet ja nicht. Wir nehmen sie erst einmal mit nach London und dann schauen wir weiter. Aber du wirst natürlich nicht im Hotel wohnen, was für eine verrückte Idee! Patrick und ich haben mehr als genug Platz, und das Gästezimmer ist besonders hübsch. Man schaut direkt auf den alten Baum im Garten. Du hast sogar dein eigenes Bad. Nur die gute Luft von hier, die können wir dir nicht bieten!"

„Bist du dir sicher, dass das geht?" Lucy schaut sie unsicher an. „Ich will mich wirklich nicht aufdrängen, und du und Patrick habt euch doch so lange nicht gesehen."

„Wir wären beleidigt, wenn du woanders bleiben

würdest, und wenn alles nach Plan verläuft, werden Patrick und ich uns noch ein Leben lang sehen. Da werden wir einen Gast für ein paar Wochen schon noch ertragen."

„Ein paar Wochen?" Jetzt ist es an Hannah, erschrocken zu gucken. „So lange willst du wegbleiben?"

„Hast du's nicht mitbekommen?" Babs dreht sich ungehalten zu ihr um. „Sie überlegt, ganz wegzuziehen. Komplett, für immer, verstehst du? Dann hätte sie das Haus auch gleich an den Schrott verkaufen können!"

Hannah muss schlucken. „Und Rosie?", fragt sie dann.

„Ja, Rosie …" Jetzt muss Lucy nicht nur die Enttäuschung der letzten Nacht verarbeiten, sondern auch das schlechte Gewissen über den Schmerz, den sie ihren Freunden bereitet. Und ihrem Hund. „Ich möchte Rosie erst einmal nicht mit nach London nehmen. Die Stadt ist nichts für so einen Hund, und mit dem Flug ist das auch zu kurzfristig. Meint ihr, einer von euch könnte derweil auf sie aufpassen?"

Rosie sitzt in der Mitte des Raumes und schaut von einem zum anderen, als ob sie alles verstehen würde.

„Natürlich passen wir auf Rosie auf", seufzt Babs und fängt an, den Hund hinter den Ohren zu kraulen. „Sie kann ja nun wirklich nichts dafür."

„Ah, ich also schon", murmelt Lucy.

„Dafür, dass du gehst, ja!", schießt Babs zurück.

„Mädels, hört endlich auf", mischt Michi sich ein. „Das bringt doch nichts. Wenn Lucy das Gefühl hat, sie muss weg, dann muss sie jetzt erst einmal weg. Es ist nicht unsere Aufgabe, darüber zu urteilen. Und auf Rosie passen wir natürlich auf. Weißt du was, wieso ziehen Marcel und ich nicht vorübergehend hier ein? So kümmert sich jemand ums Haus, und Rosie kann in ihrer vertrauten Umgebung bleiben. Unsere Wohnung wäre zu klein für sie. Zimmer hast du ja hier genug. Schade, dass es keins gibt, das ‚heißer Sex‘ heißt.“

Lucy fällt ein Stein vom Herzen. „Das würdet ihr für mich tun? Du bist ein Schatz!“ Damit fällt sie Michi um den Hals.

Dieser wehrt sie lachend ab. „Hey, immer mit der Ruhe. Bevor du mir hier einen Heiligenschein verpasst: In dem tollsten Haus am Tegernsee zu wohnen, mit meiner Wassersportschule direkt daneben, ist natürlich ein beträchtliches Opfer …! Trotzdem, ein einfaches Danke reicht!“ Damit zwinkert er ihr zu.

„Dann ziehe ich auch hier ein!“, beschließt Babs jetzt.

„Du auch?“ Lucy guckt sie erstaunt an.

„Ja klar, ich laufe dann morgens zum Tegerngold hoch. Ist gar kein Thema. Wenn schon ein Teil meiner Freunde abhaut, dann will ich wenigstens den anderen Teil nah bei mir haben.“

„Ich auch“, sagt Hannah. „Ich ziehe hier auch ein. Außerdem kenne ich mich von euch allen ohnehin am besten mit Rosie aus. Und das Café ist gleich um die Ecke.“

Rosie scheint die allgemeine Aufmerksamkeit zu genießen, aber Lucy starrt ihre Freunde entsetzt an.

„Seid ihr alle von Sinnen? Ihr könnt doch hier nicht alle einziehen.“

„Können wir schon“, bemerkt Babs. „Und weißt du was, du wirst gar nicht gefragt. Du wirst ja ohnehin weg sein, da bekommst du eh nicht mit, was hier passiert. Interessiert dich wahrscheinlich auch nicht.“

„Eben“, stimmt Hannah ganz entgegen ihrem Charakter zu. „Das hier ist ja schließlich ein Gasthaus. Und wir sind Gäste. Oder muss man das jetzt Gästinnen nennen?“, überlegt sie.

„Dann bin ich aber auch eine Gästin“, sagt Michi und wirft eine Hand zurück.

Lucy ist mittlerweile völlig überfordert, aber dann wird ihr bewusst, dass das eigentlich gar keine schlechte Lösung ist. Das Chalet steht so nicht leer, und um Rosie kümmert sich gleich ihr ganzer Freundeskreis. Außerdem zahlt keiner, es handelt sich also um eine rein private Nutzung.

„Nun gut", gibt sie klein bei. „Aber Michi, check doch bitte noch mal mit Marcel, ob das in Ordnung ist, wenn so viele Leute da sind. Du weißt schon, mit dieser fehlenden Brandschutztür. Ich bin dann ab morgen weg und lass die Haustür für euch offen. Ersatzschlüssel liegen hier." Sie deutet auf eine kleine Schale in der Ecke. „Oder wieso nehmt ihr euch nicht einfach jeder schon mal einen mit? Ich habe ja hier sowieso nichts mehr zu sagen."

„Prima!", antwortet Babs und schnappt sich einen Schlüssel. „Ich gehe jetzt mal hoch, packen, und komm dann gleich mit meinem Zeug wieder. So können wir wenigstens noch deine letzte Nacht zusammen verbringen. Ich wäre gerne in dem Zimmer ‚Glück'. Emma, muss da noch etwas gemacht werden?"

„Nein, die Zimmer sind alle fertig." Emma strahlt mittlerweile übers ganze Gesicht. Lucy weiß nicht genau, wieso, aber es scheint ihr zu gefallen, dass Lucys Freunde das Chalet einnehmen.

„Super, vielleicht werde ich dann auch mal etwas Glück haben, wenn ich in dem Zimmer schlafe. Wäre Zeit."

„Als hättest du davon nicht genug", murrt Hannah. „Wie wär's stattdessen mit Harmonie?"

„Ich bin die Harmonie in Person", antwortet Babs und geht pfeifend hinaus.

So schnell kann sich die Stimmung also ändern, denkt sich Lucy, die sich langsam ausgeschlossen fühlt.

„Hey, Babs", ruft Michi dieser jetzt hinterher. „Vergiss nicht, deinen teuren Schmuck mitzubringen, als Mitgift für Marcel und mich sozusagen."

„Geht nicht", ruft Babs zurück. „Den werde ich verscherbeln müssen, um Lucys Lebensunterhalt zu zahlen. Denn allein scheint sie's ja nicht zu schaffen. Bis gleich!"

Und damit macht sie sich auf, als ob nichts gewesen wäre.

23

Sie stehen am Flughafen, und Lucy fühlt sich ganz eigenartig. Der Abschied von ihren Freunden war emotionaler, als sie erwartet hatte. Und der Abschied von Rosie sowieso. Das hat ihr fast das Herz zerrissen, und sie spürt jetzt schon, wie sehr ihr der Hund an ihrer Seite fehlen wird. Derzeit hat sie noch keine Ahnung, wie ihre Entscheidung ausfallen wird – wo sie ihr Leben letztlich verbringen wird. Aber egal wo – Rosie wird dabei sein! Wobei ein Leben am Tegernsee für den Hund natürlich schöner ist als in der Großstadt, das ist ihr klar. *Aber es muss ja nicht unbedingt London sein*, beruhigt sie ihr Gewissen. Vielleicht wird sie ja auch zu ihrem ursprünglichen Plan vor dieser ganzen Erbsache zurückkehren und ein Yogastudio im ländlichen England aufmachen. Mit dem Geld ihrer Tante wäre das jetzt definitiv möglich.

Und deine Freunde?, fragt eine leise Stimme in ihrem Kopf, aber sie entscheidet sich, die Stimme zu ignorieren. Sie muss jetzt an sich denken und sonst an gar nichts. Ihren Freunden hat sie gesagt, dass sie nicht in Kontakt treten wird. Alle haben das akzeptiert, was hätten sie auch sonst tun können? Kurz fragt sie sich, ob Alex wohl von ihrer Abreise erfahren wird, aber dann schiebt sie auch diesen Gedanken beiseite. Es ist an der Zeit, ein neues Kapitel zu starten!

DER FLUG IST VOLLER als erwartet, aber Lucy hat es trotzdem geschafft, einen Platz neben Sophie und Aishley zu ergattern. Sobald sie sitzen, bestellen die Engländerinnen drei Gläser Champagner.

„Für so einen kurzen Flug?", wundert sich Lucy. „Um diese Uhrzeit?"

„Nun ja, wenn's ein längerer Flug wäre, hätten wir halt mehr bestellen müssen", antwortet Aishley mit unumstößlicher Logik.

„Wir müssen etwas gegen die Nervosität tun", erklärt Sophie und zwinkert ihr zu. „Bevor wir unsere Männer wiedersehen."

„Sprich für dich selbst!", erwidert Aishley. „Bevor ich wegen eines Mannes nervös werde, wird eher die Hölle zufrieren." Aber bei dem breiten Lächeln auf ihrem Gesicht ist es diesmal schwer, ihren Worten Glauben zu schenken.

„Und du bist dir sicher, dass ich nicht störe?", fragt Lucy Sophie jetzt ungefähr zum hundertsten Mal. „Ich fühle mich wirklich wie ein Eindringling."

„Lucy, ich sage dazu jetzt nichts mehr. Ich habe dir zigmal versichert, dass wir uns freuen. Etwas anderes, als dass du bei uns bleibst, wäre gar nicht infrage gekommen!"

„Eben, dieses ständige Nachfragen wird langsam langweilig", bestätigt auch Aishley. Dann prostet sie den beiden zu.

„Wir haben uns entschieden, heute Abend einfach Essen zu bestellen, ist das okay für dich?", fragt Sophie, nachdem sie den ersten Schluck genommen hat.

„Ja, klar ist das okay. Patrick ist doch auch gerade gestern erst zurückgekommen, oder?"

„Ja, eben. Und er muss heute im Büro so viel nachholen, da konnte er nicht einkaufen gehen. Aber dafür haben die beiden Herren sich bereit erklärt, uns Ladys vom Flughafen abzuholen. Huch, ich bin jetzt wirklich nervös", fügt sie kichernd hinzu und in Lucys Augen sieht sie in diesem Moment wie ein junges Mädchen aus.

„Ach wie schön, London", seufzt sie auf und lehnt sich genüsslich zurück. „Wisst ihr, ich glaube, ich habe den Smog vermisst."

Sophie und Aishley tippen sich gleichzeitig an die Stirn. „Du spinnst ja", sagt Aishley, nur für den Fall, dass Lucy die international bekannte Geste nicht verstanden hat.

DIE BEGRÜSSUNG mit Patrick und Nicolai ist emotional und überschwänglich. Und obwohl alle versuchen, Lucy einzubeziehen, kommt sie sich doch etwas fehl am Platz vor. Patrick ist offensichtlich im Voraus über seine neue Mitbewohnerin informiert worden, denn er nimmt Lucy wie selbstverständlich die Tasche ab und versucht ihr das Gefühl zu vermitteln, mehr als willkommen zu sein. Beide Männer sind mit ihrem Auto da, und auf dem Parkplatz verabschieden sich Sophie und Lucy fast genauso emotional von Aishley, wie vorher die Begrüßung gewesen ist.

„Aber wir sehen uns noch, während du hier bist, nicht wahr?", fragt Aishley Lucy bestimmt schon zum dritten Mal.

„Natürlich sehen wir uns. Was für eine Frage! Und vergiss nicht, vielleicht bleibe ich auch ganz hier, dann siehst du noch mehr von mir, als du dir jemals erhofft hast."

„Glaub mir", antwortet Aishley, die an Nicolai gekuschelt dasteht, „der Smog wird seinen Charme relativ schnell wieder verlieren. Du wärst eine Idiotin, nicht an den Tegernsee zurückzukehren. Außerdem wollten Sophie und ich dich dort regelmäßig besuchen kommen, in Zukunft als zahlende

Gäste natürlich. Irgendwann wird diese verdammte Tür ja da sein. Also nutze jetzt die Zeit, um etwas durchzuatmen und zur Ruhe zu kommen, und dann schauen wir weiter, ja?"

Patrick muss lachen. „Lucy ist wahrscheinlich die Einzige, die von Bayern nach London kommt, um durchzuatmen und zur Ruhe zu kommen. Beide Attribute passen nicht so wirklich zu dieser Stadt."

„Dem kann ich nur zustimmen", bestätigt nun auch Nicolai mit einem Grinsen. „Wobei wir beide jetzt auch mal zur Ruhe kommen sollten. Hongkong war doch anstrengender als gedacht."

„Ach, ihr Armen", bemerkt Aishley ironisch und gibt Nicolai ein Küsschen. „So viel Party, dass ihr euch jetzt ausruhen müsst?"

„So viel Arbeit", antwortet Patrick. „Na ja, ein bisschen Party vielleicht auch." Dabei grinst er Nicolai vielsagend an.

„Patrick!" Nicolai hebt warnend den Zeigefinger. „Du weißt: Was in Hongkong geschieht, bleibt auch in Hongkong."

Aishley dreht sich lachend weg und macht die Autotür auf. „Oh, du Mann von Welt", neckt sie ihren Freund. „Mach dich nicht interessanter, als du bist. Wahrscheinlich lagst du jeden Abend um acht im Bett und hast mich mit Tränen in den Augen vermisst, während ich mit rüstigen Bayern geflirtet habe."

„So rüstig wie das hier?", fragt Nicolai und spannt seinen Bizeps an.

„Natürlich nicht, du eingebildeter Gockel. Also los, steig schon ein, ich möchte auch vom Rest deiner Rüstigkeit überzeugt werden."

„Bin schon da!" Schnell wie der Blitz verschwindet Nicolai im Auto und rast mit Vollgas davon.

„Die beiden", bemerkt Patrick lachend. „Ihr glaubt gar nicht, wie sehr er Aishley vermisst hat. Jede Schönheit Hongkongs hat sich an unseren Adonis rangeschmissen, aber ich glaube, er hat sie noch nicht einmal bemerkt."

„Du dafür umso mehr?", fragt Sophie mit skeptischem Blick.

„Ich bin ein verheirateter Mann!" Voller Stolz hält Patrick seinen Ringfinger hoch. „Und ich habe nicht vor, daran irgendetwas zu ändern." Dann nimmt er Sophie in den Arm. „Ich habe dich mehr vermisst, als du dir jemals vorstellen kannst", hört Lucy ihn flüstern, und sie fragt sich, ob es wirklich eine so gute Idee gewesen ist, bei den beiden zu bleiben. Aber da löst Patrick sich auch schon von Sophie und hält Lucy galant die Autotür auf. „Die Dame", sagt er und lächelt sie warm an.

„Wow, das ist ja mal ein Palast!" Beeindruckt geht Lucy von Zimmer zu Zimmer.

„Nein, ein Palast ist es nun wirklich nicht", widerspricht Sophie lachend. „Dass es gemütlich ist, war uns beiden viel wichtiger. Aber nachdem wir unsere beiden Wohnungen zusammengelegt haben, ist wirklich viel Platz da, das stimmt schon. Wir fühlen uns hier zumindest wohl."

„Das kann ich mir vorstellen." Lucy steht mitten in dem großen, lichtdurchfluteten Wohnzimmer.

„Es ist ein Traum! Das Haus gehört ja dir, nicht wahr, Patrick?"

„Es gehörte mir, ja", Patrick lächelt sie warm an. „Aber jetzt gehört es uns beiden. Eigentum von Mr Woods und Mrs Vanderbilt. Sie hat sich geweigert, meinen Namen anzunehmen, kannst du das glauben, Lucy? Dabei bin ich immer so stolz auf meinen Nachnamen gewesen!"

„Und ich bin auch stolz auf meinen", gibt Sophie lächelnd zurück. „Ich bin einfach eine Vanderbilt! Außerdem weißt du genau, dass es mittlerweile mein Künstlername ist. Sophie Woods hört sich einfach nur halb so gut an."

„Weniger als halb so gut, das gebe ich zu." Patrick nimmt Lucys Sachen. „Komm, ich zeige dir erst mal dein Zimmer. Ich glaube, du wirst es mögen. Es war früher Sophies Schlafzimmer."

„Dann werde ich es auf jeden Fall lieben." Lucy ist jetzt doch froh, bei den beiden untergekommen zu sein. Sie muss an Babs' Worte von gestern denken. „Vielleicht färbt es ja auf mich ab und ich werde genauso viel Glück wie Sophie haben", sagt sie.

Dabei zwinkert sie ihrer Freundin zu, die jedoch ernst antwortet: „Wenn du wüsstest, wie viel ich durchgemacht habe, bevor dieses Glück zu mir gekommen ist. Das kann man sich kaum vorstellen. Wir haben uns ja erst kennengelernt, als es mir schon sehr gut ging. Aber davor war ich ein Häufchen Elend, total co-abhängig, ohne echtes Selbstwertgefühl und ohne innere Stärke. Das heißt, diese Stärke haben wir ja immer alle, aber sie ist halt manchmal verborgen. Gott sei Dank hatte ich das Glück, das Geröll zur Seite räumen zu können." Dabei schaut sie dankbar nach oben.

„Die Stärke würde ich auch gerne mal wieder fühlen", murmelt Lucy.

„Ich bin mir sicher, das wird bei dir auch noch kommen", ermuntert Sophie sie. „Aber bevor ich dir hier weiter einen Vortrag halte, lässt du dir jetzt am besten dein Zimmer von Patrick zeigen. Denn du hast schon recht: Die Wohnung hat gute Vibes und eine positive Wirkung auf die Menschen. Also, meine Liebe, fühl dich hier ganz wie zu Hause, aber ich glaube, das muss ich nicht extra betonen. Wobei", sie schaut raus, wo es gerade zu tröpfeln beginnt, „wie dein Zuhause ist es hier nun wirklich nicht. Patrick, du solltest sehen, wie Lucy lebt, was für ein unglaublich tolles Haus sie geerbt hat. Und dazu diese sagenhafte Landschaft –

du wärst dort gar nicht mehr wegzubekommen! Wir müssen da unbedingt mal zusammen hin!"

„Machen wir", bestätigt Patrick. „Aber jetzt sind wir erst einmal hier, und Lucy kann sich zunächst ausruhen, bevor wir schon wieder neue Reisepläne schmieden."

Lucy ist ihm unendlich dankbar dafür. Das ist genau das, was sie braucht: Ruhe. Und sie merkt auch, dass keine ihrer Freundinnen auch nur den geringsten Zweifel daran zu haben scheint, dass sie an den Tegernsee zurückkehren wird. Dabei ist es etwas ganz anderes, ob man als Tourist dort ist oder ob man dort lebt und tagtäglich mit den Einheimischen zu tun hat. Aber wie Patrick sagt – das ist jetzt nicht die Zeit, um darüber nachzudenken.

Brav trottet sie ihm hinterher und muss einen kurzen Freudenschrei unterdrücken, als sie ihr Zimmer sieht. Es ist wie aus einem Märchen, mit großem, gemütlichem Bett, einer schönen Kommode, auf der ein riesiger Blumenstrauß steht, lebensfrohen Bildern an den Wänden und einem alten, großen Baum direkt vor dem Fenster.

„Es ist ein Traum, Patrick", sagt sie mit Tränen in den Augen und dreht sich zu ihm um. Sie sieht, dass Sophie ihnen gefolgt ist und geht zu ihrer Freundin, um sie in die Arme zu schließen.

„Danke, danke, danke", flüstert sie ihr in die Halsbeuge. Sie muss sich zusammenreißen, um nicht loszuheulen. Der Druck der letzten Wochen löst sich langsam in ihr und will seinen Weg nach draußen finden.

Sophie scheint das zu spüren und streicht ihr über den Rücken. „Wieso machst du dich nicht erst einmal frisch und nimmst dir alle Zeit der Welt? Du kannst dich auch gerne ein wenig hinlegen oder was immer du magst. Patrick und ich wurschteln hier irgendwo in der Wohnung herum, du wirst uns schon finden. Ach ja, und da ist auch ein direkter Zugang zu deinem Badezimmer, das erspart dir morgens den

Anblick eines alternden Engländers mit umgebundenem Handtuch."

„Hey", sagt Patrick und hebt warnend den Finger, während Lucy sich von Sophie löst. „Ich bin immer noch bei den Forbes ‚40 unter 40' dabei, also quasi blutjung."

„Und damit hat er dir dann gleich mal klargemacht, wie unglaublich erfolgreich er ist. Ich hoffe, du hast das wahrgenommen und bist gehörig beeindruckt!"

„Das bin ich allerdings!" Jetzt muss Lucy trotz ihres miserablen Zustands lachen und freut sich noch mehr, bei lieben Freunden, anstatt in einem anonymen Hotelzimmer zu sein. „Sophie, du bist aber auch die Einzige, die nicht wusste, wer Patrick Woods ist", erinnert sie ihre Freundin. „Selbst ich mit meinem Eremitenleben kannte ihn."

„Danke, damit hast du dir gleich ein lebenslanges Wohnrecht gesichert!" Patrick strahlt sie stolz an. „Vor allem, wenn man bedenkt, dass Sophie in der Medienindustrie gearbeitet hat, ist es umso erstaunlicher. Aber umso mehr Spaß hatten Aishley und ich, als wir uns die kleinen Spielchen mit ihr erlaubten."

„Ah, jetzt hört endlich auf! Wird mir das jemals verziehen werden, dass ich nicht wusste, wer der tolle Medienmogul Patrick Woods ist? Außerdem wusste ich es ja", verteidigt Sophie sich. „Der Groschen ist nur nicht gleich gefallen. Ich habe euch irgendwie nicht zusammengebracht – den Namen und dich."

„Ja, ja", Patrick verwuschelt die Haare auf ihrem Kopf. „Ich glaube ja, es liegt daran, dass du damals nur Klatsch- und Tratschblätter gelesen hast."

„Aber genau da sind Sie doch immer aufgetaucht, lieber Mr Woods, da hätte ich Sie doch kennen müssen", gibt seine Frau neckend zurück.

Patrick greift Sophie lachend von hinten um die Taille, während Lucy zu der offenen Badezimmertür geht und hineinlugt. „Hach, auch so schön", seufzt sie. „Wie gut, dass ich ein lebenslanges Wohnrecht habe, denn ihr werdet mich hier tatsächlich nicht mehr los."

„Das erinnert mich an meine Zeit in Brighton", flüstert Sophie Patrick zu.

Lucy dreht sich um und sieht ihre Freundin fragend an. „Brighton?"

„Ja, das ist eine lange Geschichte. Erzähle ich dir dann mal. Aber ich bin auch an meinem emotionalen Tiefpunkt weggefahren, und zwar nach Brighton. In ein kleines Bed&Breakfast. Dort hat sich viel in mir gewandelt. Eigentlich alles. Jedenfalls fällt mir gerade auf, dass ich dieses Zimmer hier vielleicht wirklich unbewusst meinem Zimmer in Brighton nachempfunden habe. Das war mir bislang noch gar nicht bewusst."

„Ach, es sah also nicht immer so aus?", fragt Lucy neugierig.

„Nein, nein, als Patrick und ich umgebaut haben, haben wir wirklich fast alles verändert. Und ich habe all meine alten Schlafzimmermöbel weggegeben, da hingen zu viele Erinnerungen dran, die ich nicht mehr haben wollte. Ich wollte wirklich einen neuen Start."

„Du hättest den Zustand der Wohnung während der Bauarbeiten sehen sollen", erläutert Patrick. „Zum Teil dachte ich, dass es niemals wieder normal aussehen wird. Gut, dass Ms Larrson so eine Engelsgeduld hat, sonst hätten wir womöglich noch eine Mieterklage am Hals gehabt."

„Unsere Mieterin in der Wohnung unten", erklärt Sophie. „Sie wohnt schon ewig da. Eine Heilige, sag ich dir!"

„Das kannst du laut sagen", bestätigt Patrick. „Denn rate mal, wer gestern den Kühlschrank mit allerlei Leckereien gefüllt hat, bevor ich zurückgekommen bin?"

„Ms Larrson hat unseren Kühlschrank gefüllt?"

„Ja, wie für eine Großfamilie. Sie hat mich natürlich

vorher kontaktiert und gefragt, ob sie kurz etwas in unserer Küche abstellen dürfte. Einen Schlüssel hat sie ja, aber den würde sie niemals ungefragt benutzen. Jetzt haben wir auf jeden Fall heute Abend alles da für ein Festmahl!"

„Ach, die Frau ist echt ein Goldstück. Und die Blumen?" Sophie deutet mit dem Kopf zur Kommode hin. „Sind die auch von ihr?"

„Nein, mein Schatz, die habe ich besorgt. Und in unserem Schlafzimmer sind natürlich auch welche. Und überhaupt in der ganzen Wohnung."

„Du hast sie besorgt?" Sophie schaut ihn skeptisch an.

„Na ja, meine Sekretärin", gibt Patrick leicht beschämt zu. „Aber die ist ja schließlich eine Verlängerung von mir."

„Das hört sich schon weitaus wahrscheinlicher an." Sophie nimmt ihn lachend am Arm und zieht ihn aus dem Zimmer. „Komm, lass uns Lucy ein bisschen Zeit geben." Dann wirft sie dieser eine Kusshand zu und weg sind die beiden.

Lucy steht allein im Zimmer und schaut sich um. Es ist genauso schön, wie sie es sogleich empfunden hat. Es legt sich eine gewisse Ruhe über sie, aber auch eine tiefe Traurigkeit. Sie zieht Jacke und Schuhe aus und wirft sich aufs Bett. *Schlafen*, denkt sie. Sie möchte am liebsten nur noch schlafen. Und dann ist sie auch schon weg.

Irgendwann wird sie durch ein Klopfen an der Tür geweckt.

„Ja", ruft sie müde und reibt sich die Augen. Wie spät ist es? Wie lange hat sie geschlafen? Sie hat völlig die Orientierung verloren.

Vorsichtig schaut Sophie durch den Türspalt herein. „Guten Morgen", sagt sie lächelnd. „Beziehungsweise guten Nachmittag. Ich wollte dich eigentlich schlafen lassen, aber Patrick meinte, ich soll dich aufwecken, damit du nicht völlig aus dem Rhythmus gerätst. Sonst liegst du nachts wach und grübelst. Na ja, er hat schon recht – das kannst du jetzt sicherlich nicht gebrauchen."

„Woher wusstet ihr, dass ich schlafe?", fragt Lucy und gähnt herzhaft. „Ich hätte ja auch arbeiten oder ein wenig chillen können."

„Stimmt", erwidert Sophie grinsend. „Aber ich habe schon einmal ganz leise geklopft, da wir uns einen Snack zubereitet haben und wissen wollten, ob du auch etwas willst. Als keine Antwort kam, habe ich kurz reingeguckt. Und jetzt ist es schon fast wieder Zeit fürs Abendessen. Aber ich dachte, du willst vorher vielleicht noch ein bisschen raus. Wir wohnen direkt neben dem Park, und auch wenn das Wetter gruselig ist, ist der Park echt schön. Ein wenig frische Luft würde guttun, was meinst du?"

Lucy zieht sich die Decke über den Kopf. „Nein, keine frische Luft", grummelt sie durch die Daunen.

„Was sagst du?"

Lucy lugt unter der Decke hervor. „Ich will nicht an die frische Luft. Ich will am liebsten die ganze Zeit hier im Bett bleiben. Kann ich das?"

Sophie denkt kurz nach. Dann antwortet sie: „Nein, kannst du nicht. Das ist der direkte Weg in eine Depression. Dass du nicht an die frische Luft willst – okay. Aber steh auf, mach dich frisch und komm zu uns ins Wohnzimmer. Du musst etwas essen und kannst dich auch nicht den ganzen Tag im Schlafzimmer verkriechen. Aber zieh dir etwas Gemütliches an. Soll ich dir etwas von mir leihen?"

„Danke, nein, gemütliche Sachen habe ich genug. Okay, ich gehe mir dann mal mein Gesicht waschen."

„Lucy?"

„Ja?"

„Wie wär's mit einer Dusche? Nach dem Flug und dem ganzen Schlafen würde eine erfrischende Dusche doch sicherlich guttun. Weißt du was, ich stelle dir meine ‚Mademoiselle'-Bodylotion von Chanel ins Zimmer, da fühlst du dich dann gleich wieder wie ein neuer Mensch.“

„Ich habe Bodylotion.“

„Aber nicht die! Und vergiss nicht, dich am Ende kalt abzuduschen. Das ist der Trick zum Glücklichsein.“

„Ah, eine kalte Dusche ist der Trick zum Glücklichsein. Du hättest Coach werden sollen. Wieso sich mit der ganzen Komplexität abgeben, wenn man doch nur kalt duschen muss, nicht?“

„Motz nicht rum und beeil dich. Ich mache gleich schon mal den Champagner auf.“

„Nein, nicht Champagner“, stöhnt Lucy auf. „Ich habe nun wirklich nichts zu feiern. Gib mir stattdessen Lebertran. Das passt besser zu meiner Stimmung.“

„Wir haben jede Sekunde das Leben zu feiern, Ms Super-spirituell. Also, los, mach schon.“

„Ich hätte doch in einer Jugendherberge unterkommen sollen“, knurrt Lucy auf dem Weg zum Badezimmer. „Da hätte man mich wenigstens in Ruhe gelassen und nicht mit Bodylotions drangsaliert.“ Dann dreht sie sich um. „Bist du dir ganz sicher, dass ich dich und Patrick nicht störe? Wirklich, ich kann gerne hier drinbleiben oder draußen etwas essen gehen. Ihr braucht doch jetzt mal Zeit für euch.“

Sophie nimmt ein Kissen vom Bett und wirft es Lucy an den Kopf. „Noch ein Ton darüber und ich flippe wirklich aus! Wir könnten uns nicht mehr freuen, dass du hier bist, okay? Wir lieben es, dich hier zu haben. Alle beide! Also, los, jetzt mach endlich.“ Und damit macht sie resolut die Tür zu und lässt Lucy allein zurück.

Diese nimmt entgegen Sophies Anweisung eine heiße Dusche und muss ihr recht geben. Duschen ist wirklich eine gute Idee. Nach einem Flug fühlt man sich doch immer ein wenig schmutzig, und zusätzlich wird jetzt auch die Restmü-digkeit aus ihrem Körper gespült. Wobei ihr bewusst ist, dass es sich hierbei nur um die oberflächliche Müdigkeit handelt. Denn da ist noch etwas anderes, ganz tief in ihr drin, etwas, das sie regelrecht in den Keller zu ziehen scheint. Wie ein Betonklotz, der zieht und zieht, und gegen dessen Gewicht sie ununterbrochen ankämpfen muss. Sie weiß nicht, wie lange sie das noch durchhalten wird.

Als sie mit der Dusche fertig ist, geht sie ins Schlafzimmer zurück. Tatsächlich liegt auf dem Bett die versprochene Bodylotion neben einer weichen Kaschmirhose und einem kuscheligen weißen Kaschmirpulli mit Seidenhemdchen zum Darunterziehen. Lucy befühlt die Sachen und muss lächeln. Sophie hatte schon immer ein Händchen für schöne Dinge. Jetzt sieht Lucy auch, wo dieses Faible für das ästhetisch Ansprechende herkommt. Es sind die kleinen Sachen. Man braucht nicht viel, aber was man hat, das sollte Qualität haben. Lucy nimmt sich vor, das in Zukunft auch mehr zu beherzigen. Wertschätzung, denkt sie sich. Es zeigt Wertschätzung sich selbst und der Welt gegenüber.

Sie cremt sich ausgiebig ein und atmet dabei voller Freude den feinen Duft ein. Während sie sich die Wollsachen anzieht, entdeckt sie, dass auch noch dicke Socken bereitliegen. Sophie hat wirklich an alles gedacht. Lucy schaut in den Spiegel. Würde sie nicht wissen, wie es ihr tatsächlich geht, würde sie denken, dass ihr hier eine glückliche Frau gegenübersteht. Leider spiegelt das Außen im Moment nicht ihr Inneres wider, aber vielleicht kann sie ihr Innenleben ja überlisten, wenn sie ein positives Äußeres auflegt. Irgendwie müssen die beiden ja zusammenhängen.

Also entscheidet sie sich, nicht nur ihre beste Gesichtscreme dick aufzutragen und sorgfältig einzuklopfen, sondern sich auch noch ein wenig mit Lippenstift und Mascara zu verschönern. In diesem Moment kommen Erinnerungen an ihre Pflegefamilie hoch, ihre entfernten Verwandten, die sie nach dem Tod ihrer echten Familie großgezogen haben. Da gab es so etwas wie feine Klamotten gar nicht. Niemand wäre auf die Idee gekommen, sich zurechtzumachen, außer sonntags zum Gottesdienst. Aber selbst da sahen sie alle aus wie einem Country-Film entsprungen. Lucy war das damals nicht bewusst, sie kannte es nicht anders, aber bis heute fühlt sie die kratzigen Kniestrümpfe an ihren Waden, wenn sie daran zurückdenkt.

Sie lebt heute natürlich ganz anders. London hat sie verändert und sie ist zu einer attraktiven, modernen Frau geworden, aber etwas von dem alten Mief scheint ihr immer noch anzuhängen. Mief im wahrsten Sinne des Wortes, denn im selben Moment wird der dezente Chanelgeruch von dem Gestank von verbranntem Kohl übertüncht, der ihre Kindheit so sehr bestimmt hat. Lucy erschrickt und schüttelt sich aus ihren Gedanken heraus. Der Geruch ist für einen Moment so stark gewesen, dass sie sich kurz sicher war, er sei real. Aber als sie jetzt schnüffelt, ist da nichts außer Chanel. So stark können also Erinnerungen sein, erkennt sie erstaunt und auch ein wenig erschrocken. Sie sitzen regelrecht in unseren Zellen fest.

Dann streichelt sie wieder über den weichen Kaschmir. Sophie ist natürlich ganz anders groß geworden. In privilegierten Verhältnissen, auch wenn ihr das nie besonders viel zu bedeuten schien. Aber man merkt es ihr einfach an. Sie trägt es so selbstverständlich wie eine zweite Haut. Aishley sowieso. Bei ihr ist es eher die erste Haut. Beide können sich sicher nicht vorstellen, wie es ist, aus einem kleinkarierten, hart arbeitenden Haushalt zu kommen, wo immer alles zu knapp ist. Auch die Liebe und Aufmerksamkeit.

In diesem Moment nimmt Lucy sich vor: Selbst, wenn der Betonklotz an ihrem Bein zieht und zieht und sie Alex so sehr vermisst, dass es fast körperlich schmerzt, wird sie sich trotzdem Gutes tun. Sie wird es zumindest versuchen. Sie ist froh, dass Sophie sie überredet hat, ihr Zimmer zu verlassen und ihr und Patrick beim Abendessen Gesellschaft zu leisten. Sie bürstet sich noch einmal durch die Haare und geht dann raus.

Im Wohnzimmer betrachtet sie staunend den zwar liebevoll, aber auch sehr pompös gedeckten Tisch.

„Wow, gestaltet ihr jeden Abend so feierlich?"

„Nicht jeden", protestiert Sophie lachend. „Manchmal ist es auch total casual. Aber wir versuchen eigentlich schon, unsere Zeit miteinander schön zu gestalten. Und heute haben wir ja außerdem einen ganz speziellen Gast!"

„Ihr habt euch aber doch jetzt nicht extra wegen mir die ganze Mühe gemacht?"

„Warte, bis du das Essen siehst, dann wirst du merken, dass wir uns überhaupt keine Mühe gemacht haben. Es gibt lediglich Abendbrot. Und Suppe dazu. So, jetzt lass uns aber erst einmal anstoßen." Die Treppe hoch brüllt sie: „Patrick!"

Keine Minute später kommt Patrick in Jeans und einem legeren Pulli ins Wohnzimmer geschlendert.

„Ihr beide seid wirklich ein Traumpaar", rutscht es Lucy heraus. Ihre Gastgeber scheinen sich darüber zu freuen.

„Das würde ich doch meinen", sagt Patrick und legt einen Arm um Sophie. „Zumindest ein sehr glückliches Paar, wenn auch manchmal mit einigen Aufs und Abs."

„Die gibt es bei euch auch?" Lucy blickt die beiden ehrlich erstaunt an.

„Lucy, wir wären doch keine Menschen, wenn es das bei uns nicht gäbe", erwidert Sophie lachend. „Du müsstest mal Aishley und Nicolai sehen, da fliegen ständig die Fetzen, aber nach einer halben Stunde ist alles wieder vergessen. Ich glaube, wenn die Basis stimmt, bekommt man auch alles andere hin."

„Und was ist die Basis?", fragt Lucy.

„Tiefes Vertrauen und die bedingungslose Bereitschaft, es

zusammen schaffen zu wollen", sagt Patrick, während er ihnen Champagner einschenkt.

„Selbstliebe", murmelt Sophie.

„Du mit deiner Selbstliebe!" Patrick schüttelt lachend den Kopf. „Ich mache hier heiße Liebeserklärungen und du denkst nur an dich." Dabei zwinkert er Lucy zu.

„Ich meine es ernst, Patrick. Ich bin davon überzeugt, dass man keine wirklich gute, erfüllte Beziehung führen kann, wenn man sich nicht zuvor selbst bedingungslos liebt. Denn dann ist man emotional bedürftig und erwartet ständig etwas vom anderen. Im besten Fall Aufmerksamkeit, im schlimmsten Fall die Erlösung von allen Problemen. Aber das wird dir ja Gott sei Dank nicht blühen, mein Lieber, da ich vorher durchs Fegefeuer gegangen bin und dort meine emotionale Bedürftigkeit sozusagen habe wegbrennen lassen."

„Soso", stellt dieser schmunzelnd fest. „Da habe ich ja Glück gehabt. Ms Perfect sozusagen, hm? Was meinst du denn dazu, Lucy?"

„Ich bin da voll bei Sophie. Sorry, Patrick, aber auch ich bin erst mit Alex zusammengekommen, als ich das Gefühl hatte, mich durch meine alten Verletzungen durchgearbeitet zu haben. Wobei – ihr seht ja, wo mich das hingeführt hat." Sie hebt lachend ihr Glas. „Prost! Auf die Selbstliebe und auf die romantische Liebe!"

„Auf diese beiden!", antwortet Patrick und die drei stoßen an. „Übrigens", setzt Patrick hinzu und guckt an ihr hoch und runter. „Ich habe fast das Gefühl, Sophie vor mir zu haben." Er schnüffelt kurz in die Luft. „Und der Duft kommt mir auch bekannt vor."

„Ja …" Lucy ist etwas beschämt. „Ich hoffe, du findest das nicht gruselig. Sophie war so nett, mir die Sachen zu leihen. Ich habe zwar auch genug dabei, aber mein Lycra ist doch nichts gegen den Kaschmir hier."

„Steht dir super", beteuert Sophie. „Das wollte ich eben schon sagen. Wir haben hier einen tollen Laden in der Nähe, wo man wirklich schöne Kaschmirsachen zu erschwinglichen Preisen bekommen kann. Vielleicht hast du ja Lust, mal mit mir zusammen hinzugehen."

„Ja, vielleicht", murmelt Lucy und schaut sich dann erneut im Zimmer um. „Ich bin immer noch komplett begeistert von eurer Wohnung – auch die Bilder sind der Hammer! Sind die von Aishley?"

Sophie folgt ihrem Blick. „Die meisten schon. Aber da sind auch noch andere Bilder aus der Galerie von Danny, den du ja, glaube ich, auch mal kennengelernt hast, und natürlich auch von Lydia, meiner Schwägerin. Mein Lieblingsbild ist im Schlafzimmer. Soll ich es dir zeigen?"

„Das ist eine gute Idee", mischt sich jetzt Patrick ein. „Wieso nehmt ihr nicht euren Champagner mit und du führst Lucy herum, während ich das Essen auf den Tisch stelle? Ich rufe euch dann."

„Bist ein Schatz." Sophie gibt ihm einen schnellen Kuss und fängt dann mit der Besichtigung an.

Lucy kommt aus dem Staunen gar nicht mehr heraus. Durch den Umbau des Chalets hat sie sich natürlich mehr als jemals zuvor mit Inneneinrichtung beschäftigt, aber was Patrick und Sophie da auf die Beine gestellt haben, ist schon beachtlich.

„Habt ihr das alles alleine gemacht?", fragt sie beeindruckt.

„Nein, nein, um Gottes willen. Wir hatten nicht nur eine professionelle Innendesignerin, sondern Lydia hat auch noch tatkräftig mitgemischt. Und die hat dafür wirklich ein Auge."

„Aber das muss ja höllisch teuer gewesen sein." Voller Ehrfurcht fährt Lucy mit den Fingern über den Marmor in Sophies und Patricks Bad. „Unglaublich, wie das alles aufeinander abgestimmt ist."

„Ja, wir haben schon eine Menge investiert, aber wir wollen auch hierbleiben. Wir lieben es hier. Es ist zwar groß, aber immer noch gemütlich. Komm, ich zeige dir mein Lieblingszimmer!" Mit diesen Worten führt sie Lucy in ein Zimmer, von dem aus man auf denselben Baum hinaussieht wie aus dem Gästezimmer, nur eine Etage höher.

„Mein Arbeitszimmer", verkündet Sophie stolz. „Hier findet man mich, wenn ich mal nicht im Atelier bin."

„Oh Mann, hier kann man sicherlich kreativ werden." Lucy schaut sich interessiert um. Das Zimmer ist strahlend hell und in Weiß und cremigem Beige gehalten. Das Herzstück ist ein großer, aufgeräumter Schreibtisch mit einer riesigen Pinnwand dahinter – „Mein Moodboard", wie Sophie erklärt –, ergänzt von einer kleinen Sitzecke sowie einer Kommode, auf der wie überall im Haus frische Blumen stehen. Außerdem sind da eine Nähmaschine sowie zwei Mannequins, die aber im Moment nackt sind.

„Das hier ist mein Refugium." Sophie blickt herum, und es wird deutlich, wie sehr sie diesen Raum liebt. „Komm, setzen wir uns." Sie hat die ganze Flasche mitgenommen und schenkt ihnen nochmals nach.

„Hier entstehen also all diese tollen Entwürfe!" Lucy lässt sich in einen der Sessel fallen.

„Nein, nicht wirklich", entgegnet Sophie und nimmt einen Schluck von ihrem Champagner. „Das meiste mache ich schon in meinem Atelier in Covent Garden. Es ist eigentlich eine Schande, dass du noch nie da warst, wo sich doch das Yogastudio, in dem wir uns kennengelernt haben, gleich um die Ecke befindet. Ich werd's dir die Tage mal zeigen, dann lernst du auch Rosetta und Blair kennen, meine beiden Perlen."

„Gehört habe ich zumindest schon viel von ihnen."

„Ohne die beiden könnte ich gar nicht mehr. Ich habe echt keine Ahnung, wie ich das am Anfang gemacht habe.

Aber gut, da war die ganze Unternehmung noch bescheidener. Jedenfalls wirst du diesen Raum in der Regel nicht so leer und aufgeräumt vorfinden. So schaut er nur zwischen zwei Kollektionen aus. Sobald ich jedoch einmal anfange zu arbeiten, füllen sich Moodboard und Zimmer mit allen möglichen Textilien, Entwürfen und so weiter. Wie erwähnt mache ich das meiste im Atelier, aber der Raum hier inspiriert mich irgendwie ganz besonders. Da setze ich mich einfach mal sonntags vor dem Mittagessen hin oder lege mich auch mal mit einem Glas Wein auf den Boden, und dann kommen die Ideen wie kleine Luftblasen hochgestiegen. Sobald das passiert, wird gezeichnet und genäht und den Rest kennst du ja."

„Das stimmt. Lucy nickt und sieht sich nachdenklich um. „Den Rest kenne ich. Den kennt mittlerweile die halbe Welt. Du hast es echt geschafft, Sophie."

„Ach was. Ich glaube mittlerweile nicht mehr, dass es dieses ‚Geschafft' gibt. Jeder Moment ist anders. Mal bist du oben, mal unten, mal läuft es besser und dann auch wieder schlechter. Aber es hat doch alles irgendwie sein Gutes. Und ich finde es am wichtigsten, dass man Freude an dem hat, was man macht. Das zeigt sich auch im Endprodukt."

„Ja, das stimmt wohl", bestätigt Lucy und denkt an ihr Chalet, das ein Objekt von so viel Freude und gleichzeitig so viel Frustration für sie ist. Sie beneidet Sophie ein wenig um deren glühende Leidenschaft für das Designen, das ihr einfach nur Freude zu machen scheint.

Als hätte Sophie ihre Gedanken gelesen, sagt sie jetzt: „Es ist auch wirklich nicht alles nur eitel Sonnenschein. Es ist oft auch mühsam und vor allem mit viel, viel Arbeit verbunden. Aber ich bleibe dabei – wenn man grundsätzlich liebt, was man macht, dann fühlt es sich immer ein wenig wie ein Hobby an und dann macht das Leben wirklich Freude."

Sie hören, wie Patrick ihre Namen ruft und erheben sich von ihren Sesseln.

„Wirklich eine ganz spezielle Atmosphäre hier." Lucy schaut sich noch einmal um. „Genau wie in meinem Zimmer unten. Die Wohnung strahlt wirklich etwas Positives aus."

Unten hat Patrick mittlerweile so viel Essen auf den Tisch gestellt, dass Lucy bei dem Anblick allein das Wasser im Mund zusammenläuft. Obwohl sie doch zuvor noch dachte, dass sie gar keinen Hunger hat. „Mensch, Patrick, das hast du aber liebevoll gemacht", lobt sie ihn.

„Hat mir meine Frau beigebracht", gibt er grinsend zurück. „Den Tisch richtig zu decken, ist ihr sehr wichtig. Ich will mich ja nicht versnobt anhören, aber bei uns waren da immer die Angestellten für zuständig."

„Ich will mich nicht versnobt anhören, aber mache mit einem einzigen Halbsatz klar, dass ich ein absoluter Snob bin!" Sophie nimmt ihn lachend in die Arme. „Ich jedenfalls, mein Schatz, bin heilfroh, dass du auf deine alten Tage doch noch gelernt hast, wie man einen Tisch deckt. So wie Millionen von Briten es jeden Tag tun. Von Kindesbeinen an!"

„Hey", widerspricht Patrick. „Millionen von Briten decken den Tisch sicherlich nicht so stilvoll wie ich."

„Nein, weil sie keine Riedel-Gläser und kein Meißner Porzellan besitzen", erwidert Lucy lachend, die gerade einen der Teller umgedreht und darauf die beiden berühmten Schwerter entdeckt hat. „Sorry", sagt sie. „Aber seit ich das Chalet umbaue, wird alles genau inspiziert. Das wirkt vielleicht manchmal ein wenig neugierig." Schnell stellt sie den Teller wieder ab.

„Ach Quatsch, sei so neugierig, wie du willst. Das deutsche Porzellan haben wir übrigens nur rausgeholt, um dich an deine neue Heimat zu erinnern", feixt Patrick. „Also, die Damen, setzt euch, und euer treuer Butler wird euch jeden

Wunsch von den Augen ablesen. Wie wäre es mit einem guten Rotwein?"

„Ich bin mir nicht sicher, ob ich trinken sollte, Patrick, wirklich. Ich bin gerade sowieso schon kurz davor, in eine Depression abzurutschen, da weiß ich nicht, ob Alkohol hilft."

„Kein Problem, ganz wie du willst. Dann hole ich ihn nur für Sophie und mich. Wie wär's stattdessen mit einem Abendtee?"

„Ach, weißt du was? Ein Glas Wein trinke ich mit. Das wird mich entspannen. Den Tee nehme ich nachher mit aufs Zimmer, wenn ich darf. Ich bin übrigens fasziniert, wie fit du trotz der Zeitumstellung bist."

„Ist reine Gewohnheitssache", antwortet Patrick und holt dann den Wein. Wie vorher angekündigt, gibt es nur ein einfaches Abendbrot, aber das ist genau das, was Lucy heute braucht. Nichts Kompliziertes, sondern gutes, ehrliches Essen. Und viel davon!

„Wo habt ihr nur das ausgezeichnete Brot her?", fragt sie mit vollem Mund. „Ist fast so gut wie in Deutschland."

„Es ist tatsächlich nicht so einfach, das hier zu bekommen", antwortet Patrick. „Wir haben den Bäcker mithilfe meiner Assistentin gefunden."

Lucy spült ihren Bissen mit einem Schluck Wein herunter und lacht: „Langsam hörst du dich wirklich versnobt an, Patrick. Was würdest du nur ohne deine Gefolgschaft tun?"

„Nichts", gibt Patrick grinsend zurück. „Eingehen würde ich."

„Das stimmt auch wieder nicht", verteidigt Sophie ihren Mann. „Er kann auch ganz praktisch sein. Letztlich ist er ja ein Landjunge, vergiss das nicht, Lucy."

„Ja, ein richtiger Dorfdepp", setzt Patrick noch einen obendrauf.

„Außer, dass es im Umkreis von ein paar Meilen um euer Gut herum kein Dorf gibt. Noch nicht einmal ein einziges Haus. Alles Privatgrundstück. Aber genug davon. Lucy, wie geht's dir denn jetzt?"

„Oh nein, kein Wort mehr von mir." Lucy hält Patrick ihr Glas hin, damit er ihr entgegen ihrem Vorsatz nachschenken kann. „Ich will heute wirklich nicht über mich sprechen. Jedes andere Thema ist mir hingegen willkommen. Patrick, berichte doch mal von Hongkong. Ich war noch nie in Asien, würde aber so unglaublich gerne mal dorthin."

Und während Patrick ihnen auf seine unterhaltsame Art von der Reise erzählt, wird Lucy bisweilen sogar von ihren eigenen Sorgen abgelenkt. Aber sie weiß, dass das nicht ewig anhalten wird. Irgendwann wird sie sich ihren Problemen stellen müssen. Lieber früher als später.

SCHON AM NÄCHSTEN Morgen trifft die Schließung des Chalets sie mit voller Wucht. Ihre Zukunft fühlt sich wie ausgelöscht an. Und erstaunlicherweise scheint sie auch jetzt erst zu realisieren, dass Alex und sie wirklich getrennte Wege gehen. Diese Erkenntnis schwappt über sie wie eine Welle. Eine Tsunamiwelle, die sie nicht mehr aufhalten kann und die ihr die Luft zum Atmen nimmt. Sie blickt aus dem Fenster und sieht, dass es noch stärker regnet als gestern. Daher beschließt sie, im Bett zu bleiben. Wie sie es aus Filmen kennt, zieht sie sich die Decke über den Kopf und wartet darauf, dass das schwere Gefühl in ihr verschwindet. Aber so lange sie auch wartet, die erhoffte Erleichterung stellt sich nicht ein. Es geht ihr nur noch schlechter und schlechter. Sie kann sich nicht entsinnen, jemals zuvor so eine Perspektivlosigkeit gespürt zu haben. Dass es privat mal nicht so funktioniert hat, wie man es sich erträumt hat – klar. Dass es auch mal beruflich nicht ideal lief – auch klar. Aber dass sie mit einem Schlag ihren Traummann sowie ihre berufliche Zukunft verlieren würde, das hat sie nicht erwartet. Irgendwann wird es ungemütlich im Bett und ihr Körper schreit nach Bewegung. Aber so sehr ihr Kopf auch will, sie kann sich nicht überwinden, aufzustehen. Es fühlt sich an, als würde Blei statt Blut durch ihre Adern fließen. Also bleibt sie weiter liegen. Patrick und Sophie sind heute beide wieder arbeiten gegangen und haben ihr einen Schlüssel dagelassen. So wird sie zumindest ihre Ruhe haben. Sie macht also wieder die Augen zu und fällt in einen leichten Schlaf, der jedoch immer wieder von wirren Träumen unterbrochen wird, die sie aufschrecken lassen. Lucy schafft es kaum, wirklich zu atmen und würde im Moment am liebsten gar nicht existieren. Alles um sie herum scheint sich in freiem Fall zu befinden, und sie entdeckt keinen Anker in sich, der ihr irgendeinen Halt gibt. Das Bett wirkt zumindest sicher, auch wenn sich alles in ihr drin wie ein Kriegsschauplatz anfühlt. Es ist einer dieser Momente, in denen Lucy trotz ihrer Yogaausbildung und der ganzen Spiritualität keine Ahnung hat, was sie mit sich selbst anfangen soll. Als es draußen anfängt, dunkel zu werden, kommt leichte Unruhe in ihr auf. Irgendwann werden Sophie und Patrick wiederkommen und es wäre peinlich, wenn sie sehen würden, dass sie den ganzen Tag im Bett verbracht hat. Also steht sie auf, putzt sich heute zum ersten Mal die Zähne, bürstet das Haar und befeuchtet ihr Gesicht mit kaltem Wasser. Dann zieht sie sich gemütliche Yogaklamotten an. Vergessen ist ihr Vorsatz von gestern, sich selbst in ihren dunkelsten Momenten gut um sich kümmern zu wollen. Jetzt will sie einfach nur funktionieren und sonst nichts. Dann sitzt sie ziellos da und weiß nichts mit sich anzufangen. *Tu etwas, Lucy*, spornt sie sich in Gedanken an. Und wenn es meditieren ist. Aber hier einfach nur herumzusitzen und blöd vor sich hinzustarren, bringt nun wirklich gar nichts.

Aber sie kann einfach nicht anders, sondern sitzt dort, bis der Gedanke an ihre Gastgeber, die jeden Moment eintreffen könnten, sie schließlich dazu ermutigt, das Zimmer zu verlassen. Ohne weitere Überlegung zieht sie sich Jacke und Schuhe an. *Du siehst aus wie ein Penner*, denkt sie beim Blick in den Spiegel, aber gleichzeitig hat sie auch nicht vor, dies in irgendeiner Form zu ändern. Stattdessen schreibt sie auf einen kleinen Zettel im Eingangsbereich, dass sie ausgegangen ist und die beiden nicht auf sie warten sollen. Sie will etwas essen gehen und danach gleich zurück ins Bett fallen.

Sobald sie draußen ist, realisiert sie, dass sie gar keinen Regenschirm mitgenommen hat. Aber die Tropfen sind nur noch ein Nieselregen, weshalb die Kapuze ihres alten Parkas durchaus ausreicht. Zudem passt die Nässe jetzt genau zu ihrer Stimmung. Sie läuft durch die Straßen von Kensington und Knightsbridge, und obwohl sie selbst in einer ganz anderen, weniger feinen Gegend gewohnt hat, ist ihr hier doch vieles vertraut. Schließlich handelt es sich um eines der berühmten Touristenviertel Londons, was nicht zuletzt an Harrods liegt, dem exklusiven Kaufhaus, das hier ganz in der Nähe mit all den anderen schicken Läden um die Wette leuchtet. Sie beschließt, dort vorbeizulaufen. Die schön geschmückten Schaufenster können sie vielleicht etwas aufmuntern und eventuell sind ja auch Sophies Sachen ausgelegt. Denn Lucy weiß, dass Harrods Sophies Kollektionen zumindest am Anfang exklusiv verkauft hat.

Aber selbst die bunten Schaufenster ziehen heute einfach an ihr vorbei, und Sophies Sachen kann sie auch nicht entdecken. Stattdessen denkt sie an Dodi, den Geliebten von Prinzessin Diana, der mit ihr zusammen beim Autounfall gestorben war und dessen Familie das berühmte Kaufhaus gehört. Sie haben ihm darin sogar ein Denkmal bauen lassen. Diese Gedanken tragen nicht gerade dazu bei, sie aufzumuntern, und sie entschließt sich, etwas essen zu gehen. Nur was? Obwohl London vor kulinarischen Möglichkeiten nur so wimmelt, weiß sie trotzdem nicht, wonach ihr gerade ist. Letztlich entscheidet sie sich für einen Pub, in dem sie ganz traditionell Fish and Chips bestellt.

Nach dem ersten Bissen würde sie alles am liebsten stehen lassen, so fettig und labberig schmeckt das Gericht, aber sie zwingt sich, weiterzuessen und verspeist letztlich alles bis auf den letzten Krümel. Dann hat sie eigentlich nichts mehr zu tun und macht sich langsam auf den Weg zurück. Patrick und Sophie sind bestimmt noch nicht im Bett, aber glücklicherweise ist das Gästezimmer etwas abgeschieden gleich am Eingang der Wohnung gelegen, so dass sie unauffällig dorthin verschwinden kann, ohne die Aufmerksamkeit ihrer Gastgeber auf sich zu ziehen. So nett es gestern auch gewesen ist, heute ist ihr wirklich nicht nach Gesellschaft zumute.

AUCH DIE NÄCHSTEN Tage vergehen eher ruhig. Sophie und Patrick respektieren ihr Bedürfnis nach Stille und geben ihr Zeit, ihre Wunden zu lecken. Gleichzeitig scheinen sie sich aber vorgenommen zu haben, Lucy nicht komplett vereinsamen zu lassen. So haben sie ungefähr jeden zweiten Abend etwas eingeplant. Nichts Wildes, aber mal ein Dinner zu Hause, mal im Restaurant, mal ein Theaterbesuch und so weiter. So hat Lucy jeden zweiten Tag, um sich in ihrem Leid zu suhlen, und dann wieder Gesellschaft, um sich abzulenken.

An einem Tag nimmt Sophie sie mit zu sich ins Atelier, wo sie Blair und Rosetta kennenlernt. Danach gehen sie Aishley in ihrem Fotostudio besuchen und mit ihr zusammen etwas essen.

„Blass siehst du aus", stellt Aishley fest, als sie sich am

Tisch gegenübersitzen. „Und dünn. Halten die beiden dich im Keller gefangen und enthalten dir Nahrung vor?"

„Ich wünschte", sagt Lucy lächelnd und drückt unter dem Tisch Sophies Hand. „Ganz im Gegenteil. Ich werde behandelt wie eine Prinzessin im Turmzimmer, die mit den feinsten Köstlichkeiten versorgt wird. Nur in meinem Inneren, da fühle ich mich leider gar nicht wie eine Prinzessin. Aber dafür können Sophie und Patrick nun wirklich nichts."

„So schlimm?", fragt Aishley, und Lucy nickt mit Tränen in den Augen. Jetzt drücken beide Freundinnen ihr die Hand.

„Vor allem das mit Alex ist schlimm, um ehrlich zu sein. Ich hatte das in meinem Chalet-Rausch irgendwie verdrängt. Ich glaube, ich habe die Trennung gar nicht so wirklich ernst genommen. Aber jetzt schon." Betreten schaut sie nach unten.

„Dann schreib ihm doch", schlägt Sophie vor. „Sprecht euch aus."

„Das habe ich schon getan", antwortet Lucy leise. „Ihm geschrieben. Vor ein paar Tagen. Die Nachricht ist jedoch bis heute nicht durchgegangen. Das heißt, er scheint immer noch weg zu sein und sein Handy ausgeschaltet zu haben. Ich komme mir so unglaublich einsam vor. Und so machtlos."

„Ich weiß, wie sich das anfühlt." Sophie streichelt ihrer Freundin noch einmal über die Hand. „Und wenn Alex der Richtige ist, dann wird das mit euch auch wieder was, davon bin ich überzeugt. Aber es ist vielleicht ganz gut, dass du dir jetzt erst einmal Zeit für dich selbst nimmst. Da muss viel verarbeitet werden, was?"

„Ja, definitiv. Ich habe irgendwie das Gefühl, als würde ich permanent unter Strom stehen. Seit ich am Tegernsee angekommen bin, ist das so. Das Gefühl, als würde alles um mich herum zusammenbrechen, wenn ich es auch nur einmal wage, durchzuatmen. Kennt ihr das?"

„Ich nicht", antwortet Aishley und zuckt bedauernd mit den Schultern.

„Ich schon", erwidert Sophie, „aber es ist natürlich absolut kontraproduktiv, in solchen Situationen noch angespannter zu werden. Ist da nicht der Moment zum Loslassen gekommen? Bei angehaltenem Atem kann man gar nichts bewirken."

„Ich weiß. Dass gerade ich mit meinem Yoga, dem Atmen und dem ganzen Trallala es nicht hinbekomme, ist irgendwie absurd."

„Das ist nur, weil du das Gefühl hast, dich in Gefahr zu befinden", schlussfolgert Sophie und nickt überzeugt. „Du musst deinem System zeigen, dass es in Sicherheit ist, denn so angespannt schneidest du dich komplett von deiner Kreativität ab."

„Wozu brauche ich denn schon Kreativität?", fragt Lucy resigniert. „Ich bin doch keine Künstlerin wie ihr. Was ich brauche, ist ein Wunder. Und zwar ein Großes."

„Na, na, so schlimm ist es auch wieder nicht. Und Kreativität benötigen wir alle. Von dorther kommen nämlich auch Problemlösungen. Und du willst deine Probleme doch lösen, oder?"

„Ich weiß es nicht, ich weiß im Moment gar nichts – außer, dass dieser Burger hier verdammt gut ist." Und damit nimmt sie einen großen Bissen und signalisiert ihren Freundinnen, dass das Thema beendet ist.

Später ruft Sophie Aishley an.

„Hab' ich es dir nicht gesagt? Sie ist kaum wiederzuerkennen, oder?"

„Mannomann, es ist schlimmer als du gesagt hast. Als sei jedes Leben aus ihr gesaugt worden. Was machen wir denn jetzt?"

251

„Ich weiß es nicht, ich weiß es wirklich nicht. Patrick und ich denken schon jeden Abend darüber nach, aber wir glauben beide, dass sie da alleine durchmuss. Wir können nur für sie da sein und ihr den Raum geben, um zu heilen. Aber weißt du was, da fällt mir etwas ein. Aishley, ich hab' eine Bombenidee!"

Sie braucht nur wenige Minuten, um Aishley von ihrem Plan zu überzeugen, und noch am selben Abend machen sich die beiden an die Umsetzung.

24

Ein paar Tage später sitzen sie beim Abendessen, als Patrick Lucy beiläufig fragt: „Hast du eigentlich vor, irgendwann wieder nach Deutschland zurückzukehren?"

„Patrick!" Sophie lässt empört ihre Gabel fallen und auch Lucy schaut erschrocken auf.

„Oh sorry", sagt sie. „Wirklich – sorry. Ich habe mich hier einfach eingenistet und ihr wundert euch wahrscheinlich schon, wann ich endlich wieder verschwinde." Sie wird vor lauter Verlegenheit rot. „Ich habe noch nicht vor, nach Deutschland zurückzugehen, aber ich werde mich gleich morgen nach einem Hotel umsehen. Ich kann euch hier wirklich nicht mehr länger auf die Pelle rücken."

„So ein Quatsch, du bist …", wirft Sophie ein, aber bevor sie den Satz zu Ende bringen kann, unterbricht Patrick sie:

„Lucy, das kam offensichtlich so was von falsch rüber, bitte entschuldige. Du störst hier überhaupt nicht und du kannst so lange bleiben, wie du willst. Wir wären beleidigt, wenn du woanders wohnen würdest. Darum ging es nicht, bitte glaub mir. Ich war einfach nur interessiert, was deine Pläne sind. Denn dein eigentliches Leben ist doch jetzt in Deutschland, oder? Am Tegernsee, von dem Sophie ununterbrochen schwärmt."

„Ja", bestätigt Lucy, immer noch verunsichert. „Als Tourist ist es dort bestimmt schön. Aber wenn man Zugereister ist, versuchen die, einem ständig Knüppel zwischen die Beine zu werfen. Sie hassen Fremde. Ich weiß im Moment wirklich nicht, wo ich hingehöre."

„Gut, dann müssen wir das auch heute Abend nicht entscheiden. Jetzt gehörst du zunächst einmal hierhin und Sophie und ich sind glücklich, dass du bei uns bist."

Aber Lucy kommt nicht umhin zu sehen, wie er seiner Frau einen bedeutungsvollen Blick zuwirft.

Es REGNET UND REGNET, und während Lucy durch London schlendert, beschäftigt sie nicht zum ersten Mal die Frage, die Patrick ihr gestern gestellt hat. Wo gehört sie eigentlich hin? Sie hätte nicht gedacht, dass sie sich mal so verloren fühlen könnte. Sie schaut sich um und fragt sich, ob London sich noch wie zu Hause anfühlt. Aber es passiert nichts in ihrem Herzen. Klar, die Stadt wird ihr immer wichtig sein, hier hat sie tolle Jahre verbracht, aber ob sie das Hektische, das Großstädtische noch so braucht, das weiß sie nicht. Sie fühlt sich von dem ganzen Verkehr und den vielen Menschen fast überfordert, aber das ist auch kein Wunder, denn London im Regen war schon immer deprimierend. Patrick hat recht, irgendwann wird sie eine Lösung finden müssen.

Als SIE AM nächsten Morgen aufwacht, kann sie sich nicht mehr über den Regen beschweren, denn die Sonne scheint in frühlingshafter Pracht durch ihr Fenster und lässt gleich alles in anderem Licht erscheinen.

Lucy will das ausnutzen und entscheidet sich, in die Kensington Gardens zu gehen, den schönen Park, der sich nur ein paar Meter von Sophies und Patricks Wohnung entfernt befindet. Sie springt auf, nimmt eine lange Dusche und wäscht sich heute auch die Haare. Nachdem sie sich ausgiebig eingecremt hat, entscheidet sie sich außerdem für ein wenig Parfum. Dann fällt ihr Sophies Kaschmirpulli ins Auge, der immer noch bei ihr liegt. Sophie wird doch nichts dagegen haben? Nein, ganz bestimmt nicht. Schnell ist der Pulli angezogen und Lucys Haare sind geföhnt. Sie muss sagen, sie fühlt sich heute fast wie eine neue Person. Sie versucht sogar, sich zaghaft im Spiegel zuzulächeln – und es klappt! Sie kann also noch lächeln. Erleichtert lacht sie auf.

Sie legt etwas Mascara und Lippenstift auf, zieht sich Jacke und Schuhe an und geht nach draußen. Dort stellt sie sich erst einmal in einen Sonnenstrahl hinein, hält das Gesicht gen Himmel und atmet tief durch. Ah, tut das gut!

Dann geht sie in die Kensington Gardens. Gleich hinter dem Parkeingang liegt der Kensington Palace, das Zuhause von Kate und William, und wie wahrscheinlich fast jeder, der dort vorbeigeht, versucht Lucy unauffällig, die beiden Royals irgendwo zu erspähen. Aber das ist natürlich nicht der Fall. *Quasi direkte Nachbarn der königlichen Familie, typisch Sophie und Patrick!*, befindet sie schmunzelnd. Wobei es natürlich auch am Tegernsee die ein oder andere Berühmtheit gibt. Dafür ist der See in Deutschland schließlich bekannt. Aber ehemalige Fußballspieler lassen sich natürlich nicht mit der britischen Königsfamilie vergleichen. Trotzdem spürt Lucy, wie ihr bei dem Gedanken an den Tegernsee ein kleiner Stich durchs Herz geht. *Ist das Heimweh?*, fragt sie sich verwundert. Dann spaziert sie mit schnellen Schritten durch den Park und merkt, wie gut es ihr tut, sich mal wieder richtig zu bewegen. Dieses Trotten durch den Londoner Regen in den letzten Tagen ist doch etwas ganz anderes als ein flotter Spaziergang durch einen sonnendurchfluteten Park. Nach einer halben Stunde strammen Gehens und viel Sauerstoff in der Lunge, setzt sie sich auf eine Bank und beobachtet eine Mutter, die mit ihrer kleinen Tochter auf der Wiese spielt.

Trotz des vielen Wassers, das in den letzten Tagen vom Himmel gefallen ist, haben die ersten Knospen todesmutig angefangen, ihre Köpfchen aus der Erde zu strecken. Die Kleine scheint von der erblühenden Pracht fasziniert zu sein.

„Guck, Mama, guck", ruft sie und zeigt von Blume zu Blume. Jede einzelne scheint sie mit neuem Entzücken zu erfüllen.

„Ja, schön, nicht wahr?", bestätigt die Mutter, während sie gleichzeitig auf ihr Handy schaut und eine Nachricht tippt.

„Nicht abreißen, nicht wahr, Mama? Damit die leben können", sagt die Kleine.

„Richtig", antwortet die Mutter geistesabwesend.

„Aber dann", bemerkt die Kleine traurig, „dann werden sie doch alle irgendwann sterben. Auch ohne abreißen. Genau wie Oma."

Jetzt steckt die Mutter ihr Handy doch weg. Sie scheint zu spüren, dass dies ein wichtiger Moment für ihre Tochter ist. Lucy fühlt sich wie magisch von dem Austausch angezogen und spitzt die Ohren.

„Irgendwann werden sie wieder sterben, ja, wenn ihre Zeit gekommen ist", erläutert die Mutter mit weicher Stimme. „Aber jetzt blühen sie erst einmal. Und wenn sie sterben, machen sie wieder Platz für etwas Neues. So, wie du dein altes Spielzeug weggibst, um Platz für neues Spielzeug zu machen. Oder wir dir neue Schuhe kaufen, da du aus deinen alten rausgewachsen bist. Darum, mein kleiner Schatz, ist es so wichtig, jeden Moment zu genießen. Das, was da ist. Und sich daran zu erfreuen, wie bunt und vielfältig alles ist. So, wie du es gerade tust."

„Was ist vielfältig?", fragt die Kleine mit konzentriertem Gesichtsausdruck.

„Das heißt, dass es viele davon gibt. Es gibt nicht nur eine Blumenart, sondern ganz, ganz viele. Und dazu Bäume, Sträucher, den Regen, die Sonne, die Tiere, die Menschen, alles gehört dazu. Und man kann das alles genießen, während es da ist. So wie wir jetzt die Sonne genießen, auch wenn wir wissen, dass es irgendwann wieder regnen wird."

„Und dann genießen wir den Regen", ruft die Kleine lachend.

„Und dann genießen wir den Regen, richtig", bestätigt die Mutter mit einem Lächeln.

Der Gesichtsausdruck des Kindes verdunkelt sich jedoch sogleich wieder und eine Sorgenfalte legt sich über die junge Stirn. „Und nichts bleibt, Mama? Gar nichts?"

„Oh doch, natürlich. Das Wichtigste bleibt, mein Schatz. Die Liebe. So wie Omi zwar weg sein mag, aber ihre Liebe ist doch immer noch in deinem Herzen, oder? Und meine Liebe zu dir, die kann niemals weniger werden."

„Und Gottes Liebe auch?", fragt die Kleine. „Das haben wir im Religionsunterricht gelernt."

„Das ist die größte Liebe, und an die kannst du dich immer halten, auch wenn du mal böse auf mich bist."

„Dann ist ja gut." Die Kleine strahlt und läuft lachend davon.

Lucy sitzt da und hat das Gefühl, als würde sich die dunkle Wolke, die in letzter Zeit alles in graues Licht getaucht hat, heben und heben. Sie schaut auf und alles wirkt plötzlich heller und klarer. In der Ferne sieht sie ein paar Leute Yoga machen und erhebt sich langsam, wie in Trance. Dann geht sie nachdenklich zur Wohnung zurück.

. . .

ABENDS KOMMEN Sophie und Patrick nach Hause, um von einem feierlich gedeckten Tisch und einer hübsch zurechtgemachten Lucy überrascht zu werden.

„Was ist denn hier los?", fragt Patrick und lässt seine Tasche auf den Boden fallen. „Haben wir Hochzeitstag?"

„Viel besser!", entgegnet Lucy lachend. „Ihr seid eure Mitbewohnerin morgen los."

„Wir sind was?" Jetzt lässt auch Sophie ihre Tasche fallen. Aber eher vor Schreck. „Was heißt das, wir sind dich los? Was willst du denn machen? War es der blöde Kommentar von Patrick gestern? Das war wirklich nicht so gemeint, Lucy, ich schwöre es dir!" Dabei wirft sie Patrick einen Blick zu, der sich gewaschen hat.

„Nein, ganz im Gegenteil." Lucy hebt abwehrend die Hände. „Der Kommentar war wichtig, er hat mir gutgetan. Aber noch mehr haben mir ein kleines Mädchen und seine Mutter im Park heute die Augen geöffnet. Jetzt setzt euch doch erst einmal. Dann erzähle ich euch alles. Beziehungsweise, lasst uns erst mal ein Glas Champagner trinken." Sie reicht jedem von ihnen ein gefülltes Glas und stößt mit ihnen an.

„Wow, hast du das alles heute gekauft?", fragt Patrick und deutet auf den reich gedeckten Tisch.

„Sieht mir ganz nach der Delikatessenabteilung vom Harrods aus", wirft Sophie beeindruckt ein.

„Richtig. Und euer Lieblingswein und Lieblingschampagner sind auch da. Alles bereit für einen schönen Abschiedsabend."

„Aber du bleibst doch noch ein paar Tage?"

„Nein, der Flug ist für morgen gebucht. Ich war lange genug hier." Sie lächelt ihre Freunde an und erwartet eine gewisse Erleichterung in ihren Gesichtern, aber bei Sophie bilden sich stattdessen nur hektische Flecken.

„Bis du dir da ganz sicher? Morgen schon? Willst du nicht um ein paar Tage verschieben?"

„Nein, Sophie, es ist Zeit, dass ich mein Leben wieder lebe. Ich …"

Aber bevor sie aussprechen kann, ist Sophie schon aus dem Zimmer gelaufen. „Ich muss schnell telefonieren", ruft sie ihnen aus dem Korridor zu.

Lucy guckt Patrick erstaunt an, aber der zuckt nur die Achseln. „Ich weiß auch nicht, was sie hat. Aber eins weiß ich – der Champagner ist vorzüglich!"

Kurz danach ist Sophie wieder da und wischt sich eine Schweißperle von der Stirn. „So, alles erledigt", verkündet sie. „Sorry, hatte noch etwas fürs Atelier zu erledigen. Aber jetzt, meine Liebe, sind wir ganz Ohr."

Sie setzen sich hin und Lucy beginnt, ihnen von dem Gespräch zu erzählen, das sie heute zwischen Mutter und Tochter mitbekommen hat. „Es gab so viele unterschiedliche Blumen auf der Wiese, wisst ihr, und bald werden es noch mehr sein. Und diese Vielfalt ist doch schön. Man braucht nicht nur eine Blumensorte. Aber genau das habe ich versucht: Mein Leben auf einen Aspekt runterzuschrauben, nämlich auf das Chalet. Dabei blieb Alex völlig auf der Strecke und meine Freunde und Rosie auch ein wenig. Alles, was nicht Chalet war, musste sich hinten anstellen oder sogar ganz gehen. Wäre es denn so schlimm gewesen, mit Alex ein paar Stunden auf dem Golfplatz zu verbringen? Was hätte sich denn wirklich geändert? Gar nichts. Außer, dass ich jetzt vielleicht noch einen Freund hätte. Na ja, und Pinterest beim Sex sollte man sich wahrscheinlich auch nicht angucken."

„Du hast was?" Patrick lässt seine Gabel fassungslos

sinken und Sophie scheint sich Mühe zu geben, nicht loszulachen.

„Ach, gar nichts, sorry", wiegelt Lucy schnell ab. „Das war vielleicht ein wenig zu viel Info. Was ich sagen will, ist, dass ich sicherlich nicht alles richtig gemacht habe. Ganz im Gegenteil."

„Aber wieso hast du das denn nie gemacht?", fragt Patrick. „Ich meine die Sache mit dem Golf. Über die mit dem Sex will ich gar nicht sprechen."

Lucy grinst. „Okay, das mit dem Sex war gerade ein Ausrutscher, vergessen wir das. Die anderen Dinge – ich weiß nicht, ich glaube, es ist der Perfektionismus. Ich habe das Gefühl, wenn ich etwas mache, muss es perfekt sein. Also nimmt es nie wirklich ein Ende. Und alles, was nicht dem Wohl dieser einen Sache dient, ist unnötige Ablenkung. Es ist Luxus, den man sich auch später leisten kann, aber nicht jetzt. Es ist ein bisschen wie diese Anwälte hier in London oder in New York, von denen man immer hört. Die arbeiten Hundert-Stunden-Wochen, um genug Geld zu verdienen, damit sie das Leben später genießen können. Und wenn es dann so weit ist, sind sie völlig ausgebrannt und wissen nicht mehr, wieso sie das genau gemacht haben."

„Ja, ich verstehe dich", bestätigt Patrick nickend. „Ich war auch mal so. Habe nur für die Arbeit gelebt und wollte meinen Vater beeindrucken. Bis dieser mich mal zur Seite genommen und mir erklärt hat, worum es im Leben geht. Was bin ich froh, so einen Vater zu haben! Das ist nicht so häufig bei erfolgreichen Menschen, zumindest nicht bei erfolgreichen Männern, dass sie die Balance hinbekommen, beziehungsweise die Prioritäten richtig zu setzen wissen. Für meinen Vater war die Familie das Wichtigste – und natürlich sein Gutshof und das Bier mit seinen Freunden. Klar, die Firma auch, sonst hätte er nicht dieses Medienkonglomerat aufgebaut, aber ich glaube, er hat die Gewichtung immer ganz gut hinbekommen. Zumindest in seinen letzten aktiven Jahren."

„Weißt du", antwortet Lucy ihm, „ich glaube, es ist immer eine Frage des Mindsets. Sich überfordert zu fühlen, ist doch meistens sehr subjektiv. Was einige locker wegstecken, bringt andere an den Rand der Verzweiflung. Und wie gesagt – das kommt aus dem Bedürfnis heraus, alles immer perfekt machen zu wollen. Dabei ist das doch gar nicht nötig. Gut genug reicht oft auch."

Eine Redepause stellt sich ein, während jeder seinen eigenen Gedanken nachhängt. Dann fragt Patrick Sophie: „Was meinst du dazu, Sophie? Du machst gerne alles perfekt und doch wirkst du nie überfordert. Was ist dein Geheimnis?"

„Hm, darüber hab' ich gerade nachgedacht und ich habe tatsächlich das Glück, mich sehr selten überfordert zu fühlen. Ich glaube, das liegt an zwei Sachen. Zunächst einmal meine ich, dass alles irgendwie zusammenhängt. Das heißt, wenn ich glücklich in meinem Privatleben bin, bin ich auch in meinem Job besser, und wenn ich im Job happy und nicht gestresst bin, dann kann ich auch die Freizeit viel mehr genießen. Vor allem würde mir aber die Inspiration fehlen, wenn ich nur arbeiten würde. Wo kämen da die Ideen für meine Kreationen her? Jedes Bauwerk, jede Farbe, jede Nuance, jedes Gespräch, jeder Mensch zeigt mir doch etwas Neues, etwas, das ich vielleicht in meinem Design verarbeiten kann. Ich liebe es, mich von allem inspirieren zu lassen, selbst von Dingen, die oberflächlich gesehen gar nicht der Inspiration dienen. Damit dient quasi auch alles meinem Job", fügt sie schmunzelnd hinzu. „Selbst der Wein hier, der inspiriert mich auch."

„Ja, Wein inspiriert mich ebenfalls", bekräftigt Lucy lachend, um dann etwas ernster hinzuzufügen: „Aber du hast schon recht, so kann man das natürlich auch sehen. Das eine nährt das andere, im Leben lassen sich die Dinge nicht sauber trennen. Und in meinem Chalet ... was wollen die Leute denn? Absolut perfekten Service oder lieber einen guten, netten Service von einer glücklichen, ausgeglichenen Frau?"

„Eben. Es wird sich bei dir keiner richtig wohlfühlen, wenn du gestresst und genervt bist", stimmt Sophie ihr zu. „Zudem wirst du unterbewusst anfangen, das Chalet und die Gäste dafür verantwortlich zu machen, dass dein Privatleben zu kurz kommt. Das spüren die Menschen. Und keiner will für die Misere eines anderen verantwortlich sein."

„Das stimmt allerdings." Lucy nickt nachdenklich. Gute Punkte sind das, die hier zur Sprache kommen.

„Und da passt doch genau das Golfspielen rein", wirft Patrick jetzt fröhlich ein. „Da wirst du dir das mit der Perfektion schnell abgewöhnen. An einem Tag ist man super, am nächsten grottenschlecht. Und auch wenn es einen zum Wahnsinn treibt – es zeigt einem etwas über das Leben. Zudem ist es für dich eine gute Gelegenheit, um neue, potenzielle Gäste kennenzulernen. Davon mal abgesehen, dass du dann immer erholt und schön gebräunt aussehen wirst. Genau, wie man es von der Chefin eines Wellness-Hotels erwartet."

„Ich glaube, du sprichst von einer anderen Art von Hotelchefin", erwidert Lucy lachend. „Ich habe keinen 5-Sterne-Schuppen. Das ist mein Ex. Aber wisst ihr was – ich werde versuchen, dass er bald nicht mehr mein Ex ist!"

„Wow!" Sophie klatscht in die Hände. „Ist er denn wieder zurück am Tegernsee?"

„Ich denke schon. Denn die Nachricht an ihn ist mittlerweile durchgegangen, was bedeutet, dass er sich wieder unter den Lebenden befindet." Trauriger fügt sie hinzu: „Wobei das nicht heißt, dass er mir geantwortet hat."

„Ach, er ist verletzt", tröstet Sophie sie. „Mach dir nichts draus. Verletzte Männer sind halt so. Da ist kein Rankommen mit einer kleinen Nachricht. Persönlich ist das sicherlich besser."

„Ja, deswegen fliege ich morgen auch. Es gibt viel zu tun, Leute!"

25

Patrick und Sophie haben sie gemeinsam zum Flughafen gebracht und der Abschied ist emotional.

„Du versprichst, du kommst bald wieder?", fragt Sophie sie zum x-ten Mal. „Du wirst nicht einfach wegbleiben, oder?"

„Ich komme ganz sicher wieder. England ist schließlich auch meine Heimat. Hab' ich nicht Glück gehabt? Ich habe zwei Zuhause. Aber hör mal, ich meinte es ernst. Wenn ihr diesen Sommer mit Nicolai und Aishley nach Italien fahrt, dann fliegt doch bitte über München und kommt für ein paar Tage zu mir. Von mir aus ist es dann nach Italien nicht mehr weit. Diesmal kommt ihr dann natürlich als richtige Gäste, ohne dass irgendeine Arbeit auf euch wartet. Vielleicht habe ich ja bis dahin auch schon Vorhänge", bemerkt sie grinsend.

„Ist gebongt", antwortet Sophie. „Ich hab's sogar schon mit Aishley besprochen. Sie ist auch ganz angetan von der Idee. Siehst du – auch wir haben langsam das Gefühl, zwei Zuhause zu haben."

„Das ist schön. So fühlt es sich zumindest nicht wie ein

ganz so langer Abschied an." Lucy streichelt über den Ärmel ihres Kaschmirpullis und lächelt Sophie warm an. „Der wird mich immer an dich erinnern."

„Er steht dir sowieso viel besser als mir. Ich habe mir übrigens erlaubt, dir noch ein paar Sachen in deine Tasche zu packen. Aber das siehst du ja dann, wenn du zu Hause bist."

„Du hast mir noch etwas eingepackt? Sophie, das geht doch nicht!"

„Keine Widerrede!" Sophie hebt abwehrend die Hand. „Lediglich eine kleine Erinnerung daran, dass man das Leben nicht auf eine Farbe beschränken muss."

„Sophie, du bist unglaublich!", bemerkt Lucy mit einem Seufzer. „Und dann noch diese Tasche für Emma hier. Wie soll ich das nur alles schleppen?"

„Das schaffst du schon. Nimm dir in München ein Taxi." Sophie ist unbarmherzig. „Und Lucy, das mit Emma … meinst du nicht, bei ihr wird es vielleicht auch Zeit, dass sie aus deinem Schatten steigt und anfängt, selbst zu leuchten? Denk doch mal darüber nach."

Lucy nickt. Sie glaubt zu wissen, was Sophie meint.

„Ich nehme es mir zu Herzen. Und ich danke euch von Herzen für alles. Dir auch, Patrick. Ihr wart unglaublich großzügig!"

„Sehr, sehr gern geschehen, Lucy", antwortet Patrick und legt den Arm um sie. „Du weißt, du bist bei uns jederzeit willkommen. Ob allein oder mit Mann und Hund – wag es nicht, woanders zu wohnen, wenn du in London bist. Unser Zuhause ist auch dein Zuhause, verstehen wir uns da?"

Jetzt schießen Lucy endgültig die Tränen in die Augen. Sie weiß kaum, was sie sagen soll. „Es fühlt sich so unvorstellbar gut an", presst sie dann heraus. „Tausend Dank euch. Und bitte grüßt auch alle anderen, ich hoffe, euch sehr bald bei mir zu sehen!"

Damit umarmen sie sich ein letztes Mal und Lucy begibt sich zu ihrem Gate.

München begrüsst sie mit Sonnenschein, und sie macht sich mit einem Lächeln im Gesicht und Unmengen von Gepäck auf den Weg zum Taxistand.

„Zur Maximilianstraße bitte", sagt sie dem Taxifahrer und steigt eine halbe Stunde später vor einem imposanten Gebäude aus. Heute verspürt sie keine Ehrfurcht mehr, wenn sie hier steht. Das war vor einem Jahr noch ganz anders. Damals fühlte sie sich an derselben Stelle klein und unbedeutend. Auch die große Tür und das goldene Schild mit all den Anwälten und ihren diversen Titeln schüchtern sie heute nicht mehr ein. Aber vor allem hat sie diesmal einen Termin.

„Zu Dr. Suber, bitte", sagt sie der netten Empfangsdame, die auch letztes Mal schon da war. „Lucy Da…"

„Davenport, ich erinnere mich doch", unterbricht die Frau sie lächelnd, deren Vorname Kerstin ist, wie auch Lucy sich erinnert. „Dr. Suber freut sich ganz besonders, Sie zu sehen", fährt Kerstin fort. „Er hat mich extra beauftragt, die gleichen Kekse wie beim letzten Mal zu besorgen."

Lucy muss lachen. „Die waren damals Gold wert. Und auch heute freue ich mich darauf. Aber glücklicherweise brauche ich heute keinen Trost. Nur ein wenig juristische Unterstützung."

„Die können wir hier auf jeden Fall bieten", antwortet Kerstin mit einem Augenzwinkern. „Ich sage Dr. Suber Bescheid, dass Sie da sind. Das Gepäck können Sie einfach hier neben den Tresen stellen, ich passe darauf auf."

Keine Minute später kommt der sympathische Mann, an den sich Lucy noch so gut aus dem letzten Jahr erinnert, aus seinem Zimmer gefegt.

„Frau Davenport, was für ein Highlight an diesem schönen Tag!" Enthusiastisch schüttelt er ihr die Hand. „Ich hatte ja gehofft, Sie sind gekommen, um mich zu einem feinen Mittagessen auszuführen. Aber mein Gefühl sagt mir, dass es sich hier um einen beruflichen Besuch handelt. Also werden wir mit ein paar trockenen Keksen vorliebnehmen müssen."

„Nächstes Mal", lacht Lucy. „Nächstes Mal führe ich Sie aus. Aber vorher habe ich noch eine Aufgabe für Sie."

„Natürlich. Frauen", sagt er mit einem Kopfschütteln an Kerstin gewandt. „Erst muss man zig Tests bestehen, bevor man etwas zu essen bekommt. Also los, kommen Sie und erzählen Sie, was los ist!"

Sie gehen in sein Besprechungszimmer und Lucy berichtet ihm von ihren Problemen. Als sie fertig ist und Dr. Suber sich ein paar Notizen gemacht hat, besteht er darauf, sie zum Tegernsee zurückzufahren.

„Sie sind Jungunternehmerin, da ist ein Taxi viel zu teuer. Und mit all dem Gepäck kann ich Sie kaum in einen Zug setzen. Ich kann auch im Auto denken und ein kleiner Ausflug wird mir mal guttun. Außerdem kann ich mir dann mal Ihr Chalet ansehen. Meine Frau und ich brauchen manchmal eine Auszeit. Wieso nicht einfach mal an den Tegernsee in ein schönes Yogachalet fahren?"

„Recht haben Sie!" Lucy lächelt ihn dankbar an. „Aber leider wird das mit der Besichtigung heute nichts. Ich muss nämlich erst woanders hin. Ins Hotel Tegerngold. Sonst verlässt mich der Mut."

„Soso, müssen Sie dort eine Mutprobe bestehen?"

„So etwas in der Art. Eine romantische Mutprobe."

„Oh, das sind die schwersten. Aber ich habe keine Zweifel, dass Sie auch das bestens hinbekommen. Dann fahre ich Sie halt zum Tegerngold. Kommen Sie, wir müssen los, ich habe später noch Termine. Für eine Besichtigung des Chalets hätte ich sie etwas nach hinten geschoben, aber so muss ich mich sputen."

„Sind Sie sich sicher …", fängt Lucy an, aber Dr. Suber lässt sie gar nicht ausreden.

„Absolut sicher. Also los, kommen Sie. Im Auto können wir Ihr Anliegen weiter besprechen. Und Kerstin", ruft er der Empfangsdame zu, „essen Sie derweil nicht alle Kekse auf. Ich habe noch Hunger!"

KEINE STUNDE später hat Lucy sich von Dr. Suber verabschiedet und schaut am Tegerngold hoch. Während sie sich in München noch so stark fühlte, ist sie jetzt vor diesem Hotel doch recht eingeschüchtert. Die Vorstellung, dass Alex da drin sein könnte, lässt ihr Herz schneller schlagen. Aber egal, wie nervös sie ist, sie wird sich von ihrem Plan nicht abbringen lassen. Dafür ist sie schließlich zurückgekommen. Dafür und noch für einige andere Dinge, die sie später in Angriff nehmen wird. Sie lässt ihre Taschen draußen beim Portier stehen, holt einmal tief Luft und geht hinein. Sie steuert direkt auf den Empfangstresen zu und will sich bei Graham gerade nach Alex erkundigen. Da vernimmt sie eine vertraute Stimme neben sich.

„Graham, könnten Sie bitte …" Alex! Sie dreht sich langsam zu ihm um und sofort verkrampft ihr Magen sich.

In dem Moment nimmt auch Alex sie wahr. „Lucy, du hier?" Sein Erstaunen ist offensichtlich. Dann fängt er sich jedoch schnell wieder. „Das ist aber eine Überraschung. Womit können wir dir helfen?", fragt er in professionellem Tonfall.

Lucy weiß nicht, ob sie erleichtert sein soll, weil er so höflich ist, oder ob sie genau deswegen verzweifeln soll. Der Schweiß schießt ihr aus den Poren. Er behandelt sie wie eine entfernte Bekannte und nicht wie die Frau, mit der er vor ein paar Wochen noch im Bett lag. *Und die sich währenddessen Pinterest angeguckt hat,* denkt sie und zwingt sich, keine Gedanken an Elvira aufkommen zu lassen, die vielleicht noch nach ihr in demselben Bett gelegen hat.

„Ich bin hier, um mit dir zu sprechen, Alex. Hast du gerade ein wenig Zeit?"

„Ein paar Minuten habe ich, ja. Aber nicht viel mehr. Was gibt es denn?"

„Hier?" Sie schielt zu Graham hinüber.

„Ja, wieso denn nicht? Gibt es etwas, bei dem ich dir bezüglich des Chalets helfen kann?" Dann etwas leiser: „Lucy, tut mir leid, aber es ist gerade wirklich keine gute Zeit. Du hast doch sicherlich gehört, was hier los ist. Und es ist nicht besser geworden. Mittlerweile werden auch schon Dinge gestohlen. Das Wasser steht mir bis zum Hals. Wenn es also um das Chalet geht, musst du das im Moment alleine regeln."

„Es geht nicht um das Chalet, Alex. Es geht um uns."

„Ah, okay." Jetzt schielt auch er zu Graham. „Dann lass uns besser dort rüber gehen." Er deutet zu einer Ecke in der Lobby. „Aber lange kann ich, wie gesagt, nicht."

Lucy kann sich nicht entsinnen, dass er jemals keine Zeit für sie gehabt hat, und es tut weh. Aber sie ist entschlossen, sich davon nicht aus der Fassung bringen zu lassen.

„Also, schieß los", fordert er sie auf und guckt kurz auf die Uhr.

„Ich habe nachgedacht, Alex." Lucy muss schlucken und nimmt ihren ganzen Mut zusammen. „Ich würde es mit uns beiden gerne noch einmal probieren. Ich habe viele Fehler gemacht, das sehe ich jetzt ein. Ich wollte nur eine Blumensorte haben."

„Was?" Alex blickt sie erstaunt an.

„Egal, darum geht es jetzt nicht. Aber ich dachte, wenn ich eins will, dann muss ich das andere aufgeben."

269

„Und du hast dich entschieden, mich aufzugeben. Die Entscheidung schien dir nicht schwerzufallen."

„Ich war mir nicht wirklich bewusst, dass es eine Entscheidung war. Ich war schlichtweg überfordert."

„Und was glaubst du, was sich in Zukunft ändern würde?"

„Ich habe jetzt verstanden, dass man den ganzen Reichtum des Lebens genießen kann, ohne sich auf einen Aspekt zu beschränken. Außerdem hatte ich immer noch das Gefühl, die Erinnerung an meine Familie mit dem Chalet ehren zu müssen. Ich dachte, wenn ich es nicht schaffe, es zum Erfolg zu bringen, dann habe ich in ihren Augen versagt."

„Und das Gefühl hast du jetzt nicht mehr?"

„Nein. Ich habe verstanden, dass das Leben jetzt stattfindet, nicht in der Vergangenheit, und dass ich es mir selbst schulde, es voll und ganz zu leben. Meine Eltern und Vicky sind tot, das ist nun mal so. Und ich werde sie niemals weniger lieben. Aber dafür muss ich nicht mein eigenes Leben hintenanstellen."

„Sehr weise Worte, Lucy, wirklich, und ich wünschte, du hättest diese Erleuchtung schon vor ein paar Wochen gehabt. Denn auch ich hatte Zeit nachzudenken. Und ich kann das nicht mehr." Lucy hat das Gefühl, als würde ihr ein Felsbrocken in den Magen fallen, aber Alex fährt unberührt fort: „Erst habe ich darauf gewartet, dass du zu dir findest und den Tod deiner Familie verarbeiten kannst. Das war schon nicht leicht für mich, aber absolut nachvollziehbar. Auch wenn sie gestorben sind, als du elf warst, also schon vor vielen, vielen Jahren. Trotzdem – ich habe gewartet. Aber dass sie danach auf so einen Sockel gestellt werden und kein anderer da jemals rankommt, das geht nicht, Lucy. Und ja, jetzt glaubst du, dass du auch uns zu einer Priorität machen wirst, was vielleicht auch ein bisschen was damit zu tun hat, dass das

Chalet jetzt so seine Probleme hat, wie ich gehört habe. Da ist dann wieder Raum für mich. Aber wie lange? Wann entscheidest du dich, dass ich doch wieder die zweite Geige spielen soll? Wenn's wenigstens die zweite Geige wäre, aber ich hatte ja am Ende das Gefühl, ein Eindringling in deinem Leben zu sein. Und das kann ich nicht – um deine Gunst betteln und hoffen, dass nicht wieder etwas kommt, das dich an uns zweifeln lässt. Das ist zu viel, Lucy. Eine emotionale Achterbahnfahrt, die ich nicht mitmachen will. Aber jetzt muss ich wirklich los." Er beendet seinen Monolog und guckt wieder auf die Uhr. „Komm, ich bringe dich noch raus."

Draußen sorgt er dafür, dass einer der Pagen ihr Gepäck zum Chalet bringt, während sich Lucy langsam und schockiert in dieselbe Richtung aufmacht. Auf dem Weg setzt sie sich kurz auf eine Bank, um sich zu fangen. Sie hat niemandem gesagt, dass sie zurückkommt, also werden ihre Freunde wahrscheinlich arbeiten und nicht im Chalet auf sie warten. Das ist auch gut so, denn sie möchte im Moment niemanden treffen. Alex' Reaktion ist so ganz anders gewesen, als sie es sich erträumt hatte. Auf die Idee, dass er einfach kategorisch Nein sagen könnte, wenn sie sich regelrecht vor ihm entblößt, wäre sie gar nicht gekommen.

Aber es ist noch nicht aller Tage Abend, denkt sie dann und rafft sich auf. Und egal, was kommt – sie wird nicht zulassen, dass die dunkle Wolke wieder über sie sinkt. Ob mit oder ohne Alex, das Leben ist bunt!

Wie sich herausstellt, sind ihre Freunde nicht arbeiten. Sobald sie hereinkommt, ertönen von allen Seiten Willkommensrufe und einer nach dem anderen fällt ihr um den Hals.

Lucy hält mit klopfendem Herzen jeden ein bisschen länger fest als nötig ist. „Was ist denn mit euch los?", fragt sie dann. „Wieso arbeitet ihr nicht? Und vor allem – wo ist Rosie?"

„Ein kleines Vöglein hat uns gezwitschert, dass du heute wiederkommst", klärt Babs sie auf und nimmt eine ihrer Taschen ab. „Auch wenn wir schon vor geschlagenen zwei Stunden mit dir gerechnet haben." Sie schaut auf die Uhr, um dann wieder Lucy anzustrahlen. „Und Rosie haben wir mit Josephine spazieren geschickt. Wir konnten sie nicht noch länger warten lassen. Aber keine Sorge, sie hat dich genauso vermisst wie wir. Mann, hatte ich eine Angst, dass du in London bleiben könntest und uns hier einfach vergisst."

„Ach, wie könnte ich das, ich habe euch doch genauso vermisst. Du weißt ja, ich habe mit dem Gedanken gespielt, aber dann ist so viel passiert. Ich habe in London ganz klar erkannt, wo ich hingehöre und wo mein Leben ist. Aber jetzt mal etwas anderes …" Sie schaut sich um und geht langsam durch den Raum. „Wo kommen diese Vorhänge her? Die sind ja wunderschön. Und die Bilder. Babs, was ist hier passiert?"

Babs grinst voller Stolz, aber bevor sie etwas sagen kann, mischt sich Michi ein. „Ich muss ein sofortiges Votum gegen die Vorstellung einlegen, dass Babs dafür verantwortlich ist. Sie hat hier nur rumgebosst, vor allem als wir gestern erfahren haben, dass du heute schon wieder hier aufschlägst. Das war ein Stress, sag' ich dir! Aber aufgehängt haben Marcel und ich alles." Dabei legt er seinem Freund die Hand auf die Schulter. „Wir sind ja schließlich die einzigen Männer hier!"

„Ja, Tucken", murmelt Babs, aber dann lenkt sie ein. „Das stimmt schon, das war Gruppenarbeit, vor allem mit riesiger Unterstützung aus London. Um ehrlich zu sein, wurde das alles aus London initiiert und wir waren nur die ausführende Kraft."

„Ich ... ich verstehe immer noch nicht", stammelt Lucy, die staunend von Raum zu Raum wandert. Das Chalet sieht jetzt wirklich fertig aus, mit allem, was dazugehört. Nur schade, dass sie jetzt die Bewilligung nicht mehr hat. Aber daran will sie jetzt nicht denken. „Okay, ich verstehe immer noch nur Bahnhof", wiederholt sie jetzt. „Hannah, kannst du mich aufklären?"

„Ja, warte, mache ich gleich, aber eine fehlt noch." Dann ruft sie: „Emma, wo bleibst du denn?"

Wie aus dem Nichts erscheint die Gerufene im Zimmer und schließt Lucy ebenfalls in die Arme. „So schön, dass du wieder da bist", bemerkt sie lächelnd. „Gefällt dir, was deine Freunde hier alles für dich gemacht haben?"

„Sei nicht so bescheiden", wirft Babs ein. „Ohne dich wäre das alles gar nicht möglich gewesen."

„Deshalb hoffe ich, dass du dich bei dem Begriff ‚Freunde' dazugezählt hast", sagt Lucy lächelnd. „Aber kann mich jetzt mal jemand aufklären? Bevor du", dabei deutet sie auf Emma, „mir danach erklärst, was du noch hier machst. Alex wäre sicherlich nicht einverstanden damit, dass du mir noch hilfst, wenn du nichts mehr für das Gastrobusiness dazulernen kannst."

„Doch, ist er. Er hat mir ausdrücklich aufgetragen, hier alles zu tun, um zu helfen."

Ein kurzer Freudenstrahl dringt durch Lucys Brust, aber dann zwingt sie sich, diesen wieder zu ignorieren. Es war wahrscheinlich wieder nur Alex' legendäre Höflichkeit. Außerdem ist jetzt die Zeit für ihre Freunde reserviert. Sie sollten ihr mindestens ebenso wichtig sein wie der Mann, der sich weigert, ihr Herz zu verlassen, ihr seins aber auch nicht schenken will.

„Jedenfalls", unterbricht Hannah ihren Gedankengang und deutet auf die Vorhänge und Bilder, „haben wir das in Kooperation mit deinen englischen Freunden ausgeführt. Ich glaube, Sophie hatte die Idee, und sie und Aishley haben uns dann angerufen und es mit uns durchgesprochen. Sie haben entworfen und produziert und wir haben es dann hier aufgehängt. Alles mit Zoom-Call und unter dem wachsamen Auge der beiden natürlich."

Lucy ist sprachlos. „Was heißt das – die beiden haben entworfen und produziert?"

„Na, die Vorhänge haben Sophie und ihre Näherin gemacht und die Bilder stammen von Aishley."

„Der Stil kam mir bekannt vor", murmelt Lucy und muss sich zurückhalten, nicht loszuheulen.

„Deshalb mussten wir jetzt auch Rosie wegschicken", erläutert Hannah lachend. „Ich glaube, sie hat gespürt, dass du wiederkommst, und hat uns hier halb in den Wahnsinn getrieben. Sie wollte auch die Vorhänge immer wieder runterziehen und das war natürlich nicht der Sinn der Sache. Aber keine Sorge – sie kommt bald wieder. Da fällt mir ein, wir haben Sophie und Aishley etwas versprochen." Sie hält ihr Handy hoch und in null Komma nichts erscheinen die Gesichter der beiden Engländerinnen auf dem Bildschirm.

„Huhu", rufen sie. „Hat die Überraschung funktioniert?"

Lucy geht näher ans Telefon heran. Mittlerweile laufen ihr die Tränen über die Wangen. „Ich weiß es nicht", sagt sie. „Um ehrlich zu sein, glaube ich, dass ich noch im Schockzustand bin. Das alles hier …" Sie schaut sich um. „Ich kann es immer noch nicht glauben."

„Dafür, dass du es nicht glauben kannst, heulst du aber ganz schön", stellt Aishley lachend fest. „Also los, jetzt führt uns schon herum."

Und das tun sie. Sie gehen von Raum zu Raum und Lucy ist ebenso ergriffen wie ihre Freundinnen in London, die auch zum ersten Mal alles fertig sehen.

„Also, eines muss man den Tegernseern ja lassen", sagt Aishley beeindruckt. „Unter Druck arbeiten, das können sie!"

„Du glaubst gar nicht, was du uns für einen Schrecken eingejagt hast, als du gestern plötzlich sagtest, du würdest am nächsten Tag fliegen", wirft jetzt auch Sophie lachend ein. „Ich musste gleich Alarm schlagen und Aishley hat das mit dem Team in Bayern in Rekordschnelle durchgezogen. Ich selbst war ja glücklicherweise fein raus, da du ja das tolle Dinner für uns vorbereitet hast."

„Aber die Sachen müssen ja dann schon hier gewesen sein?", fragt Lucy, die immer noch überwältigt ist.

„Ja, klar waren die Sachen schon da", bestätigt Sophie. „Sonst hätten wir's wirklich nicht geschafft. Gefällt es dir?"

Lucy guckt langsam in die Runde. „Ich muss euch ganz ehrlich sagen, ich bin komplett überfordert. Ich weiß gar nicht, wie mir geschieht. Ich verlasse einen Scherbenhaufen und komme in einen Palast zurück. Das muss ich erst einmal verarbeiten. Aber es ist wunderschön. Absolut wunderschön. Und ich bin so geehrt, von zwei so begnadeten Künstlerinnen sozusagen maßgeschneiderte Objekte zu haben. Ich weiß gar nicht, wie ich euch allen genug danken kann."

Sie nimmt von ihren physisch anwesenden Freunden einen nach dem anderen in die Arme, den anderen wirft sie Kusshändchen über den Äther zu.

„Indem du darum kämpfst, so schnell wie möglich deine Bewilligung wiederzubekommen, so kannst du uns danken", sagt Sophie mit Inbrunst. „Du kannst dich doch von so einem Amt nicht ins Bockshorn jagen lassen. Wir wollen schließlich bald wieder ins Chalet kommen – diesmal mit Anhang!"

„Das werde ich", bestätigt Lucy lächelnd. „Das werde ich ganz sicher. Ihr habt recht, ich habe zu früh das Handtuch geworfen. Und jetzt habe ich ja noch mehr Grund, um das Ganze zu kämpfen. Sophie, hast du das alles genäht oder war das Rosetta? Denn dann würde ich ihr auch gerne danken."

„Du hast die Arbeitsteilung hier schon ganz gut durchschaut, es war tatsächlich Rosetta. Ich habe nur entworfen. Und sie steht hier schon bereit, warte kurz."

Gleich darauf erscheint Rosettas Gesicht im Bild, deren weiße Zähne noch strahlender aufblitzen als Lucy sie in Erinnerung hat.

„Rosetta, danke, danke, danke", sagt sie voller Inbrunst. „Ich glaube, das sind die am besten verarbeiteten Vorhänge auf der ganzen Welt." In Achtung faltet sie die Hände vor der Brust zusammen.

„Ach, das habe ich doch gerne gemacht für Ms Sophie und für Sie. So ein trauriges Gesicht hier in London, da mussten wir etwas tun. Und ein schönes Design tut jedem Mädchen gut." Rosetta grinst jetzt noch breiter.

„Da hast du allerdings recht – und wie du sehen kannst, das Gesicht ist jetzt durchaus glücklich! Ist Blair auch da?"

„Blair ist nicht nur da", die drei Frauen in London zwinkern sich zu, „sondern sie hat auch noch etwas für dich! Ladys, könnte eine von euch die Seite auf ihrem Telefon aufmachen?"

„Nein, das machen wir auf dem Computer", ruft Hannah, die gleich darauf mit einem Laptop wiederkommt. „Hier sieht man das doch viel besser."

Gleichzeitig erscheint Blair auf Babs' Handy und winkt Lucy und den anderen zu. „Hey, Lucy, schön dich wiederzusehen. Jetzt wirst du meine kleine Beteiligung an dem ‚Macht-Lucy-wieder-glücklich'-Projekt in Augenschein nehmen können. Es ist zwar noch nicht ganz fertig, aber ich glaube, du bekommst eine gute Vorstellung davon."

Daraufhin tippt Hannah etwas in den Computer und Lucy sieht auf dem Bildschirm das Chalet mit ihr und Rosie davor erscheinen.

„Tada – deine Website!", verkündet Blair voller Stolz, und Lucy weiß gar nicht mehr, wohin mit ihren Emotionen.

Sie klickt sich durch und tatsächlich, hier ist sie – ihre eigene professionelle Website!

„Wo kommen die ganzen Bilder her?", fragt sie verblüfft.

„Na, woher wohl? Die habe ich natürlich gemacht", antwortet Aishley. „Sind gut geworden, muss ich sagen. Also, wie findest du's?"

Lucy muss sich hinsetzen. Das ist alles zu viel für sie. Sie hält sich eine Hand an den Kopf und schüttelt ihn langsam.

„Ich kann euch gar nicht beschreiben, was mir das Ganze bedeutet. Was ihr mir alle bedeutet. Da habe ich so lange eine Familie vermisst und hier habe ich sie gleich vor meiner Nase und über den Kanal hinweg – die perfekte Familie, die alles für mich tun würde."

„Na ja, perfekt vielleicht nicht", murmelt Michi, „aber alles für dich tun, das schon."

„Mein Herz fließt gerade so über, ich wünschte, ihr könntet das fühlen."

„Tun wir", sagt Emma und lächelt sie an.

„Und ich verspreche euch, ich werde das Chalet zum Erfolg führen. Für euch! Das bin ich euch jetzt schuldig."

„Nein!", rufen sie alle einstimmig im Chor. „Bloß das nicht!"

Lucy guckt sie erstaunt an.

„Du sollst einfach nur Freude an dem haben, was du machst, Lucy", übernimmt Sophie das Wort. „Du bist uns nichts schuldig, und das Letzte, das wir wollen, ist, dass du dich schon wieder so unter Druck setzt. Hab doch einfach nur Spaß. Wenn das Chalet dir Freude macht – gut. Wenn nicht – auch gut. Was auch immer du machst, es ändert nichts daran, wer du in deinem Innersten bist und wie wir zu dir stehen. Wie eine gute Familie wünschen wir uns einfach nur, dass du glücklich bist. Womit auch immer!"

Lucy würde am liebsten jeden von ihnen für immer festhalten. Womit hat sie das nur verdient? „Ihr habt ja so recht", sagt sie und schlägt sich die Hand vor die Stirn. „Wie oft muss ich dieselben Fehler noch machen, um endlich zu lernen? Ich hätte mich wieder mit allem reingehängt, nur um euch nicht zu enttäuschen."

„Ach, das ist doch normal", gibt Babs ungewohnt sachte zurück. „Es dauert halt, bis man alte Verhaltensweisen ändert. Aber wir werden dir das schon einbläuen. Deshalb haben wir jetzt im Garten auch einen Brunch aufgetischt, damit wir mal endlich alle wieder zusammen sind und ausnahmsweise keiner von uns ans Arbeiten denkt."

„Und das mitten in der Woche", murmelt Lucy.

„Richtig, mitten in der Woche", bestätigt Aishley. „Das ist dann mal echter Luxus. Wir können ja leider nicht mitmachen, also verabschieden wir uns hiermit. Kuss an euch alle."

Es werden Luftküsse und Abschiedsgrüße hin- und hergeworfen, bis sie schließlich aufgelegt haben und genau in dem Moment Rosie und Josephine hereinkommen. Rosie springt an Lucy hoch und scheint sich vor Freude fast zu überschlagen.

„Hey, hey, immer mit der Ruhe", versucht Lucy sie zu besänftigen, aber eigentlich würde sie auch am liebsten Freudensprünge machen. Dann hält sie ihren Hund so fest, dass er fast keine Luft mehr bekommt. Nie, nie wieder wird sie Rosie so lange alleine lassen!

Als sich der Trubel ein wenig gelegt hat, bittet Lucy Josephine um ein kurzes Gespräch. Dann geht sie zu den anderen hinaus und bestaunt das eindrucksvolle Buffet, das ihre Freunde für sie aufgebaut haben. *Nach einer Feier bin ich gegangen*, denkt sie, *zu einer Feier komme ich zurück.*

26

Lucy nimmt sich einen Veggie-Burger und ein Glas Champagner vom Buffet. Dann stößt sie mit ihren Freunden an. „Auf das Leben, die Liebe, die Gesundheit und natürlich die Freundschaft."

„Sie hat den Erfolg ausgelassen", freut sich Babs. „Wir kommen weiter!"

„In diesem Zusammenhang", verkündet Lucy, „glaube ich, dass ich so einige Prioritäten falsch gesetzt habe. Auch manche von euch sind dabei zu kurz gekommen. Daher würde ich jetzt gerne ein paar Vier-Augen-Gespräche führen, um einige Dinge zu klären. Aber keine Angst, ihr müsst euch nicht wie beim Bewerbungsgespräch vorkommen, wird alles ganz sachte vor sich gehen. Babs?"

„Oh Gott, ich wusste es!" Babs verdreht die Augen. „Schon in der Schule hat die Lehrerin immer mich herausgepickt. Egal, wie sehr ich mich versteckt habe. Warte, dafür muss ich mir noch ein Glas Champagner nehmen." Sie schüttet sich ein Glas voll – sehr voll – und folgt dann Lucy durch den Garten. „Also?"

„Meinst du, ich könnte die Tage mal den Massagegutschein einlösen, den du mir geschenkt hast?" Als sie sieht, wie Babs anfängt, übers ganze Gesicht zu strahlen, geht ihr ein Stich durchs Herz. „Ich war echt ein Volltrottel, Babs, sorry! Du warst nie weniger als eine wundervolle Freundin für mich und ich habe dich hinten angestellt."

„Na, so schlimm war es auch wieder nicht." Babs guckt etwas verschüchtert nach unten. Lucy ist es durchaus bewusst, dass ihre Freundin solche Gespräche nicht gewohnt ist. Aber sie weiß auch, dass sich unter der brüsken Schale ein sehr weicher Kern verbirgt. Daher spricht sie einfach weiter.

„Da hatten wir bei dem Fest, das du so liebevoll vorbereitet hast, noch hier im Garten das Gespräch und was mache ich – haue am nächsten Tag ab, da es einfacher für mich ist. Und gebe euch auch noch das Gefühl, dass ich möglicherweise nicht zurückkehre."

„Ja, das mit dem Wegfahren war an sich nicht so schlimm, aber dass du so mir nichts dir nichts gesagt hast, dass du vielleicht ganz wegbleiben würdest, das war schon tough. Und ziemlich gefühllos. Ich glaube, deshalb sind wir vielleicht auch alle bei dir eingezogen. Wir wollten es einfach nicht wahrhaben und haben gehofft, wenn wir die Stellung halten, wirst du bestimmt zurückkommen. Daher haben wir auch bei der ganzen Dekorationssache mitgemacht. Es war, als könntest du dann nicht mehr Nein sagen. Aber andererseits ist es auch nicht schön, sich in einer Freundschaft wie der Bittsteller zu fühlen. Weißt du, manchmal frage ich mich, wann du hier endlich ganz ankommen wirst. So wirklich, mit deinem Herzen. Denn bis dahin muss ich immer Angst haben, dass du dich bei jedem Problem wieder verflüchtigen wirst."

Lucy denkt nach, bevor sie antwortet. Babs' Worte resonieren mit ihr. Vor allem kommen sie ihr bekannt vor. Es ist in der Essenz das, was Alex ihr heute gesagt hat. Und das teilt sie Babs jetzt auch mit. „Ich habe versucht, Alex zurückzubekommen", beginnt sie. „Es scheint jedoch aussichtslos zu sein. Und weißt du, wieso? Wegen genau der Sache, die du gerade angesprochen hast." Sie seufzt. „Er hat Angst, dass immer wieder etwas Neues kommt, auf das ich mich konzentrieren muss, und dass er dann wieder in den Hintergrund rückt. Ich glaube, er hat das Wort ,Bittsteller' auch benutzt. Mein Gott, Babs, das ist mir so peinlich. Ihr tut hier alles für mich und ich bin wie die Diva, die den Daumen nach unten oder nach oben hält. Puh, das wird mir jetzt erst wirklich bewusst. Mir fehlte wohl die Verbindlichkeit. Das Erbe kam einfach so in mein Leben. Ohne mein Zutun. Und plötzlich war ich hier und dann kam eins zum anderen. Ohne dass ich jemals eine richtige Entscheidung getroffen hätte. Das ist keine Entschuldigung, aber vielleicht eine Erklärung. Es war alles so emotional letztes Jahr, und wenn ich zurückblicke, glaube ich, dass ich schlichtweg überfordert war. Aber jetzt ist es anders. Babs, bitte schau mich an." Sie fasst ihre Freundin bei den Schultern. „Ich habe mich entschieden, okay? Für den Tegernsee und für euch. Eine bewusste Entscheidung und keine, die aus der Not heraus entstanden ist, hörst du? Und glaub mir, ich kann sehr loyal sein, wenn ich will."

„Das will ich doch hoffen." Babs lächelt sie an. „Du wirst mir jetzt aber keinen Heiratsantrag machen, oder?"

„Ich bin kurz davor, glaub mir." Es gibt zwar keinen Kniefall, aber die beiden Freundinnen fallen sich um den Hals und halten sich lange fest. „Weißt du, was mir gerade auffällt?", fragt Lucy dann.

„Nein, was denn?"

„Ich glaube, ich habe Angst gehabt, dass ihr mir zuvorkommen würdet."

„Was meinst du?"

„Na, dass deine Eltern dich vielleicht doch noch überreden könnten, nach Griechenland zurückzukehren. Dass es Michi und Marcel doch noch nach London oder Berlin oder woanders hinzieht und dass Alex sich letztlich für jemanden wie seine schöne Ex aus Mailand entscheidet." Leiser fügt sie hinzu: „Oder halt für jemanden wie Elvira. Für eine selbstbewusste Frau und nicht für eine, die ständig verlassen wird und nicht weiß, was sie will."

„Ah, daher weht also der Wind." Auch Babs ist jetzt wieder ernster geworden. „Ja, Hannah hatte schon erwähnt, dass sie sich mit Elvira verplappert hat. Aber denk dran, keiner von uns weiß, was diese Szene im Hotel wirklich bedeutet hat. Was weiß man im Leben denn schon?", fragt sie philosophisch.

Lucy wirft schnell ein: „Egal, mit wem er zusammen ist oder nicht, Fakt ist, dass *wir* nicht mehr zusammen sind. Zumindest dieser Punkt hat sich also bewahrheitet. Und wenn sich auch alle anderen Punkte bewahrheiten würden, dann wäre ich hier mit Rosie allein. Und mit Hannah. Bei ihr hab' ich übrigens nie befürchtet, dass sie mal wegziehen könnte. Aber sobald sie eine Familie gründet, ist sie auch für nichts anderes mehr zu haben, das ist jetzt schon klar. Also wollte ich das Ganze vorwegnehmen und verschwinden, bevor ihr mir das Herz brechen könnt. Nur Alex ist mir zuvorgekommen."

„Lucy, hör zu. Ich bleibe, okay? Ich habe jahrelang um die Kraft gekämpft, gegen meine Eltern anzukommen, und selbst als es schwierig war, habe ich durchgehalten. Und jetzt ist es alles andere als schwierig, denn wie du weißt, sind sie die größten Tegernsee-Fans geworden. Wieso sollte ich da jetzt plötzlich gehen? Jetzt, wo alles gut ist? So ein Rebell bin ich dann doch nicht, dass ich mich verabschiede, sobald es nichts mehr gibt, wogegen ich rebellieren kann."

„Das war wahrscheinlich meine Befürchtung", gesteht Lucy lachend. „Aber weißt du was, Babs, das hat sich jetzt in mir geändert."

„Was?"

„Diese Ängste. In dem Moment, als ich verstanden habe, dass jeder Moment kommt und geht, jeder Moment anders ist und ich jeden Moment voll leben kann, egal, wie er sich darstellt, in diesem Moment habe ich auch ein tiefes Urvertrauen entwickelt. Ein Vertrauen darauf, dass alles gut wird. Oder mehr noch, dass alles gut ist, so wie es ist, auch wenn ich es manchmal nicht erkennen kann. Das heißt nicht, dass ich Dinge nicht mehr bewegen will, aber ich versuche, das Leben zumindest nicht mehr kontrollieren zu wollen. Wie uns ja immer wieder gezeigt wird, geht das ohnehin nicht. Da stehe ich dem Universum lieber nicht im Weg, sondern lasse es machen. Mal schauen, was es für mich so bereithält!"

„Hört sich weise an." Ihre Freundin schmunzelt. „Aber was bedeutet das jetzt konkret?"

„Eigentlich nichts. Beziehungsweise doch – ganz viel sogar. Die Sachen so zu akzeptieren, wie sie sind, führt zu sehr viel Erleichterung. Wenn man sie dann nicht nur akzeptiert, sondern auch noch daran glaubt, dass sie wichtig für einen waren, führt das sogar zu Dankbarkeit, für jeden Moment. Und wie du weißt – auf Dankbarkeit stehen wir Yogis ganz besonders."

Babs muss grinsen. „Das heißt, du bist jetzt dankbar dafür, dass Alex weg ist?"

„Ich glaube jetzt, dass es so kommen musste, ja. Zumindest für den Augenblick. Dass es für unser beider Entwicklung wichtig war. Das heißt nicht, dass es sich in Zukunft nicht ändern kann und dass ich nicht gewillt bin, es zu ändern. Aber ich habe da jetzt ein gewisses Gottvertrauen."

„Das erinnert mich an deine Atemsitzung letztes Jahr."

„Eben. Diese Lektionen hätte ich mir immer wieder vor Augen führen sollen, oder? Habe ich aber nicht. Dieses Wissen, dass ich in meinem Innersten sowieso unverletzlich bin. Wenn man darin verankert ist, dann kann man auch die Änderungen an der Oberfläche akzeptieren, oder?"

„Hm, ich denke schon. Aber weißt du, Lucy, sosehr ich es auch genieße, mit dir einen auf Sokrates und Plato vor der Akropolis zu machen, ich glaube, die anderen würden sich über unsere Gesellschaft freuen. Und der Champagner wird auch nicht besser, wenn er da nur rumsteht."

„Eher Freud und Jung, würde ich sagen. Wobei wir da das Phallus-Thema ausgelassen haben. Aber recht hast du. Du solltest noch etwas trinken. Ich muss mir jetzt Hannah zur Brust nehmen."

„Ach Gott, die Arme. Was wartet denn auf sie?"

„Eine kleine Beichte. Nicht ganz so schmerzlos wie bei dir."

„Das nennst du schmerzlos? Ich hätte mich währenddessen mit Michi über die besten Sexpraktiken unterhalten können. Stattdessen musste ich hier mit dir wie ein alter Mann durch den Garten wandeln." Dann zwinkert sie ihrer Freundin zu und nimmt sie in den Arm. „For ever and ever?", flüstert sie ihr ins Ohr.

„For ever and ever!", flüstert Lucy zurück. „Hannah", ruft sie dann, und Babs macht sich schnell wie der Blitz davon. Sie hat wohl Angst, noch einmal zurück zitiert zu werden.

„Ich habe mich schon ausgestoßen gefühlt." Hannah kommt mit einem Glas Orangensaft auf sie zu.

„O-Saft? Du bist doch nicht etwa …?"

„Schwanger? Nein, Lucy, bin ich nicht. Was hast du nur mit dieser Schwangerschaftsbesessenheit? Vielleicht solltest *du* mal darüber nachdenken, wenn das so ein großes Thema für dich ist."

„Das ist so weit weg, das kannst du dir gar nicht vorstellen", antwortet Lucy.

„Okay. Es ist jedenfalls schön, dass du wieder da bist. Wir haben dich wirklich vermisst. Marcel, Michi, und ich natürlich sowieso, aber ich glaube, für Babs war es richtig schwer. Nur Emma schien keine Zweifel zu haben, dass du wiederkommst. Sie hatte ein Gespräch mit Alex und dann hat sie im Chalet so weitergemacht, als sei nichts gewesen."

„Sie hat sich ganz schön gemacht, oder?"

„Unvorstellbar! Wirklich. Und zwar auf allen Ebenen. Ich würde sie kaum wiedererkennen. Ihre Mutter kam sogar einmal vorbei."

„Wirklich? Ihre Mutter?" Lucy erinnert sich an die leidige Geschichte, durch die sie letztes Jahr mit Emmas Mutter gegangen ist. Und auch die Mutter-Tochter-Beziehung ist damals alles andere als ideal gewesen.

„Ja, aber sie hat sich nicht reingetraut. Sagte, dass du sie wahrscheinlich nicht in deinem Haus haben willst. Sie hat Emma nur abgeholt und dann sind die beiden zur Weinbar gegangen. Erinnerst du dich daran, als sie sich noch nicht einmal mit ihrer eigenen Tochter bei mir im Café sehen lassen wollte?"

„Und ob ich mich daran erinnere. Und jetzt gehen sie zusammen in die Weinbar? Es geschehen doch noch Zeichen und Wunder, Hannah!"

„Das tun sie. Aber jetzt erzähl mal von dir. Geht's dir gut, trotz der ganzen Story?"

„Ja, das schon. Na ja, halb gut vielleicht, aber das wird schon werden. Jedenfalls wollte ich mich bei dir entschuldigen. Und zwar von Herzen."

„Was hast du getan?" Hannah betrachtet sie misstrauisch. „Mit Sven geschlafen? Eine Voodoo-Puppe von mir gebastelt und ihr die Augen ausgestochen, weil dir der Kuchen letztens nicht geschmeckt hat?"

„Hannah, dein Kuchen schmeckt immer! Die Voodoo-Puppe ist also weiterhin unversehrt. Es hat tatsächlich mit Sven zu tun. Aber ich habe natürlich nicht mit ihm geschlafen!"

„Oooookay .... Was ist los?"

„Er kam zu mir und hat mich um ein Gespräch gebeten. Ich habe ihm jedoch versprochen, dir nichts zu sagen."

„Na, das Versprechen hast du ja gehalten. Bis jetzt zumindest."

„Ja. Bis jetzt."

„Okay, jetzt sag schon. Was wollte er?"

„Es ging um eure Beziehung. Er fand, dass du dich verändert hast."

„Ah, wow, und das sagst du mir jetzt erst? Das nenn' ich mal Freundschaft. Glückwunsch, Lucy!"

„Hannah, bitte, hör auf. Ich falle doch hier sowieso schon auf mein Schwert. Und ja, ich hätte es dir sagen sollen. Dafür entschuldige ich mich auch. Dass ich so mit meinen eigenen Dingen beschäftigt war, dass mich eigentlich gar nichts anderes mehr wirklich interessiert hat. Auch bei Sven war ich, ehrlich gesagt, froh, als er wieder weg war. Ich hatte zu dem Zeitpunkt nicht viel Raum für die Sorgen anderer, aber das werde ich wieder ändern. Hannah, wirklich!"

„Okay, lassen wir das jetzt. Aber erzähl, was er gesagt hat. Denn nur damit du's weißt, unsere Beziehung hat sich verändert. Und zwar nicht zum Positiven. Es wäre schön gewesen, diesbezüglich ein wenig Vorwarnung zu bekommen."

Lucy erzählt ihr, was sie von Sven gehört hat. Eines lässt sie jedoch weg: dass Sven Hannah verdächtigt hat, heimlich die Pille abgesetzt zu haben. Dies geht ihr zu weit und sie glaubt nicht, dass Hannah ihm das so bald verzeihen könnte. Auch findet sie nicht, dass es ihre Aufgabe ist, so eine Offenbarung zu machen. Hannah hört ihr aufmerksam zu.

„Soso", sagt sie, als Lucy geendet hat. „Er findet also, dass man mit mir nicht mehr so viel Fun haben kann, da ich mich stattdessen aufs Nestbauen fokussiere. Vorsorglich sozusagen. Weißt du, es tut weh, das zu hören, und es ist auch ziemlich erniedrigend, aber wenn ich jetzt darüber nachdenke, dann hat er vielleicht gar nicht so unrecht. Beziehungsweise, was erzähle ich da: Er hat recht, natürlich. Da ging mein ganzes Denken hin. Zum Nestbauen. Das Lustige ist: Während du berichtet hast, habe ich eine gewisse Erleichterung verspürt. Nämlich darüber, dass das gar nicht von mir erwartet wird."

Jetzt ist es an Lucy, verwirrt zu schauen. „Was meinst du damit – dass es nicht von dir erwartet wird?"

„Ich weiß auch nicht genau. Aber ich glaube, unterbewusst dachte ich immer, das sei der natürliche Lauf der Dinge und dass es deswegen von mir erwartet würde. Erwartet, dass ich mich in diese Richtung bewege. Versteh mich nicht falsch – natürlich will ich Kinder und eine Familie. Du weißt, dass das schon immer mein Wunsch war. Aber das Café macht mir gerade so viel Spaß und Marie und ich denken ständig über Expansion nach und dann erwische ich mich immer dabei, wie ich mich bremse und denke: ‚Nein, ich muss ja eine Familie gründen. Dann habe ich für eine Expansion keine Zeit mehr.' Und jetzt wird mir klar – ich muss ja gar nicht. Zumindest nicht jetzt. Schräg, oder?"

„Ja, super schräg." Lucy lacht vor Erleichterung auf. „Aber ich glaube, ich weiß, was du meinst. Manchmal sind unsere Konditionierungen so tief in uns verankert, da kommen wir gar nicht auf die Idee, die infrage zu stellen. Und für dich heißt Beziehung halt baldige Familiengründung. Um die Erwartungen der Gesellschaft zu erfüllen."

„Richtig. Fast so, als müsse immer etwas Neues kommen. Als müsse man die Beziehung ständig mit Inhalt füllen, statt sie einfach mal nur sein zu lassen und sie zu genießen."

„Wo ist Sven gerade?"

„Na, auf der Arbeit natürlich. Aber er macht heute Homeoffice."

„Meinst du nicht, er könnte mal einen halben Tag blaumachen?"

„Doch, könnte er bestimmt." Hannah grinst verschmitzt. „Ich rufe ihn gleich mal an."

Two down, two to go, denkt Lucy, bevor sie Michi zu sich zitiert.

„Oh nein, ich hatte so gehofft, dass ich davon verschont bleibe. Was willst du denn? Was es auch ist – ich mache nichts ohne meinen Anwalt!" Damit zieht er Marcel vom Stuhl hoch, und die beiden bewegen sich betont langsam auf Lucy zu.

Babs ruft ihnen hinterher: „Michi, Sekunde mal. Willst du nach Berlin oder London ziehen?"

„Berlin? Bist du irre? Ich hasse Berlin. Ist viel zu nah an Jena dran. Und für London ist mein Englisch zu schlecht. Deshalb war ich auch so schüchtern, als deine englischen Freundinnen da waren", sagt er mit einem verschämten Lächeln an Lucy gewandt.

„Na, wenn du das schüchtern nennst", antwortet diese. „Zudem haben wir die meiste Zeit Deutsch gesprochen."

Aber Babs ist noch nicht fertig. „Okay. Berlin und London sind damit weg. Was ist mit München? Ein bisschen Großstadt gleich um die Ecke?"

„Was hat München mit Großstadt zu tun?", knurrt Michi. „Da kann ich auch gleich am Tegernsee bleiben."

„Darauf wollte ich hinaus. Du willst also nicht weg?"

„Natürlich nicht. Wo finde ich sonst so verrückte Hühner wie euch?"

„Siehst du, Lucy, auch er bleibt. Damit kannst du dir dein Verhör sparen."

„Verhör!", gibt Lucy sich empört. „Es handelt sich hier um eine liebevolle Geste meinen Freunden gegenüber."

„Beeil dich mit deiner Geste! Michi hat mir gerade eine Begattungs-Position beschrieben, die selbst Marcel die Röte ins Gesicht getrieben hat."

„Bin ich froh, dass du mich da weggeholt hast", flüstert Marcel sogleich Lucy zu. „Da wünsche ich mir fast meine Körperverletzungsfälle zurück. Die waren weniger bildlich, als Babs' und Michis perverse Fantasien es sind."

„Also, ihr beiden, was gibt's?" Michi legt jeweils einen Arm um Lucy und um Marcel und zieht mit ihnen gemeinsam durch den Garten. Rosie entscheidet sich, sie ebenfalls zu begleiten.

„Ach, Mist, Rosie ja auch noch!"

„Was – *ach Mist, Rosie ja auch noch*? Was soll das bedeuten?", will Michi wissen, und Rosie, die ihren Namen gehört hat, will es ebenfalls wissen. Sie bellt einmal auf.

„Bei ihr muss ich mich auch noch entschuldigen. Ich dachte, bald bin ich durch. Aber sie habe ich auch vernachlässigt, oder?"

„Ach, so ein Quatsch. Rosie ist so glücklich, wie ein Hund nur sein kann, nicht wahr, Rosielein?" Michi schaut liebevoll zu der Hundedame runter. „Wenn du wüsstest, wie wir sie verwöhnt haben, als du weg warst. Sie durfte sogar ein paar Mal mit auf die Baustelle." Dabei krault er Rosie hinter den Ohren, die ihn verzückt anschaut.

„Sie scheint eine Schwäche für dich zu haben", stellt Lucy lachend fest. „Gut, dann kann ich wenigstens den Hund von meiner Liste streichen. Wenn Baustellen sie so glücklich machen. Wie kommst du denn da voran? Ich hoffe, sie hat nicht alles auseinandergenommen?"

„Gut komme ich voran, sehr gut sogar. Bis zum Sommer ist alles fertig. Ich kann es kaum erwarten."

Ein schlechtes Gewissen schleicht sich bei Lucy ein. „Du, Michi, ich hoffe, die Schließung des Chalets wird sich nicht auf die Wassersportschule auswirken. Es ist schließlich alles unter meinem Namen angemeldet und zumindest theoretisch auf meinem Grundstück."

Sie sagt theoretisch, da eine hohe Hecke dazwischen ist,

die es wie zwei Grundstücke wirken lässt. Sie hätte auch keine Lust gehabt, die Wassersportschule den ganzen Tag im Blick zu haben. Andererseits ist sie froh gewesen, dass sie so auch das Stück Land jenseits der Hecke nutzen und Michi gleichzeitig seinen Traum ermöglichen konnte.

„Daran haben wir natürlich auch schon gedacht", mischt sich jetzt Marcel ein. „Aber wir haben uns entschieden, dass Michi sich davon nicht kleinkriegen lassen soll. Ebenso wenig wie du. Man kann doch nicht seinen Traum wegen ein paar bürokratischen Hindernissen aufgeben!"

„Und das von einem Anwalt!" Michi gibt seinem Freund einen herzhaften Schmatzer. „Vor ein paar Monaten hättest du es noch nicht einmal gewagt, das Wort ‚Traum' in den Mund zu nehmen. Da war alles nur Bürokratie."

„Bürokratie und Hannahs Kuchen", widerspricht Marcel. „Der hat mir das Leben versüßt. Aber um wieder auf das Chalet zurückzukommen, Lucy, was willst du denn da jetzt machen?"

„Ich habe einen Plan", klärt Lucy die beiden auf. „Aber bitte sei nicht enttäuscht, Marcel. Denn obwohl es sich hier um juristische Dinge handelt, werde ich dich nicht involvieren. Erst einmal weiß ich, dass du schon mehr als genug zu tun hast, und außerdem bist du auf die Gunst der lokalen Bevölkerung und auch der Ämter hier angewiesen. Zumindest im Moment noch. Da wollte ich nicht, dass du es dir mit einem möglichen Rechtsstreit verscherzt."

„Aber das ist doch mein Job! Ich bin Anwalt!"

„Ja, aber du arbeitest so viel für Babs' Vater und Alex, um deren gemeinsame Bauprojekte durchzuboxen, da brauchst du die Ämter auf deiner Seite. Und die haben mehr Macht, als man denkt. Aber das weißt du ja selbst am besten. Jedenfalls ist das meine Entscheidung und da gibt es nichts dran zu rütteln. Ich habe eine Alternative gefunden. Zudem bist du zu nah dran, mit Michi und mit unserer Freundschaft und allem. Also, die Entscheidung ist gefallen. Kein Wort mehr darüber."

„Okay, ich bin gespannt, was du da aus dem Hut zaubern willst", antwortet Michi. „Aber erst mal will ich wissen, wofür du dich bei uns entschuldigen willst. Ich liebe es, wenn Leute sich bei mir entschuldigen müssen. Sonst ist es immer andersherum!"

„Allerdings", murmelt Marcel, aber auch er schaut Lucy gespannt an.

„Es ist nichts Wildes, nichts Dramatisches …"

„Dann vergiss es", murrt Michi, wird aber von Lucy unterbrochen.

„Ich habe meine Freundschaften vernachlässigt in letzter Zeit, das ist alles. Übel vernachlässigt. Und dafür wollte ich mich bei dir entschuldigen. Beziehungsweise bei euch."

Michi guckt sie erstaunt an. „Ist mir gar nicht aufgefallen", sagt er.

„Wirklich nicht?"

„Na ja, ein bisschen vielleicht. Aber nicht sehr. Schau, die Zeiten haben sich geändert, oder? Wir sind alle eingespannt und können nicht mehr ständig in der Weinbar herumhängen, auch wenn ich das am liebsten würde. Außerdem sind plötzlich so viele neue Partner hinzugekommen. Und in deinem Fall auch wieder gegangen."

„Danke", murmelt Lucy, aber Michi lässt sich nicht aus dem Konzept bringen.

„Und da ist es doch normal, dass wir alle ein bisschen weniger Zeit füreinander haben. Ich bin dir zumindest super dankbar, dass du mir die Möglichkeit mit der Wassersportschule gibst. Mit ihr und der Weinbar abends habe ich aber sowieso so gut wie keine Zeit für etwas anders. Und das bisschen, das übrig bleibt, geht meistens für den schönen Marcel drauf."

„Schön ausgedrückt", wirft Marcel ein, aber auch von ihm lässt Michi sich nicht aus der Bahn werfen.

„Und daher, liebe Lucy, gibt es bei uns leider, leider, leider nichts zu entschuldigen. Sollte sich das jedoch ändern, werde ich der Erste sein, der es dich wissen lässt."

„Da habe ich keine Zweifel!" Glücklich umarmt Lucy die beiden und lässt auch Rosie an ihnen hochspringen.

„Sind wir jetzt damit durch? Können wir endlich weitertrinken?"

„Ihr schon. Ich habe noch eine Sache zu erledigen." Da sieht sie, dass auch Sven jetzt im Garten ist. „Ach, schaut mal, wer da angekommen ist", ruft sie aus. „Wieso geht ihr nicht zu ihm rüber und sorgt dafür, dass er sich wohlfühlt?"

„Darum kümmert sich schon jemand anderes", antwortet Michi, und grinsend beobachten sie, wie Sven und Hannah anfangen, mitten auf der Wiese wild zu knutschen.

„Wie Teenager." Marcel schüttelt den Kopf. Aber dann schnappt er sich Michi, und Lucy sieht das als einen klaren Hinweis, die beiden alleinzulassen.

„Emma?"

„Was, ich auch? Ich bin hier, um zu arbeiten, Lucy. Ich dachte, diese Gespräche seien für deine Freunde."

„Erst einmal sagte ich dir schon, dass du auch zu einer Art Freundin geworden bist, und zweitens geht es um deine Arbeit. Darüber müssen wir uns unterhalten." Lucy schaut Emma streng an, und wie erwartet wird diese rot.

„Habe ich etwas falsch gemacht? Stimmt etwas nicht?" Emma ist so nervös, sie stammelt fast.

Lucy ignoriert die Frage und fordert Emma stattdessen auf, sich mit ihr ein wenig von den anderen zu entfernen. „Emma, du bist gefeuert", sagt sie dann.

„Was?" Emma bleibt stehen und schaut sie fassungslos an.

„Du bist von deiner jetzigen Stelle gefeuert. Als Zimmermädchen. Aber du kannst dich neu bewerben. Und zwar als Hausdame im Chalet am See. Und solltest du das wollen, so teile ich dir hiermit offiziell mit, dass deine Bewerbung mit Freude angenommen wird."

„Was?" Emma ist sichtlich verwirrt. „Also bin ich eigentlich gar nicht gefeuert? Sondern eher befördert? Oder habe ich das falsch verstanden?" Sie kriegt so hektische Flecken, dass Lucy fast Mitleid mit ihr bekommt.

„Du hast ganz richtig verstanden, Emma. Es ist alles gut", sagt sie und schließt das Mädchen kurz in die Arme. „Und entschuldige meine kleine Scharade. Aber ich hätte so gerne, dass du anfängst, an deinen eigenen Wert zu glauben und dich nicht schon von ein paar Worten und einem bösen Blick aus der Bahn werfen lässt. Du bist wundervoll, Emma! Du bist wertvoll und einmalig und es wird Zeit, dass du das endlich erkennst. Und dass du die Dinge nicht mehr tust, um mir oder Alex oder wem auch immer deine Dankbarkeit zu beweisen, sondern um das Beste aus deinem eigenen Leben herauszuholen. Du hast so viel zu bieten und hast im letzten Jahr so viel geschafft, bitte hör endlich auf, dich zu verstecken. Das hast du nicht nötig. Das hat niemand nötig."

„Ich bin also nicht gefeuert?", fragt Emma wieder.

„Emma! Hast du überhaupt zugehört, was ich gesagt habe? Natürlich bist du nicht gefeuert! Wie könnte ich dich feuern? Da wäre ich ja verrückt. Was ich wissen möchte, ist, ob du die Hausdame im Chalet am See werden möchtest!"

„Aber warum?", fragt Emma mit großen Augen.

„Warum? Verdammt noch mal, Emma, weil der Schmetterling in dir sich endlich aus seinem Kokon befreien soll! Glaub an dich! Schau mal", sagt sie dann etwas sachter, „wenn ich das Gefühl hätte, das Dasein als Zimmermädchen sei dein Traum und deine Erfüllung, dann wäre das auch okay. Mir haben deine Fähigkeiten in diesem Bereich zumindest sehr geholfen. Aber ich beobachte dich doch auch. Ich sehe, wie du es liebst, über den Büchern zu hängen und zu kalkulieren, was wie viel kostet, obwohl du dafür gar nicht bezahlt wirst. Du hast die Buchhaltung dieses Ladens hier mittlerweile fast besser im Griff als ich. Und nicht nur mir, sondern auch anderen ist aufgefallen, dass du die schönen Dinge des Lebens liebst. Dass du es genießt, zu gestalten und kreativ zu werden. Schau doch, was du aus meinen alten Yogasachen gemacht hast. Immer wieder lässt du dir einen neuen Kniff einfallen, damit sie besser aussehen."

„Nenn sie nicht alt!", erwidert Emma fast erschrocken und schaut an sich herunter.

„So meine ich das doch nicht. Aber du hast dafür ein Händchen und scheinst es zu genießen – das ganze Managen des Ladens und allem noch den letzten Schliff zu geben. Du hast dafür auch die nötige Ruhe. Und die Sorgfalt."

„Ja, sorgfältig war ich schon immer", stimmt Emma ihr zu, um sich dann glücklicherweise wieder an den Anfang des Gesprächs zu erinnern. Lucy war sich schon nicht mehr sicher, ob sie den überhaupt mitbekommen hat. „Aber was soll das bedeuten – Hausdame? Was ist das?" Sie bekommt wieder hektische Flecken und Lucy ist nicht klar, ob es aus Freude oder aus Nervosität ist.

„Also, ich kann wirklich nichts versprechen, aber ich habe vor, das mit den Bewilligungen wieder hinzukriegen. Ich gebe diesbezüglich nicht klein bei."

„Richtig so", pflichtet Emma ihr bei. „Das hat Alex auch gesagt."

„Was?"

„Dass du das wieder hinkriegen wirst und dass ich deshalb hier unten bleiben soll."

Lucy ist kurz aus dem Konzept gebracht, aber sie fängt

sich wieder. „Na, wenn Alex das sagt", murmelt sie, um dann lauter hinzuzufügen: „Also, ich habe mit Josephine gesprochen und sie würde die Zimmer machen und all den Kleinkram, den du vorher erledigt hast. Mir war bewusst, dass sie sich nach so einem Job umschaut, aber im Moment scheinen keine Stellen frei zu sein. Sie hat sich riesig gefreut, als ich ihr das angeboten habe. Ich könnte mich dann wieder mehr aufs Yoga konzentrieren, die Gäste betreuen, Marketing machen und so weiter. ‚Soft Skills' sozusagen. Das, was mir Spaß macht. Das Gute ist, dass Josephine immer bei den Yogastunden einspringen kann, wenn ich nicht da bin. Das bedeutet eine unglaubliche Entlastung." Sie macht eine Pause.

„Und ich …?", fragt Emma vorsichtig.

„Ah richtig, da war ja noch was!" Lucy zwinkert Emma zu. „Und du, meine liebe, unersetzliche Emma, wärst quasi das Bindeglied zwischen Josephine und mir. Du wärst ihre Chefin", sie sieht, wie Emma bei diesen Worten zusammenzuckt, „und kümmerst dich allgemein darum, dass hier alles vernünftig läuft. Du vertrittst mich, wenn ich nicht da bin, führst den Haushalt, kümmerst dich um die Einkäufe und so weiter. Was hältst du davon?"

Emma verschluckt sich gleich mehrfach und Lucy hat Sorge, dass sie gleich keine Luft mehr kriegt. Aber dann kommt sie doch wieder zu Atem.

„Das könnte ich", sagt sie. „Ich glaube, das könnte ich wirklich!"

„Und ich glaube, du könntest es sogar ganz hervorragend", bestätigt Lucy.

„Oh, Lucy, das ist ein Traum, der wahr geworden ist." Jetzt ist sie diejenige, die Lucy mit Tränen in den Augen um den Hals fällt. Dann fängt sie sich jedoch wieder. „Was ist mit Alex? Wird er einverstanden sein mit dem Ganzen?"

Lucy erkennt, dass die Vorstellung, wie ihr Traum wieder

in sich zusammenfallen könnte, Emma regelrecht Angst bereitet. „Lass Alex mal meine Sorge sein", beruhigt sie sie. „Schau, er wollte, dass du hierherkommst und etwas lernst. Damit meinte er nicht, die Zimmer noch besser zu putzen. Wir kommen seinen Wünschen also durchaus nach. Außerdem, da du dann meine Angestellte bist, werde ich dich auch selbst bezahlen – und zwar mit dem marktüblichen Gehalt. Durch das Erbe meiner Tante kann ich mir das leisten. Und Josephine wird das kleine Apartment über der Garage beziehen. Sie hat damit Kost und Logis umsonst und sie sammelt Erfahrungen als Yogalehrerin. Mehr will sie eigentlich nicht. Ich gebe ihr trotzdem noch einen Obolus, aber das ist nicht viel. Und so ist das mit deinem Gehalt wirklich kein Problem."

„Und willst du, dass ich auch hier wohne?"

„Nein, ich denke, das macht keinen Sinn, wenn wir hier alle aufeinander hängen. Alex hat so viele Mitarbeiterzimmer, da wird es schon in Ordnung sein, dass du erst einmal dortbleibst. Zur Not kannst du ja bei Daniel einziehen", sagt sie lachend, um dann hinzuzufügen: „Ich meine das ernst, Emma, als deine Chefin: Ich bestehe darauf, dass du auch Freizeit hast. Und Daniel ist so ein toller Mann, schenk ihm doch ein wenig mehr Aufmerksamkeit. Bitte, Emma, mach nicht den gleichen Fehler wie ich. Man kann beides haben – berufliches wie privates Glück."

Emma nickt nachdenklich. „Und dann?", fragt sie. „Dann gehe ich wieder ins Tegerngold zurück?"

„Das wirst du entscheiden können. Das müssen wir nicht heute machen. Vielleicht willst du ja irgendwann wieder in ein großes, elegantes Hotel. Oder vielleicht auch nicht. Möglicherweise wirst du unser kleines Chalet so sehr genießen, dass du gar nicht mehr zurückwillst. Wir warten ab, was passiert, okay?"

„Okay". Emma schaut sie mit glasigen Augen an. „Aber

was ist, Lucy, wenn du das Chalet nicht wieder öffnen darfst?"

„Dann, meine liebe Emma, haben wir beide Pech gehabt." Doch gleichzeitig zwinkert sie ihr zu und ergänzt: „Man weiß nicht, was kommt, aber ich weigere mich, mich von negativen Gedanken runterziehen zu lassen. Wozu haben wir denn unsere Kreativität, nicht wahr?"

Emma nickt. „Dein Wort in Gottes Ohr."

„Apropos Kreativität!" Lucy ist noch nicht fertig. „Ich habe noch etwas für dich. Komm." Sie legt einen Arm um Emma und geht mit ihr zum Haus. Die große Tasche wartet schon im Wohnzimmer. „Wie ich eben sagte, bin ich nicht die Einzige, der dein Hang zum Schönen aufgefallen ist. Auch wenn du immer versuchst, es zu verstecken. Sophie hat es auch bemerkt und mir aufgetragen, dir all das hier zu geben. Was auch immer du getan hast, sie hat offenbar eine Schwäche für dich. Ich bin ja froh drum, so hast du mehr als genug Anziehsachen für deinen neuen Job."

Damit öffnet sie die Tasche, und Emma sieht aus, als würden ihr gleich die Augen aus dem Kopf fallen. Ein Stück nach dem anderen von Sophies berühmten Designs zieht sie hervor. Stücke, die sie bislang nur aus Magazinen kannte. „Ich kann es nicht glauben", flüstert sie. „Das kann unmöglich alles für mich sein."

„Oh, glaub mir, das ist alles für dich! Sie hat mir sogar aufgetragen, dir zu sagen, dass, falls du Daniel heiraten solltest, sie dein Hochzeitskleid schneidern wird. Man darf dazu anmerken, dass sie mir dieses Angebot nie gemacht hat."

Emma laufen die Tränen über die Wangen, um dann auf die schönen Stücke zu tropfen. „Darf ich noch ein wenig hier drinnen bleiben?", fragt sie. „Ich muss das alles erst einmal verarbeiten."

„Natürlich. Und ich freue mich auf das, was auf uns

zukommt. Also, nimm dir alle Zeit. Du weißt ja, wo du uns findest."

Beim Hinausgehen kann sie sich ein seliges Lächeln nicht verkneifen. Das ist alles besser gelaufen als erhofft. Jetzt muss sie nur noch das Chalet irgendwie wieder zum Laufen bringen – und vielleicht Alex zurückbekommen. Ja, das wäre schön!

27

Emma kann es nicht fassen. Da sitzt hier im Café direkt am Nebentisch ihr Stiefvater, und der bemerkt sie noch nicht einmal. Aber kein Wunder, er hat es ja schließlich ein Leben lang perfektioniert, sie zu ignorieren. Heute ist ihr das jedoch ganz recht. Zum einen hat sie ihm sowieso nichts mehr zu sagen und zum anderen möchte sie sich ihre gute Laune nicht vermiesen lassen. Stattdessen will sie das Gefühl von gestern noch genießen – ausgelöst durch ihren neuen Job! Daher sitzt sie auch nicht bei Hannah im Café, sondern ist in den Nachbarort gefahren, wo sie keiner kennt. Außer der Mann am Nebentisch natürlich. Emma versucht ihn auch zu ignorieren, aber sie ist sich seiner Präsenz fast körperlich bewusst. Nicht nur, weil er so nahe sitzt, dass sie ihn berühren könnte, sondern auch, weil er für die Misere verantwortlich ist, in der Lucy sich befindet. Und damit auch Emma. Sie weiß, dass die anderen ihn Schrott nennen und versuchen, den Namen in ihrer Anwesenheit zu vermeiden. Dabei wäre das gar nicht nötig, denn die Bezeichnung passt äußerst gut, wie sie findet. Sie blättert noch ein paar Minuten in den Lifestyle-Magazinen, die sie extra mitgebracht hat, um sich Inspiration fürs Chalet zu holen, aber nach ein paar Minuten seufzt sie lautlos auf. Es hat keinen Sinn, wenn dieser Mann am Nebentisch sitzt. Da kann sie sich auf nichts konzentrieren. Sie will gerade leise aufstehen und gehen, als die Tür des kleinen Cafés aufgeht und eine blonde Frau hereingeweht kommt. Sie schießt geradewegs auf ihren Stiefvater zu.

„Sigmund", ruft sie mit lauter Stimme, und Emma beobachtet aus den Augenwinkeln, wie sie ihren ehemaligen Stiefvater enthusiastisch begrüßt und ihm geräuschvolle Küsschen auf die Wangen drückt.

Emma war sich ja schon immer bewusst, dass ihr Stiefvater kein Kind von Traurigkeit ist, und dass er Blondinen mag, ist allgemein bekannt, aber so jung? Schnell legt sie ihre Zeitschriften wieder hin und entscheidet sich, doch noch sitzenzubleiben. Sie spitzt die Ohren, und langsam wird ihr klar, dass es hier nicht um eine Liebesaffäre geht. Ihre Augen werden größer und größer.

NACHDEM EMMA zu Ende berichtet hat, nickt Lucy ihr zu. „Alles klar, Emma, danke für die Info. Ich kümmere mich um alles. Sei nur bitte morgen früher als sonst da, denn wir bekommen wichtigen Besuch und ich möchte, dass alles tipptopp ist."

„Ach, wer kommt denn?"

Lucy verdreht die Augen. „Die Damen und Herren vom Ordnungsamt. Beziehungsweise eine Dame und ein Herr. Sie haben sich auf ein Meeting eingelassen, um noch mal alles zu besprechen und auch das Chalet zu inspizieren. Das ist unsere Chance, Emma! Wenn alles gut läuft, können wir vielleicht wieder öffnen. Wenn nicht – na, daran will ich lieber gar nicht denken."

„Was? Und das sagst du mir erst jetzt? Einen Tag vorher?"

„Es hat sich kurzfristig ergeben. Außerdem kannst du da sowieso nichts machen. Ich wollte die Pferde nicht scheu machen."

„Pferde nicht scheu machen", murmelt Emma. „Unsere einzige Chance …"

„Ich weiß, aber es reicht schon, dass ich mich selbst verrückt mache. Da muss ich dich nicht auch noch zum Wahnsinn treiben. Sonst sind wir wie zwei aufgescheuchte Hühner. Das bringt auch nichts."

„Zu spät", sagt Emma mit klopfendem Herzen. Von dem Meeting morgen wird es also abhängen, ob ihr Traum wahr wird oder nicht. Fast wünscht sie, sie hätte Lucy nichts von dem Gespräch zwischen ihrem Stiefvater und der Blondine erzählt.

„Du wirst aber doch rechtzeitig ins Bett gehen und morgen früh für das Meeting fit sein?", fragt sie besorgt.

„Natürlich, Emma, das versteht sich doch von selbst."

Um vier Uhr morgens klingelt ihr Wecker, und Lucy springt in Sekundenschnelle aus dem Bett. Sie hat die ganze Nacht vor Aufregung kein Auge zugetan. Notdürftig wäscht sie sich das Gesicht, zieht eine alte Jeans, ein Kapuzenshirt und Turnschuhe an, dann kommt noch eine Windjacke darüber, und keine Stunde später liegt sie neben Babs hinter dem Tegerngold im Gebüsch.

„Es ist bald so weit", flüstert Babs. „Sie sollten jetzt kommen."

„Ich weiß, aber ich höre noch nichts."

„Vielleicht ist Pünktlichkeit nicht ihre Stärke."

„Wenn es darum geht, anderen zu schaden, dann kommt der Schrott pünktlich, da sei dir sicher. Aber jetzt sei ruhig, sonst hört uns noch jemand!"

„Vielleicht kommen sie ja gar nicht mit dem Auto. Vielleicht ist das zu laut."

„Psst, Babs. Sie haben bestimmt Komplizen im Hotel und die könnten schon in der Nähe sein. Halt also endlich den Schnabel."

„Ich sag' ja nur …"

„Pssst!"

Eine halbe Stunde später wird auch Lucy langsam unruhig. Vor allem wird es kalt und unbequem. Sollte Emma sich doch verhört haben? Bald wird es hell und die Aktivitäten im Hotel werden beginnen. Dann wäre der Plan vom Schrott und seiner Bekannten dahin.

Babs scheint den gleichen Gedanken zu haben, denn sie flüstert: „Lucy, ich bin mir sicher, du hast etwas falsch verstanden. Oder Emma. Die beiden kommen nicht mehr."

Doch in dem Moment hören sie ein Motorengeräusch und kurz darauf rollt ein Kleintransporter auf den Hof. Er hält keine fünf Meter von ihnen entfernt, und Lucy hört das Blut in ihren Ohren rauschen. Fast zeitgleich geht die Hintertür des Tegerngold auf und ein junges Pärchen kommt heraus.

„Oh Mist", flüstert Babs.

Lucy traut sich nicht zu fragen, was Mist ist, denn das Wort lässt sich ihrer Meinung nach auf die ganze Situation übertragen. Was hat sie sich nur dabei gedacht? Alles, was sie und Babs haben, sind Taschenlampen. Damit fühlten sie sich gut ausgestattet, aber jetzt kommt ihr das Ganze absurd vor. Vor allem, da der Hotelangestellte sich als Muskelpaket entpuppt und mindestens zwei Köpfe größer als Lucy und Babs ist.

Da hilft es nicht, dass Babs jetzt „Der Brecher" flüstert. „So wird der bei uns genannt. Er arbeitet für Daniel. Aber was hat er mit Mathilde zu tun?"

Damit muss sie das Mädchen an der Seite des Brechers meinen, aber Lucy interessiert jetzt nicht, was die beiden miteinander zu tun haben. Sie möchte die Situation einfach nur heil durchstehen, vor allem, da jetzt auch noch der Schrott aus dem Transporter steigt. Seine Begleitung ist nun ebenfalls zu erkennen, und Lucy kneift Babs so fest in den Arm, dass diese fast aufschreit.

„Elvira", flüstert Lucy.

„Ich weiß, ich hab's gesehen. Jetzt sei ruhig, die hören uns sonst."

Aber die Gefahr dafür ist eher gering, da aus dem Transporter so lautes Quietschen kommt, dass selbst der Schrott nervös wird.

„Verdammt, sind die Viecher laut", raunt er. „Nehmen wir diese Tür?" Damit zeigt er auf die Tür, aus der der Brecher und Mathilde eben gekommen sind.

Der Brecher nickt. „Wir haben alle anderen Türen im Haus offengelassen. Da werden sie sich in null Komma nichts im ganzen Hotel verteilen. Aber beeilt euch. Wenn die weiter so jaulen, haben die bald jeden im Hotel aufgeweckt. Außerdem seid ihr zu spät gekommen. Was ist passiert?"

„Liegt nicht an mir", murrt der Schrott. „Frauen! Okay, fahr den Transporter an die Tür ran. So müssen wir nur die Klappe aufmachen und voila! Wird keine Minute dauern."

„Das ist unser Zeichen!", bemerkt Babs mit unterdrückter Stimme. „Wir müssen reagieren, Lucy. Jetzt, los!"

„Bist du dir sicher? Die bringen uns doch um!"

„Lucy, gleich ist es zu spät. Willst du das?"

„Nein, lass es uns machen! Komm, jetzt!"

In dem Moment bleibt der Schrott stehen und guckt die anderen an. „Habt ihr auch etwas gehört? Ich bin mir sicher, da waren Stimmen. Leute, ich glaube, wir sind nicht alleine!"

Jetzt oder nie! Mit klopfendem Herzen springt Lucy auf

und hält ihre Taschenlampe auf das Grüppchen gerichtet. Babs tut es ihr gleich.

„Halt!", rufen sie mit verschreckten Stimmen, und Lucy wird mit einem Schlag die Absurdität der Situation bewusst. Der schwache Kegel der Taschenlampen dringt kaum bis zu den Eindringlingen vor, aber man sieht immerhin ihre erstaunten Gesichter. Nicht erschrocken, wie Lucy feststellt, sondern lediglich erstaunt. Nur auf Mathildes Gesicht lässt sich eine Spur von Angst erkennen.

„Mist", sagt der Schrott jetzt und geht mit großen Schritten auf Lucy zu. „Schon wieder dieses verdammte Frauenzimmer. Komm, ich kümmere mich um die, schnapp du dir die andere, Gerd. Nicht, dass die anfangen, zu schreien."

Lucys Körper überlegt noch, ob er sich auf Kampf oder Flucht einstellen soll, als ein gleißendes Licht den gesamten Hinterhof erhellt.

„Polizei", ertönt eine feste Stimme. „Sofort stehen bleiben, Herr Schrobel. Keiner fasst die beiden Frauen an."

Der Schrott hält wie versteinert an und nimmt sogar die Hände in die Höhe. Mathilde fängt an, hysterisch zu weinen und Elvira versucht, zum Transporter zu laufen.

„Stopp! Keinen Meter weiter", hallt es durch den Hinterhof, und auch Elvira bleibt jetzt stehen und hebt die Hände. Gerd und Mathilde haben mittlerweile ebenfalls ihre Arme in der Luft.

Das Herz scheint ihr aus der Brust zu springen, und Lucy fragt sich, ob sie wirklich außer Gefahr sind. Was ist das für ein Wunder, das gerade geschehen ist? Wo kommt die Polizei her? Sie hört ein leises Klicken neben sich.

„Was machst du da?", fragt sie Babs mit klappernden Zähnen.

„Na, was wohl, Fotos natürlich. Der Schrott mit erhobenen Händen, so was sehen wir so bald nicht wieder. Du kannst deine übrigens wieder runternehmen."

Und tatsächlich, reflexartig muss Lucy auch die Hände gehoben haben. Sie lässt sie langsam sinken und merkt, wie sie am ganzen Körper bibbert. Babs hingegen scheint cool wie immer zu sein.

In dem Moment kommt der Dorfpolizist Wummer, der Lucy auch die Ordnungsverfügung überreicht hat, mit einem Kollegen aus der Dunkelheit und tritt zu den anderen ins Rampenlicht. „Sie kennen wirklich keine Grenzen, was, Herr Schrobel? Machen Sie vor irgendwas halt? Aber das wird in Zukunft nicht mehr vorkommen. Dafür sorge ich. Jetzt sind Sie erst einmal alle verhaftet."

In dem Moment sieht Lucy Alex um die Ecke gestürzt kommen, und ihr Herz macht einen Sprung. Er ist offensichtlich gerade erst geweckt worden und hat sich nur schnell ein paar Klamotten übergeworfen. Trotz der surrealen Situation kann Lucy seine Bettwärme fast physisch an ihrem Körper spüren.

„Was geht hier vor sich?", ruft er und starrt dann entgeistert Elvira an. „Elvira? Du hier? Was machst du hier? Und Lucy, Babs? Gerd und Mathilde?" Sein Gesicht ist ein einziges Fragezeichen, bis seine Augen zum Schrott wandern. „Nur Sie hier zu sehen, das wundert mich nicht. Wo Ärger ist, da sind auch Sie nicht weit, nicht wahr? Also, kann mich mal jemand aufklären?"

„Du sagst kein Wort", zischt der Schrott Elvira zu. „Und ihr auch nicht", instruiert er die anderen, bevor Herr Wummer ihm befiehlt, den Mund zu halten.

„So ganz wissen wir das leider auch nicht, Herr von Meyenhofen", beginnt der Polizist jetzt, Alex zu informieren. „Aber falls mich nicht alles täuscht, befindet sich in dem Transporter eine beachtliche Anzahl von Ratten. Hungrige Ratten, würde ich den Geräuschen nach urteilen." Das Quietschen aus dem Transporter ist mittlerweile fast unerträglich, und Lucy läuft ein Schauer nach dem anderen über den Rücken. Das hier ist Albtraummaterial, da hat sie keine Zweifel. „Und diese Ratten", fährt Herr Wummer fort, „sollten durch diese Tür dort bei Ihnen im Hotel ausgesetzt werden. Es hätte nicht lange gedauert, bis sie überall im Haus herumgelaufen wären, glauben Sie mir."

Lucy beobachtet, wie Alex rot und röter wird und seine Halsschlagader gefährlich zu pulsieren beginnt. Dann stürzt er sich mit erhobener Faust auf den Schrott. Bevor er jedoch zuschlagen kann, hat Wummers Kollege ihn schon gepackt.

„Immer mit der Ruhe, Herr von Meyenhofen. Ich verstehe Sie ja, aber das ist nicht der richtige Weg. Wir nehmen die ganze feine Gesellschaft mit und kümmern uns um sie. Auf unsere Art, nicht auf Ihre."

Jetzt guckt Alex Lucy an, und sie sieht Schmerz in seinen Augen. Fast unerträglichen Schmerz. „Du, Lucy? Du bist auch dabei?"

Erst jetzt wird ihr bewusst, wie es aussehen muss, dass auch sie hier steht, aber bevor sie etwas sagen kann, mischt Herr Wummer sich ein: „Nein, Herr von Meyenhofen, natürlich nicht. Diese beiden tapferen Damen hier haben vielleicht nicht ihr Leben, aber doch ihre Gesundheit aufs Spiel gesetzt, um Ihnen zu helfen und die Rattenattacke auf das Tegerngold abzuwenden. Damit meine ich sowohl die tierischen als auch die menschlichen Ratten." Mit Verachtung blickt er zu der Gruppe hin, die mittlerweile im Polizeitransporter sitzt. „Wenn Sie mich fragen, so haben Sie den beiden das Fortbestehen Ihres Hotels zu verdanken, denn eine Rattenarmee beim Frühstücksbuffet hätte sicherlich keine guten Konsequenzen gehabt."

Lucy sieht, wie Alex blass wird. Dann kommt er auf sie und Babs zu und fragt: „Darf ich euch umarmen?"

Beide nicken, und sobald Lucy an Alex Brust liegt, lässt sie ihren Tränen freien Lauf. Sie weiß nicht, was mit ihr los ist, aber sie schluchzt und schluchzt und kann nicht mehr aufhören.

Herr Wummer sitzt mittlerweile schon im Polizeifahrzeug, aber durch ihr Schniefen hindurch hört Lucy noch, wie Babs ihn fragt: „Wer hat Sie eigentlich angerufen? Wir waren es jedenfalls nicht."

„Das", antwortet der Polizist mit einem kurzen Blick auf seine Passagiere, „ist ein Amtsgeheimnis. Wir wollen schließlich niemanden in Gefahr bringen." Damit startet er das Auto, während sein Kollege den Rattentransporter wegfährt.

Kurz darauf stehen nur noch Babs, Lucy und Alex im Hinterhof. Es ist fast so, als sei der Albtraum nie passiert. Alex betrachtet die beiden Frauen und wischt Lucy zärtlich eine Träne aus dem Gesicht. Dann räuspert er sich.

„Ich verstehe ehrlich gesagt immer noch nur Bahnhof, aber ich für meinen Teil brauche etwas Stärkung. Und ich würde sagen, euch geht es mindestens genauso. Ich habe keine Ahnung, wie ich euch jemals danken soll, aber was haltet ihr davon, wenn wir mit einem Brunch anfangen? Ich lasse ihn im Penthouse richten, denn so wie ihr aussteht, gehe ich davon aus, dass ihr lieber nicht im Restaurant essen wollt. Und dann könnt ihr vielleicht ein bisschen Licht in diese Geschichte bringen."

Lucy und Babs schauen an sich herunter, und jetzt muss auch Lucy trotz der Situation grinsen. Ihre Jeans haben Grasflecken an den Knien und überall hängen Blätter und Aststückchen an ihnen herunter.

„Wir hätten uns noch das Gesicht schwarz anmalen sollen", witzelt Babs.

Als sie ein wenig später beim Brunch sitzen, erzählen die beiden Alex, was vorgefallen ist. „Viel wissen wir ja auch nicht", beginnt Lucy und würde am liebsten ihre Hand auf sein Bein legen. „Emma hat den Schrott und Elvira belauscht, wie sie sich darüber unterhalten haben, Ratten im Tegerngold auszusetzen. Sie wusste da noch nicht, dass es sich um Elvira handelt, aber das war ja auch egal. Es sollte jedenfalls das Finale ihres ausgeklügelten Plans sein, dich und das Tegerngold zu zerstören. Wenn du mich fragst, standen sie auch hinter den ganzen anderen Vorfällen der letzten Zeit. Aber ich bin mir sicher, Herr Wummer wird dir das alles genauer erläutern können. Du erstattest doch Anzeige?"

„Da könnt ihr euch sicher sein! Auf Marcel wird bald noch mehr Arbeit zukommen." Dann lacht er etwas unsicher. „Und ihr beide wolltet das verhindern? Wieso habt ihr mir denn nichts gesagt? Das ist doch verrückt, so im Alleingang."

Lucy weiß nicht genau, was sie darauf antworten soll. Denn natürlich hat auch Babs vorgeschlagen, Alex sofort zu informieren. Oder die Polizei. Aber Lucy wollte ihm imponieren und als Heldin dastehen. Sie dachte, es handelt sich um ein paar kleine Ratten, fünf oder zehn vielleicht. Etwas, das man schnell abwenden könnte, obwohl sie jetzt zugeben muss, dass ihr Plan auch dann nicht aufgegangen wäre. Hätte sie jedoch gewusst, dass ein ganzer Transporter ankommt, so hätte sie sicher Verstärkung geholt.

Sie weiß jedoch nicht, wie sie Alex ihre Beweggründe für den Alleingang darlegen soll und ist daher umso dankbarer, als Babs jetzt aufsteht und sagt: „Das war ja glücklicherweise nicht nötig, dass wir den Herrn Hoteldirektor einbeziehen mussten. Es ist ja auch so gut ausgegangen. Denn wenn nicht, mein lieber Alex, dann hätten jetzt nicht wir, sondern ganz viele kleine hungrige Rattenmäuler dieses köstliche Frühstück genossen." Sie guckt auf die Uhr. „Ich weiß ja nicht, was mit euch ist, aber ich zumindest muss jetzt los. Meine erste Massage beginnt bald und ich glaube, es wäre eine gute Idee, wenn ich mich vorher umziehen würde. Also, ciao ihr beiden! Was für ein ereignisreicher Morgen. Ganz nach meinem Geschmack! Der Tegernsee steht doch St. Pauli in nichts nach."

Dann ist sie weg und Alex blickt Lucy erstaunt an. „Wie kommt sie jetzt auf St. Pauli?"

„Ach, was weiß ich denn. Babs' Gedanken wandeln auf unerklärlichen Wegen. Aber ich glaube, ich geh' dann jetzt auch mal lieber."

Sie will gerade aufstehen, als Alex ihre Hand nimmt. „Lucy", beginnt er, doch da klingelt sein Telefon. Er schaut kurz drauf und zögert. „Ich würde ja eigentlich nicht drangehen, aber das ist Graham von der Rezeption. Er würde mich nicht auf meinem Handy anrufen, wenn es nicht wichtig wäre. Darf ich?"

„Ja, selbstverständlich. Hoffentlich ist nicht noch etwas passiert."

Alex nimmt ab und sie sieht, wie er kurz zuhört und dann nickt. „Verstehe", sagt er. „Natürlich, schicken Sie sie sofort hoch." Dann legt er auf und guckt Lucy erstaunt an. „Hannah ist hier. Sie sucht dich. Und sie ist wohl ziemlich aufgebracht."

Keine zwei Minuten später kommt Hannah ins Esszimmer gestürzt. Sie ist knallrot im Gesicht, was darauf deuten lässt, dass sie den Weg zum Tegerngold hochgerannt ist. „Lucy, wo bist du denn? Was machst du?" Dann starrt sie mit offenem Mund auf den Tisch. „Ihr frühstückt? Ihr FRÜHSTÜCKT?"

„Äh, ja, Hannah", sagt Alex, der mittlerweile gar nichts mehr zu verstehen scheint. „Wir frühstücken. Ist das etwas Verwerfliches?"

Hannah stiert Lucy mit großen Augen an. „Du machst ja wohl Witze. Da unten versuchen ein wildfremder Mann und die arme Emma, irgendwelche Leute vom Ordnungsamt dazu zu bringen, das Chalet wieder zu öffnen, alle warten auf dich, und Madame sitzt hier oben und *frühstückt*? Da sag du mir noch mal, dass ich für Sven zu viel aufgebe. Das hier nenne ich mal echte Selbstaufgabe!"

„Ich wollte ihm ja nur zeigen, dass das Chalet mir nicht das Wichtigste ist", murmelt Lucy, bevor sie von Alex unterbrochen wird.

„Kann dieser Morgen eigentlich noch verrückter werden? Lucy, was bedeutet das, ein fremder Mann und Emma versuchen, das Chalet wieder aufzubekommen? Wieso bist du nicht da unten?"

„Weil ich hier oben bin", antwortet Lucy leicht trotzig. „Ich kann nicht an zwei Stellen gleichzeitig sein, das wollte ich dir schon immer klarmachen. Und ich habe mich entschieden hier zu sein, siehst du?"

Alex guckt sie an, als hätte sie den Verstand verloren. „Du hast ein Frühstück mit mir dem Treffen mit dem Ordnungsamt vorgezogen?"

„Prioritäten", murmelt Lucy, die nun doch leicht verunsichert ist. „Und es ist kein fremder Mann, sondern Dr. Suber, mein Anwalt aus München. Der weiß schon, was zu tun ist."

„Weiß er eben nicht, Lucy, sie wollen alles Mögliche sehen!", mischt Hannah sich wieder ein.

„Woher bist du eigentlich so gut im Bilde?", fragt Lucy sie irritiert.

„Woher? Na, weil Emma mich voller Panik angerufen hat. Sie konnte dich nicht erreichen. Sie dachte sich dann aber schon, wo du bist, und bat mich, dich sofort zu holen. Ich sollte aber vorher noch Kuchen im Chalet vorbeibringen, damit sie den anbieten können und so ein Verzögerungsmanöver haben. Und natürlich ist mein Auto nicht angesprungen und so musste ich den ganzen Weg laufen. Erst zum Chalet und dann hier hoch. Den piekfeinen Anwalt wollte ich nicht nach seiner flotten Schüssel fragen. Du schuldest mir was, das sag' ich dir! Aber jetzt würde ich vorschlagen, dass du dich runterbewegst, falls du dein Chalet nicht unwiederbringlich verlieren willst!"

„Das heißt, Dr. Suber und Emma essen jetzt mit den Leuten vom Ordnungsamt Kuchen? Am frühen Morgen?"

„Falls es geklappt hat, ja. Aber jetzt mach hinne, ewig werden die sich nicht hinhalten können. Und wie siehst du überhaupt aus!"

„Du bist verrückt", bemerkt jetzt auch Alex. „Absolut verrückt." Dann schnappt er seine Schlüssel und läuft zum Lift. „Ich fahre euch!", ruft er ihnen zu. „Beeilt euch!"

In Windeseile schießen sie in Alex' Wagen nach unten, doch als sie am Chalet ankommen, sehen sie gerade noch, wie der Passat mit den Leuten vom Ordnungsamt wegfährt.

Lucy muss schlucken. Da ist er hin, ihr Traum.

Emma und Dr. Suber stehen am Gartentor und gucken sich an. Lucy kann selbst aus dem Auto erkennen, wie erschöpft sie sind. *So sieht eine Niederlage aus*, denkt sie verzweifelt. Aber dann schauen die beiden auf, schlagen ihre Handflächen in der Luft zusammen und brechen in lautes Gelächter aus. Dann fallen sie sich um den Hals. Lucy traut ihren Augen nicht: Emma und Dr. Suber fallen sich um den Hals!

Schnell wie der Blitz springt sie aus dem Auto und läuft ihnen entgegen. „Was ist los?", ruft sie atemlos. „Was ist passiert?"

Sie wagt kaum zu hoffen, doch Emma strahlt jetzt auch sie an. „Wir haben's", ruft sie ihr mit stolzgeschwellter Brust entgegen.

„Was?" Lucys Herz klopft wie wild.

„Na, die Bewilligung oder Genehmigung oder wie diese Dinge auch heißen. Jedenfalls dürfen wir wieder aufmachen. Mit sofortiger Wirkung!"

„Stimmt das?" Lucy ist jetzt bei ihnen angekommen und guckt Dr. Suber hoffnungsvoll an.

Als dieser ihr lächelnd zunickt, fällt Lucy ihnen ebenfalls um den Hals. Tränen laufen ihr die Wangen hinunter. Schon wieder. Mittlerweile sind auch Hannah und Alex zu ihnen gestoßen, und als sie die guten Neuigkeiten hören, führen auch sie einen Freudentanz auf.

In dem allgemeinen Stimmengewirr kann man sein eigenes Wort kaum verstehen, aber schließlich bittet Lucy sie alle zur Ruhe. „Also, was ist passiert? Habt ihr es wirklich ohne mich geschafft? Sorry", sagt sie dann, „aber haben die nicht die Inhaberin hier erwartet?"

„Doch, eigentlich schon", übernimmt Dr. Suber das Wort. Dann legt er freundschaftlich einen Arm um Emma. „Aber glücklicherweise hat die Inhaberin eine großartige Stellvertreterin, die das alles super gewuppt hat. Um ehrlich zu sein, war ich erst sehr nervös, als Sie nicht auftauchten, Frau Davenport. Ich selbst kann mich zwar um das Rechtliche kümmern, aber ich habe natürlich nicht all die Infos, die konkret das Chalet betreffen."

„Und während ich anfangs dachte, dass ich mich lieber nicht einmische", fällt Emma ihm nun ins Wort, „habe ich mir irgendwann gedacht – was soll's. Wenn Lucy nicht hier ist, gibt es sowieso nichts mehr zu verlieren, da kann ich auch versuchen zu retten, was noch zu retten ist."

„Und ich muss sagen, dass dadurch alle Fragen des Ordnungsamtes in mehr als kompetenter Weise beantwortet wurden", sagt Dr. Suber nun. „Es ist erstaunlich, in was für guter Ordnung sich alle notwendigen Unterlagen sowie das Haus selbst befinden. Selbst eine Hausführung haben wir bekommen."

Lucy schaut Emma an und haucht ihr ein „Danke" zu. Sie wissen beide, dass Lucys eigene Ordnung nicht so einen guten Eindruck hinterlassen hätte.

„Denk nicht, dass du sie wiederbekommst", flüstert sie Alex zu, bevor sie sich wieder Emma und Dr. Suber zuwendet. „Und da haben die so mir nichts, dir nichts wieder aufgemacht? So einfach ist das?"

„Ganz so einfach ist es nicht", entgegnet Dr. Suber lachend. „Wie Sie wissen, Frau Davenport, gab es erst einige Korrespondenz zwischen mir und dem Ordnungsamt. Ich habe versucht, ihnen klarzumachen, dass es nicht verhältnismäßig ist, das ganze Chalet wegen einer kleinen Ordnungswidrigkeit zu schließen. Leider – oder vielleicht auch glücklicherweise – werden Brandschutztüren in Deutschland jedoch nicht als Kleinigkeit angesehen, und so gab es einiges Hin und Her. Sie haben sich dann aber mit einem Treffen einverstanden erklärt, um sich einen persönlichen Eindruck zu verschaffen – denn es gibt selbst in der Bürokratie durchaus einen Ermessensspielraum. Und den hat Ihre Kollegin hier mit Bravour ausgeschöpft. Darauf hätte ich selbst keinen großen Einfluss gehabt. Und so wundervoll der Kuchen auch war", dabei lächelt er Hannah an, „auch der hätte uns nicht über die Ziellinie gebracht."

„Wow", murmelt Lucy und lässt sich erschöpft auf den Bürgersteig sinken. „Einfach nur wow."

„Wem sagst du das?", fragt Emma und lässt sich mit einem Seufzer neben ihr nieder. „Das war der aufregendste Morgen meines Lebens." Dann guckt sie die drei an. „Aber jetzt erzählt mal – was ist mit dem Tegerngold? Konntet ihr die Rattenattacke verhindern?"

Jetzt ist es an Dr. Suber, erstaunt zu gucken. „Rattenattacke?"

„Lange Geschichte", wehrt Emma ab und fragt dann etwas leiser: „Die Polizei ist doch gekommen, hoffe ich?"

„Ach, du warst das?" Lucy lächelt sie an. „Das hätte ich mir denken können. Ja, sie ist gekommen, und ich bin mir nicht sicher, was ohne sie passiert wäre. Danke, Emma, auch dafür."

Die beiden nehmen sich in die Arme, bevor sie von Alex

mit einem Räuspern unterbrochen werden. „Von mir auch ein riesiges Dankeschön, Emma. Für alles. Und dir natürlich, Lucy. Ich weiß nicht, was ohne euch gewesen wäre. Und so gerne ich jetzt auch mit euch feiern würde, aber ich muss leider los, es gibt viel zu tun." Er schaut auf die Uhr. „Ich bin schon viel zu spät dran, sorry, Leute. Also, danke nochmals. Und es war gut, Sie kennenzulernen, Dr. Suber. Glückwunsch an euch alle!" Damit dreht er sich um und ist weg.

,Danke nochmals'? Das war's? Und dafür hat sie alles aufs Spiel gesetzt? Lucy spürt Enttäuschung und Wut in sich aufsteigen, aber dann will sie sich nicht von mieser Stimmung überkommen lassen. Es gibt schließlich einen Grund, zu feiern!

„Ich bin euch so unendlich dankbar", sagt sie zu Emma und Dr. Suber. „Und dir auch, Hannah, für all deinen Einsatz. Sollen wir eine Flasche Champagner köpfen, was meint ihr?"

„Ich bin dabei", stöhnt Emma. „Ich brauche das jetzt."

„Ach was soll's. Ich bin auch dabei", pflichtet Hannah ihr bei.

„Dr. Suber?"

„Ich muss noch fahren und habe heute so einiges zu tun. Aber wissen Sie was – ein Gläschen trinke ich mit."

„Ach, das freut mich. Und vergessen Sie nicht, mir die Rechnung zu schicken. Sie kann ruhig saftig ausfallen."

„Darüber habe ich auch schon nachgedacht und würde gerne einen Gegenvorschlag machen. Dürfte ich stattdessen mit meiner Frau für eine Nacht ins Chalet kommen? Ich habe ihr von den Außenbadewannen erzählt und sie ist seitdem ganz besessen von der Idee."

„Nicht nur eine Nacht. So viele Sie wollen!"

„Wir werden sehen. Aber versprechen Sie mir: Keine zahlenden Gäste mehr – solange die neue Tür nicht da ist."

„Das verspreche ich hoch und heilig!"

„Und Frau Davenport?"

„Ja?"

„So, äh, leger wie Sie heute angezogen sind", dabei blickt er auf die frischen Grasflecken auf ihrer Hose, „war es vielleicht gar nicht so schlecht, ihre Stellvertreterin einspringen zu lassen."

28

"Lucy, Luuuucy, aufwachen. Jetzt mach schon, ich muss dir was zeigen!"

Träumt sie oder schüttelt Babs gerade an ihr herum? Sie macht die Augen einen Spalt weit auf, und tatsächlich – auf ihrem Bett sitzt Babs und versucht, sie zum Aufwachen zu bewegen. Erfolgreich, wie man sagen muss.

„Babs, lass mich. Ich fühle mich erschlagen. Ehrlich!" Und das ist nicht gelogen. Nach dem Champagner mit Emma und Dr. Suber ist die Müdigkeit wie eine Welle über sie gerollt. Sie wollte sich eigentlich nur kurz hinlegen, aber als sie jetzt auf die Uhr guckt, erkennt sie, dass es schon nach vier ist. „Oh Gott, habe ich wirklich den ganzen Tag verschlafen?"

Sie räkelt sich gähnend und schließt erneut die Augen. Dann fällt ihr ein, dass das Chalet wieder öffnen darf. Sie versucht, Freude darüber zu empfinden, spürt aber stattdessen nur Enttäuschung und Erschöpfung. Sie ist enttäuschter, als sie sich selbst eingestehen will, über Alex' Reaktion heute Morgen. Was hat sie aber auch erwartet? Dass er seine Meinung ändert, nur weil sie eine kleine James-Bond-Aktion hingelegt hat? So geht das vielleicht in Filmen, aber nicht im echten Leben.

Im echten Leben liegt sie jetzt allein und müde in ihrem Bett. Obwohl, das ist nicht ganz wahr. Ihre beste Freundin ist neben ihr. Und die braucht sie jetzt. Hat sie denn wirklich gar nichts gelernt? Schon setzt sie sich auf und reibt sich die Augen.

„Okay, bin ganz Ohr. Was gibt's?"

„Nichts zum Zuhören. Du musst schon mitkommen. Ich will dir etwas zeigen!"

„Wirklich, Babs?"

Aber nach einem warnenden Blick von ihrer Freundin erhebt sie sich und zieht einen Jogginganzug über.

„Oh, ich sehe, du machst dich besonders hübsch für unser Outing, das wäre doch nicht nötig gewesen", frotzelt Babs. Um dann etwas ernster hinzuzufügen: „Wirklich, Lucy, zumindest Haare kämmen und Gesicht waschen sollte drin sein, oder? Du verlässt immerhin das Haus."

„Ah, Babs, du bringst mich um! Wie kannst du nach dem heutigen Morgen nur schon wieder so fit sein? Ich bin immer noch völlig traumatisiert."

„Ein Morgen, wie jeder andere. Also los, auf, auf. Und mach dich ein bisschen zurecht!"

„Wo wollen wir denn hin? Ist das ein Date? Ich dachte, du wolltest mir nur kurz etwas zeigen."

„Kein Date, aber ich bestehe trotzdem darauf, dass meine Begleitung passabel aussieht. Ich bin immerhin die Inhaberin der Weinbar, da habe ich einen Ruf zu verlieren!"

„Ist ja schon gut", murrt Lucy und geht ins Bad, um sich notdürftig zurechtzumachen.

„Etwas Mascara und Lippenstift haben auch noch keinem geschadet", ruft Babs ihr hinterher. „Und Concealer gegen die Augenringe. Du siehst aus, als hättest du die Nacht im Gebüsch statt in deinem Bett verbracht." Lucy tut, wie ihr geheißen und wird beim Rauskommen kritisch von oben bis unten begutachtet. „Nicht gerade perfekt, aber wenigstens besser als vorher. Komm, wir müssen uns beeilen!"

Da mit Babs nicht zu diskutieren ist, steigt Lucy klaglos in deren Auto. Nachdem sie jedoch fast eine Stunde in der Gegend herumgefahren sind, wird sie langsam ungeduldig.

„Babs, komm schon, sag mir, wohin es geht. Heute ist kein Tag für weitere Überraschungen. Außerdem habe ich das Gefühl, wir fahren im Kreis."

„Im Kreis nicht", antwortet Babs und schaut Lucy beschämt an. Dann konzentriert sie sich wieder auf die Straße. „Aber dieser Tag hat mich wohl auch mehr mitgenommen, als ich gedacht habe. Ich habe nämlich etwas vergessen."

„Vergessen? Wo?"

„Bei mir im Zimmer. Und das muss ich holen. Lass uns schnell zurückfahren. Ich verspreche, es dauert nicht lange!"

„Dauert nicht lange? Machst du Witze? Wir sind schon fast eine Stunde unterwegs ohne ein Ziel in Sicht, und jetzt willst du ‚kurz' zurückfahren, weil du etwas vergessen hast? Bei aller Liebe, Babs, aber das geht zu weit."

„Ich weiß, ich weiß. Wird auch nicht wieder vorkommen, ich versprech's. Aber heute musst du mir den Gefallen tun, okay?"

Lucy würde am liebsten Nein sagen, aber nach den vergangenen Wochen weiß sie, dass sie Babs das jetzt schuldet. Und wenn Babs sich etwas in den Kopf gesetzt hat … „Okay, aber danach sind wir quitt, das sage ich dir. Dann kann ich mein schlechtes Gewissen ein für alle Mal ad acta legen."

„Einverstanden!" Babs strahlt übers ganze Gesicht und tritt aufs Gas. Sie brauchen für den Rückweg wesentlich kürzer als für den Hinweg, und Lucy fragt sich, wie das möglich ist. Sie könnte schwören, sie sind im Kreis gefahren!

Als sie vor den Mitarbeiterunterkünften des Tegerngold ankommen, nötigt Babs Lucy, mit hineinzukommen. „Ich fühle mich nicht wohl, wenn du alleine hier draußen wartest. Ich muss eventuell ein bisschen suchen."

Lucy hat es aufgegeben zu argumentieren und geht anstandslos mit. Im Zimmer angekommen deutet Babs mit einem dramatischen „Tada" auf ihr Bett, wo Lucys bestes Kleid ausgebreitet liegt.

„Was macht mein Kleid hier?", fragt diese verdutzt. „Und meine Ballerinas?"

„Das brauchen wir, um Aschenbrödel in eine Prinzessin zu verwandeln", stellt Babs mit fröhlichem Gesichtsausdruck fest. „Beziehungsweise wohl eher den Ruhrpottproll", korrigiert sie sich mit Blick auf Lucys Trainingsanzug.

„Babs", ruft Lucy mit echter Verzweiflung aus. „Bitte! Was ist hier los? Ich will nur noch, dass dieser Tag vorbeigeht! Ich will mich in nichts verwandeln. Wieso sollte ich?" Sie lässt sich aufs Bett fallen und den Kopf in ihre Hände sinken. „Es hat alles nicht so geklappt, wie ich es mir vorgestellt habe, Babs. Das Chalet, ja, aber mit Alex, das ist gehörig in die Hose gegangen. Und das geht mir nah, klar? So, so nah."

„Ich weiß doch." Ihre Freundin streicht ihr kurz übers Haar. „Aber daran können wir jetzt nichts ändern. Das wird sich schon wieder regeln. Irgendwann. Und ich will dich ja nicht drängen, Lucy, aber du solltest dich jetzt wirklich umziehen."

Lucy sieht sich vor ihrem inneren Auge in irgendeiner Dorfdisco tanzen, um mit ihrer Freundin ihren Coup von heute Morgen zu feiern. Darum wird es hier fraglos gehen, und ebenfalls ganz ohne Frage hat sie darauf ebenso wenig Lust wie auf eine Warze im Gesicht, aber trotzdem … sie wird Babs jetzt den Gefallen tun. Ein letztes Mal. Sie setzt also ein tapferes Lächeln auf und zieht sich ganz ohne weiteres Murren das neue Outfit an.

„Wie hast du die Sachen hierher bekommen?", fragt sie jetzt doch neugierig.

„Emma. Nachdem ich gesehen habe, was du angezogen hast, habe ich ihr schnell getextet. Sie hat dann ein zivilisiertes Outfit aus deinem Zimmer geholt und hier hochgebracht."

„Und dafür mussten wir fast eine Stunde rumfahren? Nur, damit ich etwas anderes anziehe?"

„Hm, mehr oder weniger. Aber jetzt mach hinne. Wir müssen los."

„Okay, okay, ich bin ja schon fertig."

Zwei Minuten später sind sie wieder draußen und Lucy erschrickt, als plötzlich Birdie und Rosie vor ihr stehen, beide mit riesigen Schleifen geschmückt.

„Birdie, Rosie, um Gottes willen, was macht ihr denn hier? Vor allem du, Rosie, dein Zuhause ist unten. Und was sollen diese Schleifen?" Sie guckt Babs fragend an.

„Die beiden sind dein Geleit, oh Prinzessin! Sie werden dich zu den Festivitäten bringen. Los". Sie klapst den Hunden aufs Hinterteil. „Jetzt geht bloß in die richtige Richtung!"

Aber daran denken die beiden gar nicht und versuchen stattdessen, in das Mitarbeiterhaus zu entkommen. Bis Emma plötzlich aus dem Nichts erscheint und sie an die Leine nimmt.

„So geht das vielleicht besser", stellt sie grinsend fest und bedeutet Lucy, ihnen zu folgen. Diese hat das Gefühl, in einem äußerst schrägen Film zu sein. Oder in einem Traum. Zumindest ist das Ganze sehr surreal. Wie in Trance folgt sie Emma und den beiden Hunden. Babs hat sich bei ihr eingehakt, wohl aus Angst, dass Lucy straucheln könnte. So weggetreten, wie sie ist, ist diese Angst nicht unbegründet.

„Hallo, Erde an Lucy, Erde an Lucy, bist du noch da?"

Lucy sieht Babs unsicher an. „Ich weiß nicht, Babs, ich weiß es wirklich nicht. Fahren wir nicht in eine Disco?"

„In eine Disco? Nein, heute sicher nicht. Ein andermal gerne, falls du magst."

Sie biegen um die Ecke, und Lucy verharrt mitten im Schritt. Der Eingang des Tegerngold und alle umliegenden Bäume und Büsche sind mit Unmengen von Lampions geschmückt, die hell in der Dunkelheit leuchten. Ein Teil der Belegschaft steht vor dem Eingang – mit Alex in ihrer Mitte. Als Lucy, Babs und Emma um die Ecke kommen, brechen alle in lauten Applaus und Jubel aus. Dann kommt Alex auf sie zu und räuspert sich. Lucy bemerkt, dass er seinen besten Anzug anhat.

So laut, dass alle es hören können, verkündet er: „Dass das Tegerngold heute Abend wieder zu seinem alten, legendären Standard zurückgefunden hat, haben wir diesen drei furchtlosen und cleveren Damen zu verdanken." Sogleich brechen die Mitarbeiter in noch lautere Jubelschreie aus, und Lucy sieht, dass Alex' Mund sich weiterbewegt. Aber sie hört nichts außer dem Rauschen ihres eigenen Blutes in den Ohren. Es ist klar, dass selbst Emma und Babs in diesen Teil des Plans nicht eingeweiht waren, denn sie sehen mindestens genauso verlegen und verwirrt wie sie selbst aus. „Ich mag mir nicht vorstellen, was passiert wäre, wenn ihr nicht eingegriffen hättet", hört sie seine Stimme jetzt wie durch Watte. „Es bleibt mir also nur, euch von ganzem Herzen zu danken und euch zu sagen, was für ein Segen es ist, euch in meinem Leben zu wissen." Dabei meint Lucy, dass er sie ganz besonders intensiv anguckt, aber sicher ist sie sich da nicht. Ihr Herz glüht trotzdem, als würde es in Flammen stehen. „Und jetzt", wendet er sich an seine Mitarbeiter, „verlasse ich mich darauf, dass ihr heute Abend auch ohne mich den Laden in Schuss haltet, während ich mich dem ursprünglichen Teil des Plans zuwende."

„Gott sei Dank!", flüstern Emma und Babs fast simultan, während sich die Tegerngold-Mitarbeiter nach einem letzten Applaus wieder ins Gebäude verziehen.

Lucy scheint die Einzige zu sein, die nicht weiß, worum es hier geht. Perplex schaut sie die anderen an. „Der ursprüngliche Teil des Plans?", stammelt sie. „Der wäre?"

„Dir ein wenig bei deiner Entscheidungsfindung zu helfen, liebe Lucy", sagt Alex zärtlich. „Komm, lass uns hinuntergehen, während ich es dir erkläre."

Da bemerkt Lucy, dass auch der Weg zum Chalet hinunter mit Lampions gesäumt ist und dass alles leuchtet wie in einem Märchenwald. Babs und Emma sind mit den beiden Hunden vorangegangen.

„Alex, was soll das alles?"

Ihre Hände zittern, als Alex sie jetzt in seine nimmt und ihr dabei in die Augen schaut. „Meine liebe, liebe Lucy, ich muss mich bei dir entschuldigen. Ich war mir meiner so sicher und ja, kein Mann hat es gerne, mit Vorhängen zu konkurrieren, während er gerade seine eigene Gardinenstange herausholt. Oh Gott, das war billig", sagt er dann lachend. „Sorry, das war ein nicht geplanter Einwurf. Also, kein Mann mag es, mit Innendesign und Ähnlichem zu konkurrieren, aber ich habe nie wirklich versucht, dich zu verstehen. Was mir jedoch heute Morgen bewusst wurde, ist, dass wir uns in total unterschiedlichen Ausgangssituationen befunden haben, und ich deine komplett ignoriert habe. Schau, ich habe das Tegerngold schon vor so vielen Jahren übernommen, für mich ist das alles Routine. Aber am Anfang war es das nicht. Da habe ich alles gegeben und hatte für nichts anderes Zeit. Genau wie du jetzt, wenn nicht gar noch schlimmer. Und vergiss nicht, ich musste es nicht von Grund auf aufbauen, so wie du es jetzt tust, sondern habe mich ins gemachte Nest gesetzt. Und trotzdem wäre ich damals ausgeflippt, wenn plötzlich irgendein Affe mit Golfschlägern gekommen wäre, um mich mitten am Tag zum Golfspielen zu überreden. Das ist einfach nicht drin, wenn man mitten in der Gründungsphase steckt. Das habe ich nicht erkannt, Lucy. Ich war blind dafür. Ich habe mir gar nicht die Mühe gemacht, dich zu verstehen, und ich hoffe, du verzeihst mir." Er hält weiterhin ihre Hände und schaut ihr tief in die Augen.

Lucy kann nicht fassen, was sie da gerade gehört hat. „Das heißt, du willst vielleicht doch wieder … Du willst wieder uns?"

„Nichts lieber als das, Lucy. Das heißt, natürlich nur, wenn du noch willst."

Lucy schießen zum hundertsten Mal an diesem Tag die Tränen in die Augen, und sie fällt Alex um den Hals. „Und wie ich das will", flüstert sie in seinen Kragen. „Und wie!" Doch dann löst sie sich von ihm und schaut ihn etwas unsicher an. „Meinst du denn, wir kriegen das hin? Ich meine, ich habe jetzt gemerkt, wie wichtig du mir bist. Nein, Quatsch, ich meine, das wusste ich schon immer, aber jetzt weiß ich, dass du mir mindestens genauso wichtig wie das Chalet bist. Wichtiger!", beteuert sie dann schnell, und Alex muss lachen.

„Das ist hier keine Konkurrenz, Lucy. Komm, lass uns noch ein wenig laufen." Gemeinsam gehen sie den beleuchteten Weg hinunter.

„Also, was ich sagen wollte", fängt Lucy wieder an. „Ich glaube, ich weiß jetzt, dass ich alles genießen kann. Und dass ich mich nicht zwischen dir und dem Chalet entscheiden muss. Aber ich bin mir nicht sicher, ob ich das perfekt hinkriegen werde, es euch beiden recht zu machen. Es wird bestimmt ein paar Stolperfallen geben. Und wenn du dann wieder so schnell gehst …"

Alex lacht mittlerweile leise in sich hinein. „Lucy, du bist herrlich. Nichts muss perfekt sein, nur wahrhaftig und echt, okay? Und da ich heute Morgen mal wieder bemerkt habe, dass Prioritätensetzung nicht deine Stärke ist …"

„Was meinst du damit?"

„Na, hör mal. Du hättest heute Morgen beinahe das Chalet aufgegeben, nur um mir nicht sagen zu müssen, dass du keine Zeit zum Frühstücken hast. Und das, nachdem du gerade mein Hotel vor einem Rattenangriff gerettet hast, wohlgemerkt. Das, meine Liebe, nenne ich Prioritäten falsch setzen, auch wenn ich sehr geschmeichelt bin. Jedenfalls habe ich mir deshalb das hier überlegt."

Er zeigt um sich, und Lucy bemerkt erst jetzt, dass sie mittlerweile am Chalet angekommen sind. Hört sie da Stimmen aus ihrem Garten?

„Ich habe mir überlegt, dass wir das Tegerngold und das Chalet am See als eine Einheit sehen könnten. So wie auch Birdie und Rosie verwandt sind, könnten wir die beiden Häuser ebenfalls miteinander verbunden sehen. Nicht wirklich natürlich, du hast immer noch das Chalet und ich das Tegerngold, aber in unseren Köpfen müssen wir sie doch nicht rigide trennen. So können wir mal hier und mal da übernachten, mal mehr für das eine, mal mehr für das andere Haus tun, ohne dieses ständige Meins-Deins-Denken zu haben. Wir müssen nicht gleich zusammenziehen, auch wenn ich das gerne gehabt hätte, aber vielleicht kann ich ein paar mehr Sachen bei dir haben und du ein paar mehr Sachen bei mir. So können wir das Ganze unkompliziert gestalten. Wenn wir Lust auf See haben, sind wir bei dir, wenn wir mal etwas höher auf den Berg wollen und Abstand brauchen, sind wir bei mir. Oder auch mal getrennt, aber hoffentlich nicht allzu oft. Was meinst du? Es ist doch praktisch, dass ein direkter Weg von dir zu mir führt. Ohne etwas dazwischen. Nur Wald und Natur links und rechts. Daher auch die Lampions. Mit ihnen wollte ich die Verbindung zeigen. Die Verbindung zwischen unseren Häusern, unseren Hunden und natürlich uns. Ach ja, und zwischen unseren Mitarbeitern", fügt er lachend hinzu. „Denn ich habe gehört, du klaust meine mittlerweile."

„Wie war das mit dem ‚kein rigides Deins-Meins'?", fragt Lucy grinsend, bevor sie sich mit einem tiefen Gefühl von Frieden im Herzen an ihren Freund schmiegt. Ja, an ihren Freund, nicht mehr Ex-Freund. „Ich kann dir kaum sagen, wie viel mir das bedeutet. Es bedeutet mir die Welt. Du bist der wundervollste Mann, den man sich vorstellen kann, und meine Antwort zu all deinen Vorschlägen ist ein dickes, fettes Ja."

„Mist, da hätte ich doch gleich mal den Heiratsantrag machen sollen", erwidert Alex lachend, aber obwohl Lucys Herz anfängt zu rasen, hebt sie warnend den Finger.

„Eins nach dem anderen, junger Mann. Eins nach dem anderen. Du kennst ja den Spruch mit dem kleinen Finger und der ganzen Hand."

„Hm, und dabei soll es Frauen geben, die gerne heiraten würden, hab‘ ich gehört", murmelt Alex, aber Lucy beschließt, das Thema zu beenden. Genug für einen Tag!

„Apropos heiraten", sagt sie dann doch. „Ist das Hannah, die ich gerade in meinem Garten gehört habe? Was ist da los, Alex, sie sind doch nicht etwa alle wieder eingezogen?"

„Nein, nein", antwortet er ihr. „Ich glaube, so schlimm ist es nicht. Aber wir haben uns gedacht, dass es doch heute wirklich etwas zu feiern gibt. Und da ich gehört habe, dass die letzte Feier ein etwas abruptes Ende gefunden hat, wollten wir es heute nochmals versuchen. Daher musste Babs dich auch rumkutschieren. Damit du von den Vorbereitungen nichts mitbekommst. Aber warte, bevor wir zu den anderen gehen, habe ich noch etwas für dich."

„Noch etwas?" Die Überraschungen scheinen heute kein Ende zu nehmen.

„Ja, hier." Er überreicht ihr einen Briefumschlag.

„Darf ich ihn aufmachen?"

„Natürlich. Aber ich kann dir auch erklären, was drin ist. Es sind Fluggutscheine. Für zehn Flüge nach London. Und selbstverständlich wieder zurück", fügt er lachend hinzu. „Für uns beide. Damit ich sicherstellen kann, dass du auch wiederkommst. Und damit du mir deine andere Heimat vorstellen kannst. Nur weil du jetzt hier bist, heißt das nicht, dass du London vergessen musst."

Sie schließt ihn in die Arme und würde ihn am liebsten gar nicht mehr loslassen. „Alex?", flüstert sie ihm zu.

„Lucy?", flüstert er zurück.

„Wo warst du die ganze Zeit, als du weg warst?"

Jetzt löst er sich doch von ihr und muss lachen. „Fischen war ich, Lucy. Ganz einfach fischen. Und zwar alleine. Ich habe ja die wildesten Geschichten gehört, mit wem ich angeblich weg war. Ich hoffe, du glaubst keine einzige davon."

Lucys Herz fühlt sich so leicht und beschwingt an, wie schon lange nicht mehr.

„Ich weiß nicht, was du meinst", flunkert sie. „Mit wem hättest du denn weg sein sollen?"

Dann nimmt sie ihn bei der Hand, und er führt sie in ihren festlich geschmückten Garten. Und da sind sie, all ihre Freunde: Babs, Hannah und Sven, Emma und Daniel, Michi und Marcel. Und dann ist da noch einer.

„Dr. Suber ist auch hier?" Lucy schaut lachend zu Alex auf.

„Natürlich ist er hier! Er war doch unser rettender Engel heute. Zumindest einer unserer rettenden Engel. Komm, Lucy, das ist dein Abend! Genieß ihn!"

„Okay, aber eine Sache muss ich noch erledigen."

„Was denn?"

„Kannst du mal die Leiter holen?"

Kaum ist die Leiter da, steigt Lucy hinauf und wischt mit einer Serviette und etwas Wasser die Kreidebuchstaben weg.

„Was machst du denn da?", fragt Babs entsetzt.

„Das brauche ich nicht mehr. Ich kann meine Familie auch ehren, ohne ihnen einen Schrein zu bauen. Es ist Zeit, dass ich mich auf die Lebenden konzentriere. Auf euch, meine heißgeliebten Freunde! Und natürlich auf Rosie!"

Sie hält lachend ihr Gesicht dem Himmel entgegen und lässt sich dann direkt in Alex' Arme fallen, wo sie für einen langen Kuss verbleibt.

Von wegen, ich kann keine Prioritäten setzen, denkt sie. *Der spinnt doch.*

Aber dann vergisst sie die Welt um sich herum.

EPILOG

„Da ist der Schrott doch tatsächlich auf Bewährung raus, der hat wirklich Schwein, der Typ."

Lucy und Alex sitzen auf der Bank vor dem Chalet und Alex erzählt ihr von dem Gerichtstermin, der heute stattgefunden hat. Sie selbst wollte sich das nicht antun und ist lieber zur Massage gegangen – den Gutschein von Babs einlösen.

„Recht hast du gehabt, dir das nicht zu geben. Ich hätte es auch am liebsten vermieden. Aber das war leider nicht möglich."

„Hat es denn wenigstens ein wenig Licht in die ganze Angelegenheit gebracht?"

„Oh, allerdings. Elvira war wohl doch eifersüchtiger, als ich gedacht habe, und nicht begeistert davon, dass ich sie habe abblitzen lassen. Sie hat damals wohl heimlich Rache geschworen, und wie wir ja alle wissen, genießt man Rache am besten kalt. Mangelnde Geduld kann man ihr auf jeden Fall nicht vorwerfen. Jedenfalls versucht sie doch immer, irgendwie im Immobiliengeschäft mitzumischen. So sind sie und der Schrott aufeinandergestoßen. Der war, wie ich dann gehört habe, nicht verzückt, dass Babs' Vater und ich erfolgreich in Projekte investieren, an denen er wohl auch interessiert war, und so haben die beiden schnell einen gemeinsamen Feind gefunden. Mich. Und dich haben sie ja sowieso auf dem Kieker. Er, weil du ihm letztes Jahr so einen ausgewischt hast, und sie, weil du die Glückliche bist, die ihren Traummann abbekommen hat."

Dabei küsst er sich auf den Bizeps, und Lucy haut ihm lachend auf den Arm. „Erzähl weiter!"

„Nun ja, der Plan, mir zu schaden, war schnell geschmiedet, aber sie brauchten natürlich einen Insider im Hotel, um das erfolgreich durchzuziehen. Der war dann auch schnell gefunden. Und zwar Gerd, der bei Daniel in der Küche arbeitet. Daniel hat ihm nie getraut und es vor mir auch öfter erwähnt, aber ich bin ihn trotzdem nie losgeworden. Da stand mir meine dumme Loyalität wieder im Weg. Jedenfalls ist Gerd seit kurzer Zeit mit diesem Zimmermädchen Mathilde zusammen. Eine graue Maus, mit der ich, glaube ich, noch nie gesprochen habe. Aber sie scheint es faustdick hinter den Ohren zu haben und ziemlich von Eifersucht besessen zu sein. Vor allem auf unsere liebe Emma, die plötzlich unter meiner Fittiche stand und anfing, bei dir zu arbeiten. Und das Ganze nur, da ich dich ficke, wie die junge Dame heute so elegant vor Gericht aussagte."

Lucys Augen werden groß. „Das hat sie wirklich gesagt? Ficken? Vor Gericht?"

„Mhm, ja, wirklich. Ich hätt's am liebsten aufgenommen. Aber vor Gericht ist so eine Wortwahl wohl normal. Der Richter hat nur müde gegähnt."

„So was", murmelt Lucy, und Alex fährt fort:

„Jedenfalls führte – wie es im Leben manchmal so ist – eines zum anderen. Gerd hat den Schrott bei irgendeinem Trinkfest kennengelernt, der Schrott hat sich über mich ausgelassen, dabei festgestellt, dass nicht nur Elvira mich hasst, sondern der Küchenjunge auch. Und zwar, weil ich seine Freundin so benachteilige. Zack – schon hatten der Schrott und Elvira ein Pärchen im Tegerngold, das nichts lieber wollte, als dem arroganten Alex und seiner Schlampe – das bist übrigens du, nicht meine Worte, wieder ihre – eins auszuwischen."

„Sie hat mich *wie* genannt?" Lucy starrt ihn fassungslos an.

„Unglaublich, was? Ich wusste auch nicht, wen sie meinte, aber es wurde dann schnell klar, dass es um dich geht."

„Alex, so hat mich noch nie jemand genannt!"

„Bis jetzt. Du siehst, man muss nur an den Tegernsee kommen. Hier erlebt man so manches zum ersten Mal."

„Du bist gar nicht empört!"

„Weil irgendein niveauloses Frauenzimmer irgendetwas Dämliches und Primitives über dich sagt? Mein Schatz, sie tut mir eher leid. Wie unglücklich muss man sein, um so tief zu sinken. Es sagt lediglich etwas über sie aus und nichts über dich, das ist uns doch beiden klar?"

„Ja, sicher. Aber ich mag es nicht, wenn Leute mich nicht mögen."

„Das wird dir noch öfter passieren. Da musst du drüberstehen. Übrigens, ich habe noch etwas für dich."

„Gleich. Erzähl erst mal weiter."

„Da gibt es nicht viel mehr. Die beiden haben Elvira vollen Zugang zu allen Bereichen im Hotel gegeben, Mathilde hat als Zimmermädchen ja einen Generalschlüssel, und die ganzen kleinen, fiesen Dinge, die in meiner Abwesenheit passiert sind, haben die drei ohne Probleme bewerkstelligt. Ist nicht schwer, wenn ein Küchenjunge und ein Zimmermädchen zusammenarbeiten. Und Elvira haben ja auch schon mehrere Mitarbeiter mit mir zusammen gesehen, ihre Anwesenheit hat also auch keinen Verdacht aufgeworfen."

„Wenn du mal nichts mehr zu tun hast, kannst du darüber einen Krimi schreiben", schlägt Lucy vor.

„Ja, wenn ich mal nichts mehr zu tun habe."

„Puh, unheimlich, das Ganze." Lucy schüttelt sich. Von dem Quieken der Ratten hat sie noch nächtelang geträumt. „Komm, lass uns das Thema wechseln", schlägt sie jetzt vor. „Du wolltest mir noch etwas zeigen."

Alex greift in seine Tasche und holt ein glänzendes Magazin mit dem Tegerngold auf der Titelseite hervor. „Der Artikel, den Karin geschrieben hat." Damit legt er Lucy die Zeitschrift in den Schoß.

„Oh", sagt diese, lässt ihre Hände jedoch, wo sie sind. „Sieht schick aus."

„Ja, superschick. Ist ein Ritterschlag für jedes Hotel, darin erwähnt zu werden. Willst du nicht mal reingucken? Ist auch ein Foto von mir drin." Er lächelt sie jungenhaft an, und Lucy bemerkt mal wieder, wie attraktiv er ist.

Zweifellos ist das Foto von ihm auch toll, aber sie ringt mit sich. „Ach, ich weiß nicht, Alex, das war irgendwie alles eine bescheuerte Zeit. Und ganz tief drinnen bin ich immer noch wütend auf Karin."

„Jetzt guck schon rein!"

„Okay", lässt Lucy sich breitschlagen und macht das Magazin an der von ihm markierten Stelle auf. Und sieht nicht nur ein Foto von ihm, sondern von ihnen beiden. Wie sie sich vor dem Chalet gegenüberstehen und fröhlich anlachen.

„Alex – was ist das? Ein Foto von uns ... und dem Chalet?" Lucys Hand zittert, als sie die Seiten umblättert. Immer wieder sieht sie die Worte ‚Chalet am See' und ihren eigenen Namen in dem Artikel auftauchen.

„Es ist ein Artikel über beide Häuser. Wie sie sich perfekt ergänzen. Und über die Freundschaft der beiden Inhaber. Ich habe Karin gebeten, den Teil über das Chalet noch dazuzuschreiben und sie hat es gerne getan. Sehr gerne sogar. Sie mag dich wirklich und hatte ein schlechtes Gewissen wegen allem, was vorgefallen ist. Aber vor allem hat sie es getan, da sie ein riesiger Fan deines Chalets ist. Sie sagte mir am Ende, dass sie die Zeit im Tegerngold wirklich genossen hätte, aber wenn sie nochmals die Wahl hätte, würde sie lieber bei dir im Chalet wohnen. Ist wohl intimer, gemütlicher, persönlicher. Ich bin mir sicher, du wirst diese Worte in dem Artikel wiederfinden. Es ist ein Lobgesang auf dich. Außerdem steht da, dass die charmante Inhaberin einem selbst über den größten Liebeskummer hinweghilft. Was auch immer sie damit gemeint hat."

Lucy stehen die Tränen in den Augen. So wird das immer sein im Leben. Einige Leute mögen einen, andere nicht. Einige Situationen fühlen sich wie ein Fluch an, stellen sich aber als Segen heraus. Und auf einige Menschen ist man erst sauer und würde sie dann am liebsten in die Arme schließen. Das Beste ist wohl, gegenüber der Vielfalt des Lebens offenzubleiben.

„Können wir noch ein paar davon bestellen?", fragt sie Alex jetzt. „Ich würde sie gerne auslegen. Und eins beim Grab meiner Familie vorbeibringen", fügt sie zögerlich hinzu. „Sie würden es sicherlich auch gerne sehen."

„Ist schon bestellt", sagt Alex und legt einen Arm um sie. „Ein ganzer Stapel."

Kaum hat er zu Ende gesprochen, kommt ein Ehepaar in den Garten, das sich offensichtlich gerade auf einer Wanderung befindet. „Grüß Gott", ruft der Mann ihnen fröhlich zu. „Kann man hier einen Kaffee bekommen?"

„Normalerweise immer", ruft Lucy ebenso fröhlich zurück. „Aber jetzt leider nicht. Wir haben geschlossen."

„Aber Sie sind doch da. Da können Sie uns doch schnell einen Kaffee machen."

„Zwei Straßen weiter in *Hannahs Café* gibt es den besten Kaffee des Ortes. Ich selbst muss jetzt leider auf den Golfplatz. Sorry, gerne nächstes Mal."

„Auf den Golfplatz?" Der Mann guckt sie entrüstet an.

„Ja, auf den Golfplatz. Meine erste Stunde. Aber wie gesagt, beim nächsten Mal bin ich gerne für Sie da."

Grußlos drehen die beiden sich um, und Lucy hört die Frau noch knurren: „Typisch Tegernsee. Geschlossen wegen Reichtum. Geht lieber Golf spielen, als ihre Gäste zu bedienen. Die muss mal an ihren Prioritäten arbeiten, die Dame!"

Lucy und Alex müssen sich ein Lachen verkneifen.

„Wenigstens hat sie mich nicht Schlampe genannt", stellt Lucy kichernd fest.

„Aber mit den Prioritäten, da stimme ich ihr zu", flüstert Alex mit einem schelmischen Blick in den Augen. „Und als dein Golflehrer sollte ich diese heute setzen. Daher schlage ich vor, dass wir vor der Stunde noch ein paar Aufwärmübungen in deinem Bett machen. Ich habe da so einige Ideen, die dein Golfspiel sicher verbessern werden."

So sehr Lucy auch überlegt, ihr fällt kein Gegenargument ein. Aber das Telefon lässt sie diesmal extra unten auf dem Tisch liegen. Hat sie doch letztens diese schönen Kerzenständer auf Instagram entdeckt …

HAT DIR DIE GESCHICHTE GEFALLEN?

Hat dir die Geschichte gefallen? Dann freu dich jetzt auf die Fortsetzung!

Nachdem Lucy endlich offiziell die Pforten zu ihrem Chalet öffnen darf, sind ihre ersten Gäste ausgerechnet Politiker – Düsseldorfer Politiker! Ob solch eine Kombination zu einem Yoga-Chalet passt? Noch ahnt Lucy nicht, wie recht sie mit ihren Bedenken hat.

Sei dabei, wenn Lucys Chalet nationale Bekanntheit erlangt – nur leider nicht in dem Sinne, in dem sie es sich erhofft hatte …

SKANDAL IM CHALET AM SEE

BÜCHER VON ANNA CAMILLA KUPKA

Das Chalet am See (Chalet am See 1)

Wiedersehen im Chalet am See (Chalet am See 2)

Skandal im Chalet am See (Chalet am See 3)

Fashionista im siebten Himmel (Fashionista 1)

Fashionista im Liebestumult (Fashionista 2)

Fashionista im Hochzeitsrausch (Fashionista 3)

Fashionista im Reisefieber (Fashionista 4)

SPIEGEL-Bestseller:

Mollys wundersame Reise (Molly 1)

Molly verzaubert ihre Welt (Molly 2)

Molly, Architektin des Lebens (Molly 3)

Meine Reise ins Glück - Ein Ausfüllbuch (Molly 4)

Ticket zur Erde und zurück